한백림 新무협 판타지 소설

천잠비룡포
Fantastic Oriental Heroes
天蠶飛龍袍

천잠비룡포 19
한백림 新무협 판타지 소설

초판 1쇄 찍은 날 § 2021년 10월 20일
초판 2쇄 펴낸 날 § 2025년 4월 25일

지은이 § 한백림
펴낸이 § 서경석

편집책임 § 황창선
편집 § 박현성

펴낸곳 § 도서출판 청어람
등록번호 § 제387-1999-000006호
등록일자 § 1999. 5. 31
어람번호 § 제2-2928호

주소 § 경기도 부천시 부일로 483번길 40 서경B/D 3F (우) 14640
전화 § 032-656-4452 팩스 § 032-656-4453
E-mail § chungeorambook@daum.net

ⓒ 한백림, 2006

ISBN 979-11-04-92530-6 04810
ISBN 978-89-251-0108-8 (세트)

※ 파본은 구입하신 서점에서 교환하여 드립니다.
※ 저자와 협의하여 인지를 붙이지 않습니다.
※ 이 책은 도서출판 청어람과 저작자의 계약에 의해 출판된 것이므로,
   무단 전재 및 유포·공유를 금합니다.

한백림 新무협 판타지 소설
Fantastic Oriental Heroes

천잠비룡포
天蠶飛龍袍

19 무후(武侯)

목차

天蠱飛龍袍 58장 대무후회전 二   7
天蠱飛龍袍 59장 신마대전 一   233

제58장 대무후회전 二
(大武侯會戰)

도산검림 무림강호엔 수없이 많은 다툼이 있어 왔다.
마두들이 백성을 괴롭히면 영웅들이 활약했다.
대전장의 승리를 이루고자 모사들이 각축했다.
가인들의 마음을 쟁취하려 호걸들이 겨루었다.
그러하듯 강호는 투쟁으로 역사를 썼다.
무림인들은 싸움에 각각의 이름을 붙이며 무림사의 각 장을 다채롭게 만들었다.
…중략….

한백무림서 강호난세사 중에서

쾅!

이번 일격은 강력했다.

금벽낭랑은 내공이 순간 진탕되는 것을 느꼈다. 공력의 정심함을 자신했지만, 상대의 내공은 그녀보다도 더 고강했다.

우마군신이 본격적으로 몰아쳐왔다.

금벽낭랑은 물러나고 싶지 않았으나, 제자리에 발을 박고 있을 수 없었다.

꽈광!

단타일격을 마주 꽂았다. 그녀의 몸이 뒤로 밀려났다.

놀라운 일이었다.

그녀는 까마득히 어린 시절부터 무공을 익혔다. 기억할 수 있는 모든 시간을 천연도화공의 내공과 함께했다.

원로들은 그녀의 재능을 기껍게 여겼다. 도릉회의가 열렸고, 영보신단의 하사가 결정되었다.

쉼 없는 운기로 청성산 정기를 한 몸에 담아왔다. 이십 년 연단으로도 겨우 한두 개나 만들 수 있다는 진귀한 영단까지 받았다. 그로 말미암아 그녀는, 노회한 장로들에게도 뒤지지 않을 내공을 지니게 되었다.

헌데 가면 쓴 악적 하나를 제압하지 못한다. 상대는 무겁고 단단했다. 힘의 열세를 느꼈다.

'그럴 수도 있다.'

금벽낭랑은 빠르게 인정했다.

세상은 넓고 기공(奇功)은 무수했다.

지금 중요한 것은 청성 내공의 자존심이 아니었다. 정면으로 맞불만 놓아서는 이길 수 없다고 생각했다. 그녀의 몸놀림이 성산 천사동의 산새처럼 가벼워졌다.

꽝!

금벽낭랑이 일격을 내치고 반탄력을 이용하여 거리를 뒀다.

재빨리 물러나 고개를 돌렸다. 그녀의 시선이 뒤쪽을 훑었다. 삼도진인 측 전황을 확인하기 위해서였다.

'어……?!'

둘의 합공이 아니었다.

삼도진인은 셋과 싸우고 있었다.

등양에게 보고받은 대로 남채화와 하선고, 남녀 신선의 가면이 보였다. 두 신선이 공격하면 사자 가면이 삼도진인의 회피를 방해했다. 삼 대 일은 삼도진인도 버겁다. 삼도진인은 벌써부터 투로가 흐트러지고 있었다.

그뿐이 아니었다.

더불어 삼도진인이 버텨 선 쪽 숲에서 동자가면과 백면뢰들이 쏟아져 나왔다. 싸움은 순식간에 난전이 되어 버렸다.

꽈광!

정신을 더 분산할 수 없었다. 장력을 내쳐 우마군신의 주먹을 비껴냈다. 우마군신 하나도 충분히 강했다.

마음을 다잡았다. 만만치 않지만 버겁다고 느끼지 않으려 했다. 그녀가 이겨야 했다. 그래야만 활로가 생길 것이다.

"이얍!"

그녀의 입에서 기합성이 터져 나왔다.

건복청정장에 이어 천사용호권을 연환으로 내질렀다. 우마군신이 거세게 팔을 휘둘렀다. 연환격 경파가 속절없이 날아갔다. 이것으로 확실해졌다. 우마군신의 무공은 그녀보다 위다. 그녀는 얼음처럼 판단하고 불처럼 소리쳤다.

"등자 배 제자들은 모두 퇴각한다! 전력으로 경공을 펼쳐 적하를 찾아! 부끄러워하지 말고 도망쳐서 도움을 구해라!"

대저 대문파의 제자들이란 결사로 항전하여 명예롭게 죽는 것을 당연하게 여기는 경우가 많았다. 그녀는 그렇게 생각하지 않았다.

그녀만이 아니었다. 다행히도, 등자 배 제자들은 그녀의 말을 신봉하듯 잘 따라 주었다.

청성 제자들이 적 앞에서 등을 돌렸다. 수치가 아니었다. 도망칠 줄도 알아야 한다. 살아남아 이기기 위한 일보 후퇴라고 가르쳐 왔다.

타다다닥! 사사삭!

젊은 제자들이 숲으로 몸을 던졌다. 그렇게 열 명이 넘는 숫자가 난전에서 벗어났다.

당연히 전황은 더 악화되었다. 그래도 남은 제자들은 잘 싸웠다. 산에서부터 기초가 단단하게 다져진 무인들이었다. 일찍이 출도하여 강호실전을 겪어본 제자들도 많았다. 백면뢰와 동자가면을 상대로 쉽게 죽을 청성 제자들이 아니었다.

쩌엉!

"크윽!"

문제는 도리어 오선인 쪽이었다.

금벽, 삼도. 오선인이 둘 있었기에, 장로급 전력을 다른 지역으로 뺐다.

삼도진인이 휘청, 뒤쪽으로 물러났다. 곧바로 묵직한 일격이 삼도진인의 등 뒤를 향해 뻗어왔다.

째앵!

어렵게 몸을 비틀면서 검을 휘둘렀다. 맑은 금속성과 함께 검날이 도로 튕겨 나왔다. 사자 가면을 쓴 악적은 강철 갑옷을 아주 잘 활용했다. 갑옷의 비구에는 공력이 가시화된 청광(青光)이 깃들어 있었다. 그가 배후에 있으므로 진퇴가 아주 어려워졌다. 공간이 너무 좁았다. 그러니 정면에서 들어오는 합공을 막아내기가 몹시 힘들었다. 지금처럼 말이다.

쩌저정! 스각!

자세가 무너진 상태에서 겨우 받아내다 기어코 도상(刀傷)을 입었다.

하선고의 일격이었다. 화려한 비단 궁장을 입은 하선고는, 연꽃 장식이 달린 길쭉한 기형도를 들고 있었다. 팔선 전설에 따르자면, 그녀는 갖가지 아름다운 조화를 일으키는 연꽃을 들고 있다 하였는데, 그녀의 연화기형도(蓮花奇形刀)가 자아내는 변화는 아름다움과 거리가 한참 멀었다.

그녀는 얇고 긴 칼날로 대단히 실전적인 변초를 구사했다. 사납고 신랄했다. 일대일로 싸워도 상대가 쉽지 않을 무공이었다. 미남(美男) 가면을 쓰고 있는 남채화의 권법 공부가 차라리 더 미학적이었다. 남채화의 움직임은 학처럼 우아했다. 유연하면서도 정교하여 초식 운용에 현묘한 깊이가 있었다.

퍼억!

각양각색 뛰어난 무공이 셋이다.

그 무공들이 이내, 이미 열세였던 삼도진인의 치명상을 불렸다.

 등 뒤에 꽃바구니를 든 남채화의 일권이 삼도진인의 옆구리에 틀어박혔다. 송곳 같은 공력이 삼도진인의 오장을 헤집었다.

 "쿨럭."

 삼도진인의 입으로 핏물이 올라왔다.

 그의 움직임이 현저하게 느려졌다. 하선고의 기형도가 즉각 쇄도했다.

 스각! 촤악!

 엄청나게 빠른 연환도였다.

 삼도진인의 어깨와 등허리에서 거의 동시에 핏줄기가 솟아났다. 횡으로 돌아갔던 하선고의 기형도가 이번엔 삼도진인의 목덜미로 짓쳐들었다.

 쩡!

 목이 날아갈 것을 겨우 막았다.

 삼도진인이 반탄력을 이용하며 물러났다. 그러면서 무릎을 내리고 몸을 숙였다. 사자가면 사타왕의 일권이 바로 뒤통수 위로 허공을 뚫었다.

 '이렇게 죽을 순 없지.'

 삼도진인의 투지는 여전했다. 그저 몸이 따라주지 않음이 안타까울 뿐이다. 그가 땅을 박찼다.

 산은 항상 어린 제자들을 아껴왔다. 그것이 언제부터였는지는 모르겠으나, 삼도진인 자신도 항상 옥처럼 귀하게 보호받으면서 컸다.

약관을 넘어 이립에 이를 때까지도 그랬다.

머리가 검었던 노진인들은 십 년, 이십 년이 지나도 좀처럼 백발이 되지 않았다. 그렇게 별로 늙지도 않는 똑같은 얼굴로, 삼도야 삼도야 아이 취급을 했다.

노진인들은 자상했지만, 꽉 막혀 있었다.

나이가 불혹에 가까워서야 오롯이 어른 대우를 받게 되었다. 몇 년이 더 지나 흔들리지 않는 나이에 이르고 보니 노진인들의 답답함을 조금은 이해할 수 있을 것 같았다.

지천명은 순식간이었다.

나이 먹는 것을 잊어갔다. 무공에만 매달린 세월이 무색하게도, 난세에서 그의 역할은 참으로 짧기만 했다. 그는 최후를 직감하고 귀하게 아낌 받았던 지난 세월을 찰나에 반추했다.

괜찮다. 정말 괜찮다. 이제 그의 차례다. 그는 노진인들처럼 말로만 귀한 제자들을 쓰다듬지 않았다.

전장에서 직접 말한다.

"제자들은 들어라!"

삼도진인의 입에서 웅혼한 내공이 터져 나왔다. 사타왕 요괴의 사자후처럼 음공으로 사위를 어지럽히지 않았지만, 그보다 배는 더 강렬했다.

찌어엉!

그의 손에서 청운검이 구름을 만들었다.

"산이 너희를 소중하게 키웠다. 그 생명을 중히 여겨야 하거늘!"

말투는 여전히 바위처럼 딱딱했지만, 그 마음은 숲에 부는 봄바람처럼 자상했다. 검날에서 은은한 붉은빛이 새어 나왔다. 청운이 적하를 품었다.

삼도진인이 남채화를 향해 몸을 던졌다.

"헛되이 죽지 말고, 반드시 살아남아 산으로 돌아가라!"

죽는 건 이미 다 큰 그가 하겠다.

삼도진인이 싸워왔던 시간은 결국 오늘을 위해서였다.

쩌저정!

하선고의 연화기형도가 끼어들었다. 푸르고 붉은 검기(劍氣)에 하선고의 참격이 녹아내리듯 흩어졌다. 남채화는 삼도진인의 검을 감히 받지 못했다.

파라락!

옷깃이 날개처럼 호선을 그렸다. 남채화의 몸이 등선하듯 날았다.

우우우웅! 촤아아악!

삼도진인의 청운적하가 팔선의 모든 조화를 베어냈다. 그의 검이 남채화의 복부를 갈랐다.

남채화의 배가 쫙 하고 갈라졌다. 핏물이 쏟아졌다. 남채화가 길고 가느다란 손으로 쏟아지려는 내장을 부여잡았다.

쿵!

날듯이 움직이던 남채화의 몸이 땅으로 곤두박질쳤다.

푸욱!

삼도진인의 청운적하는 더 이어지지 못했다.

하선고의 기형도 끝이 삼도진인의 등을 뚫고, 가슴으로 빠져 나왔다. 심장 위치였다.

"놀랍습니다."

하선고가 삼도진인에게 말했다. 그녀의 목소리는 고왔고, 차분했다.

삼도진인은 하루 종일 제자들을 지키며 싸웠고, 티 내지 않은 상처와 내상들을 입었다.

남채화의 일권이 정타로 들어갔을 때, 이미 그는 끝났다.

거기에 완벽하지 않은 깨달음으로 청운적하의 구결까지 뽑아냈으니 그 다음은 애초에 없었다. 목숨 바친 동귀어진이었다.

털썩.

하선고가 삼도진인의 등에서 연화도를 뽑아 들었다. 삼도진인이 두 무릎을 꿇고 주저앉았다.

삼도진인은 아무 말도 하지 못했다.

그것도 괜찮았다. 할 말은 이미 제자들에게 다 했다.

고개가 떨어졌다. 입에서 붉은 피가 하염없이 쏟아져 내렸다.

심장에 칼이 들어갔다 나왔다. 그럼에도 그는 손에서 검을 놓지 않았다. 삼도진인은 그렇게 등을 세우고 죽었다.

하선고는 삼도진인을 한 번 내려다보고는 지체 없이 움직였다.
남채화가 등에 메고 있던 꽃바구니가 땅바닥을 뒹굴고 있었다. 하선고가 꽃바구니를 들고 말했다.
"상제여, 상제시여. 남채화가 죽어 갑니다."
그녀가 그리 말하고 꽃바구니를 열었다.
이내, 그 안에 있던 꽃 중 하나가 은은한 옥빛을 내며 빛나기 시작했다.
하선고가 그 옥빛 꽃을 꺼내 남채화의 상처 위에 올렸다. 땅을 구르면서도 배를 꽉 잡고 있던 남채화의 손 위로 오묘한 옥색 광채가 스며들었다.
"쿨럭!"
남채화가 멈췄던 숨을 내쉬듯 기침을 한 번 내뱉고는 가면 속에서 두 눈을 부릅떴다.
"으아아아아악!"
그의 입에서 비명 소리가 터져 나왔다. 낭랑한 목소리에는 비명을 지르는 와중에도 음률이 있는 것 같았다.
남채화의 손 밑에서 출혈이 줄어들었다. 옥색으로 빛나던 꽃이 물처럼 스며들어 사라져 버렸다. 하선고가 비단치마 밑단을 쫙 찢어냈다. 그녀가 남채화의 상체를 번쩍 세워 복부에 열린 상처를 세 번 휘감아 막았다.
"나는 가요. 팔선을 더 잃을 수 없습니다. 사타왕, 나머지는 그대가 알아서 하세요."

하선고는 그리 말하고 남채화의 몸을 들쳐 업고는 숲 속으로 몸을 날렸다.
 사타왕은 그런 그녀의 뒷모습을 일별하고, 무릎 꿇은 채 죽어 있는 삼도진인을 보았다.
 "적이지만 대단하다."
 사타왕은 삼도진인을 비웃지 않았다.
 그가 삼도진인을 지나치며 손가락을 그러쥐었다.
 청광철권의 공력이 두 주먹에 담겼다.
 애송이들이 주위에 잔뜩이었다.
 약한 놈들을 죽이는 것도 딱히 거리낄 것은 없지만, 강한 자를 죽일 때 손맛이 훨씬 더 좋다. 그래서 청성 제자들이 아닌, 우마군신과 어우러지고 있는 금발의 여도사를 보았다.
 금발의 여도사는 움직임에 강단이 있었고, 미색이 고혹적이었다. 죽이는 재미가 있을 것 같았다.
 그가 막 땅을 박차려고 할 때였다.
 "제길, 이미 늦었다, 봉산아!"
 "네, 저도 봤습니다!"
 우당탕 백면뢰와 동자가면을 때려눕히며 두 거지가 장내에 뛰쳐 들었다.
 "삼도진인가?"
 "그런 것 같습니다."
 "여기서 죽으면 안 되는 양반인데!!"

장현걸이 침통하게 소리치며 타구봉을 휘둘렀다.

빠악!

옆으로 달려들던 백면뢰 하나가 도로 튕겨 나왔다.

"개방이오. 우리가 돕겠소이다!"

고봉산이 막 눈을 마주친 젊은 도사에게 말했다.

정신없는 전장이지만, 거기 있는 대부분의 도사들이 고봉산의 목소리를 들었다.

삼도진인의 죽음을 믿을 수 없었던 제자들이, 조금이나마 정신을 차렸다. 장현걸이 빠르게 전장을 가로질렀다. 그가 소리쳤다.

"금벽낭랑! 이미 벌어진 일은 어쩔 수 없소! 나 후개 장현걸이오! 내가 힘을 보탤 터이니, 마음 단단히 잡으시오!"

금벽낭랑은 대답하지 않고, 정신을 집중했다.

삼도진인의 죽음을 알았다.

마음이 흔들리지 않았다면 사람이 아닐 터였다. 그럴수록 정심이 중요하다는 사실을 알았다. 그녀는 누구라도 충격 받을 최악의 상황에서도 우마군신에게 치명상을 허용하지 않았다.

쫘앙!

금벽낭랑이 재빠르게 뒤로 물러났다.

우마군신의 맹공이 느슨해졌다.

정신이 분산된 것은 그녀보다 우마군신이었다. 뿔 달린 괴물은 그녀가 아닌 새로이 나타난 거지들을 보고 있었다.

"소머리 악당, 오랜만이외다! 아름다운 낭랑 괴롭히지 말고, 차라리 날 보아라!"

장현걸이 다가오며 소리쳤다. 우마군신의 두 눈에 분노가 깃들었다. 그가 말했다.

"네놈들이로구나."

우마군신도 기억했다.

그렇다.

장현걸과 고봉산은 우마군신과 구면이었다.

"감쪽같이 속였었는데, 염라대왕한테 문책이라도 당한 것 아닌가 모르겠소?"

고봉산이 거들 듯, 우마군신을 도발했다.

우마군신은 가볍게 도발에 넘어갔다.

"누가 감히 나를 문책한다는 말이냐!"

꽝!

거세게 팔을 휘둘러 금벽낭랑을 내치고는 곧장 장현걸과 고봉산 쪽으로 땅을 박찼다.

"어이쿠, 저 소머리 국밥이 제 실력을 다 내지 않고 있었나 봅니다!"

"과연 짐승은 짐승이라, 청성 낭랑의 미모에 음심이라도 동했나 보다!"

장현걸과 고봉산은 입심이 대단했다.

타구봉으로 백면뢰를 때려눕히면서 빠르게 경공을 전개했다.

우마군신이 폭음과 함께 전장이 된 공터를 가로질렀다. 장현걸이 소리 높여 말했다.

"낭랑! 사자 괴물 정도는 능히 상대하실 수 있을 게요! 또 봅시다!"

금벽낭랑은 장현걸의 말에 대꾸할 여유가 없었다.

우마군신의 일격을 튕겨내고 착지하자 사방이 백면뢰와 동자가면이었다. 제자들은 삼도진인의 마지막 명에 따라 수세를 굳히고 퇴각을 준비하고 있었다.

할 일이 명확해졌다.

금벽낭랑이 건복청정장을 사방으로 전개하며 주위의 신마맹 잡졸들을 물리쳤다. 그녀가 우마군신 쪽을 보았다. 거구의 대적은 이리 뛰고 저리 뛰는 개방 무인들을 쫓아 무서운 기세로 돌진하고 있었다.

개방 후개와 그 심복에 대한 소문을 익히 들어왔다.

후개라 함은 무려 구파일방 대개방의 후계자를 일컫는데, 그 무공은 그가 지닌 신분만큼 고강하지 못하다 알려져 있었다. 실제 그녀가 보기에도 무위가 구파의 장문지재감은 아니어 보였다. 그럼에도 겁도 없이 도발하는 것을 보니, 과연 인물은 인물이라 할 만했다.

그들이 우마군신을 맡아준다면 더할 나위 없다.

사자 가면의 괴인만 막아내도 제자들을 살리기에 충분한

여유가 생긴다. 그저 믿기지 않는 것은 삼도진인의 죽음일 뿐이다. 그녀는 그때서야 삼도진인의 모습을 똑바로 확인할 수 있었다.

'사숙……!'

삼도진인은 무릎을 꿇은 채 쓰러지지도 않았다.

참으로 사숙다운 죽음이다. 힘들어도 받아들여야 했다.

후개가 말했듯, 이미 벌어진 일은 어쩔 수 없었다. 그녀는 천연도화공의 심력공부를 일으켜 마음을 붙잡고, 사타왕을 향해 몸을 날렸다.

꽈아앙!

"역시 엄청나게 센데요!"

"감탄할 때냐?"

우지끈! 콰드드드득!

나무 하나가 통째로 넘어졌다.

장현걸과 고봉산은 전장에 머무르지 않았다. 그들은 숲으로 몸을 날렸다. 장현걸과 고봉산이 제아무리 뛰어난 경공을 지녔다 해도, 순간적인 폭발력에 있어서는 우마군신을 당적하기 어려웠다. 근접 격투가 되면 돌이킬 수 없다. 그래서 공터는 안 된다. 나무들이 빽빽하게 우거진 숲이 더 도주에 용이했다.

콰직!

그렇게 머리를 썼음에도, 우마군신은 아무 장애물이 없는 것처럼 쫓아왔다. 주먹을 휘두르면 앞을 막은 나무가 넘어졌다.

"우아악!"

고봉산은 비명까지 지르면서 짓쳐드는 경력을 피해냈다.

모골이 송연해진다는 것은 바로 이럴 때를 위한 말이었다. 압력이 무시무시했다.

콰광!

"여기서 꺾는 거지?"

"지금 길도 모르고 뛰는 겁니까?"

고봉산이 우당탕 땅을 구르고는 벌떡 일어나 역정을 냈다. 머리는 진즉에 산발이 되었고, 누더기 옷엔 흙과 풀잎이 잔뜩 붙어 있었다.

"소머리 악당아! 그러다 우리 또 놓친다!"

콰광!

장현걸은 아슬아슬하게 뛰는 와중에도 계속 우마군신의 분노를 자극했다.

순식간에 청성파 전장에서 멀어졌다. 으허헝! 사자후 소리가 거리만큼 작게 들려왔다. 장현걸의 눈이 번뜩 빛났다.

'됐다. 이 정도면 확실해!'

충분히 끌고 왔다.

우마군신은 되돌아가지 않는다. 그것으로 절반은 성공이다. 이 도주는 청성파 동도들을 살리기 위한 유인책이기도 했다. 그리고 이 유인책이 완전하게 성공하려면, 단 한순간도 긴장의 끈을 놓치면 안 됐다. 우마군신은 강했다. 찰나의 방심으로도 목숨이 날아갈 수 있었다.

콰직! 우지끈!

"계속 도망칠 셈인가!!"

우마군신의 목소리는 사타왕의 사자후처럼 강렬했다.

내공의 파도가 장현걸과 고봉산의 등 뒤를 엄습했다. 고봉산의 공력은 우마군신의 일갈을 막아내기에 역부족이었다. 그의 신형이 덜컥 흔들렸다.

"정신 붙들어!!"

장현걸이 고봉산에게 소리쳤다. 그러고는 나무와 나무를 박차고 우마군신을 향해 몸을 돌렸다.

쐐액! 파카카캉!

타구봉이 우마군신에게 쏟아졌다.

우마군신은 단 일격으로 타구봉 연환격을 모조리 걷어냈다. 타구봉에 부딪치는 근육에서 금속성이 났다. 금강불괴의 공부라도 펼친 것 같았다.

"소 새끼! 몸뚱이가 쇳덩이다!"

장현걸이 소리치며 반탄력으로 재빠르게 몸을 띄웠다.

훅! 하고 우마군신의 몸이 그를 따라 짓쳐들었다.

장현걸이 이를 악물었다.

"큭!"

후웅!

우마군신의 일권이 장현걸의 상체를 휩쓸었다. 장현걸은 몸을 휘돌리며 타구봉법 대신 손바닥을 내밀었다. 오묘하고도 강맹한 진기가 그의 우장(右掌)에서 터져 나왔다.

꽈앙!

폭음이 터졌다.

장현걸의 몸이 줄 끊어진 연처럼 날아가 곤두박질쳤다.

타닥!

후개는 후개다. 속절없이 추락할 것 같던 장현걸이 굵은 나뭇가지를 밟고 기쾌하게 신형을 틀었다.

"으아, 아파라! 손모가지가 통째로 날아갈 뻔했네!"

엄살은 아니었다.

그는 손과 팔에서 극심한 통증을 느꼈다. 충격이 팔을 타고 단전까지 왔다. 단전이 멍든 것처럼 쑤셨다. 내상이었다.

하지만 그의 속도는 줄어들지 않았다.

장현걸은 손을 탈탈 털면서 뒤도 돌아보지 않고 몸을 날렸다. 우마군신의 두 눈이 노화의 불길을 담았다. 땅을 찍고 몸을 날리는 거구의 발밑에서 흙과 풀이 뒤집히듯 피어올랐다.

"봉산! 괜찮냐?"

"그걸 질문이라고 합니까? 괜찮겠어요?"

두 사람은 바로 티격태격 질문을 주고받았다.

쫓는 우마군신의 입장에서는 조롱당하는 기분일 것이다.

장현걸과 고봉산은 우마군신의 바로 앞에 있었지만, 약삭빠르게 잘 빠져나갔다.

장현걸은 우마군신보다 보법과 경신의 경지가 결코 높지 않았다. 일격으로 내상을 입을 만큼 공력의 차이도 명백했다. 장현걸의 실력은 우마군신보다 명백히 아래였다. 고봉산은 말할 것도 없었다. 그럼에도 그들은 잡히지 않았다. 연이어 위기를 겪었으나, 죽지 않고 살아 뛰었다.

"앞에 봐! 앞에!"

"잘 보고 있슴다!"

"거기서 오른쪽!"

"아, 안다니까요!"

장현걸의 머리 뒤로 무서운 경력이 짓쳐들었다.

"이크!"

장현걸이 고개를 숙이고 땅바닥으로 몸을 던졌다. 고봉산처럼 땅을 구르길 서슴지 않았다. 그가 뻘떡 일어나 달리며 말했다.

"어림없다!"

장현걸이 소리쳤다.

"그땐 그렇게 무섭더니, 오늘은 그냥 그런데요! 소 국밥이 많이 식었습니다!"

고봉산이 빈정거리며 돌멩이를 집어 던졌다.

돌멩이엔 내공도 담기지 않았다. 우마군신을 우롱하는 짓이다. 아무리 냉정한 무인이라도, 이 정도면 눈이 돌아갈 만하다. 게다가 우마군신은 성정이 폭급한 위인이었다. 우마군신의 쇄도가 고봉산에게로 향했다. 그 찰나의 틈이 장현걸에게 이보 삼보의 여유를 주었다.

그게 합이다. 장현걸이나 고봉산이나 혼자였으면 도망치지 못했다. 둘은 말로 하는 싸움의 극의를 선보였다. 그것으로 서로를 살렸다.

"거기다! 뛰어!!"

"먼저 갑니다!"

고봉산이 풀숲을 뚫고 나왔다. 높지 않은 절벽이 그들 앞에 있었다. 그 밑은 민강의 물이었다. 고봉산이 달리면서 누더기 겉옷을 벗었다. 그가 한 손으로 겉옷을 꽉 그러쥐었다.

텅!

고봉산이 절벽을 박차고 몸을 날렸다.

그들이 날이 어두워지도록 준비했었던 탈출로가 허공 위에 드리워져 있었다.

탈출로는 한 줄기 굵은 밧줄이었다. 공중에 뜬 고봉산이 밧줄에 겉옷을 걸었다. 밧줄은 강물을 가로질러 맞은편 숲까지 이어져 있었다.

"으엇!!"

겉옷을 부여잡은 그가 짧은 비명성을 질렀다. 부여잡은 겉옷 양손에 힘이 들어갔다. 그의 몸이 빠르게 강물 위를 가로

질렀다. 이어, 장현걸이 똑같이 밧줄을 탔다. 뒤따라온 우마군신이 호통을 내질렀다.

"이놈들!! 반드시 죽이겠다!"

쩌렁! 하고, 강력한 음파가 절벽을 뒤흔들었다.

우마군신은 포기하지 않았다.

그가 번쩍 몸을 날렸다.

출렁!

우마군신이 밧줄을 잡았다. 굵은 밧줄은 제법 튼튼했다. 우마군신이 몸을 튕겨 밧줄 위로 올라갔다. 크게 위아래로 흔들리는 밧줄 위에서 우마군신이 균형을 잡았다.

퉁!

우마군신이 밧줄을 박차고 하늘을 날았다.

고봉산과 장현걸은 죽을 맛이었다. 밧줄이 위아래로 출렁이니, 옷을 걸어 내려가던 그들도 떨어질 듯 흔들릴 수밖에 없었다. 장현걸은 옷을 놓고 밧줄을 잡았다. 그도 우마군신처럼 밧줄 위로 올라갔다.

"먼저 가!!"

장현걸이 소리쳤다. 고봉산은 그의 지시가 아니었어도 먼저 갈 생각이었다. 밧줄에 건 옷을 짧게 부여잡고, 몸을 앞뒤로 흔들어 속도를 냈다. 장현걸은 묘기를 부리듯 밧줄 위를 뛰었다. 우마군신도 달렸다. 강물 위에 드리워진 밧줄 하나를 의지하여 생사의 추격전을 벌인다. 구경꾼이라도 있었으면 감탄에 감탄을 거듭했을 광경이었다.

"우와앗!"

밧줄이 불안정하니, 고봉산의 추락도 불안했다. 그의 신형이 나무 사이로 곤두박질쳤다. 장현걸은 아예 우마군신에게 따라잡혔다. 날아드는 일권에 장현걸의 몸이 아래로 푹 꺼졌다. 밧줄을 잡고, 몸을 튕겨 우마군신의 발밑을 흔들었다.

우마군신이 분노하여 일장을 내리쩍었다. 장현걸은 밧줄의 탄력으로 새처럼 몸을 띄웠다. 무공 응수는 철저하게 피한 채, 꾀로 응수했다.

파앙! 퍼엉!

허공에서 경파의 폭발이 연달아 일어났다.

어느 하나도 쉽지 않다. 장현걸은 어렵사리 우마군신의 출수를 피하며, 강을 건넜다. 발밑의 물이 마침내 숲으로 바뀌었다. 장현걸은 우마군신의 거센 일권을 피해 땅 밑으로 몸을 던졌다.

파사사사삭!

잔가지가 부러지고 나뭇잎이 비산했다.

"봉산!"

장현걸이 고봉산을 불렀다.

"여기 있습니다!!"

고봉산은 팔을 부여잡고 있었다. 그 높이에서 이렇게 강을 건너겠다는 발상 자체가 미친 짓이었다. 높은 곳에서 떨어지며 부상을 입은 듯했다.

우지끈! 콰광!

앞을 가로막는 장애물을 여지없이 넘어뜨리며 우마군신이 뒤를 쫓아왔다.

질릴 만도 했지만, 장현걸은 표정을 굳히지 않았다. 장현걸과 고봉산은 지체 없이 뛰었다. 우마군신은 지치지도 않는 듯, 여전한 압력을 자랑했다.

둘의 신형이 빠르게 숲을 꿰뚫었다. 우마군신이 바짝 그 뒤를 따랐다.

"다 왔습니다!"

고봉산이 말했다.

눈앞이 뻥 뚫렸다. 숲을 벗어난 것이다.

장현걸은 마지막 순간까지도 방심하지 않았다.

계단 위로 커다란 전각들의 그림자가 보였다. 장현걸이 소리쳤다.

"비키시오! 막지 말고 길을 여시오!"

전각 앞에 무인들이 있었다. 창을 들었다.

"열어줘."

안쪽에서 묵직한 목소리가 들렸다.

창을 비껴들던 무인들이 양쪽으로 빠르게 물러났다.

우당탕, 장현걸과 고봉산이 문을 열고 안으로 들어갔다.

쾅!

바로 뒤에서 대문이 산산조각으로 부서졌다.

우마군신의 몸에서는 모락모락 김이 올라오는 것 같았다. 헛것이 아니다. 우마군신이 지닌 내공의 기류가 그의 분노를 타고 실제로 유형화되어 솟아나고 있었다.

"여긴 관아도 아니렷다."

우마군신의 가면은 두 눈도 화등잔만 했다. 그 안의 눈이 노화를 담고 이글거렸다.

저벅. 저벅.

우마군신이 독 안에 든 쥐를 잡은 것처럼 기세등등하게 다가왔다.

장현결과 고봉산은 다시 몸을 날렸다.

콰아앙!

내원으로 들어가는 문이 부서졌다.

두 거지는 계속 안쪽으로 도망쳤다.

우마군신의 전신에 꽉 찬 공력이 보보마다 진각 자국을 냈다. 정원의 담벼락이 무너졌다. 향이 꽂혀 있는 석등이 박살 났다.

꽝!

우마군신의 일권이 장현결이 있던 땅을 부쉈다. 돌바닥이 움푹 파였다. 이번에도 종이 한 장 차이였다. 튀어 오른 돌 파편이 장현결의 누더기에 구멍을 냈다.

장현결이 신형이 마침내 멈췄다.

그가 훌쩍 뛰어 높지 않은 돌계단 위에 섰다. 돌계단에는 물결 문양이 그려져 있었다. 중앙의 전각이 그의 등 뒤로 있었다.

"관아는 아니지만, 관아보다 무서운 곳이지."

우마군신은 그때서야 전각들을 둘러보았다. 장현걸이 등진 전각의 꼭대기엔 정문 현판에 쓰여 있던 것과 똑같은 세 글자가 박혀 있었다.

"이곳은?"

"설마 처음 와 보나? 천신과 요마는 원래 사이가 나쁜 건가? 신마맹은 정말 이상하다니까."

장현걸이 눈썹을 치켜 올렸다.

우마군신은 대꾸하지 않았다. 마두(魔頭)의 시선은 이제 장현걸에 머물러 있지 않았다.

끼이익!

전각에 올린 세 글자는 이왕묘(二王廟)였다.

전각 문이 열리고 그 안에서 한 남자가 걸어 나왔다.

우마군신은 등 뒤를 돌아보려 했다. 하지만, 그럴 수 없었다. 눈앞의 그는 거기 서 있는 것만으로 시선을 강제해 버렸다.

독 안에 든 쥐를 잡으려다가 독 안에 들어왔음을 알았다.

우마군신의 등 뒤로 청룡언월도와 장팔사모가 섰다. 그들이 적 고위 전력의 퇴로를 막았다.

"후개?"

그는 우마군신에게 묻지 않았다.

장현걸이 피식 웃으며 대답했다.

"그렇소이다. 내가 장현걸이오."

"단운룡이다."

"듣던 대로요."

"듣던 대로만은 아닐걸."

"아니면 어떻소. 여기까지 오느라 힘들었소. 구명지은에 미리 감사하오."

장현걸의 응수는 물이 흐르듯 자연스러웠다.

단운룡이 용안(龍眼)을 빛내며 물었다.

"후개의 목숨값은 얼마나 하려나?"

"매길 값이나 있겠소이까? 거지의 목숨이야 본디 구걸하려 있는 것이외다."

"그럼 그냥 살려달라고?"

"당연한 것 아니오? 의협비룡회라는 고상하고 아름다운 이름이 있지 않소!"

"그도 그렇군."

단운룡이 미소를 지었다.

그는 역시 이런 자가 더 마음에 들었다.

단운룡이 계단을 내려가 우마군신 앞에 섰다.

장현걸이 단운룡의 등 뒤에서 포권을 취하며 말했다.

"역시 협의지도의 문파! 회주는 대협객이시오!"

"꼭 그리되어라 말하는 것처럼 들리는데?"

"회주의 무공과 재지는 일절이요, 제왕기(帝王氣)는 참으로 드높소이다! 암요, 그리되셔야지요."

진심이거나 비꼬는 것이거나, 또는 둘 다일 것이다.

단운룡은 개의치 않았다.

대신 그는 다른 질문을 했다.

"그보다, 저들도 개방이 이끌고 온 건가?"

단운룡은 우마군신을 보고 있지 않았다. 그의 시선은 우마군신을 넘어 더 먼 곳에 머물러 있었다.

멀리서 병장기 소리가 들려오기 시작했다. 고봉산의 얼굴이 조금 굳어졌다. 장현걸은 태연하게 답했다.

"물론 아니오. 호사다마라 하지 않았소? 내 이렇게 의협비룡회 회주의 도움으로 살아나 대개방의 명맥을 이어가게 된 것은 그야말로 호사 중의 호사이나, 아무래도 신마맹 마귀들이 이토록 영명한 거지를 질투하나 봅니다."

"개방 후개는 언변으로 뽑는 모양이다."

"언변도 더없이 중요하지요. 그렇고말고요."

단운룡은 다시 웃었다.

그의 시선이 우마군신에게로 내려왔다.

"공교롭군. 총공격의 선봉이 너무 깊이 들어왔어. 딱히 선봉 역할을 자처한 것은 아니었겠지만."

"너는 누구냐?"

우마군신이 물었다.

"들었잖아. 의협비룡회 회주."

"그걸 묻는 것이 아니다."

"그러면?"

"숨기지 말고 진정한 정체를 밝혀라!"

우마군신이 호통쳤다. 적진의 한가운데서 조금도 위축되지 않은 기백만큼은 인정해줄 만했다.

"숨긴 적 없다만."

"의협이란 이름! 네 놈, 협제 일문인가?"

"정보 공유가 전혀 안 되는군. 너희 신마맹이란 건, 점조직이라도 되는 건가?"

단운룡은 대답 대신 반문했다.

우마군신은 그의 질문을 긍정으로 받아들였다.

"협제 일맥이라면 요마련과는 불공대천의 관계다! 우리가 다시 세상에 나왔으니, 협제의 일파는 반드시 강호에서 지워질 것이다!"

"이제야 뭘 좀 아는 놈이 나왔어. 산 채로 잡긴 만만치 않겠는데."

단운룡이 한 발 더 앞으로 나섰다.

우마군신은 몇 마디로 신마맹에 대한 많은 것을 알려줬다.

저들은 단운룡에 대해 아직도 제대로 모른다.

신마맹주라는 염라마신이 직접 의협문을 쳤고, 사부가 친히 손을 썼으며, 그 의협문의 자리에 그대로 의협비룡회 깃발을 내걸었다. 그쯤 되면, 의협비룡회가 신마맹의 최우선 목표가 되어도 이상하지 않다.

헌데, 이 우마군신은 협제와 신마맹의 악연에 대해 알면서도, 단운룡에 대해 모른다.

즉, 상당한 고위급 가면까지도 맹의 전반적인 정보에 완전한 접근이 안 된다는 이야기다.

점조직이냐는 말이 나온 것도 그래서다.

진검이란 놈은 평소 진씨 가문이 경영하는 전방에서 멀쩡한 모습으로 일했다. 농가에서 잡아온 심용이란 놈도 평범한 농사꾼처럼 살았다. 필요한 순간에만 소집되어, 맹의 일원으로 지시받은 일을 수행한다. 그게 기본적인 형태다.

진검이란 자도, 심지어 토지공이란 자도 맹의 전체적인 규모나 앞으로의 행보에 대해 알지 못했다. 심문에 잘 버틴 것이 아니라, 실제로 아는 것이 없어 보였다.

정보 부족을 이해할 수 있다. 이들은 점점이 퍼져 있기에 위험하지만, 동시에 정체가 노출되는 순간 대단히 취약해졌다.

진검도 신용도 토지공도, 급습 시엔 단독이었다.

의협비룡회가 그렇게 실제로 실행에 옮겼듯, 그들은 문파의 담장 안이 아닌 평범한 민초들 사이에 섞여 있기에 도리어 언제라도 생포, 감금되어 심문을 당할 수 있었다.

그러니 제각각 많은 것을 알고 있어서는 안 된다. 당장 임

무수행에 필요한, 단편적인 정보만을 제공받고 있을 것이란 추측이 합당함을 얻는 이유다.

'더 고위급 가면이라면.'

이 우마군신은 조금 달라 보였다. 의협이란 두 글자를 딱 찍어서 말했다. 입정의협살문에 대해 아는 것이다.

그러면서도 단운룡이 문주임을 모른다. 정보의 공백을 뜻한다. 그 공백이 어느 정도인지, 왜 발생하는지 알아내는 것이 중요했다.

우마군신 때문에 운기를 중단하고 일어난 것은 아니지만, 직접 나설 가치가 충분하다고 보았다. 생포할 이유도 충분했다.

"관승, 장익은 먼저 나가서 적들을 맞이해라. 이 놈은 내가 잡겠다."

대답을 기다리지 않았다.

그가 광구에서 진기를 뽑아 올렸다.

우우우우웅!

그의 기파가 공기를 진동시켰다.

다섯 시진 넘게 운기했지만, 몸 상태는 아직 정상이 아니었다. 겨우 내상을 억제한 정도에 불과했다.

그래도.

충분하다.

타닥!

단운룡이 땅을 박찼다.

사물이 느려졌다. 폭음은 한 발 뒤에 터졌다.

쫘아아아앙!

음속 발동이다. 우마군신의 거구가 가까워졌다.

퍼엉!

우마군신이 몸을 비틀며 일권을 내쳐왔다. 반응이 다소 느리다 싶었지만, 권격의 최종 속도는 음속의 영역 안에서도 빠른 편이었다.

쫘광!

극광추로 우마군신의 권격을 튕겨냈다.

충격파가 일어났다. 단운룡과 우마군신의 사이에서 돌바닥이 콰직 하고 부서졌다.

파괴력은 음속의 무공에도 견줄 만한 수준이다. 극광추를 내쳤던 오른팔에 적지 않은 부하가 걸렸다. 내공의 깊이가 대단했다.

쫘아아앙!

우마군신이 진각으로 땅을 찍고, 우수 일장을 내질러왔다.

강 중 강, 힘의 무공이다. 경파가 무지막지했다.

터엉!

단운룡은 안으로 파고들면서 마광각을 올려 찼다. 우마군신은 피하는 대신 좌수를 그러쥐고 주먹으로 내리쳐 왔다. 공격에 공격으로 대응이다. 공력에 그만큼 자신이 있다는 뜻이다. 회피에 특화된 보법 투로가 없어서일 수도 있었다.

꽈앙! 퍼서서석!

단운룡의 발과 우마군신의 주먹이 격돌했다.

폭발해 갈 곳 없는 힘이 땅과 바람을 찢어발겼다. 두 고수 주위의 돌바닥이 마구 부서져 나갔다.

"협제 일맥이라며 무공이 이것밖에 되지 않는가?"

우마군신이 일갈했다.

참격으로도 쓸 수 있는 마광각의 각력을 주먹으로 받아내고도 큰 타격이 없어 보였다.

멋대로 생각할 만했다.

단운룡은 전마인을 떠올렸다. 우마군신은 분명히 강력한 전력이었다.

막강한 힘으로 짓누르려는 성정에, 그에 걸맞은 내공까지 보유했다.

해법은 간단했다.

이런 무공은 더 강한 힘으로 부수면 된다. 그리고 그렇게 되면, 필연적으로 우마군신은 죽음을 면치 못할 것이다.

단운룡은 순간 갈등했다.

죽이느냐, 살리느냐.

단운룡은 도박을 생각했다.

그 자신이 아닌 적의 내공에 걸었다.

쾅!

우마군신이 땅을 박찼다.

어깨를 내밀고, 몸통으로 돌진해 왔다.

밀어치는 고법이다. 대력우마왕이라는 이름에 지극히 어울리는 공격이었다.

터엉!

단운룡이 진각을 밟았다.

고법은 그에게도 있다. 그의 허리가 회전했다.

우마군신의 눈이 번뜩 빛났다.

어딜 감히 힘으로! 라고 소리치는 눈빛이었다.

꽈광!

전사력을 동반한 단운룡의 음속광혼고가 대력우마왕의 돌격과 충돌했다. 천둥이 치는 듯했다. 무지막지한 폭음이 사위를 뒤흔들었다. 전각들의 기왓장이 들썩이고, 반경 삼 장의 땅에서 흙먼지가 일었다.

단운룡도 우마군신도 서로를 밀어내지 못했다. 둘 모두 충돌과 함께 시간이 멈춘 것처럼 움직임이 멎었다.

먼저 움직인 것은 단운룡이었다.

후욱.

단운룡이 깊은 숨을 짧게 들이켰다.

그의 양손이 중단에 모였다.

파지직! 콰과과광!

우마군신의 거구가 화탄처럼 날아가 전각의 벽을 뚫었다.

꽈르릉! 우지끈!

기왓장이 쏟아지고, 나무기둥이 분질러져 쓰러졌다. 급기야 전각의 한쪽 모서리가 통째로 무너져 내렸다.

장현걸과 고봉산은 두 눈을 크게 뜨고 그 광경을 보았다.

같은 것을 보았고, 느낀 것은 달랐다.

'예상대로 강하긴 강하군!'

고봉산은 자신의 눈만큼만 평했다.

장현걸은 생각했다.

'전력이 아니야.'

그는 후개였다. 사람을 잘못 본 건, 화산의 질풍검으로 족했다. 같은 실수는 다시 하지 않는다. 그는 눈앞에 있는 단운룡에게서 비꼬아 말하는 제왕기(帝王氣)가 아닌, 진정 숨겨진 강함을 읽었다.

저벅. 저벅.

단운룡이 우마군신이 파묻힌 건물 잔해로 걸어갔다.

장현걸은 단운룡이 또 달라졌음을 감지했다.

온몸에 응축된 강력한 기파가 사라졌다. 지금 봐서는 어지간한 개방 장로 정도도 안 되는 것 같았다. 기도의 변폭이 대단히 심했다. 단순히 전의를 발산하고 말고를 떠나서, 끄집어 냈던 것을 도로 집어넣는 느낌이었다.

'무공 특징인가?'

장현걸은 특기할 만한 사항이라 여기고 이 순간을 기억했다. 단운룡은 분석을 거듭하는 장현걸의 시선을 아랑곳하지 않고, 기왓장 사이에 손을 쑥 집어넣었다.

콰르르르륵!

우마군신의 거구가 끌려나왔다.

의복 곳곳에 검게 그을린 자욱이 있었다.

장현걸은 그 흔적도 흥미롭게 보았다.

뇌광을 동반한 포격형 장법도 대단히 인상적이었다. 단운룡은 우마군신의 몸체를 돌바닥으로 질질 끌어다 놓더니, 몸을 숙여 얼굴에서 가면을 잡아 뜯었다.

"어?"

"어억?"

장현걸과 고봉산은 동시에 놀란 소리를 냈다.

두 사람이 달리듯 다가왔다.

"진짜냐?"

"맞는 거 같은데요?"

"이럴 수가……!"

"왜 몰랐죠?"

"기도가 완전히 달랐다 해도 이건 너무하잖냐."

"제 말이요."

단운룡이 물었다.

"아는 사람인가?"

"개인적인 친분이 있는 것은 아니지만. 얼굴을 아는 자는 맞소이다."

"누구기에?"

"말해도 모르실 텐데."

고봉산의 대답했다. 단운룡이 그 둘을 물끄러미 바라보았다. 대답을 재촉함이다. 고봉산은 금세 눈치를 채고 말끝을 흐렸다.

"그게……"

"무림인이 아니외다."

장현걸이 고봉산 대신 답했다.

단운룡은 놀라지 않았다. 대신 설명을 요구했다.

"허면?"

"관인이오. 신분이 높소. 아마도, 황족 혈연의."

"그렇군."

단운룡은 짧게 답하고 우마군신의 가면을 품속에 갈무리했다. 장현걸은 가면이 들어간 옷깃에서 잠시 시선을 떼지 못했다. 그러다가 퍼뜩 정신을 차리고 입을 열었다.

"아니, 이거 보통 일이 아니오만, 어째서 놀라지도 않는 거요? 그럼, 내가 묻겠소. 설마 미리 알고 살려둔 거요?"

"그럴 리가."

단운룡이 답했다.

그가 손짓했다.

비룡각 무인 둘이 달려왔다.

"효마한테 촉와독 받아다 써. 내공 운기 없이도 어지간한 밧줄은 끊어낼 수 있을 테니, 결박은 쇠로 해."

"네! 알겠습니다!"

단운룡은 마지막으로 우마군신의 혈도까지 삼중으로 봉했다.

도박이 먹혔다. 우마군신의 공력은 충분히 심후했다. 비룡각 무인들이 죽지 않은 우마군신을 안쪽 전각으로 옮겨갔다. 장현걸은 할 말을 찾듯 입술을 몇 번이고 뗐다가 다물었다.

단운룡이 먼저 물었다.

"사천 당문, 반강의 화기고에 대해서는 얼마나 알지?"

완전히 난데없는 질문이었다.

장현걸의 눈이 번뜩이는 빛을 발했다.

이 자는 진짜다. 무공이 문제가 아니다. 장현걸은 우마군신과 싸우는 것을 볼 때보다 이 질문에 진심으로 감탄했다.

"빨리 답하라. 지금 오는 건 아주 강하다."

"아는 만큼은 아오."

장현걸이 대답했다.

"신마맹에 습격당한 반강 화기고에서 상당량의 화약과 화탄들이 사라졌다."

"당문 본가에서도 같은 일이 벌어졌다 하였소."

"알 만큼 안다는 게 허언은 아니군. 그럼 그 화약들은 어디에 쓰려는 것일까."

장현걸은 곧바로 대답하지 않았다.

그 역시도 고민했던 바였기 때문이었다.

무림은 신마맹에게 갑작스런 침공을 당하며, 그들이 지닌 막강한 무력에 전율했다.

장현걸은 다른 것을 보았다.

신마맹은 그저 강하기만 한 것이 아니었다. 그들은 속가 문파 하나를 칠 때도 딱 필요한 무력만을 동원했다.

변방의 반강을 노린 것은 그럴 만한 이유가 있어서다. 당문에 최대 전력을 투입한 것도 분명한 노림수가 있을 터였다.

무력이 문제가 아니다.

구파 육가라는 무림 최대 전력이 거론되고 있기에, 그리고 그들 최강 전력은 세밀한 전략을 구사할 만큼의 도전을 받은 지가 오래되었기에 간과했던 부분이다.

구파 육가가 지금껏 그래 왔듯, 압도적인 힘으로 가볍게 누를 수 있는 싸움이 아니었다.

힘이 아닌 지략의 싸움이다.

가면처럼 화려한 전력으로 지략을 숨겼다.

그 안에 있는 대전략이 무엇인지 아직 모른다. 그들의 최종적 의도를 파악하지 못한 까닭이다. 그러니 지금까지의 전략도 이미 일어난 결과로 미루어 짐작할 수밖에 없다.

전투의 결과가 아닌 세부 내용이 중요해지는 대목이다.

의협비룡회 회주, 이 단운룡이란 자는 반강을 초토화시킨 우마왕, 그리고 홍해아와 철선녀의 힘이 아니라, 거기서 사라진 화약을 말했다.

단운룡은 전략의 싸움이라는 것을 이해하고 있는 것이다. 장현걸이 감탄하며 주목한 부분이었다.

다만, 단운룡의 질문에는 장현걸도 아직 그 해답을 내지 못했다. 그래서, 가장 쉬운 것부터 들이밀었다.

"무림인들과의 싸움에 활용하려는 거 아니겠소?"

틀렸다.

단운룡은 반문으로 부정했다.

"그런가?"

"그게 아니면 어디다 쓴단 말요."

"사라진 화기의 종류는?"

"이건 무슨 시험이라도 되는 게오? 보아하니 회주네 정보력도 보통은 아니오만."

"개방 후구당은 강호 일절이라 했지. 우리도 거기까진 파악이 안 되어서 묻는 거다."

단운룡은 솔직하게 말하며 앞장섰다.

황급히 뒤따르는 장현걸이 고봉산에게 슬쩍 물었다.

"뭐뭐 없어진 거야?"

"후구당에서도 수량까진 완벽하게 파악하지 못했지만, 일단 대인 화기는 아니었슴다. 그게 또 이상한 일이라고 말씀드렸잖습니까."

"언제?"

"진짜 이러깁니까."

고봉산이 눈을 부라리고 장현걸은 눈살을 찌푸렸다.

"들었지요? 대인 화기가 아니면, 전투에 쓰겠다는 것은 아닐 거고……. 뭔가를 부수겠다는 건데."

"그게 가능성이 높지. 덕분에 확실해졌어."

"뭐가 확실해졌단 거요?"

"신마맹이 강호에 출현한 이래, 그들은 사천 무림에 한 가지를 심기 위해 움직여 왔다. 지금까지는 아주 성공적이었지."

병장기 소리가 가까워졌다.

적들의 수가 많았다. 저 바깥의 새까만 어둠을 통째로 끌고 들어올 것처럼 음험한 기세가 느껴졌다.

"공포를 말함이오?"

"그렇다."

"무림 정기는 쉬이 꺾이지 않소. 두려워하지 않은 정파 무인들이 아직 많소이다. 민초들도 마찬가지요."

"그래서 놈들은 아직 부족하다고 보는 거다."

말하면서 벌써 정문이다.

문은 굳게 닫혔고, 바깥은 바로 전장이다.

강렬한 기합성이 곳곳에서 들렸다. 적들은 이 안으로 한 발짝도 들어오지 못했다.

"협을 말하는 정파 무인들은, 힘없는 백성들을 보호함으로 진정 강한 힘을 얻는다. 그리고 그것이 실패했을 때, 가장 약해지지."

 파지지직.

 단운룡의 몸에서 은은한 전광이 일어났다.

 장현걸은 그의 무공이 종전과 또 달라졌음을 느꼈다.

 "그렇다면, 신마맹의 다음 목표는 민초들이다 이 말이오?"

 "신마맹이 아니라 팔황이다. 이미 셋이 여기에 모였다."

 "그래도 주력은 신마맹이지 않소."

 "저걸 보면 꼭 그런 것만은 아니지."

 덜컹!

 문이 열렸다.

 저 앞에서 한 남자가, 아니, 그것이 걸어오고 있었다.

 장현걸은 남자 형상을 한 그것을 보며 등골이 오싹해지는 기분을 느꼈다.

 "도강언은 민강의 홍수를 제어하는 수리 시설이다. 반강과 당문에서 없어진 화기면 파괴도 불가능하지 않아. 도강언의 핵심은 어취와 비사언이다. 만의 하나를 대비하여 우리 측 무인들이 그 일대를 샅샅이 훑고 있지만, 인력이 부족해. 개방이 나서줘야겠어."

 "우리도 사람은 많지 않소."

 "대신 냄새를 잘 맡지 않나?"

 "재난의 냄새가 진동을 해서 다른 냄새는 잘 맡아지지도 않겠소."

민강의 범람은 고대로부터 내려온 두려움이었다.

수신(水神)으로 숭상되는 이빙 부자가 인부 일만을 동원하여 도강언을 건축한 후에야, 민강은 옥토를 살리는 젖줄이 될 수 있었다.

그 도강언이 파괴되면, 당장 비만 조금 내려도 감당 못 할 수해(水害)가 민강 백성들을 덮칠 것이다. 대규모 홍수에 강에서 기어 올라오는 요괴 재해까지 겹치면 그 피해는 상상조차 되지 않는다. 개방 후개인 그조차도 공포를 느낄 정도였다.

"의협비룡회는 들어라! 지금 접근하는 것과 교전하지 마라! 내가 상대하겠다!"

단운룡의 목소리가 장현걸의 귓전을 지나 이왕묘 전역에 내려쳤다.

장현걸은 고봉산과 함께 담장 쪽으로 갔다.

그가 기어코 단운룡에게 물었다.

"헌데, 저건 대체 뭐요?"

저것이라 했다.

사람이 아니라는 것을 확실히 알겠다.

얼굴은 사람처럼 보였지만, 머리엔 세 개의 뿔이 돋아나 있었다. 그리고 그것은 가면이 아니라, 진짜 얼굴이었다. 고풍스런 비단 옷을 입었는데 드러난 팔뚝에는 빛나는 비늘이 박혀 있었다.

"보이는 대로다."

단운룡이 말했다.

장현걸과 고봉산은 더 묻지 않고 담벼락을 넘어갔다.

그들은 이미 이 도강언을 둘러싼 전설에 대해 알았다. 그저 그 전설이 이 시대에 현현했음을 쉽게 인정하지 못했을 뿐이다.

단운룡이 뇌전을 둘러치고 그것의 앞에 섰다.

그것이 말했다.

"나와 같은 용형인(龍形人)인가?"

그것의 눈은 단운룡의 눈과 묘하게 닮아 있었다. 말투는 지극히 옛스러워 이 시대의 언어로 들리지 않았다.

"아닐걸."

단운룡이 답했다.

그것의 고개가 기울어지고, 눈동자가 세로로 길쭉해졌다.

단운룡은 용형인이라는 세 글자를 전에도 들은 적이 있다.

천지가 개벽하며 암제흑룡이 승천하는 장강에서, 신화 속 중명조를 타고 내려온 괴력난신의 월현이 그를 보고 그렇게 말했다.

월현은 이내 잘못 보았다며, 자신의 눈이 틀렸다 인정했다.

암제권속 흑망이라는 말도 기억한다. 망(蟒)이란, 이무기를 뜻했다. 대저 천하를 어지럽히는 악룡을 두고도 사람들은 흑망이란 표현을 써 왔다.

"마정에 광력(光力)이 깃들었음에도 미천한 인간 육체를 벗어나지 못하다니. 확실히 우리 권속은 아니로다."

그것이 한 발 더 다가왔다.

스칸다에게서 신(神)을 느꼈다.

이것에게서는 마(魔)를 느낀다.

"환성얼룡이라. 정말 용을 깨웠군."

일개 백면뢰에게서 알아냈던 사실치고는 참으로 그 실체가 거창하다.

그렇다면 그 다음 글귀들도 진실일 수 있겠다.

단운룡은 광구의 기운을 더해, 음속을 발동했다. 그의 몸에서 방출되던 뇌전이 몸으로 스며들었다.

"나를 알고도 덤비겠다는 것인가?"

"물론이다."

이것은 아직 살의를 품지 않았다.

길쭉한 눈빛이 말한다.

이 존재는 단운룡을 하찮게 여기고 있었다.

꽈앙!

단운룡이 바로 땅을 박찼다. 폭음이 뒤따랐다.

나아가며 손날을 세웠다.

광검결의 예리함이 음속의 영역을 갈랐다.

콰악!

보지 못했다.

얼룡이 가볍게 단운룡의 손목을 잡아챘다. 음속광검결이 자아내는 뇌전력의 참격은 손날뿐 아니라, 팔꿈치까지도 보검(寶

劍)처럼 만든다. 얼룡의 손아귀엔 핏방울 하나 맺히지 않았다.
 손아귀에 잡힌 오른손을 움직일 수 없었다.
 그 상태로 얼룡이 단운룡의 가슴으로 손끝을 들이밀었다. 모든 것이 느려진 영역인데, 얼룡의 손만이 전광석화 같았다.
 쩌엉!
 천근처럼 무거운 공기를 거슬러 음속의 극광추를 전개했다.
 촤악!
 얼룡의 손이 비껴나가며 단운룡의 어깨를 긁었다. 겉에 댄 장포가 쫙 갈라지고, 천잠보의까지 찢었다. 단운룡의 어깨 어림에서 길쭉하니 핏물이 솟았다.
 "천잠의?"
 잠에서 깨어난 고대의 마룡에겐 특별한 지식이 있는 것 같았다.
 천잠보의가 스멀스멀 다시 짜여졌다. 피륙의 상처도 함께 회복되었다.
 단운룡의 오른손은 아직도 얼룡에게 잡혀 있었다. 얼룡이 다시 손을 내질렀다.
 엄청나게 빨랐다. 품고 있는 힘이 엄청나게 강했다.
 신과 마는 한 끗 차이다.
 단운룡은 그 움직임에서 신의 무공을 구사했던 크리슈나를 떠올렸다.
 이들은 많은 동작을 취하지 않는다.

그래서 단순하다.

단운룡은 왼손 극광추로 얼룡의 팔꿈치를 노리고, 오른손엔 광검결을 일으켰다. 잡아당기며 몸을 숙였다. 극광추 충돌 시의 반탄력을 이용해 허리를 비틀었다.

초식으로 단순함을 상쇄했다.

얼룡의 손이 허공을 뚫었다. 장포도, 천잠보의도 찢어지지 않았다.

얼룡이 하늘로 올라갔던 손을 내리쳤다.

예지했다. 크리슈나라면 그렇게 했을 것이다.

경험이 예지를 공고히 하고, 각인했던 순간의 반격이 본능처럼 솟아났다.

단운룡의 발이 땅을 찍었다.

퀴융!

음속 영역을 찢어발기며 단운룡의 마광각이 얼룡의 머리에 작렬했다.

콰아아앙!

폭음과 함께 얼룡의 오른손 손아귀가 풀렸다.

그게 다였다.

음속의 파괴력은 강철을 쪼개고 바위를 부순다. 사람 육신에 직격으로 들어가면 피보라가 일어난다.

얼룡의 머리는 날아가지 않았다.

목과 몸이 한쪽으로 조금 기울어졌을 뿐이다.

관자놀이에 아직도 발등이 박혀 있건만, 얼굴은 무표정으로 멀쩡하다.
 올려찬 자세 그대로 얼룡의 두 눈을 보았다.
 경고가 등줄기를 타고 올라 뇌리를 울렸다. 세로로 길쭉한 얼룡의 동공이 더 가늘어졌다.
 순간.
 얼룡의 어깨가 움직였다.
 그저 움찔하는 것만 보았다.
 단운룡은 전신의 광극진기를 팔뚝에 쏟아부으며 왼쪽으로 땅을 박찼다.
 꽈앙! 꽈아아아앙!
 폭음이 연이어 터졌다.
 이것도 예지로 막았다. 단운룡의 몸이 무서운 속도로 날아가 이왕묘 담벼락을 부쉈다. 돌무더기가 비처럼 쏟아졌다.
 콰르르르륵! 콰륵!
 우우우우우웅!
 어쩔 수가 없다.
 담벼락 잔해를 밟고 나온 땅바닥에서 돌과 흙이 동심원을 일으켰다.
 "모두 이곳을 벗어나라."
 단운룡이 명했다.
 이 영역에서는 일합의 충격파만으로도 문도들이 죽을 수

있다.

 기혈에 몰아치는 폭풍을 억지로 부여잡으며 마룡에 맞설 마신을 일으켰다.

 장포 안에서 은은한 빛 그림자가 명멸했다.

 터엉!

 단운룡이 땅을 박찼다.

 파동역장이 사위를 채웠다.

 "하늘의 섭리는 항상 이러하다! 잠에서 깬 어느 시대에나 이런 인간들이 있구나!"

 얼룡이 이를 드러냈다.

 송곳니가 오래된 그림 속 용들의 이빨처럼 길고 완만하게 자라나 있었다.

 그의 얼굴에 반짝이는 비늘이 일어났다. 손가락 마디마디가 금속처럼 단단하게 변했다.

 쩌어어엉!

 얼룡의 용조(龍爪)와 마신의 광검결이 부딪쳤다.

 칼날 같은 충격파가 땅바닥에 고랑을 팠다.

 얼룡의 움직임이 보였다.

 얼룡이 다가오며 손날을 세웠다.

 용조의 예리함이 마신의 영역을 갈랐다.

 콰악!

 이번엔 얼룡이 단운룡의 움직임을 보지 못했다.

단운룡이 가볍게 얼룡의 손목을 잡아챘다. 그 상태로 단운룡이 광검결을 얼룡의 가슴으로 꽂아 넣었다.
 같은 상황의 역전이다.
 쩌엉!
 얼룡이 거세게 손을 휘둘러 마신극광추를 비껴냈다.
 촤악!
 얼룡의 비단옷이 쫙 찢어졌다. 어깨 어림에서 피가 솟구쳤다. 어둠을 머금은 얼룡의 피는 사람 피보다 검게 보였다.

 얼룡의 얼굴에 표정 같은 것이 생겼다.
 사람이 아니어서인지, 얼굴 근육의 일그러짐이 어색했다.
 세로로 갈라진 용안에서 검고 푸른 기이한 빛이 새어나왔다. 얼룡의 어깨에서 피가 멎었다. 빛나는 비늘이 상처를 막고, 갈라진 조직을 채웠다. 고속의 재생능이었다.
 양측 모두 극도의 방어력과 재생의 공능을 지녔다.
 조건은 비슷하다는 말이다.
 단운룡은 놀라지 않고 다시 한번 극광추와 광검결을 연환으로 전개했다.
 쩌정! 꽝!
 얼룡의 몸이 꿈틀 비틀렸다.
 본색을 드러낸다.
 악룡이 몸부림을 치면 파도가 산처럼 일고 폭풍이 거세게

친다고 하였다. 얼룡의 몸 전체에 생겨나는 전사력을 감지했다. 강력한 경파가 얼룡의 전신을 타고 흘렀다. 단운룡이 전개한 마신의 파동이 단숨에 일그러졌다.

얼룡이 주먹을 휘둘렀다.

꽈릉! 하고 벼락 치는 소리가 들렸다.

꽈아아앙!

단운룡은 전력을 다해야 했다. 그리고 한 가지 사실을 깨달았다.

'이것은?'

파동기가 일그러져 빨려들어가고 있었다.

흐름이 익숙했다.

전사력과 흡입력, 그리고 확산되는 경파다.

'파황권!'

강호의 무공들은 본디 자연의 형상을 본 딴 것이 많았다. 자연이란, 구름이 될 수도, 산과 물이 될 수도 있으며, 나는 새나, 뛰는 짐승이 될 수도 있다.

학권(鶴拳)이니, 호권(虎拳)이니 하는 공부가 그러하다.

동물들의 움직임을 실제로 관찰하여 흉내 낸 무공이 셀 수 없다만, 소위 용권(龍拳)이라 불리는 공부는 직접 보고 만드는 것이 아니라 상상 속의 형(形)으로 구현될 수밖에 없다. 그게 당연한 일일 게다.

하지만, 단운룡은 얼룡의 움직임을 보며, 용형(龍形)의 투로도 직접 보고 배우는 것이 가능할 수 있겠다는 생각을 했다. 그리고 이미 그것을 실행에 옮긴 자가 있다는 것을 직감적으로 알았다.

'천룡!'

얼룡이 손을 쫙 폈다.

용조(龍爪)는 손톱이 굵고 뾰족했다.

사람과 짐승의 손을 합친 것 같은 얼룡의 우수가 하늘로 치켜 올라가더니, 그대로 단운룡을 향해 짓누르듯 휘둘러졌다.

장공(掌功)이 일어났다. 하늘에서부터 기운이 내려와 손바닥을 거쳐 현현했다.

강림장이었다.

꽈과과광!

단운룡은 마주 받지 못하고 회피했다. 회피하며 생각했다.

상대가 용의 형으로 싸운다면, 여기에도 상성이 적용될 것인가.

불가능과 가능 두 가지가 동시에 뇌리를 스쳤다.

콰드드드득! 콰아앙!

땅이 갈라졌다. 대문이 박살 났다.

말 그대로 경천동지의 싸움이었다.

단운룡의 눈이 전광을 품고 끊임없이 빛났다.

극광추로 용조를 튕겨냈다. 몇 번이나 합을 주고받았지만, 상성 우위를 실감하지 못했다.

얼룡은 천룡이 아니다.

같은 동물이라도 제각각 개체 차이라는 것이 있다.

철위강이 어떤 용과 싸웠든, 용이라는 족속들이 완전하게 동일한 힘을 구사한다는 것은 어불성설일 따름이다.

또한 그럼에도 같은 종족이기에 비슷한 결이 생긴다.

광극은 천룡의 상극이었다.

반 보 앞으로 나간다.

단운룡이 지닌 순간적 재능이 광검결의 전개에 작은 변초를 만들었다.

각도를 반의반으로 좁히고, 손목을 비틀어 전사력을 더했다.

찰나의 변화로 개체 간 특질의 차이를 좁혔다.

그 막강한 충돌의 중심에서, 단운룡은 마신의 광검결로 얼룡의 강림장을 찢었다.

콰가가가가각!

얼룡의 등허리에서 한 움큼의 핏물이 터져 나왔다.

"어째서!"

얼룡이 휙 공중에서 몸을 비틀고 땅으로 내려섰다. 그의 등 뒤로 검은 피가 마구 쏟아졌다.

얼룡이 분노에 찬 목소리를 냈다.

"파동광력에 용살(龍殺)의 힘까지 지녔다니! 누천년을 저주받은 선충(蟬蟲:매미)처럼 살아왔건만, 환성을 하루조차 허락하지 않는가! 인간들이 이 땅에서 무슨 짓을 해 왔기에, 섭리가 이리도 비틀렸더냐!"

깊은 물 춥고도 추운 바다에서 수백 년을 잠자고, 깨어나 뽐내는 시일은 그 해를 넘기지 한다. 그것이 하늘이 내린 악룡의 숙명이다. 얼룡의 천년 절규가 악룡의 창룡음이 되어 하늘 위로 올라갔다.

무심한 암천의 구름은 미동도 하지 않았다.

얼룡이 땅을 박차고 단운룡에게 짓쳐들었다. 몸에서 뿜어지는 악기(惡氣)가 완연해졌다. 보통 사람은 질식해 쓰러질 만큼의 기운이었다.

꽈과광!

폭음이 사위를 채웠다.

단운룡은 인간의 무공으로 하늘을 원망하는 악룡에 싸웠다.

아름드리나무가 쓰러지고 담벼락과 돌계단이 박살 나 흩어졌다. 때는 바야흐로 인간의 무(武)가 정점에 이르러, 천도가 세상에 난세를 내린 시대였다.

무예의 조화가 기운의 크기를 상쇄했다.

천년의 마(魔)를 담은 악룡의 여의주는 뇌정광구보다 강대한 힘을 지녔지만, 구름을 일으키는 용(龍)의 이름을 가진 인간의 무공을 이기지 못했다.

콰아아아아아아!

마신광뢰포가 얼룡의 전신을 휩쓸었다. 얼룡이 전사력으로 자아내는 용형의 경파가 가닥가닥 해체되어 밀려났다.

꽝!

얼룡의 몸이 튕겨나가 바위를 부수고 강물이 보이는 석벽에 처박혔다.

용의 얼굴에 떠오른 표정을 해석할 수 있다면, 그것은 아마도 허탈함이었을 것이다. 잠에서 깨어난 지 얼마 되지 않은 악룡은 용살의 인간을 보며, 두려움 대신 증오를 느꼈다.

단운룡을 향한 증오가 아니었다.

힘의 향연이 인간에게만 허락된 이 세계에 대한 혐오였다.

"모조리 죽이겠다!"

뒤틀린 의지가 파국과 파멸로 향하는 것은 뻔하지만 명백한 순리였다.

얼룡의 입에서 강력하고 기이한 괴성이 터져 나왔다.

쿠오오오오오오오!

마신진기를 끌어올려 파동역장을 최대로 펼쳤다.

괴성은 음공(音功)처럼 단운룡의 강타했다. 음파가 도강언 전역을 휘몰아쳤다.

짧다면 짧고 길다면 긴, 악룡음이 그쳤다.

얼룡의 괴성은 단운룡만을 향한 공격이 아니었다.

눈에 닿는 곳과 닿지 않는 모든 곳에서 요기(妖氣)가 들끓어 오르는 것을 느꼈다. 이제 잡스러운 요괴들이라도 더 강해질 것이며, 큰 요괴들은 훨씬 더 위험해질 것이다.

"용살의 기예가 있다 한들, 그 정도로는 나를 잠재우지 못한다! 내가 너를 괴롭히는 동안, 물의 마귀들이 강가의 모두를 죽일 것이다!"

얼룡은 예언처럼 소리쳤다.

단운룡은 그것이 충분히 이루어질 수 있는 이야기임을 알았다.

그뿐이 아니었다.

파직! 파지지직!

단운룡의 손과 뺨에서 황록색 뇌전이 일어났다.

피부색이 붉고 푸른색으로 불안정해졌다.

마신마저 한계에 이르고 있는 것이다.

그가 얼룡에게 잡혀 있으면 문도들이 그만큼 위험해진다. 그가 얼룡에게 당하면 군웅들도 살아남지 못할 것이다.

그러니, 그가 이겨야 했다.

파직!

힘의 고갈을 눈치채도록 할 수 없다. 두 주먹을 앞으로 모았다.

파지지직!

두 주먹 사이에서 뇌전이 일어났다. 억지로 광핵 회전을 더했다. 이러면 반동이 더 크겠지만, 지금은 뒤를 생각할 겨를이 없었다.

단운룡이 얼룡에게 뛰어들었다.

마광각을 내리찍고 광검결로 베어낸 후, 광혼고를 때려 박았다.

무시무시한 폭음이 땅과 하늘을 뒤흔들었다.

'이걸로는 안 돼.'

얼룡의 육체는 너무나도 견고했다.

두드리면 두드릴수록 단단해지는 강철 같았다.

촤악!

순간 얼룡의 손톱이 단운룡의 옆구리를 가로질렀다.

단단하기만 한 것이 아니었다. 얼룡은 전설 속의 용처럼 강했다.

날카로운 통증이 등줄기를 타고 올랐다. 천잠보의가 찢기고, 살점이 뜯겨 나갔다.

천잠보의 수복과 육체의 재생에는 그만큼의 진기가 소모되었다.

싸우는 만큼 단운룡의 손해다.

그의 머릿속이 헝클어졌다. 위타천, 강림장, 파황권, 천룡의 전투와 광극의 상성이 뇌리를 스치고 안개처럼 흩어졌다.

이것만으로는 안 된다.

얼룡의 움직임을 보았다. 용형(龍形)은 흉내 낼 수 있어도, 저 육체 강도는 베낄 수 없다.

기를 읽었다.

기운이 집중된 것은 턱과 목 사이다. 여의주라도 들어 있는 듯한 저 힘의 원천은 기의 생성이 무궁무진하여 결코 메마르지 않을 것 같다.

 무한의 방어력과 재생능이다.

 투로에서 이겨도 최종적으로는 진다.

 해답은 하나다.

 절대적인 파괴력으로 필요했다. 그리고 단운룡에겐 광검이 있었다.

 '불가!'

 뽑을 만큼의 공력이 없다.

 광검을 전개한 순간 광핵은 멈춰 버릴 것이요, 천잠보의는 기갈에 이를 것이다.

 쓸 수 없는 해답이다.

 어떤 싸움을 되돌아 봐도, 지금까지의 전투 경험 중에서는 마땅히 꺼낼 것이 없었다.

 '아직 가보지 못한 곳!'

 그러므로, 단운룡은 새로운 영역에 발을 들여야 했다.

 어지럽게 얽혔던 기억들이 무(無)로 돌아갔다.

 생각을 비우고 마음을 비웠다. 비움으로 찾아온 것은 창조적 깨달음이었다. 마찬가지로 기(氣)의 소모가 상당하겠지만, 광검처럼 자멸이 확정적이지는 않다.

 광검결을 손날에 밀어 넣었다. 검신(劍身)을 최소화하여 진기를 아꼈다.
 마신보다 더 위로.
 한 계단, 아니, 어쩌면 반 계단.
 뱀과 같은 얼룡의 두 눈을 보며, 단운룡은 우주(宇宙)로 한 발을 올렸다.
 문이 열렸다. 그렇게 느꼈다.
 아무것도 없는 공간에 광극의 의지가 길을 만들었다.
 콰각!
 소리를 들었다.
 눈을 돌리자, 얼룡의 등이 보였다.
 성공했지만, 또한 실패했다.
 후두두둑! 철벅!
 검붉은 피가 폭포처럼 쏟아지고, 그 위로 팔 하나가 떨어졌다.
 이 일격으로 목을 날렸어야 했다. 공격이 이루어졌으니 성공이되, 죽이지 못했으니 실패였다.
 얼룡이 몸을 돌려 단운룡을 보았다.
 사람 같지 않은 그 눈에는 사람 같은 불신의 빛이 깃들어 있었다.
 "섭리를 거스르고 공허를 넘나들어? 그렇다면 나 또한 더 이상 섭리에 농락당하지 않겠다. 너는 내 손에 죽지 않으리라!"

얼룡이 몸을 숙여 자신의 팔을 집어 들었다.

피가 뚝뚝 떨어졌다.

"이곳으로. 오라!"

쿠아아아아!

얼룡의 입에서 괴성이 터져 나왔다.

숲이 흔들렸다.

첨벙거리는 물소리가 들려왔다.

사방에서 요괴들이 나타났다. 괴물들은 몸뚱이가 더 커져 있었고, 악룡이 퍼뜨린 요기로 전신이 충만해 있었다.

최악의 상황이었다.

얼룡은 요괴들 사이에서도 전력을 다할 수 있다. 빗나간 경파에 요괴들이 죽어도 거리낄 것이 없었다.

하지만 단운룡은 달랐다. 옆에 문도들을 세우지 못한다. 마신의 어떤 일격을 펼치더라도, 비키고 물러서라는 명령을 내려야 했다.

게다가 지금은, 광핵 회전마저 불안정해졌다.

이대로면 곧 멈출 것이다. 마신 유지가 안 된다는 뜻이었다.

"크르르륵."

"꾸에엑."

물고기 요괴들이 듣기 싫은 소리를 내며 다가왔다.

얼룡은 팔 하나가 떨어졌음에도, 사람 같은 신음성 하나 없었다. 타격 없이 건재해 보였다. 그저 악룡의 용안으로 단운룡을 노려보고 있을 뿐이었다.

얼룡은 이내 단운룡의 상태를 알아본 듯, 동공을 가늘게 좁혔다. 두 눈에 잔인한 빛이 서렸다. 개구리를 잡아먹는 뱀의 눈이 되었다.

이윽고, 얼룡이 말했다.

"찢고. 부숴서. 먹어라."

요괴에게 명하는 얼룡의 목소리는 뚝뚝 끊어져 인간의 음성 같지 않았다.

단운룡은 마지막으로 진기를 일으켰다.

지금이다.

그와 양무의가 안배했던 이가 왔다면, 지금 이때에 나타나 줘야 했다.

한 줄기 목소리가 들려 왔다.

그가 예상했던 음성은 아니었다.

"옴 소마니 소마니 훔 하리한나 하리한나, 내가 이토록 금강의 세 가지 방편을 쓰되, 몸을 금강의 풍륜에 싣고, 단 위에 경전을 읽어 광명을 쏟아내니, 밝음이 없음으로 채워진 너의 몸을 태우리라."

맑고 고운 진언은 앳되게만 들렸던 철모르는 여승의 음성이 아니었다.

"키에엑!"

"꾸어어어억!"

요괴들이 주춤주춤 물러났다.

숲 아래 계단으로부터 서광이 비쳤다.

항마의 진언이 이어졌다.

"홈 하리한나 바나야, 홈 아나야 바아밤 바아라 홈 바탁, 또한 천상 공중 지하의 모든 것을 헐뜯는 자들은 이제 와 무릎을 꿇고 내 말을 들어라! 법음에 따라 포악하고 패역한 마음을 버려라! 도량을 보호하고, 시주를 보호하며, 재난을 없애 복을 내릴지어다!"

음성이 갈수록 준엄해졌다. 이 땅에 실제로 관음이 현현한 것 같았다.

무릎 꿇으라는 진언처럼 요괴들이 몸을 숙이고 괴로워했다.

부처의 거대한 손바닥이 그것들을 짓누르는 듯했다.

단운룡은 여승 의현에게 말했다.

"아미파와 함께 복룡담으로 따라 와라."

이 순간을 위한 말은 아니었다.

장문인을 잃었으니, 그녀라도 제 몫을 해줘야 한다고 생각했을 뿐이다.

홍춘효우 의현이 계단 위로 올라와 그녀를 일깨운 영웅과 악룡 앞에 섰다.

그녀의 능력은 단운룡의 예상보다 빨리, 가장 필요한 때에 꽃을 피웠다. 내공도 깊지 않은 그녀가 온몸에 부처와 같은 성광(聖光)을 둘러치고 있었다.

얼룡이 얼굴이 일그러졌다.

그 얼굴은 이제 사람 형상이 아니었다.

감춰졌던 모습이 드러나듯, 안면의 골격이 길쭉해졌다. 눈알이 튀어나오고 코와 턱이 아래로 내려왔다. 입이 찢어지고 휘어진 송곳니가 위로 돋아났다.

얼굴의 색도 변했다. 두 뺨이 녹색으로 변하고, 이마 위가 군청색이 되었다.

바야흐로 진실된 용의 얼굴이다.

처음 물속에서 올라왔던 그대로, 인간의 둔갑이 사라진 채, 악룡의 제 모습이 돌아왔다.

"섭리의 역한 종들이 미쳐서 난장을 벌인다! 불법이 인간으로 화해 내려오면, 그 명(命)이 성할 듯싶더냐!!"

얼룡의 목소리가 쩌렁쩌렁하게 사위를 울렸다.

요괴들이 퍼뜩 몸을 세웠다.

의현의 얼굴은 평온했다.

반개한 두 눈에서는 온유한 빛이 감돌고, 밝은 피부에 상서로운 기운이 서렸다.

그녀가 합장했다.

"오랜 세월 쌓인 죄가 생각 하나로 쓰러지니."

얼룡이 꿍! 하고 땅을 밟았다.

악룡이 꿈틀거리며 의현에게로 향했다.

단운룡은 얼룡을 막아설 수 없었다. 광극진기가 들끓고 있었다.

의현의 독경이 이어졌다.

"마른 풀을 불태우듯 흔적마저 그지없네."

그녀의 목소리는 잔잔하고 부드러웠다.

푸확! 후두두둑!

팔이 떨어진 얼룡의 어깨에서 검은 피가 폭발하듯 솟구쳤다.

아물던 상처가 벌어지고 있었다. 재생능이 억압되고 마기가 흩어졌다. 악룡의 피가 폭포처럼 쏟아져 내렸다.

"죄는 그 자체로 성한 것이 아니라 내 마음을 따라 일어난 것, 마음 한 번 다스리면 죄업 역시 사라지는 것을."

의현에게 달려들던 얼룡의 발이 점점 느려졌다.

피가 계속 쏟아졌다.

얼룡의 손과 팔에 검푸른 비늘이 일어났다. 비단옷을 뚫고 등줄기에 가시 같은 뿔들이 돋아났다.

"크아아아아아아!"

얼룡이 입을 쩍 벌리고 괴성을 내질렀다.

이미 사람 목소리가 아니었다. 주위의 움츠린 요괴들이 내는 것처럼 의미 없는 괴음이 되었다.

"죄와 업이 없어지고 마음이 공(空)에 이르면, 이것을 이름 붙여 참회라 한다."

의현은 악을 꾸짖는 것이 아니라, 스스로에게 말하는 것 같았다.

 장문인이 허망하게 죽어간 절망과 그것을 알고도 막지 못한 스스로에 대한 자책이 죄업처럼 그녀 마음속에 남아 있었다.

 보현신니의 죽음이 홍춘효우 불법 각성의 화두가 되었다.

 오로지 안타깝고 슬픈 그녀의 마음은 곧 중생들을 바라보는 부처의 마음과 같음이라, 그녀의 전신에 서린 불광(佛光)이 참회의 의지를 따라 일어나서 사바의 악기(惡氣)를 씻어낼 따름이었다.

 쾅!

 얼룡이 땅을 박찼다.

 악용처럼 날아올라 떨어진 것은 불법이 인화된 의현의 앞이 아니었다. 의현이 발하는 정광을 견디지 못하고 도망치듯 몸을 날려 강물 앞 절벽 위에 섰다.

 후두둑! 후둑!

 흘러내리던 피가 줄어들었다.

 악룡의 어깨가 다시 아물기 시작했다.

 용으로 변했던 얼굴도 다시 사람처럼 돌아왔다. 귀밑까지 찢어졌던 입이 다시 붙었다. 얼룡이 사람의 언어로 소리쳤다.

 "세계의 법도가 이미 일그러졌음을 알았다! 섭리는 더 이상 나를 막지 못할 것이다!"

 얼룡은 단운룡과 의현을 저주하지 않았다.

 처음부터 끝까지 잠자던 용은 오로지 하늘만을 증오했다.

꽈앙!

용이 자신이 올라왔던 물 위로 몸을 던졌다.

첨벙! 쏴아아아아아!

물소리가 거셌다. 사람 크기의 몸 하나가 빠진 것으로는 불가능한 물보라가 일어났다.

그렇게 악룡을 물리쳤다.

복룡담에 다다른 의현은 아마도 가장 강력한 마기(魔氣)를 찾아 여기까지 왔을 것이다. 그녀에게 허락된 불법은 거기까지였다.

충만해 있던 불광(佛光)이 희미해졌다.

섭리가 내리는 기적은 필요한 만큼뿐이다. 그보다 더 과하게 주지 않는다.

악룡이 물로 돌아가 전장에서 사라진 것으로 그녀는 할 수 있는 것을 다했다.

촛불이 꺼지듯, 그녀의 몸에서 서광이 사라졌다.

그녀의 몸에 불법의 불길이 사라졌으니, 얼룡도 그것을 감지했을 것이다. 하지만 얼룡은 다시 나타나지 않았다.

악룡은 천년 세월로 하늘의 이치를 겪었다. 마기가 강물을 따라서 멀어지고 있었다. 얼룡이 다시 절벽 위로 올라오면 그녀의 몸에서는 거짓말처럼 불광이 솟아오를 것이다. 용은 그렇게 예정된 사실을 잘 알았다.

"나무아미타불……."

그녀가 마지막 불호를 읊었다.

얼룡은 없지만 요괴들은 아직 많았다.

불법의 화신이 아닌 그녀는 힘없는 여인일 뿐이었다.

"키에에엑!"

가장 가까이에 있던 요괴가 그녀에게 달려들었다. 동시에 단운룡에게도 주위의 요괴들이 이빨을 들이댔다.

퍼억! 콰직!

물론, 의현은 혼자가 아니었다.

그녀는 아미파의 최중요 인물 중 하나다. 그녀의 바로 뒤에서 쏟아진 아미명멸창이 요괴의 머리를 꿰뚫었다.

퍼벅!

의현이 불심 그 자체였다면, 몰아치는 아미명멸창은 불법을 수호하는 천왕의 분노 같았다.

부처는 자애로운 음성만으로도 마귀들을 굴복시킬 수 있으나, 부처의 곁을 보좌하는 천신들은 직접 싸우고 짓밟음으로 마귀들을 물리친다.

창끝이 무서운 속도로 짓쳐나가 요괴들의 몸뚱이를 터뜨렸다.

"신니! 의현을 부탁드립니다!"

그의 목소리는 단단했다.

신창(神槍), 신승(神僧)을 논하는 아미제일의 복호승이다.

보광호승이 의현의 앞에서 요괴들을 무너뜨렸다.

파라라락!

만불신니가 가사자락을 휘날리며 날아와 비틀거리는 의현을 감싸 안았다. 계단 아래에서 호통 소리와 계도의 묵직한 파공음이 들렸다. 보국신승이 저 밑에 있었다.

아미파 고수들이 의현을 지키니, 그보다 안전할 수 없다.

이젠 의협비룡회 차례였다.

콰직! 퍼어엉!

요괴들의 한쪽 측면이 허물어졌다.

"문주!!"

단운룡이 전권에서 비켜나라 하였지만, 그를 아는 관승과 장익은 그의 명령을 곧이곧대로 듣지 않았다. 그들은 홀로 짐을 진 그들의 문주가 어떤 위기에 처할 수 있는지 너무나도 잘 알고 있었다.

이 또한 단운룡과 양무의의 안배는 아니었다.

그들도 틀릴 수 있다.

그리고 틀려도 괜찮다. 안배라 함은, 일이 틀어질 때를 대비함이다. 예상 밖 아미파의 힘으로 최악의 적을 물러나게 만들었으니, 이젠 그들 자신의 힘으로 해결하면 된다. 더 이상 남의 손을 빌리는 것은 사양이었다.

퍼어억!

장익의 장팔사모가 요괴들을 짓이겼다.

비룡각 창술무인들이 그의 뒤를 따랐다. 청룡언월도가 그

옆을 받쳤다. 관승은 아직 중독 때문에 몸이 성치 못했다. 그도 단운룡처럼 왼종일 운기조식을 했지만, 청룡언월도의 칼날엔 어제 같은 용력이 없었다.

요괴들이 제법 격하게 저항했다.

얼룡이 주고 간 마기가 아직 남아 있는지, 움직임이 날쌔고 포악했다.

"문주! 조금만 버티십시다!"

장익이 호탕한 목소리로 소리쳤다.

도약으로 광핵회전이 멈췄다.

다행히도 천잠보의의 기갈은 오지 않았다. 움직이기 힘들었지만, 그래도 초식 없는 괴물들의 움직임에 당할 단운룡이 아니었다.

궁극의 영역이 멀지 않았다.

내공이 거의 바닥나 있어도, 광신마체를 발동하지 않아도, 괴물들의 발톱과 이빨을 피할 수 있다.

단운룡은 느려졌고, 반격은 시도하지 못했다.

버티는 것은 문제없었다. 아슬아슬해 보이지만 여유롭게 요괴들 사이를 누볐다.

꽝! 후두두둑!

마침내 요괴들을 뚫고 장익이 단운룡 앞에 섰다.

처음도 아니고 마지막도 아니다.

벌써 이 거대한 전장에서만 두 번이다. 단운룡은 팔황과의 긴긴 싸움에서, 서로가 서로를 구하러 오는 이 상황을 숱하게 겪게 되리라는 것을 약속처럼 예감했다.

콰광!

관승과 장익, 그리고 비룡각 무인들은 이미 무너진 이왕묘 대문 앞을 빠르게 정리했다.

비룡각 무인들 가운데서, 이전이 달려왔다.

"보병구 쪽 상황이 급합니다. 요괴들이 셀 수 없이 올라오고 있으며, 가면이 아니라 실제 짐승의 머리를 한 괴인들이 여럿 출현하였습니다."

"화기는?"

"화기요? 아직 화탄에 의한 폭발이 일어난 바는 없습니다. 군산혈전과 같은 상황을 우려하시는 것이라면 지금까지 관군의 개입은 감지되지 않았습니다."

"반강의 화약고와 당문 본가의 화기 분실에 대한 보고는 알고 있지?"

"네, 물론입니다."

"개방 후개와 이야기했다. 우리 짐작이 맞았어."

"아! 그렇다면!"

"도강언 수리 시설의 핵심은 세 군데야. 보병구뿐 아니라 비사언과 어취 쪽도 급하다."

"화탄을 어떻게 터뜨리는지가 관건이겠군요."

"그래. 이미 설치했다면 벌써 터졌겠지. 직접 목표지에 운

반하여 폭발시킬 가능성이 크다."

"알겠습니다! 여의각 요원들에게 전달하여, 비룡각 무인들을 분산배치 하겠습니다."

이전은 지체 없이 몸을 날렸다.

콰직!

저쪽에서 보광호승이 마지막 요괴를 창으로 찍어 절벽 밑으로 밀어내는 것이 보였다.

단운룡이 몸을 돌려 아미파 쪽으로 걸어갔다.

"서둘러 잘 왔다."

의현은 기절할 것 같은 얼굴을 하고 있었지만, 눈빛은 형형했다.

그녀가 합장하며 대답했다.

"해야 할 일을 했을 뿐이어요."

"악룡을 물리친 것을, 아미파에 감사를 표한다."

단운룡이 포권했다.

"저희가 감사해야지요. 아미타불."

의현이 고개를 숙이며 불호를 외웠다. 보광호승이 창을 휘돌리며 다가왔다.

"의협비룡회 문주라 하셨지요?"

"그렇다."

"어제의 은을 이제야 말합니다. 늦었지만 고맙습니다."

"신마맹과 싸우는 지금은 모두가 동료이니, 은과 원을 이야기할 때가 아니다. 아직 싸움이 남아 있다. 적들은 도강언의 파괴를 획책하고 있는 것으로 여겨진다. 무인들이 더 필요해. 아미파는 몇이나 왔나?"

"장문신니의… 입적에, 대부분의 무승들을 본산으로 돌려보냈습니다. 복호승 사십팔 명, 복룡담에서 이쪽으로 올라오고 있습니다."

"아미파가 비사언 쪽을 맡아줘."

"알겠습니다."

단운룡이 지시하듯 말했다. 보광호승은 일말의 거부감도 없이 답했다.

옆에서 지켜보는 만불신니도 그러했다.

강호에서 힘은 곧 자격이 된다.

그들은 아미파 한가운데 나타난 단운룡의 무위를 이미 보았다.

말투에 대한 문제는 내려놓고 들으면, 그의 말은 명료하여 가감이 없고 뜻하고자 함이 뚜렷했다.

그들은 이제 동료이니 은원을 말하기에 앞서 닥친 문제를 해결하자.

그것이 전부다.

따르지 않을 이유가 없었다.

"그럼 무운을."

단운룡이 포권을 거두고 바로 몸을 돌렸다.

보광호승이 그 등 뒤에서 합장했다.

"아미타불, 문주께도 무운이 있으시길."

만불신니 쪽을 돌아보았다. 막 보국신승이 피에 젖은 계도를 들고 계단 위로 올라왔다.

"도강언을 파괴한다는 것이 무슨 이야기더냐. 대재난이 일어난다는 말인데, 내가 이해한 바가 맞느냐?"

"네, 맞습니다. 막지 못하면 홍수가 나고 민초들이 큰 고난을 겪을 것입니다."

"서둘러야겠구나."

만불신니가 미간을 좁히고 비틀거리는 의현을 추슬렀다.

"지금 이게 다 무슨 말이지?"

늦게 온 보국신승이 다시 물었다.

"일단 가십시다."

만불신니가 재촉했다. 그래도 구파다. 충분히 상처 입었지만, 그래도 불법성지 아미산의 이름이 있었다. 자존심 문제가 아니라, 백성들을 위해서라도 힘을 낼 때였다. 아미타불, 그들의 입에서 불호가 되뇌어졌다.

* * *

천 년 하고도 육백 년이 넘어가는 고대.

민강은 수시로 범람하여 성도와 평원을 수몰시켰다.

고통 받는 백성들을 안타까이 여긴 태수 이빙은 만 명의 인부를 동원하여 민강 한가운데 수류를 따라 천 장 길이의 제방을 쌓았다.
 그것이 금강제다.
 금강제의 머리 부분에는 어취가 있다. 물고기의 주둥이와 비슷하게 생겼다 하여 어취란 이름이 붙었다. 민강 줄기는 뾰족한 어취에서부터 외강과 내강의 두 줄기로 나뉘어졌다.
 외강은 본래의 수류대로 흐르도록 두었다.
 내강 하류엔 비사언과 보병구를 건설하여 수량을 조절토록 했다.
 수해(水害)가 빈번하던 민강은 도강언 건설과 함께 사천 대지의 젖줄이 되었다.
 또한 이빙은 넘치는 물과 함께 세상을 어지럽히던 악룡을 복룡담 깊은 곳에 처넣고 봉인하여 용을 이긴 영웅이 되었다.
 이빙은 치수의 업적과 전설적 영웅담으로 수신(水神)의 칭호를 받았고 민간숭배의 신성(神性)을 획득하기에 이르렀다.
 그런 이빙의 가면이 신마맹에 있는 것이다.
 역설이 따로 없었다.
 신마맹은 흑림과 함께 민강 줄기를 피로 물들였고, 악룡인 얼룡을 잠에서 깨웠다. 더불어, 아직은 짐작일 뿐이지만, 화기를 이용하여 도강언을 파괴하는 계획까지 세운 것으로 여겨진다.

신화(神話)의 뿌리를 스스로 끊겠다는 뜻이다.

단운룡은 그 대목에서 스칸다가 말한 가짜 신이라는 표현을 상기했다.

신마맹 천신들이 말하는 신격은 신화의 성립과 온전하게 연결되어 있지 않은 것으로 보였다. 신앙은 더 이상 가면이 지닌 힘의 원천이 아니라는 뜻이다.

흉내 내어 궤변 하는 가짜 신성(神聖)이다.

이 사실은 이 대에 걸쳐 긴 세월 치수 사업에 혼신을 다했던 이빙과 이랑이 도강언 환란의 한 축이라는 것으로 더욱 명백해졌다.

천신의 뜻을 따르는 것이 아니라 천리를 역행하는 자들이다. 그 가면 안에 어떻게 비틀린 자기합리가 있을지는 모르는 일이지만, 이미 이 사태만으로도 민초들이 안심하고 살 수 없는 세상이 되었다.

해묵은 원한이 아닌, 대의(大義)가 단운룡과 함께하는 지금이다.

내공이 고갈되어 감에도 서둘러야 하는 이유였다.

"어취부터 가자."

어취, 비사언, 보병구 셋 다 중요하지만, 단운룡은 어취를 택했다.

어취부터 확인해야 한다.

전장의 감이었다.

단운룡과 관승, 장익, 그리고 비룡각 창술무인 이십여 명은 거짓 신들의 사원인 이왕묘에서 내려와 안련교로 향했다.

안련교 나무다리를 건너면 금강제 천 장(丈)의 제방이요, 금강제 상류의 가장 앞에 있는 것이 강을 세모로 가르는 어취였다.

쩌정! 퍼어억!

흔들리는 나무다리 앞으로 백면뢰들이 보였다. 장익이 호쾌하게 허연 가면들을 몰아쳤다. 장팔사모가 가면들의 육신을 꿰뚫었다. 십여 명의 가면들이 물속에 빠졌다.

장판교의 장비가 그러했듯, 기세가 오른 장익은 그야말로 만부부당의 무용을 선보였다. 관승이 거들 겨를도 없었다. 단운룡 일행은 무인지경으로 안련교 다리를 돌파했다.

싸우면서 나아가는 데에도 보조를 맞추기가 만만치 않았다. 단운룡은 깊고 느린 숨을 쉬었다. 경공을 펼칠 힘도 아끼면서 달렸다. 자연기를 한껏 받아들여 들끓는 진기를 진정시켰다. 그걸 본 관승이 속도를 늦춰 단운룡과 어깨를 나란히 했다. 그가 물어왔다.

"괜찮은 건가?"

"아니."

"운기가 필요해 보인다. 호법은 우리가 서겠다."

"안 돼. 지금은."

꽈앙! 우지끈!

장익이 다리 끝을 지키던 동자가면들을 부쉈다. 다리가 한

번 크게 출렁였다. 단운룡의 몸이 휘청했다. 난간 대신 짜 넣은 밧줄을 잡고서야 몸을 세울 수 있었다. 찢어진 장삼 속에서 천잠보의의 빛 무리가 불안하게 일렁거렸다.

"역시 싸울 수 있는 상태가 아니군. 지금 여긴 문주에게 너무나도 위험하다."

관승이 다시 말했다.

단운룡은 그에게 붙잡혀 억지로 중원으로 끌려오던 날을 기억했다. 관승은 그렇게 끌고 가서라도 단운룡을 보호할 기세였다.

"내가 못 싸워도 괜찮아. 전장의 기가 어지럽게 얽혀 있어. 하나라도 더 살리려면 직접 움직여야 해."

단운룡이 담담하게 말했다.

관승은 고집불통이었던 소년의 목소리가 아니라, 진짜 문주의 목소리를 들었다.

관승이 힘 있게 답했다.

"알았다. 싸움을 우리에게 맡겨라. 목숨 걸고 지키마."

관승도 얼굴색이 마냥 붉지 않았다.

중독의 여파였다. 그래도 다섯 관문을 뚫고 여섯 무장을 참했다는 관운장 전설만큼이나 든든하기 이를 데 없었다.

금강제 제방을 따라 어취로 향했다. 천장에 이르는 제방은 이곳저곳이 적아의 피로 얼룩져 있었다.

채앵! 따아앙!

저 앞에서 싸우는 소리가 들렸다.

한달음에 달려갔다. 가면들과 거지들이 이십여 명이 한데 어우러져 있었다.

퍼억!

개방 거지들은 일곱 명이었다. 두 명은 피투성이로 부상이 심했다.

관승과 장익은 지체 없이 개입했다, 신마맹 가면들은 촌각도 버티지 못했다.

"의협비룡회 동도들이시군요! 고맙습니다!"

선두에 선 거지는 거의 불혹에 가까운 나이로 보였는데 개방답지 않게 예의 바른 언사를 썼다.

"저는 개방의 웅기라 합니다. 강호에선 유생개라는 별호를 얻었습니다."

"장익이오."

"사모 보고 알았습니다. 어취 쪽으로 가시는 겁니까?"

"그렇소."

"잘됐습니다! 그쪽으로 간다 하였던 후개가 소식이 없어 저희도 확인차 이동 중이었습니다. 어서 가시지요!"

유생개가 반색을 했다.

서둘러 움직이려는데 개방의 부상자 한 명이 버티지 못하고 쓰러져 땅바닥을 나뒹굴었다. 거지가 숨을 헐떡이며 말했다.

"저는 이미 글러버렸습다. 두고 가십쇼."

"아니다, 그게 무슨 말이더냐."

"나도 못 가겠으요. 여기서 한 놈이라도 더 데리고 저승 갈 랍니다."

다른 한 명도 버티지 못했다.

옆구리에서 피가 뚝뚝 떨어지는 거지가 드러누운 거지 옆에 주저앉았다.

유생개의 낯빛이 급격하게 어두워졌다. 그것을 본 단운룡이 말했다.

"둘."

"네!!"

비룡각 무인들 중 두 명이 나서며 한 목소리로 답했다.

"상처 부위 조치하고 집결지로 데려가. 책임지고 살려내."

"알겠습니다!"

비룡각 무인들은 즉각 개방 거지들을 상처를 묶고 어깨에 들쳐 업었다. 거지 하나가 여기서 뼈를 묻겠다며 반항했다. 비룡각 무인은 점혈을 주저치 않았다. 유생개는 두 부상자를 바람처럼 수습해서 달려가는 비룡각 무인들을 얼빠진 표정으로 바라보았다. 그가 퍼뜩 정신을 차리고 단운룡을 바라보며 입을 열었다.

"저, 혹시……."

"단운룡이다."

"아, 아아아. 네넵. 어째서 지금 무공이… 아, 다시 인사드립니다. 의협비룡회 문주님이셨군요."

당황한 유생개는 첫인상을 유지하지 못했다.

단운룡은 더 지체하지 않고 발을 옮겼다. 장익이 앞장섰다.

"저희 거지새끼들의 구명지은에 한없이 감읍, 감사드리옵니다."

유생개도 개방은 개방이었다.

단운룡은 웃지 못했다. 대답하지 않고 걸음을 빨리했다.

불길했다.

광극진기는 바닥을 치고 있으니, 이 예감은 무공을 배우기 전부터 그가 지니고 있었던 육감에서 비롯된 것이었다.

머릿속에서 경종이 울리고 중이다. 좁은 길을 따라 빠르게 나아갔다.

제방 끝으로 둑처럼 삐쭉하게 튀어나온 돌무더기가 보였다. 강바닥에서부터 돌을 쌓아 만든 분수제(分水堤)다. 통칭, 어취였다.

"어엇! 삼제! 아니, 이 사형도!"

유생개가 경호성을 내뱉었다.

강둑에 기대어 죽은 시신들이 있었다. 누더기를 입었다. 유생개의 표정이 일그러졌다.

"청성 도사들도 있군."

관승이 옆에서 나직하게 말했다. 어취 돌무더기는 제방보다 지대가 낮았다. 제방에서 내려가는 둑을 따라 시체들이 즐비했다.

단운룡이 미간을 좁혔다.

죽은 시신들이 이상했다. 싸우다 죽은 게 아닌 것 같은 모습이었다.

넘어진 모양이 그러했고, 날아간 육신이 그러했다.

유생개가 사색이 된 얼굴로 죽은 자들을 살폈다. 그의 시선이 어취 쪽으로 향했다. 어취에도 곳곳에 시체들이 누워 있었다. 유생개의 두 눈이 크게 뜨였다.

"후개? 봉산?"

저 멀리 돌무더기 사이로 후개가 보였다. 후개는 돌무더기에 한껏 몸을 낮추고 있었다. 고봉산으로 짐작되는 거지가 그의 발치에 쓰러져 있었다. 후개 말고도 몸을 숙인 무인들이 몇 명 더 보였다.

적들은 보이지 않았다. 그럼에도 숨 막히는 긴장감이 있었다.

위기 상황 같았다.

유생개가 앞으로 튀어 나갔다.

"멈춰!"

순간.

단운룡의 입에서 경호성이 터져 나왔다. 광신마체를 발동할 수 있었으면 그가 달려 나가 잡을 수 있었을 것이다.

쿠잉! 퍼억!

막지 못했다.

유생개의 머리 절반이 날아갔다.

아래 턱 위쪽이 통째로 사라진 유생개가 제방 밑으로 굴러떨어졌다. 후개가 이쪽을 돌아보는 것이 보였다. 후개의 눈은 핏발 선 분노로 물들어 있었다.

"무슨……!"

어디서 어떻게 무엇이 유생개를 죽였는지, 볼 수 없었다.

장익이 한 발 나섰다.

단운룡은 등줄기를 스치는 서늘함을 느끼고는, 온몸의 힘을 다하여 장익에게 달려갔다.

"숙여!"

뛰어들어 장익의 몸을 밀치려 했다. 그보다 장익이 먼저 단운룡이 달려드는 서슬을 감지했다. 장익에게도 본능이란 것이 있었다. 밀쳐지기 전에 몸을 낮췄다. 그러면서 공력을 최대로 일으켰다.

퍼억! 푸확!

피보라가 터졌다.

장익의 몸이 덜컥 땅바닥을 굴렀다.

"장익!!"

관승이 장익을 불렀다. 단운룡이 동시에 소리쳤다.

"안 돼!"

관승은 그것이 자신을 향한 말임을 알았다. 막 튀어나가려던 관승의 허벅지가 터질듯 부풀어 올랐다. 초인적인 인내력으로 멈춰 섰다. 단운룡이 말했다.

"사병기(射兵機)다. 위치 특정을 못 하겠어. 고수다."

이거다.

이래서 불길했던 것이다.

교전 없이 죽은 군웅들은 원거리 격사(隔射)에 당했다.

그것도, 보통 고수가 아니다.

궁무예를 떠올렸다. 궁무예를 천하제일궁사로 꼽는다지만, 드넓은 중원에 저격(狙擊)이 가능한 무예를 연성한 이는 그 하나만이 아니었다.

궁무예처럼, 규격 외의 강자다. 그러지 않고서야 장익이 저리 당할 리 만무했다.

"몸 낮춰. 더 날아오지 않는 것을 보면 지대가 여기보다 낮거나 비슷한 높이일 거다."

단운룡의 말에 비룡각 무인들이 일제히 몸을 숙였다.

관승도 이를 악물고, 한쪽 무릎을 내렸다.

단운룡이 다시 관승에게 말했다.

"걱정 마. 직격은 피했어. 괜찮을 거다."

"전혀 괜찮지 않소이다."

장익의 목소리가 올라왔다. 그는 몸을 일으키지 않았다. 두꺼운 가슴과 커다란 어깨가 피투성이가 되어 있었다.

"관통상이오. 공력침투로 내상까지 입었습니다."

후욱 하고, 장익의 숨 쉬는 소리가 여기까지 들렸다.

"움직일 수 있나?"

"해보지요."

장익이 끄응 하고, 신음성을 내며 몸을 뒤집었다. 피가 많이 났다. 팔꿈치로 땅을 짚고 땅을 기듯 이동했다. 강둑 바위 앞에 이르러서야 몸을 세우고 등을 기댔다.

"아직이야!"

단운룡이 다시 경호성을 내질렀다.

퐈아아앙! 콰르륵!

폭음이 났다.

장익이 등을 기댄 바위가 둘로 쪼개졌다. 바위가 두터워서 다행이었다. 돌먼지를 뒤집어쓴 장익이 다시 몸을 낮추며 혀를 내둘렀다.

"대체 뭐요? 궁 노사가 저쪽으로 넘어가기라도 한 거요?"

궁무에 생각을 한 것은 단운룡 혼자만이 아니었다.

게다가, 부서진 바위 사이엔 화살도 보이지 않았다. 대가 굵은 강철 화살로도 이런 바위는 못 부순다. 엄청난 위력이었다.

"일단 이쪽으로 와."

장익이 이를 갈며 움직였다.

설상가상으로 뒤편에서 개방 무인들의 경호성이 이어졌다.

"저, 저기……!"

단운룡과 관승이 장익에게 신경을 쏟듯, 개방 무인들은 유생개의 죽음에 절망하며 후개가 있는 곳을 바라보고 있었다.

첨벙! 촤아악!

물소리와 함께 요괴들이 어취 위로 올라왔다.

요괴가 몸을 한껏 숙이고 있는 도사에게 달려들었다. 청성파 도복을 입었다.

"크엇!"

청성 도사는 제대로 싸우지 못했다.

투로가 제대로 나올 리 없었다. 머리가 올라오면 죽는다. 그것이 현실이 되는 것은 그야말로 찰나의 순간이면 충분했다.

퍼억!

요괴를 물리치기 위해 상체를 들어올렸다. 어김없이 피보라가 일어났다.

어깨와 상체 삼분지 일이 날아갔다. 도사는 요괴가 다리를 물어뜯는 것을 느끼지도 못했다. 청수했던 얼굴에서 생기가 급격히 빠져나갔다.

어취, 비사언, 보병구.

첫 번째 어취부터 막혔다.

요괴들 십여 마리가 스멀스멀 어취 위를 누볐다. 시시각각 좁혀온다.

개방 후개에게 절체절명의 위기가 닥쳐오고 있었다.

'강 건너에 있다.'

단운룡은 상대를 위치를 가늠했다.

그들은 이왕묘에서 내강을 넘어 여기까지 왔다. 사병기의 흉적은 외강 저편에 있었다. 피보라가 터지고 청성 도사가 넘어지는 방향을 확인했다. 위치는 강 저쪽이 분명했다.

흉적에게 닿으려면 금강제를 가로질러 또다시 다리를 건너야 한다는 뜻이다. 하지만 그렇게 되면 이쪽이 적에게 고스란히 노출된다. 지금 당장 엄폐물 바깥으로만 나가도 위험하다. 탁 트인 저편으로 달리는 것은 죽음을 담보하는 짓이었다.

적에게 직접 공격을 가하는 것은 어렵다.

금강제 하류 쪽에서 멀리 돌아 배를 타고 저편에 닿는 방법밖에 없다. 문제는 물속에 요괴들이 들끓고 있다는 사실이다. 도강에 성공한다 한들, 사정거리 안까지 들어가 상대를 잡는 것은 또 다른 문제였다.

결국 이 안에서 해결해야 한다.

단운룡은 바로 비룡각 무인들에게 말했다.

"모두 움직여. 방패로 쓸 만한 것을 찾아 와."

비룡각 무인들은 바로 알아들었다.

무인들은 빠르게 금강제 둑길을 따라 달렸다. 내강 하류 쪽으로 가는 둑길은 안전하다. 둑길 가운데로 솟아 있는 언덕과 풀숲 때문에 외강 쪽에서는 저격이 불가능했다.

"끄으응."

장익이 둑길로 넘어왔다. 그때서야 몸을 세우고 상처를 볼 수 있었다.

"아니, 문주. 이 정도면 직격 아니오?"

장익은 텁석부리 수염을 일그러뜨리며 웃었다.

쇄골이 어깨 쪽으로 이어지는 바로 밑이다. 숨소리를 들어보니, 폐장은 다치지 않은 것 같다. 위치는 썩 좋지 않았다. 잘못 다치면 팔을 제대로 쓰지 못할 부위였다.

피가 뭉클뭉클 흘러나왔다.

관승이 굵직한 손가락으로 혈도를 점하고 손수 천을 대 묶어줬다. 장익은 끙끙대는 신음성을 참지 않았다.

"으윽! 좀 살살 합시다."

"참아라."

"난 삼국전설의 장군이 아니외다. 그러다 사람 잡겠습니다."

고대의 관운장과 장익덕은 형제의 결의를 맺었지만, 관승과 장익은 호형호제하기에 연배 차가 많이 났다. 그래도 어색하진 않다. 관승이 휜 천을 질끈 대고 다 되었다며 손바닥으로 툭 쳤다. 장익이 오만상을 찌푸렸다. 욕지거리는 내뱉지 못했다.

"그나저나 저 거지. 바로 죽진 않겠는데요."

장익은 다친 쪽으로 사모도 들지 못했다. 왼손으로 사모를 비껴 쥐고 힘주어 일어났다.

그의 말마따나 장헌걸은 당장 죽어줄 마음이 없어 보였다.

쐐액!

파공음과 함께 돌이 날았다.

퍼억!

파륙음이 뒤따랐다.

주저앉아 던진 돌멩이가 요괴의 머리를 뚫었다. 아주 강력한 투석술이었다.

대저 개방의 거지들은 구걸을 함에 있어 집 지키는 개를 가장 싫어한다 하였다. 그래서 발달한 무공이 막대기로 개를 패는 타구봉법이다.

마찬가지로 개를 쫓는 좋은 방법 중의 하나가 돌을 던지는 것이다. 영리한 개들은 바닥에서 돌을 집는 시늉만 해도 흠칫 놀라 도망을 친다. 그래서 거지들은 타구공(打狗功)의 하나로 구석술(狗石術)을 연마했다. 극성으로 연성하면 어떤 암기 공부에 견주어도 손색이 없다고 알려진 비기였다.

장현걸이 앉은 바닥이 바로 돌밭이었다. 손만 뻗어도 던질 것이 지천이었다. 동냥한다고 주저앉은 거지가 동네 개를 쫓는 형국이었다.

장현걸은 자신에게 다가오는 요괴를 죽일 뿐 아니라, 다른 강호인을 물어뜯으려는 요괴까지 죽였다.

진짜 위기는 다른 방식으로 찾아왔다.

촤악! 첨벙!

요괴 하나가 어취의 돌무더기 위로 올라왔다.

쐐액!

장현걸은 곧바로 돌을 던져 괴물을 죽였다. 요괴의 몸이 물가에 꼬꾸라졌다. 헌데 요괴의 몸통이 뭔가 달라 보였다. 물고

기 모양의 몸체가 다른 요괴들에 비해 두 배는 커보였다. 물에 반쯤 잠겼는데도 등 뒤가 불룩했다.

깜깜한 밤이었다. 아직 새벽은 오지 않았다. 안력을 돋우어 요괴를 보았다. 몸통이 그렇게 생긴 것이 아니라, 커다란 봇짐 같은 것이 묶여져 있었다. 봇짐을 진 요괴라니 이상했다. 장현걸의 두 눈이 번뜩 뜨였다.

봇짐이라 생각한 그것의 표면에서 치익거리는 소리와 함께 작은 불꽃이 튀었다. 그 불꽃은 글자 같기도, 문양 같기도 했다.

'주술!'

가느다랗게 한 줄기 연기가 올라왔다. 장현걸은 좌충우돌 강호를 뛰며 수없이 많은 경험을 했다. 그 경험이 말한다. 부적술이다. 부적의 화술이 불을 붙였다. 이건 위험하다.

치지지지직.

도화선이 타들어가는 소리다.

늦었다. 알았다 해도 이 상황에서는 막을 수 없다.

장현걸은 팔로 얼굴을 가리고는 자신의 몸으로 고봉산의 몸을 덮었다.

꽈아아아아아앙!

새까만 밤, 새까만 돌밭, 새까만 물가에서 불길이 치솟았다.

검은 연기와 함께 돌조각이 사위를 휩쓸었다.

화탄이 폭발한 것이다.

'시작이다.'

단운룡은 직감했다.

폭음이 강물을 타고 멀리멀리 퍼져나갔다.

폭발의 충격파가 흐르는 강물에 불규칙적인 파랑을 일으켰다.

이제부터다.

도강언 파괴공작의 절정부가 눈앞으로 다가왔다.

일단 짐작은 맞았다.

반강의 화기는 이곳으로 왔다.

수로의 핵심 시설을 파괴하여 대재앙을 일으키겠다는 의도는 간파한 대로 현실이 되었다.

그렇다면 적들은 어떻게 화탄을 쓸 것인가.

폭약을 적소에 설치하고 불을 붙여 터뜨리는 것은 손이 많이 가는 작업이다. 기폭을 담당한 이가 폭발에 휩쓸리지 않고 일을 마무리하려면 그만큼의 준비가 필요했다.

헌데, 낌새가 없었다.

강물 위엔 배 한 척 떠 있지 않았다.

그게 의문이었다.

적들의 입장에서 생각해도, 작전 완수가 쉽지 않은 상황이었다.

화탄이 전장에 나타나면 집중 견제를 받는다.

군산대혈전 때도 그랬다. 관군의 화포가 군산에 상륙하자

무림인들은 화기부터 제지하기 위해 대대적인 격전을 벌였다.

수많은 무림인들의 눈을 피해, 어취나 비사언과 같은 대형 시설을 파괴해야 한다. 무림인들도 보통 무림인이 아니다. 구파 일방, 그에 준하는 고수들이 숱하게 많았다.

그것을 뚫고 폭탄을 터뜨리려면 뛰어난 기동력이 필수적이었다. 실행력은 말할 것도 없다.

정예 무인의 자폭 공격은 쉽게 떠올릴 수 있는 대안임과 동시에 현실적으로 만만치 않은 하책이었다.

무림인들의 집중 공격을 뚫고, 전장 깊숙이 들어가 몸에 지닌 화탄을 기폭시킨다?

고강한 무공과 과감한 결단력이 있어야 한다. 더불어 목숨을 기꺼이 버릴 수 있는 충성심도 갖춰야 했다.

다시 말해, 자폭으로 잃기엔 너무 아까운 인력이다. 양성이 어려운 것은 둘째 치고 그런 자질을 가진 자를 찾는 것부터가 난국이었다.

적들은 요괴로 그것을 해결했다.

물속을 유영함으로 기동성을 확보했고, 자폭해서 죽어도 된다는 것으로 인간 무인일 때 필요한 다른 모든 조건을 덮었다.

단운룡도 양무의도 예상치 못한 기책(奇策)이었다. 그리고 이 계책의 무서운 점은 이곳 어취뿐이 아니라, 비사언과 보병구에서도 똑같이 쓸 수 있다는 점이었다.

콰아아아아! 후두두둑!

생각은 길었지만 시간은 짧았다.

폭발의 여진이 아직도 남아 있었다. 하늘 높이 치솟았던 돌조각이 비처럼 쏟아졌다.

이내, 흙먼지가 가라앉았다.

장현걸의 모습이 드러났다.

개방 후개는 무사했다. 고개를 슬쩍 드는 움직임이 멀쩡했다. 누더기가 조금 더 찢어진 것 같았지만 티도 나지 않았다.

거리가 있어서 다행이었다. 물에 반쯤 잠긴 것이 폭발력을 줄였을 수도 있었다. 하지만, 근거리의 화력은 만만치 않았다. 근처에 있었던 무인 하나가 폭발에 휩쓸려 고혼이 되었다.

돌을 담은 죽롱과 원목 삼각의 마차들이 잔뜩 부서졌다. 어취의 구조 자체는 파괴된 정도가 심하진 않았다. 물론 이런 화탄이 몇 개 더 터지면 큰 문제가 될 것이 자명했다.

할 수 있는 것이 마땅치 않았다.

요괴들은 계속 올라왔다.

장현걸은 질린 얼굴로 돌을 던졌다. 긴장한 기색이 역력했다. 화탄 요괴가 멀리서 상륙했기에 망정이지 근처에서 올라왔다면 장현걸도 죽은 목숨이었다.

장현걸의 손이 바빠졌다.

요괴의 머리만 보이면 돌을 던졌다. 서두르다가 빗나가는 돌멩이도 있었다.

꽈앙! 쏴아아아아아아아아!

어취에 올라오지 못하고 돌에 맞아 물속에 잠긴 요괴 하나가 폭발을 일으켰다.

물줄기가 거꾸로 올라가는 폭포마냥 하늘높이 치솟았다.

장현걸은 쏟아지는 물벼락을 맞았다. 물살이 어취 위로 올라와 발과 엉덩이를 적셨다. 그래도 어취가 무너지는 것보다는 나았다.

이렇게 되면 장현걸을 저기서 구해 오는 것이 아니라, 그대로 놔둬야 할 판이었다. 그가 아니었다면 벌써 두 개의 화탄이 어취 중심에서 터졌을 것이다. 장현걸이 거기에 있음으로 하여 붕괴를 막게 된 셈이었다.

단운룡은 달리 생각했다.

이러면 차라리 그가 어취 안으로 들어가는 것이 나을 수 있다.

감각을 예리하게 세우면 본능적 위기감으로 화탄을 등에 진 요괴의 위치까지 감지할 수 있을 것이다.

"돌입한다."

단운룡이 말했다.

관승이 굵은 눈썹을 치떴다.

당연히 불가다.

관승은 단운룡이 무슨 생각을 하는지 바로 눈치챘다.

"안 돼요."

한 줄기 목소리가 문주를 제지했다.

여인의 음성이었다.

관승이 고개를 돌렸다.

비룡각 문도가 숨을 고르고 있었다. 있는 힘을 다해 뛰어왔다는 뜻이다. 그리고 그 앞에 숨이 고르고 안정된 여인이 있다.

"내가 갈게요."

그녀는 북을 들고 있었다.

도요화였다.

"방향은 내가 잡는다. 준비해."

"알겠어요."

도요화가 답했다.

비룡각 창술무인은 방패 대신 북을 가져왔다.

강철방패는 아직이다.

단운룡은 관승의 옆에 섰다. 방패 대신 쓸 것이 있다. 관승은 청룡언월도와 장익의 장팔사모를 양손에 들었다.

"나가자."

단운룡과 관승이 동시에 둑 앞으로 나왔다.

단운룡은 광극진기를 끌어올려 광신마체의 발동이 아닌 상단전으로 몰아넣었다.

강 건너편 숲속 어딘가, 놈이 있다.

흉탄의 적은 단운룡와 관승을 보았다.

그의 눈이 무섭게 빛난다.

진기가 모였다. 응축된 한 점에서 폭사된다.

단운룡이 말했다.

"좌측, 머리 위로 반 자, 언월도 비스듬히."

관승이 그의 말대로 언월도를 들었다. 단운룡이 옆에서 청룡언월도 창봉을 받치 앞으로 밀었다.

쩌어어엉!

관승의 청룡언월도에서 엄청난 충격음이 터져 나왔다.

관승의 손이 부들부들 떨렸다.

"또 온다."

단운룡은 아예 눈을 감았다.

어차피 보고 감지하는 것이 아니다. 엽단평의 폐안 수련처럼 눈을 닫고 모든 예지를 한껏 열어젖혔다.

단운룡이 말했다.

"좌측 반보. 뒤쪽으로. 언원도와 사모 중단. 흉골 앞으로."

사모의 철봉으로 언월도 창봉을 받치고, 언월도 넓적한 날을 가슴 앞으로 내밀었다.

쩌어어어어엉!

관승의 몸이 덜컥 뒤로 밀렸다.

단운룡은 드넓게 열린 세계의 감각 속에서, 상대가 놀라는 것을 느꼈다.

한 번은 우연이지만 두 번은 아니다.

단운룡은 말했다.

"요화, 지금!"

도요화가 번쩍 뒤쪽으로 튀어 나갔다. 그녀는 무서운 속도로 경공을 펼쳐 어취 쪽으로 뛰어 내려갔다.

단운룡은 또한 알았다.

저 정도 경공이면 상대도 맞추기가 쉽지 않다. 그러니 정지된 표적인 관승과 단운룡을 노릴 것이다.

"언월도 줘! 날 노린다!"

단운룡은 재빨리 관승에게서 언월도를 넘겨받았다.

그의 내력만으로는 막을 수 없다.

주인의 생각이 일어나자, 보의의 의지가 그것을 받았다.

파락!

뛰쳐나오듯 천잠보의가 단운룡의 몸에서 벗겨져 나왔다. 보의가 두 소매로 창날 밑을 휘감았다.

파라라라라락!

바람이 일었다. 태자후의 번술이었다.

내력은 미미했지만, 천잠보의는 아직 기갈에 이르지 않았다.

비스듬히 쳐올린 번술의 구결을 천잠보의가 읽었다. 단운룡은 어떻게 휘둘러야 최소의 힘으로 저 막강한 저격을 막을 수 있는지, 알고 있었다.

퀴융! 콰아아!

천잠보의의 표면에 일렁거린 광영은 마치 비룡의 용틀임 같았다.

보의의 진기가 번술에 따라 공명을 일으키며 날아오는 일격을 비껴냈다.

콰아앙!

단운룡의 뒤쪽 땅바닥에서 폭음이 터졌다.

버겁다.

한 번 더는 무리였다.

단운룡이 말했다.

"뒤로!"

관승과 함께 다시 둑 뒤로 물러났다.

그리고 그 사이에, 도요화는 장현걸의 곁에 당도해 있었다.

퍼억!

도요화가 북을 쳤다.

황제전고에서 일어난 음파가 요괴의 몸통에서 타고공진격으로 폭발했다. 살점이 터져나가며 요괴의 몸뚱이가 허물어졌다. 비린내가 훅 끼쳤다.

북은 한 자리에 앉아서도 얼마든지 칠 수 있었다. 큰 돌과 죽롱을 엄폐물 삼아 몸을 낮췄다. 미지의 사수(射手)조차도 몸을 숨긴 그녀는 어쩔 방도가 없었다.

둥둥둥둥둥!

북소리가 연달아 울려 퍼졌다.

물살을 가르고 올라오던 요괴들은 타고공진격에 맞지 않아도 비틀비틀 맥을 추지 못했다. 아예 다시 물속으로 도망치는 요괴들도 보였다.

 북소리에 담긴 파장이 요괴들의 기를 약화시킨 것이다.

 장현걸도 여유를 찾았다.

 돌이 날고 요괴들이 죽었다. 요괴들도 제각각인지라, 황제전고의 항마 고성(鼓聲)에도 멀쩡하게 올라오는 놈들이 있었다.

 "저 놈부터 죽여야 하오!"

 장현걸이 경호성을 냈다.

 입이 쭉 찢어진 괴어(怪魚) 요괴는 장현걸의 투석술에 격중당하고도 한 번 휘청거렸을 뿐, 그대로 물살을 튀기며 어취 위로 기어올랐다.

 놈의 등에도 화탄이 묶여 있었다.

 도요화의 북채가 황제전고를 울렸다. 타고공진격이 작렬했다.

 꽈앙!

 다른 요괴들보다 조금 더 큰 괴어가 폭음과 함께 날았다. 놈이 강물에 처박혔다. 이내, 놈이 빠진 곳에서 커다란 폭발이 일어났다.

 쏴아아아아아!

 치솟은 강물이 비처럼 쏟아졌다.

 장현걸이 혀를 내둘렀다.

 "그건 대체 무슨 공부요? 음공으로 격공장을 쓰는 거요?

엄청나구려!"
"제가 막고 있을 테니, 동료분 부상부터 돌보세요."
"미모처럼 마음씨도 아름답소! 내 이름은 장현걸이오."
"그렇군요."
도요화는 무성의한 대답으로 거지의 말을 일축했다.
그녀의 눈에서는 보랏빛 광망이 선연하게 일렁이고 있었다. 마음 편하게 통성명 따위를 하고 있을 때가 아니었다.
콰앙! 퍼어억!
북소리가 날면, 요괴가 죽었다.
약한 요괴는 몸뚱이가 터졌고, 단단한 요괴는 튕겨 나가 물속에 잠겼다.
놀라운 위용이었다.
무한정으로 연사 가능한 화포가 방어진 중앙에 박힌 셈이다. 그녀 하나의 가세로 도강언 삼대 시설 중 하나인 어취가 난공불락의 요새가 되었다.
"이곳은 요화에게 맡긴다."
단운룡의 판단은 빨랐다.
때마침 그녀가 와서 다행이었다. 무서운 저격술을 지닌 고수가 있지만, 그렇기에 더더욱 적합한 전력이다. 격사와 폭탄이 난무하는 전장에서 그녀보다 더 강한 자는 이 땅에 없었다.
먼 거리를 두고 단운룡과 도요화의 눈빛이 마주쳤다.
그녀가 어서 가라 손짓했다. 위험한 것이 이곳 하나가 아님을 그녀도 알고 있었다.

"가자."

단운룡이 말했다.

천잠보의가 다시 몸을 덮었다. 언월도를 관승에게 건넸다. 비룡각 창술무인은 체구가 장익보다 작았지만, 충분히 건장했다. 창술무인이 장익을 부축했다. 장익은 도움을 거절하지 않았다.

내강 측 둑길을 따라 하류를 향해 달렸다. 비사언으로 가는 길이다.

단운룡은 기억 속에서 비사언의 전경을 떠올렸다.

도강언은 그가 사부에게 무공과 학문 기예를 사사하며 긴 시간을 보냈던 곳이었다. 이 일대의 지형에 대해 소상히 알고 있음은 당연한 일이었다.

'방어가 어려워.'

비사언은 어취처럼 죽롱과 난석으로 쌓은 낮은 제방이다. 그 길이가 남북으로 비스듬히 백 장에 이르러, 지켜야 할 범위가 넓고도 길었다. 어취 물가에서 터진 것과 비슷한 위력의 화탄 몇 개만 터져도 낮은 제방에는 물이 넘칠 커다란 구멍이 뚫릴 것이다. 수성(守成)이 지난했다. 무인의 수가 중요할 것이다. 뾰족한 삼각형 모양인 어취처럼 한정된 공간과는 전투 양상 자체가 달라질 수밖에 없었다.

꽈아아아앙!

금강제 둑길을 따라 한참 달리는데 저 앞에서 화광이 충천하여 요란한 폭음이 들려왔다.

우려했던 대로다.

벌써 하나가 터졌다. 민강의 본류가 아닌 지류를 통제하는 제방이라 일부 파괴된다고 하여 바로 범람으로 이어지진 않겠지만, 그래도 부서지면 부서지는 만큼 홍수 가능성도 높아진다. 서둘러야 했다.

채챙! 쩌저저정!

금강제 남단에 다다랐다. 병장기 소리가 요란했다.

바야흐로 절정의 전장이다. 색색의 가면과 각양각색 무복을 입은 무인들이 대규모 격전을 벌이고 있었다.

전황은 좋지 않았다.

가면 쓴 신마맹 무인들만 백 명을 훌쩍 넘었고, 금령철장을 든 흑의도사들도 수십 명이었다. 물에서 튀어나오는 요괴들은 그 몇 배였다.

"싸울 수 있어?"

단운룡이 장익에게 물었다.

"말뚝 박고 지키는 것 정도는 할 수 있소이다."

"좋아. 사모 쥐어 줘."

비룡각 창술무인은 장팔사모까지 대신 들어주고 있었다. 장익이 사모를 건네받았다.

"저기 길목이다. 틀어막아."

"걱정 마시오."

사모를 든 장익의 왼팔 근육이 불끈 부풀어 올랐다.

언제 부축을 받았냐는 듯 그가 앞장섰다.

"우린 이쪽이다."

단운룡이 관승에게 말했다.

가리킨 방향에는 비룡각 무인들이 한데 뭉쳐 신마맹 가면 무인들과 필사의 살육전을 펼치고 있었다.

"먼저 가마."

관승이 쾅 하고 땅을 박찼다.

비룡각 무인들은 관승이 직접 가르친 제자들이나 다름없었다. 청룡굉화창을 익히지 않은 무인들도 마찬가지다. 오원에서부터 문도들의 창술 기본을 봐줬으니, 비룡각 전체에 그의 손을 거치지 않은 무인이 없었다.

단운룡은 비룡각 무인 한 명만을 대동한 채, 전장으로 뛰어들었다.

해가 빠른 여름이었다. 동쪽 하늘이 벌써부터 어스름했다. 매캐한 연기가 밀려나는 어둠을 거드는 것처럼 밝아오는 하늘을 막고 있었다. 하늘 위 연기를 따라 시선을 내리니, 폭발 지점이 눈에 들어왔다. 제방 일부가 무너져 있었다. 넘쳐서 쏟아지는 물살과 함께 요괴들이 밀려들고 있었다.

"막아라!"

"물러나지 마십시오!"

무인들은 용감하게 맞섰다. 숫자도 많았다. 눈에 보이는 정파 무인들의 숫자만 수백을 헤아렸다.

말투도 어조도 제각각이었다. 공대와 하대가 마구 섞였다. 뜻만 통하면 됐다. 그들은 함께 싸웠다. 백장의 제방을 따라 길고 두터운 전선(戰線)이 그려졌다.

"또 옵니다!"

"대귀(大鬼)다! 큰놈이 나왔다!"

무인들의 반응은 즉각적이었다.

인어대귀가 물살을 튀기며 뭍으로 올라왔다. 병장기를 휘두르던 무인들이 빠르게 갈라져 길을 텄다. 대귀가 무인지경으로 비사언 제방을 넘어서 돌진했다. 무인들은 무모하게 덤비지 않았다.

"피해라!"

"싸우지 말고 그쪽으로 몰아!"

대귀가 날뛰었다. 무인들은 피한다고 피했지만, 칼날 같은 지느러미는 몹시 빠르고 날카로웠다. 무인들의 몸에서 피가 튀었다.

"왔다!"

"길을 터라!"

이만한 숫자의 무인들이 이 새벽에 어찌 모였나 했다.

가능케 한 자들이 여기 있다.

무인들이 만든 길을 따라 청운검 검기(劍氣)가 푸른빛 선명하게 밤을 갈랐다. 인어대귀가 거칠게 팔을 휘두르며 괴성을 내질렀다.

카가가각!

기형도처럼 사나웠던 지느러미가 반쪽으로 잘려나갔다. 대괴의 팔에서 핏물이 쏟아졌다.

청성오선인, 젊은 고수 적하진인이었다.

"저쪽은 우리가 가겠습니다!"

적하진인의 뒤에서 거지들이 발 빠르게 움직였다.

거지들은 몸놀림이 날랬다.

구파와 일방이다. 정문의 오래된 불꽃이다. 그래서 불러 모을 수 있었다. 의협비룡회만으로는 불가능한 일이었다. 도강언 복룡담이라는 이 전장에 그들이 필요했던 이유였다.

꽈아아아아아앙!

오십 장 저편에서 굉음이 터졌다.

불길과 돌먼지가 치솟고, 제방 한쪽이 무너져 내렸다.

물살과 함께 요괴들이 쏟아져 나왔다.

거지들은 폭음에 몸을 움츠리면서도 발을 멈추지 않았다.

"이쪽으로 오시오!!"

"여길 막아야 합니다!"

그들이 소리쳐 무인들을 독려했다.

한쪽에서 청성파 도사들이 날듯이 달려와 무인들을 이끌었다.

콰르르륵! 콰광!

부서진 제방 사이로 콸콸 뿜어지는 물살 속에서 인어대괴가 한 마리 더 튀어나왔다. 무인들의 대형이 삽시간에 무너졌다.

콰아아아아앙!

이번 폭발은 비사언 방죽에서 터진 것이 아니었다.

단운룡은 저 멀리 좁은 지류 건너, 보병구 석벽으로 눈을 돌렸다.

보병구는 산을 뚫어 만든 물길이었다. 병처럼 생겼다 하여 이름도 그렇게 붙었다. 보병구 거대한 바윗돌에서 검은 연기가 솟아오르고 있었다.

엄청난 전장이었다.

화탄이 날아다니는 대전쟁을 방불케 했다.

이렇게는 안 된다.

인어대괴 하나는 적하진인이 막아선 상태지만, 단숨에 도륙하진 못했다. 적하진인도 지쳐 있었다. 비사언에 모인 모든 무인들이 그랬다.

다른 하나는 미친 듯이 날뛰며 무인들을 죽였다.

개방과 청성 무인들은 정면으로 대적하지 못하고 무인들을 대피시키는 데 총력을 기울였다. 이들도 이제 경험이 쌓였다. 인어대귀에겐 어지간한 타격기가 전혀 통하지 않았다. 찢거나 뚫는 것이 가능한 고수가 잡아야 했다.

단운룡이 땅을 박찼다.

단운룡은 전장의 기(氣)를 느꼈다.

공기가 달라지는 맥점을, 바람을 불게 할 수 있는 순간을 찾아야 했다.

일단 저 인어대귀부터다.

'보아라. 이쪽이다.'

달리면서 천잠보의에 빛무리를 일으켰다.

물론 지금의 그는 인어대귀를 죽일 수 없다.

괜찮다.

단운룡에겐 그와 함께해 온 전장의 동료들이 있었다.

"효마!!"

단운룡의 입에서 터져 나온 목소리가 전장을 갈랐다.

효마는 멀지 않은 비사언 방죽 밑에서 무섭게 창을 휘두르고 있었다.

병장기가 교차하는 대소란의 한가운데에서, 자신의 이름을 들은 효마가 번쩍 고개를 들었다. 야행성 맹수처럼 밝은 두 눈이 명멸하는 보의의 빛을 찾아냈다.

어떤 정파 무인들과도 섞이지 못한 채, 홀로 적들을 도륙하던 표범이 땅을 박찼다. 그가 짐승처럼 역동적인 움직임으로 물이 넘쳐 축축해지는 흙밭을 달렸다.

퍼버버벅!

그의 앞에서 길이 열렸다.

검은색 철창이 요괴들을 마구 꿰뚫었다.

효마의 눈이 단운룡에게 고정되었다.

단운룡은 언제나처럼 건방지게 커다란 괴물을 향하여 달리고 있었다.

효마가 본 단운룡은 언제나 그랬다.

지금의 저 놈은 저 비린내 나는 괴물과 싸울 수 없다. 어떻게 몸을 굴렸는지, 광표창 일격도 제대로 받아내지 못할 것 같았다. 그런데도 저렇게 달려든다.

시키는 거다.

대신 싸워달라고.

효마는 먹이를 덮치는 표범처럼 송곳니를 드러내고 순식간에 단운룡을 앞질렀다.

"비켜!"

효마가 소리쳤다.

막 물러나던 청성파 도사의 옷깃을 잡아 옆으로 밀쳤다.

커다란 사냥감이 눈앞을 가득 채웠다.

물고기는 썩 좋아하지 않지만, 이 정도면 잡을 만하다.

광포한 창날이 인어대귀의 뱃가죽에 틀어박혔다.

퍼억!

완전히 관통하지 못했다. 그래도 구멍은 뚫렸다. 괴물이 두터운 팔을 휘둘렀다. 팔뚝 지느러미가 공기를 찢었다. 아주 예리했다.

퍽! 퍽! 퍽! 퍽!

효마는 몸을 숙여 대귀의 일격을 피하고는 안으로 파고들어 계속 창을 쑤셔 박았다. 그의 눈빛이 사나워졌다.

인어대귀가 미친 듯이 몸을 비틀며 발톱과 지느러미로 주위를 난자했다.

퍽! 퍽! 퍼어억!

효마는 멈추지 않았다. 민첩하게 대귀의 공격을 피하면서 철창을 찌르고 또 찔렀다. 집요하고 잔인한 공격이었다.

그것은 모두에게 선명한 충격이 되었다.

인어대귀를 피해 물러나던 주위의 무림인들이 망연자실한 표정을 지었다. 날랜 짐승이 큰 짐승의 몸에 계속 이빨을 꽂아 넣는 것처럼 보였다.

단운룡은 맥점을 찍고 흐름을 탔다.

다시 달렸다.

"가화!"

이름을 불렀다.

백의미녀의 무혼창이 백광의 창술로 응답했다.

"제방 위!"

백가화가 단운룡의 말을 따라 비사언 제방 위로 솟구쳐 올랐다.

"오 장 앞! 죽여서 떨구고 반대편으로 피해!"

그녀가 무서운 속도로 제방 위를 달렸다. 불룩한 짐을 둘러멘 요괴가 막 제방 위로 기어오르고 있었다.

쐐액! 퍼어억!

머리를 잃은 요괴가 물속으로 굴러떨어졌다.

그녀는 단운룡의 말을 충실히 따랐다. 그녀가 곧바로 제방 밑으로 몸을 날려 탄력 있게 땅을 박차고 힘껏 내달렸다.

꽈아아아아아아앙! 쏴아아아아아아!

물속에서 대폭발이 일어났다.

죽롱 난석의 제방 벽이 우르릉 흔들렸지만, 무너지지는 않았다. 백가화는 쏟아지는 물을 맞으며 그대로 주위의 적들을 쳐부쉈다.

"관승! 비룡각 무인들과 하류 쪽 직선으로 돌파한다!"

먼저 간 관승이 저 앞에 있었다.

단운룡의 목소리를 들은 관승이 웅혼한 음성으로 화답했다.

"문주의 명이다! 창을 들어라! 돌진!"

와아아아아!

전쟁터의 함성이 들린다.

비룡각 무인들이 창을 앞으로 들고 내달렸다. 신마맹 가면들과 요괴들이 파죽지세로 무너졌다.

관승을 필두로 한 비룡각 무인들은 한 자루 거대한 언월도가 되었다.

적들이 쪼개졌다.

비룡각 무인들은 오십여 명에 불과했지만 그 기세는 오천 명 정병에 견주어도 손색이 없을 것 같았다.

단운룡은 그 뒤를 따르며 다시 백가화를 불렀다.

"보병구로 가! 저 앞에!"

"어딘지 알아요!"

"흑의도사들이 먼저야. 놈들이 요괴들을 유도하고 있어! 관승에게도 전달해!"

"알았어요!"

백가화는 이미 뛰고 있었다. 뒤도 돌아보지 않고 답했다.

스각! 퍼억!

비룡각 무인들을 앞질러 나가면서 직접 흑의도사 둘을 죽였다. 그러고는 쭉 앞서나가 단운룡의 말을 관승에게 전했다.

그녀가 다시 속도를 올려 하류 쪽으로 질주했다.

사람이 실린 철운거를 지고도 산을 타던 그녀였다. 경공은 창왕 후에 다섯 중 틀림없이 최고였다. 백 장 길이 비사언을 순식간에 주파했다. 그녀의 모습이 하나의 점이 되었다.

관승이 뒤질세라 속도를 높였다.

신마맹 한 무리를 뚫자마자 우측으로 꺾어 흑의도사들에게 뛰어들었다.

뒤따르는 비룡각 무인들이 흑의도사들을 몰아쳤다. 도사들은 금령철장을 흔들며 요괴들과 함께 격렬히 저항했다.

무인들에게는 항상 각자에 어울리는 싸움터가 있게 마련이었다. 관승에겐 이곳이 그랬다.

대규모 전장의 기를 받은 관승은 고대의 무장처럼 강력한 힘을 뿜냈다. 관승은 어취로 향하는 좁은 둑길에서보다 훨씬 더 강해 보였다. 중독의 여파마저 완전히 잊은 듯했다.

'하나 더.'

단운룡이 고개를 돌렸다.

효마와 싸우던 인어대귀가 쓰러지는 것이 보였다. 창으로 수십 번을 찌르고 또 찔러 괴물의 흉포함이 둔해지자, 군웅들이 달려들어 끝을 냈다.

쐐액! 파라락!

적들의 공격을 흘려보내고 방향을 바꿔 몸을 날렸다.

보의가 바람에 나부꼈다. 싸우지 않고 적들을 지나쳤다. 제대로 싸울 수 없는 지금, 그는 그가 할 수 있는 일을 해야 했다.

강력한 고수나 거대한 요괴를 죽이는 것이 목적이 아니다.

승리는 적을 얼마나 죽이느냐에 있지 않다.

도강언 수리 시설들을 지키면 이기는 것이오, 파괴되면 지는 것이다.

단운룡의 시선을 느낀 효마가 단운룡에게 달려 왔다.

"다음은 어디냐?"

효마는 비룡각 창술무인들과 함께 움직이지 않았다.

단운룡도 효마에게 그런 것을 바란 적이 없었다. 대신 효마에겐 다른 이들이 있었다. 단운룡은 대답보다 먼저 물었다.

"라고족은?"

"숲에 있다."

효마가 짙은 눈썹을 치켜 올리며 대답했다.

인원은 아홉 명, 소속은 오원 여의각이나 사실상 별개의 부대다. 독술을 기반으로 암살에 특화된 라고족 특수 병대였다.

"강 건너 능선 보이지?"

서쪽 하늘은 아직도 새까만 암흑이었다. 하늘보다 더 까만 숲이 강 저편에 보였다.

"도강해서 상류 쪽으로 북상하면 사병기를 지닌 적측 고수가 있다. 찾아서 막아. 요화가 위험하다."

"잡아 죽이는 것이 아니고?"

"전장을 이탈하게 만드는 것으로 충분해. 그만큼 강하다. 궁 노괴를 상대한다고 생각하면 편할 거다."

효마의 눈빛은 조금도 편치 않았다.

효마는 원래부터 궁무예를 어려워했다. 라고족 산신인 백표신과 닮았다는 것이 그 이유다. 물론 미신 때문만은 아니다. 효마가 아는 궁무예는 그 누구보다 무서운 사냥꾼이었다. 그래서 효마는 그를 '나이 든 자(老人)'라 불렀다. 라고족 말로 중원인들이 존경을 담아 칭하는 노사(老師)와 같은 표현이었다.

"노인보다 활을 잘 쏘나?"

"활이 아니야."

"뭐든."

"노괴는 최고다."

단운룡의 대답엔 자부심이 깃들어 있었다. 그 사실엔 효마도 동의한다.

"그럼 됐다."

그답지 않게 되물었던 효마의 눈이 맹수 같은 제 빛을 찾았다.

위험한 사냥감은 언제나 그를 흥분케 했다. 그가 손가락 길이의 피리를 입에 물고 숲 쪽으로 달렸다.

이것이 단운룡이 할 일이다.

어취에 도요화가 있다지만, 정체불명의 격사 고수가 있는 이상 완벽이란 말을 담보할 수 없었다. 물론 도요화를 믿는다. 효마도 믿었다. 그리고 효마를 그쪽으로 보내야 한다는 자신의 감각도 믿었다.

단운룡은 효마를 보내고 강 쪽으로 달렸다.

아수라장이었다.

공력이 부족해도 백면뢰 정도는 죽일 수 있다. 가장 약한 전선의 맥을 타고 제방 앞까지 달려 나갔다.

'온다.'

위험 신호가 등줄기를 치달았다.

피 튀기는 전장에서 더욱 첨예하게 발현되는 재능이다. 타고 난 기질이 그를 방죽 위로 인도했다.

촤악!

물소리와 함께 요괴 하나가 튀어나왔다. 어김없이 등 뒤에 화기를 짊어졌다.

파라라라라라락!

없는 진기를 응축시켜 신풍(迅風)을 발동했다.

광신마체 일 식이다.

바람 같은 진기가 손끝에서 발끝까지 몸 전체를 휘감았다.

죽이기 위해서가 아니다. 이 요괴들의 육체 내구도는 어지간한 내공 무인들을 상회한다. 순속 이상 발동하지 않으면 즉사의 일격을 기대할 수 없다.

쇄애애액!

그저 필요한 것은 최소한의 속도뿐이다.

텅! 파라락!

요괴의 바로 앞에서 방향을 꺾었다. 기쾌하게 측면을 돌아 배후를 잡았다. 그의 손날이 광검결의 구결을 머금었다.

스각!

요괴의 목은 이 힘으로 못 자른다. 밧줄과 천을 끊을 정도면 충분했다. 광검결이 번뜩였다. 폭탄이 요괴의 몸뚱이에서 떨어져 나왔다.

퍽! 치이이익!

폭탄에 붙은 부적이 곧바로 불타올랐다.

도화선이 타들어가는 소리가 들렸다.

폭탄은 울퉁불퉁한 구형이었고, 어른의 머리통보다도 컸다. 방수 처리까지 완벽한 당문제 기폭뢰의 일종이었다.

이런 물건을 미끄러운 몸뚱이에 잘도 묶었다. 요괴를 통제

하는 비술이 뛰어나다는 것을 엿볼 수 있는 대목이다.

투웅!

마광각 궤적에 따라 발을 차되, 발끝에 진기를 싣지 않았다.

폭탄이 저 멀리 튕겨나가 강물에 잠겼다.

단운룡은 즉각 땅을 박찼다.

꽈앙! 쏴아아아아아아아!

폭음과 함께 물줄기가 하늘 높이 치솟았다. 방죽 위에 있던 요괴가 펄떡 튕겨 나와 땅바닥에 처박혔다. 폭발력이 대단했다.

단운룡은 물을 맞으며 다시 둑 위로 올라갔다.

또 한 마리를 감지했다. 빠르게 달려 나가 요괴에게서 폭탄을 분리하고 물에 빠뜨렸다.

폭발과 물 비가 잇따랐다.

'무인이 더 필요해.'

고작 신풍을 전개했을 뿐인데도 뇌정광구에 부하가 걸렸다. 몸을 타고 흐르는 바람의 진기가 부드럽게 이어지지 못하고 흐트러졌다.

이 상태에서 백 장의 방죽을 홀로 방어하는 것은 불가능했다.

또 저 앞에서 폭탄의 접근을 감지했다.

촤아아아악!

달려가려는데 그 길목의 물가에서 거대한 인어대귀가 솟구쳐 올라왔다. 돌아가면 늦는다. 뇌신을 펼칠 수 없는 지금, 싸워서 죽일 힘도 없었다.

오로지 순간적인 전투예지만을 의지하며 인어대귀 앞으로 짓쳐들었다.

인어대귀가 곧장 팔을 휘둘러왔다.

이 공격이 이리도 빨랐던가 싶었다. 단운룡은 발끝으로 땅을 찍고 순간과 순간을 쪼갠 틈새로 몸을 쑤셔 넣었다.

파라라라락!

큰 요괴의 옆구리를 지나친다. 비늘 하나하나가 커다랗게 보였다. 물방울 맺힌 것까지 볼 수 있었다.

정신이 송곳처럼 다듬어졌다.

바람의 흐름이 온전하게 잡혔다.

풍신(風身)으로 요괴의 몸을 통과하듯 지나쳤다. 요괴의 발톱이 단운룡의 발꿈치 바로 뒤를 찍었다.

다만, 문제는 적들에게도 눈이 있다는 사실이었다.

흑의도사 한 무리가 날듯이 달려와 단운룡의 앞을 막아섰다.

그들의 목적은 비사언을 부수는 것이다. 헌데 자폭을 연달아 실패했다. 그들도 즉각 깨달았다. 단운룡이다. 그들에게는 단운룡이 주적이었다.

차라라랑!

금령철장이 방울 소리를 내며 단운룡에게로 날아들었다.

물러나려니 등 뒤에는 인어대귀다. 단운룡은 어렵게 땅을 차고 측면으로 몸을 뺐다.

꽝!

인어대귀의 팔뚝이 단운룡의 바로 옆을 스쳐 제방 죽롱을 부쉈다.
이번 것도 아슬아슬했다.
죽음의 경고가 넘쳐흘러 머리를 가득 채울 정도가 되었다.
'무리였어.'
폭발을 막는다며 너무 깊이 들어왔다.
위험은 알았다.
어쩔 수가 없었을 뿐이다.
광신마체가 낼 수 있는 최대 능력에 익숙해져 있었기 때문이었는지도 모른다. 항상 그래 왔듯 어떻게든 될 것이라 생각했다. 유지할 수 없는 힘에 취해서는 안 되는 이유다.
차르르릉! 빠악!
요괴를 피하려다가 금령철장의 일격을 놓쳤다.
어깨에 당했다. 몸 전체가 휘청 밑으로 쳐졌다.
꽈아아아아아아앙!
저 앞에서 불길과 연기가 치솟았다. 하류 쪽이다. 폭발의 충격파가 비사언 제방 전체를 흔들었다.
결국 폭발까지 막지 못한 것이다.
그때였다.
두두두두두두!
단운룡은 말발굽 소리를 들었다.
커다란 전마(戰馬) 한 마리가 무서운 속도로 달려왔다. 말갈기는 검다 못해 푸른 윤기가 흘렀다.

단운룡은 예지 없이도 생로가 열렸음을 알았다.

터엉!

말안장을 박차고 한 남자가 뛰쳐 들었다.

쩌엉!

단창이 먼저였다. 좌수 단창이 흑의도사의 금령철장을 분질렀다.

퍼억!

다음은 쾌검이었다. 우수 일검이 흑의도사의 가슴을 꿰뚫었다.

그 하나만이 아니었다. 위엄을 뽐내는 기마 뒤로 흑청의 무복을 입은 무인들이 검을 들고 달려왔다.

콰아앙!

인어대귀가 주먹을 휘둘러 땅을 부쉈다.

좌창우검의 남자는 망설임 없이 괴물과 맞섰다. 이미 격전을 치르고 온 듯, 소매와 바지가 핏물로 얼룩져 있었다.

키이잉! 퍼억!

검광이 번뜩였다. 인어대귀의 몸에서 피가 튀었다.

남자의 무위는 굉장했다.

전신에 군기(軍氣)가 가득했다. 큰 괴물을 능히 상대할 수 있는 무력을 갖췄다.

단창으로 괴물의 팔뚝을 막았다.

선 채로 괴력을 받아내는데 어깨만 움찔거렸을 뿐 한 발도 뒤로 물러나지 않았다.

능히 상대하는 정도가 아니었다.

그가 힘으로 괴물을 팔뚝을 밀어내고, 우검을 뒤쪽으로 한껏 당겼다.

시위를 놓듯, 검이 쏘아졌다.

사일(射日)의 전설은 활에만 있는 것이 아니다.

운남 창산(蒼山)에도 사일의 일격이 있다. 화살이 아니라 검이다.

점창사일검이 괴물의 심장을 꿰뚫었다.

퍼억! 후두두둑!

인어대괴는 경력 흡수와 해소라는 괴이한 능력을 보유하고 있었지만, 그러한 요괴의 이능도 한 점에 극도로 집중된 검기(劍技)에는 아무 소용이 없었다.

꾸웅!

거인 같은 몸뚱이가 피를 뿜으며 무너졌다. 큰 요괴의 가슴엔 주먹만 한 구멍이 뚫려 있었다.

뒤이어 달려온 점창 무인들이 사일검을 펼치며 흑의도사들을 제압했다.

좌창우검의 무인이 몸을 돌렸다.

그의 자(字)는 호엄이었다. 북방에 종군할 때의 장군명도 그러했다.

무림에서는 본명을 썼다.

"나는 창산의 백리관이다. 혼자 힘으로 전장을 바꾸는 영웅들을 보아 왔다. 지금도 느꼈지. 여기서는 당신이 그러하더군."

창산은 점창산, 점창파를 뜻한다.

호엄장군, 백리관이 단운룡을 보며 말했다.

단운룡이 포권을 취했다.

"의협비룡회 문주 단운룡이다. 구명지은에 감사를 표한다."

백리관이 두 눈을 빛냈다.

그는 장군으로 전장에서의 평대가 익숙한 위인이었다. 그리고 그에겐 북방 전쟁의 경험으로, 진짜 무인을 알아보는 안목이 있었다.

"내려오면서 보았다. 본래의 무(武)가 아님에도 그 정도 활약이라니, 실로 예외적인 재능이다."

백리관은 단운룡의 몸 상태도 꿰뚫어 보았다. 그가 몸을 돌려 소리쳤다.

"창랑(蒼浪)!"

그의 부름에 이름을 알아들은 것처럼 기마가 투레질을 하며 달려왔다.

온몸에 생기가 넘쳐흐르는 젊은 전마(戰馬)였다.

"우리는 이제 막 이 전장에 당도했다. 기마를 내주마. 지휘를 맡아라."

백리관은 그 자신이 뛰어난 장수이자 지휘관이었기에, 무엇이 필요한지 잘 알았다. 지금 이곳은 무(武)의 전장이 아니라 감각의 전장이었다.

그는 단운룡보다 잘 싸울 수 있었지만, 어디서 폭발이 일어날지는 알 수 없었다.

핵심을 간파했기에 맡긴다.

단운룡은 기꺼이 말고삐를 잡았다.

푸르르르르륵!

단운룡이 기마 위에 올랐다. 곧바로 깨달았다.

이 기마는 무후사에 의협문을 열었을 때 찾아왔던 천마장군검의 기마와 같다. 내력마라 하였다. 천잠보의에도 흐르는 만수내력진결도해의 기(氣)가 기마의 전신에 가득했다.

"역시 잘 따르는군. 옛 전우(戰友)들에게 선물로 받은 녀석이다. 그 녀석은 진짜 무인이 아니면 좀처럼 태우질 않지. 앞장서라. 창산의 검을 마음껏 휘두를 기회는 흔치 않을 것이다."

백리관의 목소리엔 가슴을 달구는 호연지기가 깃들어 있었다.

협기(俠氣)가 절로 일어났다.

단운룡이 화답하여 소리쳤다.

"점창은 군웅들을 이끌고 자폭 요괴를 막는다! 위치는 내가 잡겠다! 지시하면 죽이고 즉각 물러난다!"

의협비룡회는 신생문파다.

그렇기에 그는 난전에 노출된 정파 무인들을 규합하지 못하고 홀로 위험에 몸을 던질 수밖에 없었다.

지금은 아니다.

점창파가 기마를 내주고, 지휘권을 주었다.

그것이 그의 말에 강력한 힘을 부여했다.

"의협비룡회는 관승을 따른다! 밑으로 계속 진격하며 적을 섬멸하라!"

더불어, 그를 따르는 그의 문파가 있다.

문주가 준마를 달리며 명했다.

의협비룡회의 사기가 들불처럼 타올랐다.

의협비룡회 창술무인들의 뒤로 군웅들이 따라붙었다.

청성 도사들과 거지들, 각양각색 정파 무인들이 함께 싸웠다.

놀라운 광경이었다.

관승은 압도적인 외양과 무용으로 전장의 무림인들을 단숨에 휘어잡았다.

"온다! 비룡각 앞으로!"

하류 쪽 전황은 좋지 않았다.

자폭 요괴가 제대로 터졌기 때문에 제방에 구멍이 뚫렸다. 물이 쏟아지고 요괴들이 떼로 넘어왔다.

관승은 그 한복판으로 뛰어들었다.

스멀스멀 넘쳐오는 물살이 발목을 적셨다. 진흙이 두 발을 휘감았다.

꾸우웅! 촤아아악!

진각으로 단단히 땅을 밟고, 청룡언월도를 내질렀다.

요괴 세 마리가 일격에 터져 나갔다.

그의 용맹이 모두의 무용을 극한으로 끌어올렸다. 관승과 의협비룡회가 쐐기 모양으로 진격했다. 뭇 군웅들이 날개가 되었다.

흑의도사들과 요괴들이 마구 쓰러졌다. 일직선으로 진격한 관승의 언월도가 어느새 제방까지 닿았다. 무지막지한 돌파력이었다.

두두두두두!

단운룡이 전마를 달려 하류 쪽으로 왔다.

내력마 창랑은 힘이 엄청났다.

요괴와 무인들을 뛰어넘고 작은 요괴는 발굽으로 짓밟으며 무인지경으로 내달렸다.

"비룡각 기창! 하류 쪽 측사면으로 자폭 요괴가 온다!"

단운룡의 명에 비룡각 무인들이 창을 들고 방죽 위로 뛰어올랐다.

그들은 단운룡이 요괴들을 막는 것을 이미 보았다.

촤악!

한쪽에서 물을 튀기며 폭탄을 등에 진 요괴가 올라왔다. 관승이 미처 당도하기도 전에 비룡각 창술무인 세 명이 달려들어 요괴의 몸뚱이에 창을 꽂아 넣었다.

퍼억!

흙발로 요괴의 몸을 차 물 속으로 처넣었다. 비룡각 무인들은 문주의 활약을 누구보다 유심히 봤다. 그들이 일제히 방죽 밑으로 내려와 몸을 숙였다.

꽈아아아앙!

물속에서 폭발이 일어났다.

방죽에 뚫린 구멍으로 물줄기가 쏟아져 나왔다.

"이대론 제방이 못 버텨! 상부에 방어선을 구축하고 파괴된 곳에 죽롱을 채워라!"

단운룡의 목소리가 비사언 제방을 따라 울려 퍼졌다.

요괴 전투와 제방 보수를 동시에 수행하라는 말이다.

비룡각 무인들이 그 명을 받았다.

그들은 순간의 지체도 없이 일사불란하게 움직였다. 비사언 제방 밑에는 예고되지 않은 범람을 막기 위해 난석이 담긴 죽롱과 마차(馬杈) 삼각대가 사방에 널려 있었다. 체격 크고 힘 좋은 무인들이 창대를 등 뒤로 돌리고 무거운 죽롱을 들어 옮겼다. 그들은 능숙하게 삼각대와 난석들을 끌어내 물살을 막았다. 하나하나가 내공을 익힌 무인들이기에 작업 속도가 대단히 빨랐다.

"허어……!"

청성파 도사 하나가 한숨과 같은 경탄성을 내뱉었다.

그 하나뿐이 아니었다. 모두가 두 눈을 크게 떴다.

장관이었다.

무림인들은 그런 광경을 일찍이 본 적이 없었다.

비룡각 문도들은 운남 남쪽 깊은 밀림에서 호 일족과 전투를 수행한 군사형 무인들이었다. 빽빽한 수림에 길을 내고, 돌덩이로 늪을 메우며 온갖 형태의 싸움을 겪어 왔다. 무구고원 앞에 펼쳐진 광범위한 늪지대에 길을 다지는 것도 마찬가지다. 그와 같은 험지의 공병작전과 비교하면 어려운 임무도 아니다. 적어도 이곳의 진흙엔 독충과 독사가 우글거리진 않았다.

"꾸에엑!"

퍼억!

물론 이 물속에는 독 개구리 대신 사람만 한 요괴가 있다.

"막아!"

"저들을 지켜라!!"

그리고 그들 뒤엔 의협비룡회에 감탄한 중원의 무림인들이 있었다. 정파 무인들이 제방 위로 뛰쳐 올라와 요괴들을 죽였다. 그들이 제방을 메우는 비룡각 무인들을 보호했다. 목숨을 걸고 대신 싸웠다.

폭발로 뚫린 제방이 빠르게 복구되었다. 쏟아지는 물줄기가 점점 줄어들었다.

의협비룡회 무인들은 손발이 빨랐다. 하지만 모든 일이 그렇게 수월하기만 할 수는 없다.

쏴아아아아!

물살을 가르는 소리가 격하게 들려왔다.

꽈앙! 콰아앙!

막 채워지고 있는 죽방의 구멍 쪽에서 굉음이 들렸다. 제방 반대편 물속이었다. 날카로운 지느러미들이 보였다. 우르릉 소리가 들리고 죽롱 틈새로 물줄기가 다시 솟구쳤다.

큰 요괴들이다.

인어대괴들이 물으로 올라오는 대신 비룡각 문도들이 막고 있는 제방을 들이받고 있었다.

전황을 통제하던 단운룡이 말고삐를 빠르게 휘어잡았다.

"이랏!"

두두두두두!

방향을 틀었다. 그가 하류 쪽으로 말을 달렸다.

즉각 간파했다.

이것은 요괴들 단독의 공격 행동이 아니었다.

단운룡이 지금껏 보아 온 물고기 요괴들에겐 제방의 취약점을 정확하게 공략할 만한 지능이 없었다.

단운룡은 기마의 방향을 꺾으며 전장의 기(氣)를 읽었다.

무아지경의 집중력으로 세계를 머릿속에 받아들였다. 소리가 들렸다. 방울 소리다. 요기도 있다. 뭍과 물을 잇는 기의 선(線)이 보였다.

'저기다!'

단운룡의 시선이 먼 곳으로 향했다.

수라로 얽힌 이 난장의 대공간에서, 단운룡은 방울 소리와 요기(妖氣)의 끈을 포착해냈다.

저편에 흑의도사 한 무리가 금령철장을 흔들며 주문을 발하고 있었다.

단운룡은 제방 위를 돌아보지 않았다. 관승과 비룡각 무인들은 지금 저기서 뺄 수 없다. 점창파 무인들도 부르지 않았다. 그들은 상류 쪽의 적들을 분쇄하고 있었다.

대신 다른 이들이 있다.

얼마 남지 않은 공력을 천잠보의에 불어넣었다. 빛 무리가 올라왔다.

아직도 밝지 않은 새벽, 빛을 둘러친 신마(神馬)의 지휘관이 비사언을 달렸다.

'감지해라.'

단운룡은 말을 걸듯, 생각했다.

이제는 와야 한다. 그들의 힘이 필요했다.

두두두두두두!

말발굽에서 진흙과 물웅덩이가 부서졌다.

하류 남단이 가까워졌다.

마침내. 기다리던 답이 왔다.

"이쪽이에요!!"

어두운 숲 속에서 맑은 목소리가 들려왔다.

파사사사삭!

승려들이 숲을 헤치고 달려 나왔다. 아미파였다. 멀리서도 그의 부름을 들을 수 있는 항마 이능의 여승 의현이 단운룡의 앞으로 아미파를 이끌었다.

"우리가 늦었다!"

괄괄한 목소리로 앞장선 것은 다름 아닌 보국신승이었다. 노승의 계도에서는 핏물이 뚝뚝 떨어지고 있었다.

"적들이 많았소이다."

보국신승 뒤에서 보광호승이 말했다. 그도 같다. 창날에서 적의 선혈이 번들거렸다. 가사 자락이 피에 젖어 붉었다.

먼저 출발했던 아미파가 가장 늦게 당도했다.

복룡담에 사십팔 명 왔다는 복호승은 삼십 명도 남지 않았다.

혈로를 뚫었다는 뜻이다.

단운룡은 육지와 연결된 하류 쪽에서 적들의 증원이 멈췄음을 상기했다. 이들이 이룬 전공이다. 아미파가 비사언 밑을 틀어막은 것이다. 몸에 남은 격전의 흔적이 그 사실을 말해줬다.

"늦지 않았소. 덕분에 수월했으니."

단운룡의 말투가 달라졌다.

보이지 않은 곳에서의 활약이 더 중요할 때가 있다.

지금이 그러했다.

복호승의 숫자만 봐도 그들이 얼마나 험악한 싸움을 뚫고 왔는지 알 수 있었다. 그런데도 보국신승은 늦었다고 말했다. 당연히 아니라고 말해줘야 했다.

"어딜 치면 되오?"

만불신니가 물었다.

그녀도 보국신승과 같았다. 싸움에 임하는 각오가 여승의 얼굴에 고스란히 드러났다.

단운룡은 그들을 더 치하해 주고 싶었다.

그럴 여유가 없다는 게 안타까울 정도였다.

구파 속가를 막론하고, 정파 무인들이 의협비룡회와 힘을 합쳐 이 재난을 헤쳐 나가는 광경은, 단운룡 스스로도 온전히 예상하지 못했던 심동을 선사했다.

허례는 무용이요, 오직 자격 있는 자에게만 예를 갖춘다.

단운룡은 그렇게 살았다.

헌데, 이 전장의 누가 그 자격이 없을까.

사해는 동도라는 말은 더 이상 인사치레가 아니었다.

모두가 기꺼이 목숨을 내바치는 의협의 기상이 단운룡의 타고난 기질마저 성숙케 했다.

"신니와 신승은 저기 흑의도사들을 맡아 주시오!"

그렇기에 단운룡은 그들을 존중하여 말했다.

그야말로 작지 않은 변화였다.

"여승!"

"네?"

"화탄을 지닌 요괴가 제방에 자폭을 감행하고 있다. 예지할 수 있지?"

"하, 할 수 있을 거예요."

"할 수 있어야 해. 복호승들의 무력을 써서 막아."

"해보겠어요!"

단운룡이 이번엔 보광호승에게로 고개를 돌렸다.

"보광이라 했나?"

"그렇소."

"자넨 나와 간다!"

단운룡이 말 머리를 돌렸다.

명령이나 다름없는 말임에도, 목소리를 내는 이와 듣는 자 모두가 지극히 자연스러웠다.

누구도 이견을 표하지 않았다.

보국신승과 만불신니가 흑의도사들에게 달려갔다. 긴 세월 심후한 내공으로 말미암아 두 고수의 경공은 여전히 대단했다. 후방에서 순식간에 난전이 벌어졌다.

그들은 단운룡의 말을 충실히 이행했다.

복호승들이 의현을 호위하며 물가로 달렸다. 보광호승은 단운룡이 탄 내력마의 속도를 여유롭게 따라왔다.

"위다."

단운룡은 보광호승을 제방으로 이끌었다.

보국신승과 만불신니의 공격으로 흑의도사들의 주문이 흐트러지자, 물속에서 제방을 들이받던 어인대귀 두 마리가 수면 위로 올라왔다.

"저것들이오?"

"막아줘!"

"걱정 마시오!"

보광호승은 불호도 읊지 않고 땅을 박찼다.

비룡각 무인들과 싸우던 관승이 몸을 돌려 대귀 하나를 맡고, 보광이 방죽을 뛰어올라 창날을 내쳤다. 청룡광화창과 아미명명창이 서로의 위력을 겨루듯, 큰 요괴들에게 쏟아졌다.

단운룡은 또다시 명했다.

"비룡각 문도들은 나를 따라와! 이동하여 상류 쪽 제방을 보수한다!"

기마를 달리는 단운룡을 따라 비룡각 문도들이 속도를 냈다. 처음에 터졌던 폭심지가 가까워졌다.

"장익!"

"여기 있소!"

상류 쪽 길목에 버텨 선 장익은 한 손으로도 사모를 잘 휘둘렀다.

"문도들과 합류해! 힘을 아껴!"

충분히 싸웠으니, 몸부터 돌보라는 뜻이다.

그가 단운룡의 말에 따라 물러나는데, 요괴들 한 무리가 떼로 몰려왔다. 장익은 확실하게 움직임이 둔해져 있었다. 사모로 요괴 두 마리를 찍어내 물리쳤다. 요괴 한 마리가 그의 등 뒤를 덮쳤다. 어깨로 밀어치고 모가지를 발로 밟아 짓이겼다.

"이것들이······!"

순식간에 둘러싸였다. 굵은 눈썹이 치켜 올라가고 텁석부리 수염이 뻣뻣하게 섰다. 부상 위치가 좋지 않다고는 하나, 이런 잡귀들에게 발목을 잡히니 분노가 치밀어 올랐다. 후유증이고 뭐고 날뛰고자 하는 마음이 절로 일어났다.

번쩍! 카각! 스가각!

순간 검광이 번뜩였다.

요괴들의 머리가 연달아 날아갔다.

"오랜만이외다!"

낭랑한 목소리에 장익이 반색을 했다.

덕분에 오른팔을 살렸다.

분기를 못 참고 힘을 썼으면 지덕(知德)이 부족했던 옛 장비처럼 될 뻔했다. 지금도 팔부터 어깨가 찌릿찌릿하다. 휴식과 운기가 급했다.

"이렇게 반가울 수가!"

"나로서는 딱히 반가운 상황은 아니오만 이리 만나니 신기하구려! 일단 벗어납시다!"

청운검 검끝을 유려하게 휘돌린다.

일전에 장익과 겨룬 적이 있었던 적하진인이었다.

날을 세운 적으로 만났었지만, 서로를 익히 알기에 든든했다.

적하진인의 검이 사위를 가르며 적들을 베어 넘겼다.

단운룡은 장익의 안전을 확인하고, 고개를 돌렸다. 그가 다음 지시를 내렸다.

"점창파는 이쪽으로!!"

점창파 무인들은 즉각 반응했다.

단운룡의 손짓에 따라 날듯이 움직였다.

백리관을 필두로 한 점창무인 사일검대는 놀랍도록 강했다. 삼십이라는 숫자로 상류 쪽 제방 삼분지 일을 평정했다. 단운룡이 하류 쪽으로 한 번 내달려 온 사이에 적들의 시체가 산을 이루고 있었다.

"좌측! 삼장!"

단운룡이 소리쳤다. 바로 그 지점에서 자폭 요괴가 올라왔다.

점창무인들의 쾌검이 순식간에 요괴를 도륙했다. 피해 없는 폭발이 뒤따랐다.

단운룡은 그쪽에서도 요기(妖氣)의 끈을 느꼈다. 기마에 탄 단운룡의 눈이 풀숲 쪽을 훑었다.

물고기와 다른 형태의 수인(獸人) 요괴들이 보였다. 흑의도사들은 그 뒤쪽에 있었다.

"남쪽 숲!"

"내가 간다!"

백리관이 무서운 속도로 쏘아져 나갔다. 요괴들과 적의 숫자는 이십이 넘었다. 단운룡은 점창 무인들에게 지원을 명하려 했다. 백리관이 선수를 쳤다.

"혼자면 돼! 창산 사일검대는 지휘관의 명에 따라 제방을 지켜라!"
 좌수 단창과 우수 쾌검이 강렬하게 어우러졌다.
 점창무왕이라 했다.
 적들의 몸이 퍽퍽 터져나갔다.
 단운룡은 그 이름이 허명이 아님을 두 눈으로 확인했다.
 푸르륵!
 제방 쪽 언덕에 올라 말머리를 돌렸다.
 비사언 전경이 한눈에 들어왔다.
 적들의 수가 급격히 줄어들고 있었다. 모두가 최적의 위치에서 최대의 힘을 내고 있었다.
 콰아아아아앙!
 아련하게 폭음이 들렸다.
 그가 지금 시야에 담고 있는 비사언에서 터진 것이 아니었다.
 고개를 들고 더 먼 곳을 보았다.
 보병구다.
 보병구 석벽에서 돌무더기가 강물로 쏟아지고 있었다.
 단운룡은 한 가지 사실을 간과하지 않았다.
 비사언 전투의 승기를 잡는 동안, 적측에서는 강력한 고수의 출현이 없었다. 인어대괴는 틀림없이 강력한 마물이지만, 그렇다 해도 신마맹 고위급 가면이 하나도 보이지 않는다는 것은 단순하게 넘길 수 없는 일이었다.
 "가자!"

단운룡은 내력마 창랑에게 말했다.

창랑이 힘차게 땅을 박찼다.

대전장의 싸움이란, 무공산타의 합과 같았다.

일합을 전개하면 다음 합이 온다. 가장 좁은 어취 분수제에 강력한 사수(射手)를 박아 놓고, 드넓은 비사언 전장에는 대규모 요괴부대를 동원했다.

어취의 사수는 실초이자 허초다. 위험한 한 수였다.

비사언에 배치한 신마맹 가면들은 어디까지나 수(數)의 보탬이다. 허초다. 수백 단위 병대로 무림인을 묶어놓고, 제방 파괴를 우선시했다.

허초들도 묵직하다. 경시할 수 없다. 진짜 실초는 화탄이다. 단운룡이 그에 맞서 의협비룡회와 구파무인으로 합을 펼쳤다. 허초와 실초 모두 다 잘 막았다.

어취의 합은 동수로 묶었다.

비사언의 합에서는 승기를 잡았다.

그리고 이제 보병구다.

보병구는 특수지형이다.

석산(石山)을 뚫어 수로(水路)를 만들었으니, 강물 위 산길과 절벽이 곧 전장이 된다. 공격하는 측도, 방어하는 측도, 쉽지 않다. 석벽을 평지처럼 걸을 수 있는 고수가 필요했다.

단운룡은 보병구 위에 신마맹이 있음을 알았다.

비사언에 참전하지 않은 진짜 전력이다. 그러니 백가화만으로는 안 된다. 지금 그가 달려가도 막을 수 없었다.
'서둘러라.'
이 한 마디는 대답을 듣지 못할 심어(心語)였다.
그들 가운데에는 이능의 승려가 없었다.
안배한 이들, 그들이 와야 했다.

꽈어아아앙!
보병구 암벽에서 또 한 무더기의 돌무더기가 쏟아져 내렸다.
보병구 절벽이 훤히 보이는 위치까지 왔다.
요괴들 십여 마리가 도마뱀처럼 암벽에 붙어 있었다. 자폭 요괴들은 아니었지만, 달라붙어 있는 모습 자체로 징그럽고 위험해 보였다.
석벽 바로 밑이 물이었다.
물살이 괴이하게 치면서 거품이 일었다. 요괴가 떼로 헤엄치고 있어서다.
이 물에는 배를 띄울 수 없다. 깊이도 낮은데 요괴가 저리 많으니 띄워봐야 곧바로 박살을 당할 것이다.
결국 절벽에서 막아야 했다.
위에서 화살을 쏘면 내공 궁수가 아니더라도 방어가 가능할 것이다. 그러나 절벽 위엔 적의 기(氣)만 가득하다. 가까이 오니 확실히 알 수 있었다.
단운룡은 창랑의 말안장에서 내려왔다.

보병구로 가려면 다리 하나를 더 건너야 했다. 폭이 좁고 허술하여 군마를 타고 건널 수 없는 다리였다. 상류 쪽으로 올라가 안련교를 건너면 되겠지만, 그럴 시간이 없었다.

"이제 네 주인에게로 돌아가라."

단운룡의 말에 창랑이 푸르륵 투레질을 하고는 곧바로 몸체를 돌려 전장으로 달려갔다. 영민하기가 사람 같았다.

다리를 건너 절벽 위로 올라가는 산길을 탔다.

짧은 시간이라도 기마에 올라 체력을 비축했기에 조금은 여력이 생겼다. 물론 음속도 제대로 발동하지 못할 내공이었지만, 없는 것보다는 나았다.

길은 짧았다.

보병구 절벽 자체가 높지 않았다.

사방에 시체들이 즐비했다. 거지들, 도사들, 아미파 승려들도 있었다. 각양각색 정파 무복들이 피에 젖어 있었다. 위에서는 싸우는 소리가 났다.

채챙! 채앵! 퍼어엉!

"으아악!"

병장기의 충돌음은 오래가지 않았다. 폭음과 비명 소리가 들렸다.

단운룡은 머릿속에서 위쪽의 상황을 빠르게 정리했다.

개방이 불러 모은 무인들이다. 그들이 위를 치고 있었다. 후개는 개방 제자들을 동원, 강호인들에게 사정을 알려 삼대수리 시설의 방어를 모색했다.

범위가 작아 국지전이 예상된 어취에는 후개가 직접 갔다. 전선이 넓게 형성될 비사언에는 군웅들을 대규모로 집중시켰다.

옳은 배치였다.

후개의 역량이 돋보이는 대목이다. 그 짧은 시간에 각파 무인들을 이 정도로 동원한다는 것은 결코 쉬운 일이 아니었다. 그가 아니었으면 어취도, 비사언도 진즉에 뚫렸다. 의협비룡회만으로는 이루기 힘들었을 성과다.

다만, 보병구 적 전력이 문제다.

지형 특성상, 보병구를 방어하려면 절벽 분지를 선점해야 하는 것이 맞다. 적들의 방어 태세가 갖춰져 있음은 당연하게 예상했겠지만 방어 무력이 어느 수준인지는 미리 확인이 불가능했을 것이다. 정파 무인들을 대거 올려 보냈다. 그리고 당도하는 족족 전멸당했다.

전장에서는 흔한 일이다.

누구도 모든 것을 완벽하게 예측할 수는 없다. 그것은 후개가 아니라, 단운룡도 마찬가지다. 그의 예지가 전장을 완전하게 덮고 있었다면, 이렇게 내공이 고갈된 상태로 숨죽이며 이동할 일은 없었을 것이다.

퍼엉!

마지막 폭음과 함께 비명이 멎었다.

단운룡은 길에서 벗어나 가파른 숲으로 들어갔다. 길 없는 숲은 미끄럽고 축축했다. 새벽을 맞이하며 물 맺힌 나무들을 헤치면서 은밀하게 위쪽으로 올라갔다.

단운룡은 익숙한 대적들의 기를 느꼈다.

가장 먼저 이빙이 있었다.

서늘하고 음험한 기가 분지의 중앙에서 느껴졌다.

강력하고 묵직한 기운도 있다.

종리권이었다.

방금 들린 폭음은 그의 장풍비기가 낸 소리였다.

단운룡은 그의 쇄골과 대퇴골을 분질렀다. 그러니 만전의 기량을 보여주긴 힘들 것이다. 그래도 그의 권격과 장풍은 충분히 위협적이다. 단운룡이 운기하여 공력을 모은 시간만큼 저들도 회복했을 것이기 때문이었다.

단운룡은 거리를 두고 나무를 탔다.

절벽 위를 확인하기 위해서였다.

즐비한 적 고수들에게서 기척을 감추기 위한 것만으로도 전력을 다해야 했다. 나뭇가지 소리를 내지 않기 위해 예지까지 동원했다. 심력 소모가 상당했다.

겨우겨우 높은 나무 위에 올라 절벽 위 분지를 눈에 담았다. 아직도 해는 뜨지 않았다. 어두웠다.

안력을 올렸다. 예상대로 이빙과 종리권이 있었다. 이랑진군과 탁탑천왕은 보이지 않았다.

그보다 다른 자가 먼저 눈에 띄었다.

금색 문양이 화려한 자홍색 도포를 입었다.

얼굴엔 청수한 중년 남성의 가면을 썼고, 머리엔 날아가는 새 모양의 금관장식을 했다. 지닌바 기운이 종리권과 비슷하거나 그 이상이었다.

더불어 그의 앞으로 이마 한가운데 금오(金鰲)라는 두 글자를 박은 다홍색 가면들 무인들이 둥글게 전투 대오를 갖추고 있었다. 갈색 도포를 입은 그들은 숫자가 오십 명이나 되었다. 그들로 인해 자홍금관 수괴(首魁)의 정체가 명백해졌다.

'통천교주!'

신마맹 산하의 천신과 요괴 계보는 아직 그 윤곽이 온전하게 드러나지 않았다. 그래도 십천군을 위시하여 봉신방 일맥이 있다는 사실은 진즉에 알았다.

통천교주는 그 수괴급으로 여겨졌던 자다.

저 정도 기파에 존재감, 그리고 금오도라면 달리 생각할 여지가 없었다.

'정면승부는 불가능해.'

보병구 꼭대기의 분지는 넓지도 않았다.

금오도 오십 병력은 예상외이기도 하거니와, 하나 하나의 수준까지 높았다. 백면뢰 따위와는 비교조차 불가능한 정예 무인들이었다. 그러니, 수성으로는 완벽한 전력이다. 정파 무인들이 산발적으로 올라와서는 절대 이길 수 없는, 철벽의 방어였다.

다시 한 번 지형을 살폈다.

분지로 올라오는 길은 두 방향이었다. 분지에서 더 높은 지대로 올라가는 길도 있다. 즉, 위 아래 세 방향에서 접근 가능한 형태였다.

길목에 가득한 시신들을 빠르게 확인했다.

다행이었다.

백가화는 없다. 그녀는 영민하다. 그녀가 철혈의 용맹함을 지녔더라도 저 사지(死地)에 뛰어들지는 않았을 것이다.

'고수가 필요하다.'

이빙, 종리권, 그리고 통천교주.

최소가 셋이었다.

이걸 뚫으려면 비사언에서 싸우고 있는 고수들을 올려야 했다.

밑의 전투는 승기를 잡았다. 몇 명 빼 오는 것은 전력 균형상 불가능한 일이 아니었다.

다만, 문제는 시간이다.

그렇게 불러오는 사이에 보병구 밑이 무너질 것이다. 지금도 물살을 따라 자폭 요괴의 접근이 느껴지고 있었다.

요괴부터 막아야 했다.

절벽 위는 갈 수 없다. 저 전력에 저 숫자면 마신을 발동하고 올라가도 만만치 않다. 통천교주의 기량이 보이는 것보다 높다면, 목숨까지 걸어야 할 수도 있다.

그래서 단운룡은 절벽 위가 아니라 절벽 아래를 보았다.
물살을 타고 오는 자폭 요괴를 포착했다.
당장 내려가야 했다.
헌데, 일단의 무리가 반대편 산길을 통해 절벽 위로 올라오는 것이 보였다. 푸른 도사복을 입고 있었다. 삼십여 명 청성파 도사들이었다.
'안 돼.'
단운룡은 그들을 만류하고 싶었다.
하지만 늦었다.
청성 도사들의 눈엔 정광이 번뜩이고 있었다.
그들은 신마맹에 대한 원한이 깊었다. 의기로 똘똘 뭉쳐 전신에 투지가 가득했다.
그들 사이에는 공력이 심후한 중장년 도사들이 세 명이나 있었다. 전장에 흩어져 있던 청성 장로들이었다. 의기 높은 금발의 오선인, 금벽낭랑도 보였다.
"까마득한 도문 후배들이 아직도 정신을 못 차렸구나!"
웅혼한 내력으로 소리친 자는 다름 아닌 종리권이었다.
그가 번쩍 앞으로 나가며 장풍비기를 터뜨렸다.
청성 장로 두 명이 대경하여 앞으로 나와 장공을 전개했다. 그들이 힘을 합쳐 종리권의 장풍경력을 막아냈다. 두 장로의 얼굴이 대번에 창백해졌다.
"무리하지 마시오. 종리 도우."

"이 정도는 여유롭소이다, 교주."

교주, 통천의 목소리엔 세월의 위엄이 있었다. 얼굴에 쓴 가면보다 더 늙은 목소리였다.

"금오도의 수호자들은 저들을 물리쳐라."

통천교주가 명했다.

종리권 장풍 일격으로 청성파의 사기를 누르고, 금오도 홍가면들이 길목을 막아섰다. 그들은 금(金)색 자라(鰲)라는 금오의 이름처럼 몹시 단단하고 묵직한 투로를 구사했다. 청성파는 장로들이 선봉에서 싸우는데도 금오의 홍가면들을 쉽사리 무너뜨리지 못했다.

내공과 초식의 깊이가 다른 만큼, 가면 무인들은 몇 합 만에 넘어지고 쓰러졌지만, 금강불괴의 외공이라도 익힌 것처럼 다시 일어나 덤벼왔다.

보다 못한 금벽이 기합성을 내지르며 선두로 나왔다. 그녀가 앞으로 나서자 청성 무인들도 좀 더 힘을 받았다. 그러나, 홍가면들을 꾸역꾸역 쓰러뜨리며 앞으로 들어온 것이 오히려 호로병 안에 갇힌 형세가 되었다. 좁은 범위의 난전이 순식간에 힘겨운 악전고투가 되었다.

단운룡은 그들을 구하러 뛰어들 수 없었다.

대신 그가 할 수 있는 일을 했다.

파라라락!

그들이 싸워주고 있기에 빠른 운신이 가능해졌다.

단운룡은 신풍을 발동하여 풍신(風身)으로 바람을 탔다. 그의 몸이 빠르게 하강했다.

 탁! 파바박!

 나무에서 내려와 숲으로, 바위를 박차고 다시 산길을 넘었다. 보병구 석벽을 사선으로 뛰었다.

 튀어나온 돌과 바위의 모양이 지도처럼 머릿속에 펼쳐졌다. 밟고 다시 뛰고 밟았다. 땅을 뛰듯이 그가 절벽 밑으로 내려갔다.

 파라락! 쇄액!

 옷자락에서 바람이 부서졌다.

 막 물살을 헤치고 자폭 요괴가 튀어 올라와 보병구 석벽에 붙었다.

 단운룡의 몸이 밑으로 쏘아졌다.

 내려가던 속도 그대로 발끝으로 절벽을 밀며, 허리를 회전시켰다. 전사력을 어깨에 담고 그대로 때려 박았다.

 강하력를 최대로 활용한 광혼고다. 신풍으로 순속 이상 극대의 위력을 구현했다.

 쫘아앙!

 자폭 요괴의 머리통이 우지끈 주저앉았다.

 단운룡은 반탄력으로 튀어 올라 손으로 바위 끝을 잡았다. 몸을 튕겨 바위를 박차고 재빠르게 상승했다.

 콰아앙! 쏴아아아아!

밑에서 폭발과 함께 물기둥이 치솟았다.

단운룡은 손과 발을 이용해 절벽을 올랐다. 절벽에 붙어 있던 요괴들이 발톱으로 바위를 박고 단운룡에게로 달려들었다.

빠악!

"키에엑!"

마광각으로 요괴 하나를 떨어뜨렸다. 그가 위태위태하게 절벽을 탔다. 중간 위로는 올라가지 않았다. 꼭대기엔 적들이 하나 가득이었다.

그리고 느꼈다.

'왔다.'

단운룡은 위를 올려다보지 않고도 알 수 있었다.

"아래쪽에 이상한 것이 붙었구려."

통천교주가 말했다.

가장 먼저 단운룡을 감지한 것이 그였다.

이빙이 절벽 쪽으로 발걸음을 옮겼다.

청성파 무인들이 하나둘 쓰러졌다. 종리권이 뛰쳐나가 일권으로 청성파 장로 하나를 무너뜨렸다. 청성 무인들의 투지는 여전했지만, 전력 차가 분명했다. 숫자에서도 고수층의 실력에서도 열세였다.

절벽 가에서 밑을 본 이빙이 두 눈을 잔인하게 빛냈다.

"교주, 청성보다 저 자부터 죽여야 하오."

이빙의 목소리가 가늘게 떨렸다.

분노와 살의가 가득했다. 통천교주가 흥미를 보였다.

"그대 정도로 냉철한 자가 그리 말하다니, 어떤 자이기에 그러하오?"

통천교주가 몸을 일으켰다.

일어난다 싶더니, 둥실 떠올라 이빙의 옆에 내려섰다. 경공 조화가 놀라웠다.

"저 자요."

"고작 저런 자가 그대의 심기를 건든 게요?"

단운룡은 절벽에서 이리저리 몸을 날리며 요괴들을 떨어뜨리고 있었다.

"공력이 고갈되어 저 정도이나, 실제로는 아주 위험한 자요."

"간단히 죽일 수 있겠거늘."

통천교주가 고개를 돌렸다.

흥미가 없어졌다는 어조였다. 그는 몸까지 돌려 다른 곳을 바라보았다

"그보다, 나는 저쪽에 더 눈길이 가는데 말이오."

이빙이 통천교주의 시선을 따라 눈을 돌렸다.

가면 속 이빙의 눈이 얼음처럼 굳어졌다.

그들은 갑자기 나타났다.

올라오는 길 둘, 내려오는 길 하나.

그 중 위쪽 길이었다. 한참 멀리 산 위쪽 바위 위에 한 무리

의 인영이 보였다.
 어느 순간 그렇게 갖추었을까.
 문사 가면 일곱이 서 있다. 그 중앙에 태사의 같은 의자 하나가 보였다.
 의자에 앉은 것은 섭선을 든 가면의 남자였다.
 홀연히 나타난 섭선의 남자가 말했다.
 "그는 간단히 죽일 수 있는 이가 아니라오."
 목소리가 낭랑했다.
 이빙의 입에서 침음성이 흘러나왔다.
 "제갈공명……!"
 사천 대지에 혼란을 몰고 온 이름이다. 이 땅에 전란을, 출사표로 도강언에 이 모든 강호인들을 불러 모은 장본인이었다.
 "이제야 만나 보오. 그 모습은 참으로 그럴듯하외다."
 통천교주가 말했다.
 그들의 대화는 높고 낮은 지형의 먼 거리를 두고도, 바로 앞에서 말하는 것처럼 분명하게 이어졌다.
 이빙이 제갈공명을 올려다보며 말했다. 목소리에 담긴 감정이 기이했다.
 "간교한 자가 천신의 뜻을 어지럽히다니."
 그것은 증오와 살기였다.
 단운룡을 향한 것과 똑같았다.
 "당신들같이 무도한 자들에게 그런 말을 듣고 싶지 않소."

제갈공명은 태연했다. 그가 부드러운 어조로 대답했다.
"허허허."
제갈공명의 말에 통천교주가 웃었다.
"무도한 자는 우릴 두고 하는 말이 아닐진저. 공명의 탈을 쓴 그대야말로 무도한 자이겠지. 종리 노사, 청성은 맡겨도 되겠소이까?
"이미 기가 꺾인 게 보이지 않소? 저 자가 제갈량이오?"
"그렇게 칭하는 모양이오. 금오도의 수호자들은 저들을 잡아 오너라. 내 저 자에게 참과 거짓, 옳고 그름에 대하여 가르쳐야겠다."
금오도 홍가면들 삼십여 명이 위쪽 길로 움직였다.
청성파 도사들은 혼란에 빠졌다.
위로 향하는 홍가면들은 분명한 적의를 보였다.
그렇다.
이것은 기이한 상황이었다.
홍가면들이 살기를 품고 제갈공명이 있는 바위를 향해 달려가기 시작했다.
대전란을 일으킨 제갈무후가 이곳에 나타나 신마맹 가면들의 공격을 받는다. 적아 판단이 흐트러지는 순간이다.
터틱!
그들 누구도 구파 청성의 혼돈을 아랑곳하지 않았다.
문사 가면들 일곱이 바위에서 뛰어내렸다.

옆의 숲에서 백의를 입은 여인이 홀연히 날아와 일곱의 가운데에 섰다.

그녀가 철심무혼창을 비껴들었다.

백가화였다.

제갈공명의 앞에서 신마맹 가면들을 막는 무혼의 여인이다.

이해되지 않는 상황이었다.

뒤에 앉은 제갈공명에겐 이 모든 일이 너무나도 당연하다.

그가 말했다.

"번을 들어라."

가면 속 그의 눈은 별빛 같았다.

일곱 문사들은 문사답지 않게 체격이 좋았다. 그들이 등 뒤에서 양손으로 긴 창봉 두 자루를 꺼내들었다.

끼릭!

일제히 창봉을 합쳐 긴 철봉으로 만든다.

그들의 창봉에서 쏟아지듯 깃발이 흘러내렸다.

퍼얼럭! 파라라라락!

일곱 깃발이 나부낀다. 깃발에는 비룡의 무늬가 화려하게 새겨졌다.

그녀가 말없이 땅을 박찼다.

문사가면 일곱의 진면목이 나왔다.

태자후의 칠대기수다. 그들이 그녀의 뒤를 따랐다.

꽈과과광!

산꼭대기에서부터 비룡의 폭포수가 내리꽂는 것 같았다.
금오도 홍가면들이 무지막지한 기세로 튕겨나갔다.
"고작 여덟 명으로!!"
통천교주가 호통을 치며 나섰다.
홍가면들이 던져지듯 번술에 휩쓸려 마구 날아갔다.
콰직!
백가화가 홍가면의 몸을 꿰뚫으며 돌진했다. 그러나 통천교주의 말이 맞다.
그들은 여덟이다.
쫘앙!
통천교주가 손을 휘저었다. 그의 손엔 굵은 대검이 잡혀 있었다.
"합!"
백가화가 창대로 통천교주의 참격을 비껴 막았다. 흘려낸 참격이 바위를 갈랐다. 엄청난 무공이다. 백가화 홀로 상대할 수 없는 괴력의 고수였다.
"물론, 여덟으로는 안 될 거요."
제갈공명이 말했다.
"먼 길 오시느라 수고들 하셨소."
그가 다음 말을 덧붙였다.
쐐새새새색! 쐐애애액!
사방에서 파공음이 들려왔다.

숲에서부터 쏟아진다. 마치 숲 그 자체가 쏟아지는 것 같다.
그것은.
녹색 암기의 비였다.
"당… 문……!"
이빙은 또다시 살기 어린 침음성을 냈다.
퍼버버버벅!
무수히 많은 암기들이 신마맹 홍가면의 전신에 무차별적으로 박혀 들었다.
외공 수준이 고강하여 몸에 맞고 튕겨 나오는 암기들이 꽤 많았지만, 완전한 방어가 가능할 리 만무했다.
십여 명 홍가면들이 순식간에 쓰러졌다.
청성파 장로들의 권장공부를 맞고도 벌떡 일어나던 그들은, 땅을 짚고 일어나면서도 비틀거리며 똑바로 몸을 세우지 못했다.
중독이다.
이어 그들 머리 위로 비룡번이 몰아쳤다.
퍼어엉! 꽈앙!
번술에 담긴 힘은 대단했다.
금오도 홍가면들이 마구 튕겨나가 산길과 절벽 아래로 떨어졌다.
강할 수밖에 없다.
태자후의 사후, 칠대기수는 무산에 올라 황금비룡번 태양풍에게 직접 번술을 사사했다.

과거와 현재, 신마맹에 대한 원한이 가장 깊은 이를 꼽자면 태양풍을 아니 말할 수 없다. 그는 살문 시절에도 신마맹과 싸웠고, 자신의 제자이자 혈육을 신마맹주 염라마신에게 잃었다. 번술의 격렬함이 갈 길 없는 태양풍의 분노를 그대로 보여주는 것 같았다.

쏟아지는 기세가 지극히 강맹하니, 그 기운이 그대로 선두의 백가화에 실렸다.

통천교주가 다시 굵은 대검을 휘둘렀다.

백가화는 거침없이 통천교주의 검을 받았다. 백룡신창이 무시무시한 검력에 맞서 뻗어나갔다. 불굴철심이다. 그녀는 누구에 견주어도 지지 않을, 기개의 일창을 선보였다.

쩌어어어엉!

충격파가 사위를 휩쓸었다.

그녀의 백의가 찢어질듯 나부꼈다. 얼굴이 딱딱하게 굳어지고, 손마디가 새하얗게 변했다.

그럼에도 그녀는 휘청거리지도, 뒤로 물러나지도 않았다.

텅!

오히려 앞서나가는 진각을 밟았다. 그녀가 연환창을 전개했다.

쩌엉!

통천교주가 한 손으로 대검을 틀어 그녀의 창격을 막았다. 굵은 검날이 격하게 진동했다. 가면 속 눈동자도 가볍게 흔들렸다.

"이얍!"

그녀가 기합성을 내질렀다. 한 마리 백룡이 춤을 췄다. 심장에 강철을 담은, 무혼의 백룡이었다.

쩌어어어엉!

물러남은 없다.

그녀와 통천교주가 측면으로 갈라졌다.

"놀랍군."

통천교주는 떠오르는 심상을 그대로 소리 내어 말했다.

"일검이면 가볍게 짓누를 줄 알았거늘."

번술 군기(軍氣)를 받아 제 힘처럼 활용하여 순수한 기세로 받아냈다. 더불어 공격까지 감행해 온다. 통천교주에겐 의외의 상황이다. 금오신갑의 공부를 익힌 금오도 수호자들이 쓰러지고 있는 것만큼이나 놀라웠다.

쐐새새새색! 쐐애액!

당문 암기가 다시 한번 쏟아졌다.

꽈광! 퍼퍼펑!

칠대기수의 번술이 그들을 덮치자, 커다란 공간이 생겼다.

당문 암기와 번술 무인의 조합은 밀집대형에 대한 상성으로 막강한 위력을 발휘했다. 홍가면의 숫자가 삽시간에 삼십 명으로 줄었다.

불시의 급습으로 낸 성과다.

신마맹의 반격이 온다.

이빙이 나섰다.

좌좌좌좌자자작!

금오도 홍가면 무인들의 전면에 빙벽이 올라왔다. 파공음을 울리며 날아오던 암기들이 빙벽에 박혀들었다.

"종리 노사!"

이빙이 종리권을 불렀다.

종리권이 장풍비기를 벼락처럼 뿌려대며 금벽낭랑을 비롯한 청성 무인들을 후퇴시키고는, 훌쩍 뛰어올라 홍가면 무인들의 머리 위를 타 넘었다.

쐐새새새새새새색!

이빙이 올린 빙벽만으로는 양측에서 쏟아지는 당문 암기들을 모두 방어할 수 없었다. 종리권이 양손을 활짝 폈다.

우우우우우웅!

무서운 속도로 날아오던 암기들이 느려졌다.

무형기다.

"흡!"

종리권이 기합성처럼 숨을 들이켰다.

느려지던 암기가 공중에 멎었다.

기이한 광경이었다.

날아들던 암기비가 멈췄다. 대저 암기라 함은 숫자의 한계를 담보로 한 무기였다. 뚫을 수 있다는 확신이 있으면 모르되, 어차피 막힌 곳에 퍼부어봐야 의미가 없다. 암기가 더 쏟아지지 않자, 종리권이 손을 한 번 휘저었다.

원한의 독을 품고 사납게 짓쳐들던 당문 암기들이 우수수 땅으로 쏟아져 내렸다.

사삭! 사사사삭!

마침내 모습을 드러낸다.

양쪽 숲 나무 위에서 길 위로 내려서는 이들은 오십여 명에 달했다. 당문 정예 녹풍대였다.

"그래 봐야 당문!!"

종리권의 한마디가 품은 뜻은 명확했다.

이미 신마맹에 패배한 가문이란 말이었다.

쐐애애액!

대답처럼 녹풍대 한가운데서, 단 한 줄기 섬광이 뻗어 나왔다.

"어딜!"

종리권이 손을 들었다.

염력 방패가 그의 전면을 채웠다.

우우우우우웅!

암기는 그 흔한 이화정(梨花釘)이었다. 하얀 배꽃 잎을 닮은 암기는 그닥 위험해 보이지도 않았다.

꽃잎이 무형기 안에서 바람에 흩날리듯 흔들렸다.

종리권의 손이 움찔 뒤로 젖혀졌다.

이화정 송곳 앞에서 무형기가 올올히 풀어지고 있었다. 오므려 열어젖혔다.

감응이 기(氣)를 해석하여 잡아두는 힘을 무효화했다.

쇄액!

종리권이 몸을 숙였다. 앞섶 풀어헤친 목덜미 옷깃이 얇게 베어 떨어졌다.

녹풍대 한가운데에서 살기가 줄줄 흐르는 남자 하나가 걸어 나왔다.

"당신은 그 말의 대가를 치르게 될 것이다."

하염없이 젊은 얼굴이나 귀공자처럼 해사했던 얼굴은 이제 없었다.

당문신성, 당효기였다.

그가 말했다.

"모두 한 줌 혈수로 녹여버려라."

독기처럼 넘실대는 분노가 녹풍대 전원으로 번져나갔다.

녹풍대 무인들이 두 손에 암기와 독병을 들었다.

그들에겐 이제 뒤가 없다. 가벼운 한숨조차 앗아가는 처절한 독향이 절벽의 분지 위로 밀려들었다.

꽈아아앙!

종리권이 손을 뻗어 장풍비기를 내치고, 통천교주가 대검을 휘둘렀다.

다시 난전이다.

격전이 전개되었다.

종리권은 여전히 강했고, 통천교주는 그 이상이었다.

두려움 없이 달려드는 백가화를 물리치고, 대검을 휘둘러 옆으로 날아드는 녹풍대원을 두 쪽 냈다.

당문 무인들은 죽음을 두려워하지 않았다.

피가 사방에 난무했다. 독무(毒霧)가 번졌다. 절벽 분지는 가장 처절한 싸움터가 되었다.

홍가면들이 마구 죽어나갔다.

그리고, 그만큼 녹풍대 무인들도 죽었다.

쫘자작! 쫘작! 쫘자자작!

좁은 공간에서 독이 풀리면, 중독 영역의 통제가 우선시되어야 했다.

이빙은 무서운 속도로 소규모 빙술을 펼치면서 독무(毒霧)의 확산을 막았다. 던져지는 독탄과 독병들을 얼려 독기(毒氣)의 해방 자체를 봉쇄했다. 종리권은 이미 터진 독무(毒霧)를 장풍비기로 날려버리거나, 녹풍대 무인들에게로 되돌렸다. 통천교주는 고강한 내공으로 말미암아, 독기에 아무 영향을 받지 않는 것처럼 움직였다.

그들의 분노는 무서웠지만, 세 고수가 너무나도 강력했다.

더불어 이빙에겐 남아 있는 한 수까지 있었다.

"도움을 청하겠소."

"본좌로 충분할지니."

통천교주가 말했다.

쩌엉!

절대로 물러나지 않았던 백가화가 뒤쪽으로 튕겨나갔다. 통천교주가 들고 있는 검에서 황색의 빛 무리가 솟아나왔다.

"사보대검(四寶大劍)은 개진(開陣)에 시간이 걸리지."

통천교주가 검을 치켜 올렸다.

백가화가 소리쳤다.

"피해!!"

대상은 모두였다. 칠대기수뿐 아니라, 녹풍대와 청성 도사들도 들어야 할 경고였다.

후웅!

콰콰콰콰콰광!

백가화가 있던 곳과, 그 뒤까지 십 장에 이르는 범위가 평지로 화했다. 모든 것이 모래처럼 부서져 내렸다. 풀숲이 사라져 바위와 흙이 드러났다.

녹풍대 여덟 명이 휩쓸려 고혼이 되었다.

그들의 육신도 위에서부터 짓이기는 내력에 산산이 부서져 형체조차 제대로 남지 않았다. 형언이 어려울 만큼 무서운 위력이었다.

"교주, 확실히 겨누시오. 무한정 쓸 수 있는 것도 아니지 않소."

"네 번이면 충분하오."

통천교주의 목소리엔 자신감이 넘쳐흘렀다.

백가화가 이를 악물었다.

천만다행으로 칠대기수는 한 명도 잃지 않았다. 그러나 저 일격은 지나치다. 직선 타격 범위가 십 장에 이르고, 넓이도 일 장을 넘는다.

이길 수 없음을 알았다.

게다가 이빙은 우위에서 방심하지 않았다.

쫘작! 쉬리리릭!

이빙의 손에서 빙정(氷釘)이 날았다.

빙정을 내 쏜 방향은 하늘이었다. 올라간 빙정이 높은 곳에서 퍽, 하고 터졌다. 하얀 얼음조각들이 신호 화살마냥 밝은 빛을 흩뿌렸다.

"기어코 부른 거요? 이미 저들에게 받은 것이 많지 않소? 받으면 받은 만큼 줘야 하는 법이거늘."

"교주, 저 가증스러운 제갈공명이 우리를 현혹시켜도 목표를 잊지 마오. 저들을 제압하는 것이 아니라, 파괴가 우선이오. 자폭 요괴들로 안 되면 그 사보대검이라도 써서 여길 부수는 것이 먼저라오."

이빙은 냉철했다.

그가 손으로 절벽 쪽을 가리켰다.

통천교주가 이빙을 직시했다. 그가 의아함을 담고 말했다.

"그대는 한사코 저 밑에 있는 자가 마음에 걸리는 모양이

구려."

"폭탄이 터지지 않고 있는 것을 모르시는 게요?"

이빙의 목소리에 날이 섰다.

통천교주가 아주 잠시 그를 물끄러미 바라보았다.

"선을 넘지 말게. 맹주가 염왕(閻王)이란 것을 잊은 겐가?"

그의 어조에서 공대가 사라졌다.

물론, 이빙의 지적은 옳다.

절벽 밑 자폭 요괴들은 단운룡에게 막혀 올라오는 족족 떨어지고 있었다.

통천교주는 이빙의 지시를 들어야 하는 이가 아니었다. 그것이 옥황의 지령이라 해도, 그에게 미치는 강제력은 존재하지 않았다.

통천교주가 이내, 시선을 거두었다.

그가 다시 사보대검을 치켜들었다.

"산개!"

백가화가 목소리를 높였다.

파라라라락! 칠대 기수들을 즉각 반응했다.

그러나 통천교주의 검은 그들을 향하지 않았다.

"수호자들은 나의 검 끝에서 물러나라."

사보대검이 겨눠진 것은 청성파 도사들 쪽이었다. 선택의 이유는 단순했다. 쉽게 뺄 수 있었기 때문이다.

녹풍대는 깊이 들어와 금오도 수호자들과 난전으로 얽혀

있었다. 거기에 사보검을 내리칠 수는 없다. 흉악한 요마의 수괴라 해도, 수족은 아낄 줄 알았다. 길을 열고 공격이 용이한 곳을 골랐을 뿐이었다.

후웅! 콰콰콰콰콰광!

청성파 도사들도 이미 사보대검의 위력을 보았다.

피한다고 피했지만, 많은 수가 휩쓸렸다.

열 명 넘게 죽었다. 경공이 빠른 장로와 금벽낭랑은 목숨을 건졌다. 그래도 피해가 막심했다. 피눈물을 쏟아도 열 번은 더 쏟을 일이었다.

설상가상으로, 양측의 고지대에서 기이한 방울 소리가 들려오기 시작했다.

숲과 물이 술렁였다.

아래쪽 물에서 인어대귀 두 마리가 불쑥 솟아나 절벽에 발톱을 박았다.

언뜻언뜻 빠른 그림자들이 숲 그늘을 따라 몰려들었다.

요기(妖氣)가 진동을 했다.

이빙이 하늘로 올려 쏜 빙정은 흑림을 향한 지원 요청이었다.

요괴 병력이 보병구로 집중되었다.

최악의 상황이었다.

단운룡은 절벽에 몸을 매달고, 인어대괴가 그에게 기어오르는 것을 보았다.

그 아래쪽에 자폭 요괴가 붙었다. 기회를 노리기라도 한 것처럼, 한 마리도 아니고, 세 마리나 등 뒤에 폭탄을 지고 있었다.

그리고 절벽 위, 바위의 의자에서 제갈공명이 몸을 일으켰다.

백가화가 고개를 올려 그를 보았다.

그녀의 두 눈에 걱정과 믿음이 담겼다.

제갈공명, 대무후가 섭선을 오른쪽으로 움직였다.

쐐새새새색!

숲 사이에서 파공음들이 들려왔다.

녹풍대 전원을 이곳에 투입하지 않고, 병력을 나눠 대기시켰다. 그들이 이 순간 적습을 감행한다. 방울 소리가 흐트러졌다. 숲에 가려진 흑림 주술사들의 몸에 독암기가 쏟아졌다.

대무후가 다시 섭선을 왼쪽으로 움직였다.

이번엔 요괴들이다.

기괴한 괴성이 숲 곳곳에서 터져 나왔다. 요지 요지에 배치된 녹풍대가 분지 위로 향하는 요괴들은 완벽하게 차단했다.

그리고 대무후의 섭선이 아래를 향한다.

절벽 밑.

한 남자가 물 위에 섰다.

물을 밟은 그의 발밑이 녹수(綠水)가 되고 있었다. 막강한 독기를 흩뿌리는 그의 발밑으로 물고기 요괴들이 몸부림을 치고 물 밑으로 잠겨 들었다.

그가 위를 올려다보았다.

팔 한쪽의 소매가 휑했다.

세간에는 미처 알려지지 않았다.

당문이 괴멸될 때, 그는 팔 하나만 잃은 것이 아니었다.

눈도 하나 잃었다.

천수마안이라 했다.

왼쪽 눈만 남은 그의 흰자위가, 녹색으로 물들었다. 그것은 분노의 광망 같은 것이 아니었다. 안구 자체가 녹색으로 변했다.

평지처럼.

사천당문 가주 당천표가 녹색 독수를 박차고, 절벽 위를 걸었다.

그의 손에서 혈접표가 날았다.

이화정처럼, 당문에서 처음 암기를 잡는 모든 이들이 손에 쥘, 최초의 암기였다.

퍼억! 퍼어어억!

인어대괴 두 마리의 머리에서 폭음이 터졌다.

구멍 두 개면 충분했다. 뚫고 들어간 구멍, 그리고 뚫고 나온 구멍이다.

커다란 요괴 둘이 그대로 떨어졌다.

혈접표는 멈추지 않았다.

우아하고 아름답게 선회한 암기가 살아 있는 것처럼, 밑에 달라붙은 자폭 요괴들을 죽였다.

걸어 오르는 절벽에 녹색 족적이 생겼다.

그가 단운룡을 보았다.

두 사람의 시선이 마주쳤다.

그들의 만남에는 아주아주 길고도 많은 사연들이 있었다.

"올라가자. 협제의 후예여."

당천표가 말했다.

"교주!!"

이빙이 통천교주를 불렀다.

신화와 요마, 그와 통천교주와의 사이가 어떠하든, 지금은 맹(盟)으로 묶여야 할 때였다.

이빙이 느꼈듯, 통천교주도 알았다.

장풍을 휘두르며 녹풍대를 몰아치고 있던 종리권도 잠시 손을 멈춰야 했다.

터벅.

절벽 끝에서, 당천표가 올라왔다.

모두의 시선이 그에게로 집중되었다.

무림의 정점에 위치했던, 육대세가 가주의 진면목은 그와 같았다.

'당천표……!'

보는 순간 이름이 머릿속을 스친다.

구파 산중의 장문인들과는 또 다른 존재감이었다.

본디, 산중 고수들은 반박귀진을 이야기했다.

되돌아 천천히 처음으로 나아간다는 말이다. 무공의 경지로 표현하자면, 나 자신으로 수렴하여 본신 진기가 밖으로 드러나지 않음을 뜻함이다.

그들은 산중의 신비로 군림하며, 오만과 겸양 사이를 부드럽게 오갔다. 드러내지 않음으로 잠재하여 지배했다. 그것이 구파의 미덕이라 했다.

육대세가는 속가의 꼭대기다.

그들은 굳건하게 쌓아 올린 세력과 자산을 기반으로 무공과 지모를 온 천하에 화려히 펼쳐왔다.

그래서 그들은 가만히 있어도 눈에 띈다. 세가의 무인들은 저잣거리에서도 단숨에 알아볼 수 있다. 태생부터 비범하니 기질도 특별했다.

그리고, 여기에, 그 육가의 가주가 있다.

전신에서 극독의 파랑을 일으키며 절벽을 걸어 올랐다.

통천교주가 사보대검의 방향을 바꾸었다.

이빙이 부르지 않았어도 몸을 돌렸을 것이다. 그가 둥실 떠올라 당천표 앞에 내려섰다.

"당가주, 독이 오를 대로 오르셨구려."

뒤쪽의 살육전을 배경으로, 통천교주가 당천표의 시선을 받았다. 통천교주의 기도는 분명 독보적이었다. 잠시라도 당천표의 눈을 잡아둘 수 있었으니 말이다.

"녹풍대."

당천표는 통천교주의 말을 받아주지 않았다.

스치는 것처럼, 무시했다.

당천표의 시선이 통천교주의 등 뒤로 넘어갔다.

"어서 죽여라. 적 섬멸이 늦다."

녹풍대 무인들은 싸우며 가주의 목소리를 들었다. 군기(軍氣), 살기(殺氣), 독기(毒氣)가 그들의 몸에서 한꺼번에 일어났다.

그들의 공격이 종리권에게 집중되었다.

녹풍대원 십여 명이 종리권 앞에 쓰러져 있었다. 녹풍대원들은 죽음을 아랑곳하지 않고 계속 달려들었다. 더불어 그 치열한 살수는 금오도 홍가면들에게도 어김없이 뿌려졌다.

가주께서 적들의 조속한 죽음을 바라신다.

지엄하고도 지엄한 명이었다.

"도(道)를 모르는 살귀들이!"

종리권이 호통을 치며 두 손을 모았다.

포격과 같은 장풍경력이 그의 전면을 휩쓸었다. 그에게 쏟아지던 극독과 암기가 사방으로 터져 나갔다.

쫘아아아앙!

사천당가 녹풍대 정예무인 두 명이 한꺼번에 목숨을 잃었다.

쇄액!

목숨 바쳐 가주의 명을 지키리라.

당가의 신성은 기회를 놓치지 않았다.

장공과 무형기가 혼재된 그 기의 폭풍 속에서, 한 줄기 파공음이 염력의 방패를 뚫었다.

푸욱!

"큭!!"

종리권이 일보 물러났다.

드러난 가슴팍에 이화정이 꽂혀 있었다.

걷히는 독무 사이로 살기 어린 두 눈이 보였다.

당효기였다.

"당문말학 당효기. 가주의 명을 받들겠습니다."

종리권이 '흡!' 하고 진기를 끌어올렸다.

두터운 가슴근육에서 이화정이 퍽 하고 튀어나와 땅바닥에 떨어졌다. 꽂혔던 상처에서 검은 피가 주르륵 흘러내렸다.

"건방진 아해(兒孩)야. 방자함이 극에 달했구나."

꽈아아아앙!

종리권이 거칠게 손을 휘둘렀다. 당효기가 서 있던 곳에서 장풍비기의 폭발이 일었다.

피잉! 쐐애액!

당효기의 신법은 놀라웠다. 천재의 성장은 눈부셨고, 재능의 발현은 찬란했다.

이화정에 이어, 백강환이 날았다.

"흠!"

종리권의 염력이 과시하듯 강력하게 펼쳐졌다. 이번에는 뚫지 못했다. 그의 염력이 파고드는 감응사를 완벽하게 차단했다. 백강환이 땅에 떨어졌다.

파삭!

그때 종리권의 발 앞에서 독병이 깨졌다. 오보살 극독이었다.

당효기가 아니었다.

녹풍대원 세 명이 종리권의 옆을 스치며 오보살에 버금가는 극독들을 살포했다.

꾸웅! 퍼어엉!

종리권이 다급하게 발을 굴렀다.

진각으로 터뜨린 경파가 극독의 독기를 밀어냈다. 동시에 축지를 펼치듯, 종리권의 몸이 뒤로 빠져나갔다.

그러면서 그는 녹풍대원들의 목소리를 들었다.

"당문말학 당홍윤, 가주의 명을 받듭니다."

"당문말학 당상재, 가주의 명을 받듭니다."

"당문말학 당건여, 가주의 명을 받들겠습니다."

직계와 방계를 구분 짓지 않는다.

어려서 미숙했던 당문의 젊은이들은, 구룡보 혈사를 기점으로 대오(大悟)하여 당문정예 녹풍대의 이름을 받았다.

종리권은 분노했다.

무릇 신선이라 함은 화낼 일도 슬퍼할 일도 없다지만, 지금은 아니었다.

위협을 느꼈기 때문이다.

신선의 신통력에는 어떠한 독도 침범하지 못한다고 자부했다.

그것도 틀렸다.

극독이 중첩되고 중첩된 데다가, 독암기가 직접 몸에 꽂히기까지 했다. 광대한 공력으로도 중독을 완벽하게 막아낼 수가 없었다.

파삭!

또 온다.

측면에서 독병이 깨지고 독액이 기화되었다.

쫘좌자자작!

요란하게 응결되는 한기(寒氣)가 독의 살포를 막았다.

"노사, 내가 있소이다."

상황변화에 민감하게 반응한 이빙이었다.

당가주의 출현으로 녹풍대는 충천의 독기를 드러냈다.

균형을 맞춰야 했다.

하지만 팔선의 신통력은 다른 생각을 일으켰다. 종리권이 물었다.

"교주로 되겠소?"

"어찌 되었든 그는 통천교주요."

이빙의 대답에 종리권의 눈동자가 흔들렸다. 공허로운 신선이었던 그가 불안이라는 생소함을 맞닥뜨렸다.

이빙은 지낭(智囊)이었다.

신화(神話)로 인격을 덮는 신마맹에서, 이지(理智)의 밝음이란 희귀한 재능이었다.
 사천침공의 많은 계책들이 이빙의 머릿속에서 나왔음을 알았다.
 하지만, 이 판단은 동의할 수 없다.
 이빙은 종리권을 도울 것이 아니라, 통천교주의 옆에 있어야 한다.
 종리권은 신선으로 그리 사유했으나, 사람의 목소리로 말하지 못했다. 그럴 여유가 없었기 때문이다.
 당효기를 필두로, 녹풍대의 독풍이 몰아쳤다.
 빙술과 장풍이 독아(毒牙)를 맞이했다.

 "지금 어딜 보시는 게요? 본좌가 당신 앞에 있거늘."
 통천교주가 당천표에게 말했다.
 당천표가 시선을 통천교주에게 돌렸다.
 "본좌?"
 반문은 짧았다.
 녹안(綠眼)의 빛이 섬뜩했다.
 뒤에서 앞으로 온 눈빛임에도, 위에서 아래로 내려다보는 시선 같았다.
 "그렇소. 금오도 요선(妖仙)들의 수좌이자, 요마통천의 가르침을 전하는 이가 나요. 통천교주라 부르시오."

통천교주는 자신만만했다.
십천군을 그가 키웠다.
한빙요선 원천군이 구룡보를 장악하여 혼돈을 일으켰던 것처럼 금오도 천군들은 강호에 알려지지 않은 수많은 악업(惡業)을 쌓았다.
이제 와 천군들을 모조리 잃었지만, 안타까움은 없었다.
이미 신마(神魔)의 시대가 열렸다.
그는 암중의 주(主)였다.
영진포일술만 완성하면 염라마신도 넘볼 수 있는 힘을 지녔다. 그리되면 온 천하가 발밑에 있을 것이다. 십천군 정도는 다시 가면을 씌워 일으키면 그만이었다.
"통천교주."
당천표가 그 네 글자를 말했다.
통천교주가 가면 속에서 웃었다.
마침내 금오도의 어둠을 깨고 나와 무림 앞에 섰다.
죽어서 명성을 드높이기에 육대세가의 가주만큼 훌륭한 제물이 또 있겠는가.
하지만 통천교주의 웃음은 끝까지 그려지지 못했다.
당천표의 목소리가 이어졌다.
"들어본 적 없는 이름이며."
당천표가 하나 남은 팔을 들었다.
통천교주의 얼굴이 굳어졌다. 다섯 손가락 그의 손톱은 진한 녹색으로 물들어 있었다.

"오늘로 잊을 이름이다."

화아아악!

통천교주는 유형화된 장력을 보았다.

그것은 종리권의 장풍비기처럼 강력했으며, 그 색깔은 녹색이었다.

콰아아아앙! 푸스스스스스!

통천교주의 신형이 사라졌다.

바위가 녹고 있었다.

당천표가 몸을 돌렸다. 통천교주가 그의 옆에서 나타났다. 대검이 허리를 갈라왔다.

콰앙!

대검 검날에 독장(毒掌)이 작렬했다. 검날이 휘청 뒤로 밀려났다. 통천교주가 후방으로 몸을 날려 물러났다.

"과연 육대세가주, 그냥 죽어주진 않으려나 보오."

통천교주가 사보대검을 비스듬히 늘어뜨렸다.

무시무시한 독기(毒氣)가 대검을 타고 흘렀다.

치이익! 쉬이이이이익!

사보대검에서 황색 기운이 일어나 독기와 싸웠다. 통천교주는 치솟는 독기에도 흔들림이 없었다.

종사(宗師)의 기도를 지녔음은 분명하다.

그가 몸을 날려 왔다.

꽈광! 푸스스! 꽈아아아아앙!

대검이 바위를 부수고, 독기가 사방을 휩쓸었다.

대당문의 가주와 일대일로 겨룬다.

통천교주는 만독불침인 것처럼 당문주가 펼치는 독공에도 거침없이 검격을 전개했다.

대검술이 융통무애했다. 사보검의 개진이 없어도, 통천교주는 경천의 검공을 지니고 있었다.

쩌엉!

누구도 접근할 수 없었다.

분지 위에 움푹 파인 구덩이가 열 개나 생겼다.

꽝!

한 팔로 싸우는 당천표가 뒤쪽으로 튕겨나갔다.

"그래, 본좌의 이름은 잊어도 좋소. 그래도 저승까진 가져가시오."

이름 없는 자가 서슴없이 말한다.

감히.

본좌를 들먹이며.

당천표가 손을 올렸다.

만천신의 손에서 녹색의 사화신이 날았다.

"당문을 무서워하지 않는 자여. 너는 이만 죽어야겠다."

천수여래와 같던 그의 손은 이제 하나만 남았다.

만개했던 수인(手印)은 이제 없다.

손과 눈처럼 혈족을 잃었다. 원한 가진 가주의 마안이 감응사로 채워졌다.

"만천."

당천표의 입에서 명령이 발해졌다.

쩌엉!

하늘로 올라간 철판이 흩어졌다.

수십, 수백 개의 조각으로 피어난 그것은 녹색 분노의 향연이었다.

피어날 선혈의 꽃을 기다리며 하늘 가득 펼쳐진다.

통천교주는 사보검을 들었다.

"개진."

공전절후의 절기가 서로를 향해 겨누어졌다.

*   *   *

독수(毒水) 속에서도 솟구친 자폭 요괴들을 떨어뜨리고 한 발 늦게 올라온 단운룡은, 하늘을 채운 녹색 꽃비를 보았다.

천라지망이라 했다.

강호에선 이 네 글자를 두고, 빠져나갈 수 없는 포위망을 일컬을 때 썼지만, 본래 뜻은 하늘을 채운 그물처럼 피할 수가 없는 재액(災厄)을 의미했다.

파멸의 재(災)와 절망의 액(厄)이다.

실낱같은 기(氣)가 그물처럼 이어져 녹색의 화편(花片)을 엮었다.

그래서 감응하는 실(絲)이다.

날실과 씨실이 교차하며 편린들의 힘을 증폭시켰다.

단운룡은 감탄과 함께 감응하는 기를 보았다.

그것은 한 세대로 완성되는 공부가 아니었다.

천재의 고안을 천재가 이어받아 다듬었다.

기공(氣功) 무학(武學) 이론의 끝이 하늘 위에 있었다.

"화우."

당천표의 손이 아래로 내려갔다.

녹색의 화우(花雨)가 일어났다.

하늘에서 아래로 피어내리는 것인가. 아니면 땅에서 하늘로 피어오르는 것일까.

화우는 반경 일장을 뒤덮는 연꽃이 되었다가 길쭉한 모란이 되고, 화사한 장미(薔薇)가 되었다.

일대장관이었다.

무림 최대 최악의 비기였다.

맞서는 통천교주가 전설의 검을 휘둘렀다.

"사보."

우우우우우웅!

통천교주의 검에서 황색의 기운이 솟구쳤다.

봉신방 궁극보패 사보검의 힘은 강력했다.

오래된 신화(神話)가 장엄한 무론(武論)을 가르고, 만천화우 꽃비를 부쉈다
쫘아아아아아아아!
풍성한 꽃비의 한쪽이 울컥 터져나갔다.
사화신 꽃잎의 파편이 모래알처럼 흩어져 독무(毒霧)가 되었다.
그렇게 만천이 열렸다.
화우가 깨졌다.
그랬어야 했다.
단운룡마저도 그렇게 생각했다.
당천표의 손이 움직인 것은 그때였다.
천수(千手)라 불린 화려함은, 팔이 하나 없다 해도 반감되지 않았다.
만천화우의 수인(手印)이 무서운 속도로 재현되었다.
꽃이 폈다.
피잉! 피이이잉! 따다다다다당!
절반으로 쪼개졌던 만천화우가 새로운 꽃잎을 피우며 사보검을 휘감았다.
진정한 만천이다.
무인이란 본디, 강한 상대와 싸우고서야 더 강해질 수 있는 법이다.
하지만 그가 전력을 다해 만천화우를 쓸 일이 언제 있을까.

육대세가의 가주 위에 오를 정도의 경지라면, 온 천하에 강적(强敵)이라 칭할 수 있는 이가 드물어진다.

발전의 정체(停滯)가 오는 이유다.

세가주는 전력을 다할 일이 없다. 목숨을 걸 일은 더더욱 없었다.

당천표는 예외다.

그는 다 겪었다.

염라마신의 혈겁만을 뜻하는 것이 아니었다.

그 전에도 있다.

당천표는 흑암의 검도(劍道) 고수와 겨루었다.

상대는 사보대검과 같은 무적의 신병을 지니고, 사보의 법술무공과 비슷한 파열의 강검(强劍)을 구사했다.

견주어 이기지 못한 무공에 대한 파해(破解)는, 무릇 진정한 모든 무인들이 무혼(武魂)에 담을 만한 숙제일 것이다.

당천표는 무당의 마검(魔劍)과 절기를 나눈 이래, 규격 외 검공에 대한 격파를 최우선 과제로 삼았다.

재결전 시엔 이기리라. 그 의지가 수련에 강력한 의미를 부여했다.

비록 그 이후 만난 상대가 염라마신이었기에 뜻대로 이루지 못했던 개화(開花) 만천(滿天)의 깨달음은, 통천교주의 사보검 앞에서 비로소 고련의 진가를 드러내기에 이르렀다.

우우우우웅!

감응사가 천변만화하며 새롭게 짜여졌다.
아름다웠다.
무(武)와 무(武)가 만나 전에 없던 경지가 열린다.
만 가닥 녹색의 빛줄기가 사보검을 몰아쳤다.
따다다당! 쩌저저저저정! 퍼엉! 퍼어엉! 콰아앙!
가볍던 소리가 묵직해지고, 무거운 충격음이 폭음으로 바뀌었다.
"무적 사보검이……!"
황색 대검의 기운이 뭉텅뭉텅 흩어져 갔다.
부서져 깨질 것 같다.
검을 빚었다는 전설 속 수미산의 모래로 되돌아갈 것 같은 광경이었다.
통천교주의 손등에 혈관이 불거졌다. 사보검이 몸부림치듯 흔들렸다.
녹색 빛 무리가 환영처럼 사방을 채웠다.
그치지 않는 만천화우가 더 커졌다. 거대해진 꽃봉오리는 기화요초의 변화로 이어졌다.
통천교주가 고강한 내력으로 만화(萬花)의 폭풍을 버텼다.
한계는 금방 찾아왔다.
퍼벅!
꽃잎 하나가 통천교주의 내공을 뚫고, 그의 등판에 박혀들었다.

그게 시작이었다.

퍼버버버버버벅!

화우(花雨)가 통천교주의 전신을 휩쓸었다.

폭화(爆花) 속에 선혈이 터졌다.

사화신의 녹색 편린은 검붉은 혈화(血花)를 위에 올린 꽃받침이 되었다.

퍼억!

통천교주의 몸이 덜컥 뒤로 밀렸다.

톱날에 갈린 것처럼, 전신이 갈기갈기 찢겼다.

털썩.

통천교주의 무릎이 꺾였다.

승리다.

만천화우가 사보검에 이겼다.

'강하다.'

단운룡은 순수한 경의를 느꼈다.

당천표는 통천교주를 내려다보며 오연하게 서 있었다.

그의 기(氣)가 온전치 않음을 알았다. 독공의 정화로 세가주의 기량을 냈을 뿐, 당천표의 육신은 이미 정상이 아니었다.

격발 공부의 후유증은 단운룡 자신이 더 잘 안다.

그리고 깨달았다.

당천표의 상태는 광신마체를 한계까지 발동한 자신의 현재

와 유사했다.

단운룡에겐 광극진기인 것이 당천표에겐 맹독이었을 뿐이다.

당천표가 단운룡에게 고개를 돌렸다.

그가 물었다.

"협제의 제자가 보기엔 나의 무공이 어떠한가?"

"최고입니다."

단운룡은 느낀 대로 답했다.

배분과 신분을 넘어서 찬탄을 아니 할 수 없다.

당천표는 웃지 않았다. 그가 다시 물었다.

"협제도 그리 말할까?"

"물론입니다."

단운룡은 주저 없이 대답했다.

그는 사부를 안다. 사부는 강함에 인색하지만, 인간에겐 인색한 이가 아니었다.

당천표는 성치 않은 몸으로 천외(天外)를 구현했다.

사부를 떠올리자, 그의 칭찬이 귀에 들리는 것 같았다.

"이제 맡기고 쉬시지요."

단운룡이 앞으로 나섰다.

당천표가 답했다.

"나는 당문이다."

그럴 수 없다는 말이었다.

당천표가 피범벅이 되어 무릎 꿇은 통천교주의 옆을 지나쳤다.
 그가 녹풍대처럼 땅을 박찼다.
 퍼엉! 파스스스슥!
 당가주의 독장이 번져나갔다. 금오도 홍가면의 상체가 뭉텅 녹아 내렸다.
 그의 살기는 무시무시했다. 통천교주를 한꺼번에 삼킨 살기는 채워지지 않은 허기로만 가득했다.
 홍가면들이 순식간에 죽어나갔다.
 녹색 독기가 전신에서 넘쳐 나와 그의 발이 닿은 곳이 곧 맹독지대가 되었다.
 "물러납시다!!"
 급기야 청성파 측에서 금벽낭랑이 소리쳤다. 청성 도사들이 절벽 분지에서 내리막길 쪽으로 후퇴했다.
 당문을 건드리면 죽는다.
 당천표는 긴 세월 동안 의미가 퇴색되었던 무림의 경고를, 다시금 현실로 만들었다.
 삽시간이었다.
 서 있는 홍가면이 몇 명 되지 않았다.
 당천표의 손에서 녹수(綠水)가 뚝뚝 떨어졌다. 얼굴 피부가 갈라지고 검은 핏물이 번졌다. 그 자신의 신체가 독액과 함께 녹아내릴 것 같았다.
 모두가 질린 표정을 지었다.

종리권도 그중 하나였다.

"상선(上善)은 약수(若水)라 했으나, 나의 도(道)가 부족했도다. 내 선도를 익힌 자로 언사에 실수가 있었군."

가면에 가려졌지만 그 안의 표정은 가면 없는 자들과 똑같을 것이다.

종리권은 그리 말하며 자신의 말실수를 인정했다.

그래 봐야 당문이 아니었다.

그렇기에 당문이다.

당천표와 아직 마주 서지도 않았다. 그럼에도 그의 몸엔 중독의 흔적이 이곳저곳에 떠올라 있었다.

목숨을 도외시한 녹풍대의 집중공격은 팔선수좌라는 상승의 고수조차 궁지에 몰았다.

종리권이 뒤에 선 이빙에게 말했다.

"물론 그대에겐 숨겨 놓은 한 수가 있을 거요. 그렇지 않소?"

이빙이 사위를 둘러보았다.

홍가면은 열 명도 남지 않았고, 요괴들은 사방 능선에서 다 막혔다.

눈앞에는 녹풍대가 독기를 뿜었고, 바로 그 후방엔 강호에서 철혈신녀라 부르는 여고수가 일곱 명의 번술 무인들을 이끌고 있었다.

터벅.

단운룡이 이빙에게 다가왔다.

그와 보의가 있는 이상 이빙은 빙술(氷術)을 마음껏 뿌릴 수 없다.

당천표는 종리권 쪽이다. 살벌한 독기가 숨을 막았다.

형세가 완벽하게 역전되었다.

이빙의 눈이 그 너머로 올라갔다. 그가 제갈공명을 보았다.

이빙은 확신했다.

모든 것을 뒤집은 것이 저 자다.

하늘로 올린 빙정은 흑림의 지원 요청뿐 아니라, 신마맹의 무력 집중을 재촉하는 신호였다. 도강언의 전장은 넓고도 넓어 시간이 걸린다. 그 사이에 전력의 추가 급격히 기울어졌다. 상대의 책략이 한발 앞섰다. 병력이 당도하기 전에 진다. 이빙과 종리권만으로는 당연히 이길 수 없었다.

"나에겐 더 이상 남겨진 수가 없소이다."

"허허허."

종리권은 신선처럼 웃었다. 사람과 신선을 참으로 경망되이 오간다. 종리권은 스스로 그리 생각했다.

"허면? 이대로 등선(登仙)이라도 하라는 게요?"

"이르지 않소? 남은 패가 나에게는 없다지만, 교주에겐 있을 게요."

"교주?"

"그에겐 상제께서도 위험하게 여기는 비술이 있다오."

화악!

마치 이빙의 말을 들은 것처럼.

무릎 꿇은 통천교주의 단전에서 휘황한 빛이 일어났다.

하단전, 중단전, 상단전에 차례로 빛 무리가 생겨났다.

단운룡이 놀라 몸을 돌렸다. 그조차도 예지하지 못했다.

당천표의 녹안(綠眼)이 위험스레 치켜떠졌다.

신마맹 팔선 종리권도 침음성을 냈다.

"광력……!"

통천교주의 몸이 둥실 떠올랐다.

지면에서 한 자 정도 떠오른 채, 몸을 똑바로 세웠다.

빛 무리가 그의 몸을 누볐다. 갈기갈기 찢어졌던 피부가 아물고, 생기 없던 전신에서 고강한 내공이 되살아났다.

"이른바 영진포일술이오."

이빙이 통천교주를 대신하듯 말했다.

봉신방 전설에서, 영진포일술은 도(道)를 무(無)로 돌리는 궁극의 술법이라 하였다.

홍균도인이라는 우주적 존재의 개입으로만 막을 수 있었다는 비술은, 신화(神話)처럼 천하만물을 무허(無虛)로 되돌리는 법술이 아니었다.

대신, 통천교주의 패배를 되돌렸다.

천도(天道)를 무시하는 술법이란 과장이 아니었으니, 대출혈로 죽음이 임박한 육체를 완전하게 회복시켰다.

그뿐이 아니다.

영진포일술은 통천교주 일인의 회생술에 국한되지 않았다.

주위 십 장여의 금오도 홍가면들이 비척비척 몸을 일으켰다.

머리가 녹아내린 홍가면에는 귀기(鬼氣)의 머리가 붙었다. 사지가 날아간 부위에도 악기(惡氣)의 몸체가 돋아났다.

금오도는 요괴선인들의 주도(主都)라 했다.

천도를 역행하여 비틀었다. 도(道)가 무너지고 마천(魔天)이 열렸다.

어쩌면 그것은 요마(妖魔) 가면의 진짜 얼굴인지 모른다. 금오의 요괴들은 북악에서 나타난 귀병(鬼兵) 부대를 닮아 있었다.

"삼십 년을 연성했건만."

통천교주의 목소리가 절벽 위를 울렸다.

웅웅웅웅웅.

그가 사보검을 비껴들었다. 전설의 보패검이 그의 손에서 수미산의 황색 기운을 피워 올리고 있었다.

"요마(妖魔)들아. 무지한 인간들을 나락으로 떨어뜨려라."

통천교주의 음성은 사람 같지 않았다.

어조 자체가 달라졌다.

되살아나면서 가면의 마기(魔氣)가 인격을 침범한 것 같았다.

통천교주가 공중에서 내려와 땅을 박찼다. 금오도 요마들이 그와 함께 금오 마해(魔海)의 해일처럼 밀려들었다.

"몇 번이고 죽여 주마."

당천표의 목소리가 그 파도를 뚫었다.

녹풍대와 그가 땅을 박찼다.

꽈앙! 마치 폭발처럼, 지옥도가 펼쳐졌다.

쩌엉! 꽈아아앙!

지옥도 한가운데에서 당천표와 통천교주가 다시금 동지(動地)의 충격파를 일으켰다.

우-우-우-우-웅!

이미 서로의 실력을 안다.

통천교주는 비기 전개를 주저치 않았다.

"개진."

사보검이 내리쳐졌다.

콰아아아아아아아아아!

당천표의 뒤에서 녹풍대 일각이 허물어졌다. 사망자가 이십 명에 달했다.

퍼억! 푸스스스!

통천교주가 사보검을 펼쳤을 때, 당천표의 귀왕정이 통천교주의 왼쪽 어깨를 뚫었다. 통천교주는 아랑곳하지 않았다.

그는 이미 요마(妖魔) 통천의 화신이었다.

서로를 죽고 죽이는 싸움이다.

녹풍대 이십 명을 죽이고 어깨 하나 내줬으면 손해가 아니다. 아니, 통천교주의 머릿속엔 그런 계산조차 없었다.

금오의 요마들이 당천표에게 달려들었다.

수좌끼리의 일대일은 자존을 건 인간이나 할 짓이다.

통천교주가 다시 사보검을 치켜들었다.

콰아아아아아아아아!

사보검이 절벽을 내리쳤다. 녹풍대는 급히 산개했지만, 또 십여 명이 죽었다. 더불어 금오 요마 다섯이 함께 휩쓸려 부서졌다.

"교주께서 진정 마왕(魔王)이 되셨군."

이빙의 눈빛에 여유가 돌아왔다.

사보검의 발동 횟수가 네 번을 넘어갔다.

영진포일술의 공능이 사보검의 개진력까지 회복시킨 것이다.

당천표는 만천화우를 쓴 이래, 진신진력의 감소가 뚜렷해 보였다. 통천교주의 대검에 당천표의 후퇴가 잦아졌다. 살기만으로 채울 수 없는 차이였다.

역전에 역전이다.

종리권이 허허 웃음 지었다.

"과히 아름다운 광경은 아니나, 내 등선은 미룰 수 있겠소."

"물론이오. 가짜 공명은 중달을 이겼으나, 중달도 결국은 미개한 사람이었소. 천신과 요마는 다르오. 사람의 머리로는 신화(神話)에 이길 수 없소이다."

이빙이 득의하여 말했다.

승부욕에 찬 것처럼, 그의 눈은 제갈공명에게서 떠날 줄 몰랐다.

그런 그의 시선을 가리고, 단운룡이 이빙 앞에 섰다.

"네놈들은 확신이 너무 일러."

그가 말했다.

뇌룡(雷龍)이 개안(開眼)했다.

아무리 강한 괴수가 날뛰어도, 단운룡은 패배를 생각하지 않았다.

다른 예지가 그의 뇌리를 채웠다.

그것은 안배가 아니다.

있어야 할 곳에 있어야 할 이들이 왔다.

목소리가 닿지 않는 곳에서, 절벽을 보는 이들이 있었다.

"늦지 않았겠지요."

"늦기는! 그런 거 없는 거 아뇨? 두목이 어떤 인간인데."

"걱정 마십시오."

그녀와, 그들이 말했다.

쫘아앙!

절벽 위가 흔들렸다.

당천표의 몸이 뒤쪽으로 튕겨나가는 것이 보였다.

이빙이 말했다.

"결코 이른 확신이 아니지. 사천무림은 벌써 졌다. 세상이 그리 말할 것이다."

신마맹 지략가의 말엔 일리가 있었다.

이미 진 싸움이다?

당문 당가타가 괴멸되고 혈족들이 죽었다.

청성파 오선인이 죽고 패배와 후퇴를 거듭했다.

아미파 복호승들이 속절없이 쓰러지고 장문인마저 잃었다.

강호인들은 그렇게 기억할 것이다.

신마맹이 구파와 육가를 파죽지세로 격파했던 강렬한 역사가 만천하에 길이길이 남는다.

"깃대."

단운룡은 그걸 두고 볼 생각이 없었다.

그가 말했다.

칠대기수가 등 뒤에서 깃발 없는 철봉을 건넸다.

"보의, 기번(起幡)."

뜻이 일어나면 따랐다.

파라라라락!

천잠보의는 충실히 그의 말처럼 깃대에 올랐다. 은은한 빛 무리가 보의의 번면에 머물렀다.

태자후의 칠대기수 선봉에 단운룡이 섰다.

백가화가 그 자리에 있을 때도 그러했지만, 칠대기수의 번기(幡氣)는 무력을 끝없이 용솟음치게 만드는 강력한 힘이 있었다.

"가자."

단운룡이 땅을 박찼다.

파라라라락! 퍼어어어억!

거대한 용이 절벽 위를 누빈다.

단운룡의 보의번을 필두로 일곱 개의 비룡번이 장쾌한 흐름을 탔다.

콰직! 퍼어억! 쫘앙!

요마의 파도를 거슬러 오르는 비룡의 승천이다. 금오도 요마들이 마구 터져 나갔다.

"노사!!"

좌좌좌자자작!

이빙이 종리권을 부르며 빙술 방벽을 만들었다.

종리권은 당가주의 독기 앞에서 위기감마저 느꼈지만, 되살아난 통천교주가 모든 것을 바꿨다.

통천교주는 사보검 파괴검격을 연달아 펼치며 녹풍대를 반파시켰다. 더불어 당천표와 맞서며 숨 막히는 살기까지 가져갔다.

녹풍대가 여전히 사나워도, 종리권에겐 운신의 여유가 있었다. 그가 장풍을 떨쳐내며 이빙의 옆으로 왔다.

"저자의 공력이 저번 같지 않소이다."

"과연 그러하군!"

종리권은 호기롭게 대답하면서도 방심하지 않았다.

그는 단운룡과 싸우고 싶지 않았다.

광력기와 상제력을 지닌 괴물이다.

그때도 정상은 아니었다.

만전이 아닌 몸으로 끝없는 무저(無底)의 무예를 구사했다. 선술의 내공방패를 뚫고, 그가 타고난 선도 강골(强骨)까지 부쉈다.

그때 종리권은 입신(入神)의 경지를 봤다. 신선의 도(道)를 말해 왔어도 전의을 상실하던 순간은 지극히 치욕스러웠다.

꽈광!

빛을 품은 광번(光幡)이 일그러진 요마의 육신을 부쉈다. 다대 일 대요마 난전에 더할 나위 없이 어울리는 병기였다.

종리권이 두 눈을 빛냈다.

사위를 채우던 파동력이 느껴지지 않았다.

중병 번술로 파괴력을 내고 있지만, 속도와 힘은 입신 무공에 한없이 부족했다.

그럼에도 움직임이 놀라웠다.

경지의 문제가 아니라 천재적인 전투감각의 문제다. 선기(仙氣)로 붙들어 놓은 골절 부위들이 급격하게 아려왔다.

"흡!"

고통을 이기고자 종리권이 선술기를 한껏 들이켰다.

지금은 그가 위다.

고작 힘 빠진 인간이다. 선도를 익힌 신선이라면 누르지 못할 리 없었다.

후욱! 우우우웅!

종리권이 손을 활짝 펴고 막대한 내력을 발출했다.

"깃발 전개!"

예지다.

장풍비기 충격파가 온다.

단운룡이 먼저다. 종리권이 손을 내뻗는 순간에 앞서 칠대기수에게 명했다.

"거둬서, 흩어라!!"

파라라라락!

단운룡과 함께 칠대기수가 일제히 깃발을 안쪽으로 끌어당겼다. 여덟 깃발에서 진기의 회오리가 일었다.

후우욱!

장풍진기가 여덟 줄기로 나뉘어 깃발의 경풍공간으로 빨려 들어 갔다. 칠대기수의 팔소매가 부풀어 올랐다.

콰과과과과광!

장풍경력이 허공에서 터졌다.

여덟 깃발이 자아낸 방어번술이다.

개개인 기수들은 장풍 일격으로도 죽일 수 있지만, 진법(陣法)처럼 얽힌 번술은 절대고수 한 명이 펼치는 중병무공처럼 단단하기 짝이 없었다.

"종리 노사! 당황하지 마시오! 각개격파 하면 그만이오!!"

이빙이 소리쳤다.

당황이란, 팔선이 보일 만한 감정이 아니다.

인정해야 했다. 그는 분명 기에서 밀렸다.

종리권은 단운룡에게 당한 압도의 경험으로 신선력을 온전히 발휘하지 못함을 자인했다.

"유무상생!"

있음은 없는 곳에서 나온다.

지면서 도(道)를 잃었으니 다시 찾으면 그만이다.

태상노군의 가르침을 언어로 발하며 그가 단운룡의 앞으로 뛰어들었다.

음속의 속도를 가볍게 따라왔던 종리권이다.

모두가 그를 시야에서 놓쳤다.

쩌어어어엉!

쇳소리가 터졌다.

단운룡은 종리권의 쇄도에 반응하지 못했다.

서늘한 백광이 단운룡의 전면에 세워졌다. 그를 지킨 것은 백가화였다. 철심무혼창으로 종리권의 일권을 막았다. 그녀의 발밑에 두 치의 족적이 생겼다.

"합."

종리권이 가볍게 기합성을 냈다.

대련을 할 때처럼, 허허롭고 부드럽게, 종리권이 본신 무공을 선보였다.

쩌정!

단운룡이 물러나고, 백가화가 튕겨 나갔다.

좌자자자작!

이어, 이빙의 빙벽이 칠대기수들 사이에 세워졌다. 셋과 넷, 일곱 명이 둘로 갈라졌다.

이빙은 맥을 끊을 줄 알았다. 하나로 합일된 듯 이어졌던 칠대기수의 번기(幡氣)가 일순 흐트러졌다.

종리권의 장풍비기가 뒤따랐다.

꽈아아아앙!

이번엔 달랐다.

칠대기수는 막강한 경파를 번술로 막아내지 못했다.

여지없는 강적들이다.

종리권의 무공도, 이빙의 재지도, 실로 만만치 않다. 금오도 요마들도 아직 많았다. 단운룡은 힘의 부족을 명백히 실감했다.

쐐액! 쐐새새새새색!

"어딜!"

당효기를 필두로 한 녹풍대의 공격이 아니었으면, 깨진 균형을 회복하지 못했을 것이다.

쐐새새색!

녹풍대의 암기가 다시 한번 하늘을 채웠다.

"소용없다!"

이빙이 호통을 치며, 손을 폈다.

좌자자작! 빙벽이 치솟아 올라 암기들을 막는 방패가 되었다.

일진일퇴의 공방이 계속되었다. 칠대기수는 어렵게 버텼고, 백가화와 단운룡도 위태위태했다. 청성파가 다시 분지 위로 올라와 싸웠지만 언제 터질지 모르는 통천교주의 사보검 때문에 전력을 집중하지 못했다. 산개 난전으로 악전고투가 되었다.

반전이 필요했다.

'문주.'

단운룡은 환청처럼, 목소리를 들었다.

제갈공명이 몸을 일으키고 있었다. 이빙이 더 민감하게 반응했다. 그는 싸우는 와중에도 제갈공명의 움직임을 절대 놓치지 않았다.

펄럭!

제갈공명의 백익선이 한 번 움직였다.

뭉클.

산길에서 먹구름이 일어났다.

가면 속 이빙의 눈빛이 변했다. 그것은 틀림없는 술법이었다. 고명한 술사(術士)가 아니더라도 펼칠 수 있는 기척 은폐의 잡술(雜術)로 보였지만, 이빙은 그것을 가벼이 보지 않았다.

삼황이 획책한 사천대란을 불확실의 미지로 끌고 간 장본인이다.

가증스럽게도 삼국전설의 신격을 사칭하여 이 땅에 구파육가를 하나 가득 불러 모았다. 그런 자가 이 시점에 고작 잡술을 펼칠 리 만무했다.

휘류류류.

제갈공명이 백익선을 가볍게 밀었다.

그러자 먹구름이 땅에서 벗어나 바람을 타고 전장을 향하여 날아오기 시작했다.

이빙은 그 흑운(黑雲)에서 눈을 떼지 못했다.

동이 트려고 밝아오는 동녘과 며칠째 비가 쏟아질 것처럼 수기(水氣)가 가득한 하늘이 그 위에 있었다.

이빙의 머릿속에 하나의 가능성이 스쳤다.

그는 신마맹 일대 적수의 내공근본이 뇌기(雷氣)라는 사실을 알았다. 보의가 술법을 흡수하는 것도 간파했다.

이빙이 몸을 날렸다.

뇌격술(雷擊術)이란 본디 술가 최고위의 비기로, 이름 없는 술사가 가벼이 펼칠 수 있는 술법이 아니었다. 그러하듯 저 흑운에는 그만한 기(氣)가 없었다.

하지만, 이빙은 그것을 불가능이라고 단정 짓지 않았다.

전설 속 제갈공명은 칠성단에 올라 전쟁의 판도를 바꾸는 동남풍을 불게 했다. 신화 속 존재들이란 고대로부터 마른 하늘에 낙뢰(落雷)를 내려 왔다.

이빙은 그렇게 스스로 존재하는 대로 생각했다.

그러면서 단운룡의 위치를 확인했다.

단운룡은 멀리 있었다. 흑운이 대적의 머리 위에 오기 전에 손을 올렸다.

'지금입니다.'

단운룡은 다시 군사(軍師)의 목소리를 들었다.

'알고 있어.'

우웅!

이빙의 손에 하얀 서리가 생겼다. 단숨에 얼려 없앤다. 전력을 다해 법술을 방출했다.

쫘작!

무릇 구름이란 수기(水氣)로부터 만들어지는 자연 조화였다. 빙술이 발동했다. 구름이 얼고, 설화(雪花)가 되어 흩어질 순간이었다. 그때였다.

쐐애애액!

번술깃대가 무서운 속도로 날아와 검은 구름을 꿰뚫었다.

쫘자자자자작!

구름은 눈송이로 화하지 않았다. 깃대에 감긴 보의가 빙술을 빨아들였다.

이빙은 지금껏 수없이 빙술을 펼치면서도, 단운룡이 그것을 빼앗지 못하도록 발동 위치와 범위 선택에 온 기지를 다 써 왔다.

턱!

단운룡이 땅을 박차고, 내려오는 깃대를 받았다.

웅웅웅웅웅!

하얗고 푸른 기운이 깃발이 된 보의를 누볐다.

파라라라라라락!

그대로 비룡번 번술을 내리쳤다.

쫘아아앙!

금오도 요마들이 터지고 부서졌다. 종전과 파괴력의 차이가 엄청났다.

그것을 보는 이빙의 눈동자가 얼음처럼 굳어졌다.

완전히 속았다.

흑운술을 얼리면서 느꼈다.

그것은 처음 본 대로 잡술이었다. 제갈공명에게서는 술사 특유의 법력이나 요기가 감지되지 않았다. 그마저도 술력을 갈무리했구나 넘겨짚고 말았다.

이빙 홀로 뇌격술이라는 환상을 만들었다.

공명, 대무후가 유도한 대로다.

그리고 단운룡은 그걸 놓치지 않았다.

파라라라락!

단운룡이 번술의 기세를 올리며 칠대기수를 이끌었다.

이빙은 실책의 충격에서 쉽사리 벗어나지 못했다.

빙술강탈의 심리적인 압박이 그의 출수를 더디게 만들었다. 그만큼 칠대기수와 녹풍대의 운신이 수월해졌다.

"그래 봐야, 고작 빙술 일격만큼의 법력이다!"

이빙이 스스로에게 자위하듯 소리쳤다.

그는 몹시 강력한 술력을 지녔다.

자연기(自然氣)를 그만큼 다룬다는 것은 아주 이례적인 능력이었다. 그러니, 일격이라 한들, 결코 작은 술력이 아니었다. 그 사실은 법술의 위력이 배가 된 것만으로도 충분히 증명될 수 있었다.

콰아앙! 쩌저저적!

그래도 이빙은 빠르게 정신을 수습했다.

전투는 아수라장, 점입가경으로 치달았다.

역시 부족한 것이 맞다.

빙술 법력을 빼앗아 손에 들었어도, 단운룡의 무력엔 한계가 극명했다.

"나보다 네가 가는 것이 좋겠구나."

그녀가 말했다.

넉넉하다 못해 지나치게 커 보이던 장삼이 그녀의 몸에서 풀려나왔다.

장삼에선 은은한 붉은 기운이 흘렀다.

그들은 얕은 물에 쪽배를 띄웠다.

콰아아아아! 콰직!

오른쪽에서 용음도가 요괴를 베었다.

후웅! 촤아아아악!

좌측에서는 청천검이 요괴를 두 쪽 냈다.

괴물들은 배를 뒤집지 못했다. 흐르는 물은 독기(毒氣)를 대부분 걸어갔지만, 이미 중독된 요괴들의 움직임은 몹시 더뎠다.
"올라가렴."
그녀가 절벽 앞에서 말했다.
장삼이 배 위에서 사람처럼 섰다.
두 번째 보의였다.
텅!
배가 흔들리고, 보의가 절벽을 타고 올랐다. 몹시 기이한 광경이었다.
"두 분도 올라가시죠."
"안 올라가십니까?"
"아직 손에 안 익어서요."
그녀가 주먹을 한 번 쥐었다가 폈다.
생사를 가르는 실전에 쓸 만큼의 경지에 오르지 못했다. 방해가 될 수는 없었다.
"그럼 제가 지키겠습니다."
"각주는 그이 옆에서 싸우셔야지요."
"저 친구로도 충분할 겁니다."
콰직!
마천용음도, 칼을 휘두르며 막야혼이 눈썹을 치떴다.
"진짜냐? 혼자 가라고?"
"그래."
"후회 마라, 샌님."

엽단평은 막야혼의 말에 대답하지 않았다.

막야혼이 뱃전을 박찼다.

그가 절벽을 수직으로 탔다.

붉은 보의는 벌써 절벽 꼭대기에 이르고 있었다.

터엉!

석벽을 거세게 박차고 절벽분지 위에 내려섰다.

콰직! 우지끈!

마천용음도가 요마를 반 토막 냈다.

"다 죽었어. 이 새끼들."

누가 있든 상관없다. 일단 그렇게 내뱉고 본다.

발도각은 본디 칼을 뽑으며 선봉이 되어야 했다.

뒤늦게.

막야혼이 왔다. 그가 거칠게 땅을 밟고 전장을 질주하기 시작했다.

'왔군.'

단운룡이 막야혼을 보았다.

그는 강했다.

요마들 한 모서리가 순식간에 허물어졌다.

콰아아아아아!

마천용음도가 호쾌하게 바람을 갈랐다.

일도일도 연환격에 장중한 기세가 실려 있었다. 금각과의 싸움에서 낭패를 본 이후, 막야흔은 또 달라졌다.

그의 도에서는 이제, 정통무공의 향기가 났다.

놀라운 일이었다.

대저, 무공이란 무인의 성정을 드러내는 법이었다.

막야흔은 산중의 불문 정공이라도 전장의 전투 무공처럼 펼칠 위인이었다.

그는 마천용음도라는 상승의 무공을 지니고도 여전히 도박판의 싸움꾼처럼 싸웠다.

타고난 기질이 그랬다.

저잣거리에서 큰 파락호도 사파의 거두가 되면 대인의 기상을 보일 때가 있었다. 막야흔은 태어난 대로 성장하여 그릇 이상의 영역에 발을 디뎠다. 그리하여 마천용음도가 지닌 진가를 뽑아내기에 이르렀다.

경지에 오른다는 것은 그런 의미다.

청천 안에 암천이 있듯, 마천 안에 창천이 있다.

그는 대오각성하여 깨닫는 구파 무인이 아니었다. 그의 경지는 그저 누적된 전투의 결과였다.

백번을 이겨서 쌓았다. 백번을 져도 괜찮다.

그는 공야천성을 만난 순간, 제자가 된 것이 아니었다.

그는 마천용음도로 싸운 경험을 차곡차곡 쌓아서 검도천신마의 전인이 되어 갔다.

그는 그런 무인이었다.

콰아아아!

장쾌한 용음성이 통천교주의 시선을 가져갔다.

"검도천신마의 후예인가!"

통천교주는 마천용음도를 한눈에 알아보았다.

그는 연배가 아주 높았다.

팔황과 사패가 잊히기 전부터 그는 강호인이었다. 검도천신마의 무공을 직접 보고 기억하는 자였다.

콰아아! 퐈아아아앙!

폭음과 함께 요마들의 육편이 하늘을 날았다.

통천교주는 놀라지 않았다.

검도천신마가 전인을 키웠다는 사실은 진즉에 알고 있었다.

구룡보 혈사 직전, 허무하게 죽은 동천군의 시신에서 통천교주는 검천신의 검법을 불확실하게 엿보았던 바 있었다.

그래 봐야 애송이다.

검도천신마가 직접 왔다면 모르되, 그 제자 따위는 그에게 당혹감을 안길 수 없었다.

그는 지금 육대세가 사천당문의 가주와 싸우는 중이었다.

퐈앙! 쩌저저정!

사보검이 땅을 갈랐다. 당천표의 암기가 검면에 막혀 땅바닥에 떨어졌다.

당천표의 기량은 만천화우를 펼치기 전 후가 극명하게 달랐다.

독기가 점점 더 짙어졌다. 신형은 위태위태했다. 통천교주는 당천표의 상태를 정확하게 간파했다. 당천표는 자멸 수순을 밟고 있었다. 시간을 끌면 끌수록 당천표는 더 약해질 것이다.

그래서 통천교주는 서두르지 않았다.

당천표의 무공경지는 놀랍도록 깊었다. 그 깊이로 버티고 있다.

독이 오를 대로 오른 독사였다. 무리해서 잡으려 하면 안 된다. 독니가 다시 박히면 이번에는 되살아날 수 없을 것이다.

콰아아아아아!

용음이 오히려 거슬렸다.

통천교주가 막야혼을 돌아보았다.

한 놈 난입으로 전황이 급변하고 있었다. 요마 일각이 무너지자, 당문 녹풍대와 청성파 도사들까지 기승을 부렸다.

통천교주는 생각했다. 저걸 먼저 죽이는 게 낫겠다. 그래도 검도천신마의 후예라고, 요마들이 무섭게 썰려나가고 있었다.

"용음도가 제법이로다! 그만 날뛰어라!"

통천교주가 사보검을 크게 휘둘러 당천표를 떨쳐냈다. 그러고는 곧바로 둥실 떠올라 막야혼에게 날아들었다.

쩌어엉!

공력의 차이가 명백했다.

막야혼의 몸이 무서운 속도로 튕겨나갔다.

"이 미친 늙은이가!"

죽을 뻔했다.

땅을 박차며 몸을 가누는 데에만 일장 거리가 필요했다. 그것으로도 충격을 다 해소하지 못했다.

통천교주가 말했다.

"과연, 그 배포가 예사롭지 않다! 공야천성의 제자라면 당연히 물러나지 않겠지! 이것이 본좌의 최대 절기다. 어디 한번 받아 보거라!"

통천교주가 사보검을 하늘 높이 들어 올렸다.

황색 기운이 뭉클 솟아났다.

"개진."

막야혼은 통천교주의 장단에 맞춰줄 생각이 추호도 없었다.

"뭐라는 거야."

위기감이 등줄기를 훑고 올라왔다.

정신 나간 소리다.

저걸 받으라니.

막야혼은 승부사였다.

자존심을 걸고 일대일 정면대결로 무공과 무공을 견준다.

좋다. 남아로 피가 끓는 일이다.

하지만 개죽음은 사양이다.

사보검이 내리꽂혔다.

후욱!

막야흔은 전력을 다했다.

막야흔이 지닌 승부사로서의 재능은 바로 그런 데 있었다.

온 힘을 다해 땅을 박차고 검격 거리에서 도망쳤다.

꽈아아아아아아아아!

폭음이 등 뒤를 휩쓸었다.

충격파만으로도 등이 떠밀려졌다.

위력은 상상 이상이었다. 압도적인 기(氣)가 모든 것을 무화(無化)시켰다.

위험하다 느낀 순간, 즉각 반응해서 살았다. 그래서 산 거다. 샌님 성격이면 죽었다.

확률로는 그도 위험했다. 한번 맞서 볼까 찰나라도 오기를 부렸으면 이미 이 세상 사람이 아니었다.

운도 실력이다.

그리 자평하려는데, 호통 소리가 귓전을 파고들었다.

"피해? 검도천신마는 긍지 높은 무인이었거늘! 그따위로밖에 못 배운 것인가?"

통천교주의 분노는 타오르는 불과 같았다.

스스로를 본좌라 칭하는 통천교주의 언행은 자가당착과 자기합리로 점철되어 있었다.

막야흔은 달리 대꾸해 줄 말이 생각나지 않았다.

"뭔 개소리를 끊임없이!"

막야흔의 말에 통천교주의 얼굴이 일그러졌다.

흉신악살의 표정이 가면 밖으로도 튀어나올 것 같았다.

"검도천신마가 제자를 잘못 들였구나!"

통천교주가 호통을 쳤다.

막야혼은 썩을 만큼 오래된 논리에 맞서 싸우지 않았다.

그가 칼을 비껴들고 물러나며 말했다.

"그건 모르겠고, 뒤통수나 조심하길."

막야혼이 땅을 박찼다.

통천교주 쪽이 아니었다. 도주하듯 측면으로 몸을 날리더니 요마들을 향해 마천용음도를 내리쳤다.

통천교주는 막야혼의 말이 무슨 뜻인지, 곧바로 알 수 있었다.

파공음을 듣고 사보검을 휘두르며 몸을 돌렸다.

쩌엉!

혈접표가 튕겨나갔다.

그는 당문주의 분노를 맞닥뜨려야 했다.

싸우던 와중에 육대세가 가주를 내버려 두고 막야혼을 쫓아 절기를 펼쳤다.

난전 중에 있을 수 있는 일이라고는 해도, 상대가 당천표다. 이 정도면 자존심 문제가 분명했다. 몹시 심각한 문제였다.

"감히."

당천표의 독화(毒火)가 극에 달했다.

그의 음성은 소리마저 극독의 색깔을 띠고 있었다.

통천교주도 분노에 차 있기는 마찬가지였다.
"당가주, 아직 거기 있었소?"
문답은 그 이상 무용이었다.
두 고수가 다시 서로를 향해 출수했다. 살기가 충천했다.

막야흔이 사보검을 피해낼 때, 단운룡은 익숙한 기(氣)의 접근을 감지했다.
그것은 신마맹 요마들 사이를 사람처럼 뛰고 있었다.
멀쩡한 무인들이 겨루는 상황이라면, 그것은 너무나도 기이하고 이질적인 존재였겠지만, 지금 이곳은 머리 없는 시신이 괴이를 덮어쓰고 싸우는 수라의 전장이었다.
붉은 보의가 홀로 움직여도 이상하지 않았다. 그런 싸움터였다.
단운룡이 땅을 박찼다.
"노사! 좌측을 보시오!"
이빙이 소리쳤다.
그는 분명 이 변화막측한 전투 중에서도 무엇이 중요한지 아는 자였다.
"저게 무슨?"
"막아야 하오!"
이빙이 다급하게 소리쳤다.
종리권은 더 묻지 않았다. 그가 몸을 날렸다.

파라라락! 콰아앙!

칠대기수가 황금비룡번으로 종리권의 정신을 방해했다. 종리권이 손을 휘둘러 비룡번 둘을 한꺼번에 튕겨냈다.

종리권은 여전히 강했다.

마음이 일자 출수가 자연스럽게 뒤따랐다.

그래도 단운룡이 더 가깝다. 보의와 단운룡 사이의 거리는 이제 삼 장도 남지 않았다.

종리권의 눈빛이 심유하게 가라앉았다.

황급히 움직이는 대신, 부드럽게 진각으로 땅을 밟았다.

그가 좌수를 활짝 폈다.

우우우우우우웅!

붉은 보의가 그 자리에 덜컥 멈춰 섰다.

염력이었다.

사람 몸도 아니고 옷 한 벌이다. 보의가 둥실 공중으로 떠올랐다. 그 정도 무게를 무형기로 붙잡는 것은 손 뒤집는 것만큼이나 가벼운 일이었다.

텅!

단운룡이 땅을 박찼다.

"어딜!"

종리권이 호통과 함께 오른손을 내뻗었다.

파라락! 퍼어어엉!

보의 광번(光幡)이 펼쳐지며 장풍비기를 막았다.

단운룡의 몸이 뒤로 곤두박질치듯 뒤쪽으로 튕겨나갔다. 장풍경력의 강력함에 보의의 빛이 어두워졌다.

종리권이 득의하며 단운룡에게로 몸을 날렸다.

"노사!"

이빙의 경호성이 다시금 종리권의 귓전을 파고들었다.

너무 잦다.

상황 상황마다 종리권만 찾는다. 신선의 너그러움으로도 과하다는 생각을 했다.

"조심!"

조심할 게 무엇이 있을까.

보의 기물(奇物)은 염력으로 잡아뒀고, 대적의 번술은 힘을 잃고 있는데.

종리권이 눈을 돌렸다.

염력의 역장은 완전했다.

헌데, 없었다.

붉은 옷이 보이지 않았다.

턱.

빛나는 깃발, 단단한 창봉을 땅에 박았다.

단운룡이 몸을 일으켰다.

붉은 보의는 도가기공 상단전의 무형기를 해체하고 흡수하여 자유를 얻었다. 땅을 스치듯 움직여 단운룡의 몸을 휘감았다.

윙윙윙! 우우웅!

단운룡은 안온하고 따뜻한 진기가 온몸을 감싸는 것을 느꼈다.

너무나도 익숙했다.

아주 오래된 기억이 그 힘과 함께했다.

그것은 광극진기처럼 난폭한 기운이 아니었다.

자기파괴와 거리가 먼 그것은, 천하 정공의 총화(總和)와 같은 무상의 묘리를 담고 있었다.

만류귀종이라는 무한한 가능성으로, 그가 어린 시절부터 느꼈던 궁극의 기(氣)가 보의 안에 담겨 있었다.

'협제신기.'

그녀가 보의에 담은 것은 사부의 힘이었다.

사부가 준 뇌정광구가 사부의 내공과 공명했다.

우웅! 피이이잉!

단운룡이 두 주먹을 가슴 앞에 모았다.

파직!

주먹 사이에서 뇌전이 일어났다.

광핵이 회전을 시작했다.

잠시지만, 가능해진다.

땅바닥에 파동의 동심원이 그려졌다.

공야천성은 협제신기를 수련하라고 말했다.

그 말이 무슨 뜻인지 안다.

후우욱!

파동기가 사라졌다.

땅을 파헤치며 그려지던 곡선과 동심원이 수렴되듯 지워졌다.

사부는 무공을 전개할 때, 겉으로 아무것도 드러나지 않는 마신 상태와 같았다.

단운룡은 천잠보의로 광신마체에 협제신기를 덮어썼다.

단운룡은, 소연신을 입었다.

손을 뻗었다.

오른손 극광추가 나아갔다.

퍼억.

종리권의 가슴에 주먹만 한 구멍이 뚫렸다.

"말도 안 되는……."

종리권은 불신의 눈으로 자신의 가슴을 내려다보았다.

촤악! 후두둑!

뚫린 구멍에서 피와 거품이 솟구쳐 땅바닥에 쏟아졌다.

"허허……!"

등선이란 날과 시간을 정해놓고 행해지는 것이 아니라, 불현듯 찾아오는 손님 같은 것이라 하였다.

허망한 득도(得道)의 순간, 종리권은 신선 같은 웃음을 지었다.

"쿨럭."

실소는 길지 않았다. 한쪽 폐장 절반이 날아갔다. 기도를 타고 역류한 피가 코와 입으로 솟구쳐 올랐다. 피거품이 가면 밑으로 줄줄 흘렀다.

털썩.

무릎이 꺾였다.

말이 안 된다.

그리 생각할 수 있다.

일격으로 죽는 이유를 등선의 인도로 웃어넘기기엔, 쌓아온 공부가 너무나도 허망했다.

긴 싸움에 의한 공력 소실, 맹독 노출에 의한 중독, 겨뤄 이기지 못했던 상대에 대한 위축, 하나가 아니라 그 모두가 어불성을 성설이 되도록 만들었다.

종리권은 인정했다.

언젠가는 가면을 벗고 사람의 몸을 홀홀 털어버린 채 하늘로 오를 수 있을 줄 알았지만, 그는 기어코 거기에 이르지 못했다.

미처 이룰 수 없었음을 죽음으로 겸허히 받아 들였다. 나름의 득도였다.

꿍.

종리권의 큰 몸체가 땅으로 고꾸라졌다.

단운룡이 이빙을 보았다.

가면 속 이빙의 두 눈은 경악으로 가득 차 있었다.

"잡아."

단운룡이 명했다.

칠대기수와 백가화가 이빙에게로 땅을 박찼다.

단운룡이 몸을 돌렸다.

그의 눈에 통천교주가 비쳐 들었다.

그가 깃대를 휘어잡았다.

협제신기가 그에게 무한한 힘을 주었다.

그곳에 빛이 있었다.

펄럭!

협제의 진기를 담은 보의와 비룡을 칭하는 깃발이 사천 땅 검은 하늘에 입정의협의 서광을 만들었다.

텅!

단운룡이 땅을 박찼다.

통천교주는 전황이 급변했음을 감지했지만, 쉽사리 눈을 돌리지 못했다.

한눈을 팔 여지가 없었다.

당천표가 일장을 휘두르면 녹색의 독무가 그를 덮쳤다. 무력(武力)와 독력(毒力)이 아니라, 심력(心力)이 무시무시했다. 통천교주는 이제 한순간도 당문을 경시할 수 없었다.

콰앙!

대검을 세차게 휘두르고, 후방으로 떨쳐 나왔다.

그때서야 시야가 트였다.

측량불가의 위협이 그를 향하고 있었다. 통천교주가 단운룡을 보았다.

"협제?!"

통천교주는 본능처럼 사보대검을 들어올렸다.

일순간 협제 소연신을 떠올렸다.

아니라는 것은 바로 알았지만, 일순간이라도 협제를 보았다는 것은 결코 간단한 일이 아니었다. 착각이라도 절대 무시할 수 없는 의미가 있음을 간과하지 않았다.

"개진."

그것이 통천교주의 선택이었다.

단운룡은 사보검이 쏟아지는 것을 미리 예견했다.

그가 얻은 무한은 영원이 아니었다. 그저 찰나에 불과했다.

사보검을 막으면 다음이 없다.

막는 만큼도 불가능할지 모른다.

그는 사부를 빌려왔을 뿐, 결코 완전하지 않았다.

그래서 부탁했다.

"가주."

당천표는 그 한마디로 알아들었다.

협제의 제자가 절체의 순간에 믿음을 주었다. 그러니 자존심과 자긍심으로 그에 부응해야 했다.

"만천."

당천표가 손을 올렸다.

사화신이 하늘에 떴다. 사보검의 패력을 막기 위해서였다.
우우우우우웅!
하늘 가득 꽃비가 일어났다.
사보검 황색 기운이 천지개벽의 기세로 내리쳐졌다. 천변만화하는 사천당문 최강의 비기가 사보검의 막강한 검력을 휘감았다.
쩌저저저저저저정!
금속성이 거셌다.
헌데 부족하다.
펼쳐졌던 녹색 편린들이 하나둘 튕겨나갔다.
이러면 만개하지 못한다.
사보검이 우위다.
빈틈없었던 당천표의 진기가 가닥가닥 끊어지고 있었다.
만천화우는 극한의 정교함과 막강한 내공력이 필요한 절기였다.
둘 다 한계에 이르렀다.
이대로면 만천화우가 깨진다. 협제의 제자는 사보검의 직격 범위 안에 있었다. 그가 막지 못하면 목숨이 위험하다. 당천표는 대폭마진혈공을, 죽음을 생각했다.
그때였다.
'당문 말학이 감히 가주의 손을 거듭니다.'
입 밖에 내지 못한 말이 세대를 관통하여 감응의 실이 되었다.

우우우웅! 쩌저정!

당효기의 감응사는 정밀하고 섬세했다.

허락하지 않으면 끼어들 수 없는 영역에 의념을 섞으며 당문의 신성은 천재성을 스스로 입증했다. 간섭이 아니라 상응이다. 망가지던 꽃봉오리가 되살아났다.

쩌저저정! 꽈과과광!

충격음이 거세지며 사보검의 황색 검기가 올올히 깎여나갔다.

하지만 그것으로도 부족했다.

공력부족, 힘의 결여다.

통천교주가 사보검을 비틀었다.

그는 육대세가 가주와 정면승부를 할 수 있는 고수였다.

같은 실수를 두 번 하지 않는다. 죽음으로 몰아넣었던 실수라면 말할 것도 없다.

사보검이 황색 기운이 확장되듯 퍼져나갔다. 만천화우가 흔들렸다. 만개하던 꽃이 일그러졌다. 그리고 단운룡은 그 모든 기의 흐름을 오롯이 목도했다.

단운룡이 두 발을 땅에 박았다.

웅.웅.웅.웅.

수렴 되었던 기가 단운룡의 전신에서 풀려나왔다.

빛무리가 명멸했다. 파동이 일어났다.

무엇에도 섞일 수 있고, 어디에도 더해질 수 있다.
궁극의 정공이다.
협제신기로 일으킨 파동력이 감응사와 공명했다.
만천화우 꽃잎들이 속도를 올렸다.
사천당문의 최종절기는 한 눈에 훔쳐 배울 수 없는 무학이론의 정수를 담고 있었지만, 이미 펼쳐진 구결 흐름에 힘을 보태는 것은 불가능이 아니었다.
"화우."
그것으로 완성이다.
만천화우가 온전한 모습을 갖추었다.
콰아아아아아!! 파캉! 쩌저저저정!
폭발이 일어났다.
상쇄다.
꽃비가 멈추었다.
쏟아지는 물을 억지로 주워 담은 절기는 세 사람이 힘을 합쳤어도 당천표 홀로 펼친 것만큼의 위력을 내지 못했다.
그래도 만천화우다.
사보검의 패력이 모래처럼 흩어졌다.
동시에 단운룡이 땅을 박찼다.
파라라락! 쩌정!
사보대검과 깃대가 무서운 속도로 충돌했다.
통천교주는 사보검이란 패력비기을 펼치고도 다음 출수가

융통무애하여 흐트러짐이 없었다.
꽝! 파앙!
깃대가 튕겨나갔다.
통천교주는 강했다. 신병이기의 이점으로 겨룬 것이 아니다. 무공 자체가 고강했다.
이게 육가가주의 경지다.
"너는 누구냐?"
통천교주가 뒤늦게 물었다.
단운룡은 대답하지 않았다. 그럴 여유가 없었다.
꽈광! 콰직!
깃대가 부러졌다.
역시 안 된다. 사보검의 법력기에 대응하기 위하여 보의번을 써봤지만, 역부족이다.
온다.
위험했다. 깃대를 놓았다.
쩌어어어엉!
극광추로 사보검을 올려쳐 어렵게 비껴냈다.
통천교주의 투로는 노련함의 극치다. 다음 수의 예지가 어렵다. 사보검이 시야에서 사라지더니 그대로 어깨를 쪼개왔다.
훅!
단운룡의 몸이 사라졌다.
깜빡이듯, 분절된 신법으로 거리를 두었다.

어쩔 수가 없었다. 이 영역의 고수를 상대하려면 그만큼의 위험부담을 져야 했다.

그가 손을 뻗었다.

부러진 깃대가 공중으로 떠올랐다.

'미안하다.'

단운룡이 보의를 잡았다.

첫번째 보의다. 수련과 격전을 함께해 온 보의는 이제 생사를 함께할 동료였다.

번쩍!

빛이 일어났다.

보의광구에 담긴 모든 힘이 단운룡의 손으로 넘어왔다.

꽈아아앙!

통천교주의 검을 피했다.

단운룡이 손바닥을 아래로 향했다.

'나와라.'

보의에서 넘겨받은 빛이 검으로 벼려졌다.

협제신기를 품고서, 뽑아낸 광검은, 정말 한 자루의 검 같았다.

"협제검? 어째서!!"

통천교주의 입에서 경악성이 터졌다.

절벽에 매달려 있던 놈이다. 일검에 죽일 수 있을 만큼 초라한 무공을 지니고 있었다.

지금은 아니다.

신마맹이 공포로 기억하는 협제검까지 뽑았다.

통천교주가 전신 내력을 있는 대로 끌어올렸다. 당천표와 싸울 때도 이 정도는 아니었다.

콰아아아앙!

사보검이 땅바닥을 쪼갰다.

단운룡의 손가락이 협제검을 휘감았다.

"일검. 충심."

이미 다 받았다.

이런 것까지.

단운룡은 초식의 이름을 알았다.

충심이란 이름을 가진 그 일격은, 이름처럼 곧고도 순정했다. 피하면 그만일 것 같은 정직한 공격이었다.

하지만, 통천교주는 직선으로 찔러오는 검격에서 벗어날 수가 없었다.

쩌어어어어어어엉!

피할 수 없으니 정면으로 받아야 했다.

사보검은 수미산의 영험한 신검(神劍)이라 광검의 일격에도 파괴되지 않았다. 하지만 그뿐이다. 무시무시한 충격파와 함께 사보검이 뒤쪽으로 튕겨나갔다.

콰직! 퍼어어억!

통천교주의 오른쪽 어깨가 팔과 함께 사선으로 폭발하듯

터져나갔다.

우우우웅!

거기까지다.

광검이 사라졌다.

협제의 모습은 그저 한순간의 꿈처럼, 그 일격으로 끝났다.

통천교주보다 먼저, 단운룡이 한쪽 무릎을 꿇었다.

신마의 교주는 쓰러지지 않았다.

사보검은 저 뒤쪽 땅에 꽂혔고, 둥글게 깎여나간 상체에서 핏물이 폭포처럼 쏟아졌으나, 통천교주는 넘어져 죽는 대신 한발 더 앞으로 다가왔다.

"협제의 제자라니. 수신의 말이 맞았거늘."

통천교주의 목소리에 담긴 내공은 여전했다.

그의 하단전에서 빛이 솟아났다.

없어진 어깨 쪽에서 출혈이 줄어들었다.

"반드시 죽여야 할 자로다. 바로 지금."

통천교주가 왼팔을 들어올렸다.

단운룡은 통천교주의 일격을 피할 수 없었다. 들끓는 내기를 다스리는 것만으로도 한계였다. 그래서 한 사람의 이름을 불렀다.

"야흔."

콰직!

통천교주의 몸이 덜컥 흔들렸다.

칼날이 그의 가슴을 뚫고 나왔다.

"이… 무슨… 본좌가 이렇게……."

콰득!

촤아아아악!

막야혼의 칼이 늑골까지 자르며 그의 육신을 빠져나왔다.

"늙은이, 참 말도 많소."

통천교주의 몸에서 빛이 사라졌다.

한 번 더 영진포일술이 가능했던 것인지, 아니면 또 다른 비기가 있었던 것인지는 알 수 없었다.

통천교주의 몸이 기울어졌다.

꾸웅.

대적이 죽었다.

단운룡이 이를 악물고 억지로 몸을 일으켰다.

아직 상황은 끝나지 않았다.

첫 번째 보의가 폭주할 것이다. 급박한 상황에서 진기를 거의 남기지 못했다.

"또 정말… 어쩜 이렇게 변한 게 없어요?"

목소리를 들었다.

고개를 돌렸다.

오래 보지 못한 그의 처였다.

강설영이 주저앉아 첫 번째 보의에 손을 올리고 있었다.

광극보다 안정적인 협제의 진기가 그녀의 손에서 흘러나왔다. 그녀가 보의에 힘을 불어넣고 있었다.

　큰 숨을 들이키고 몸을 돌렸다.

　마지막 요마가 쓰러지고 있었다. 단운룡의 눈이 이빙에 닿았다.

　칠대기수의 깃대가 이빙의 두 어깨를 누르고 있었다.

　제갈공명이 그의 앞으로 내려왔다.

　그가 철운거에 앉았다.

　제압당해 꿇어앉은 이빙은, 가면 속 두 눈에서 얼음 같은 한기를 뿜어내고 있었다.

　"보았소?"

　대무후가 이빙에게 말했다.

　이빙의 가면을 넘어, 그 가면의 눈을 통해 이곳을 보는 신에게 던진 질문이었다.

　"보았다."

　이빙이, 그 가면 너머의 신이.

　옥황이 답했다.

　"적벽으로 오시오. 무찔러 주겠소."

　대무후가 가면을 벗으며 말했다.

　선전포고였다.

　가면 벗은 양무의의 지략은 비룡의 여의주가 되오니.

　대무후회전의 불길이 온 천하로 번져 신마대전을 발발케 하는, 전설의 순간이었다.

그리고, 막야흔이 말했다.
"샌님. 이건 네가 가져라."
사보검을 뽑아, 엽단평에게 던진다.
엽단평이 사보검을 받았다.
해가 뜨고 있었다.

제59장 신마대전 一
(神魔大戰)

신마대전(神魔大戰) 이전에 대무후회전이 있었다.

대(對) 무후회전이라고도, 또는 대(大) 무후회전이라고도 불린 그 싸움은 영웅들의 화려한 등장 속에 모사의 지략이 숨겨진 대전략 무림혈사의 대표적인 일례였다.

강호의 모사들 중 여러 재인이 있어, 그중에서도 눈에 띄는 이가 양무의라.

의협비룡회 군사(軍師)로 비룡의 여의주라 불리고 있으니.

그 전장에서의 무후(武侯)가 곧 양무의를 말함이었다.

무릇 뛰어난 모사들의 사고에는 천재성이라는 공통점이 있었으나, 그들 각각에겐 또한 특별한 개성이 존재했다. 그중, 운거모사 양무의의 가장 큰 특징이라 한다면, 남을 속이는 것을 주저치 않는다는 점이라 할 수 있었다.

저 장강주유가 속임수에 능하다 하나, 양무의에 비할 바는 아니요, 양무의는 실로 직접적이면서도 파멸적인 위장과 기만의 재능이 있었다.

양무의는 제갈무후의 가면을 쓰고 사천대란을 주도하며 적아를 모두 속였다.

훗날 밝혀지기로, 청성, 아미, 당문 삼대 문파는 신마맹의 발호 직후부터 의협비룡회의 경고를 여러 차례 받은 바 있다고 하였다. 제갈공명이 청성속가 동북청문과 아미불문 미선사로 진격할 때도 그러했다.

지원을 위한 사천 동북부 출정에 대해 청성파 도릉회의와 아미산 연명각 산사에서는 격론이 벌어졌다는 사실이 확인되었다.

이미 그때, 각파 수뇌부 극소수는 제갈공명이 거짓된 신분이며 신마맹 주구가 아니라는 것을 인지하고 있었음이 짐작되나, 확실하게 천명된 사안은 아니었다.

백면촉로(白面蜀路), 환성얼룡(喚醒孼龍), 신민일체(神民一體), 건립국가(建立國家).

당시 의협비룡회는 신마맹으로부터 얻은 열여섯 자 정보를 각 파와 즉각 공유했던 것으로 알려졌다. 공조를 시도한 문파는 사천 삼대 세력뿐 아니라, 개방과 점창까지 포함되어 있었다고 하였다.

백면촉로, 신마맹이 사천대란을 일으켰을 때, 가장 먼저 시작했던 것은 사파 세력에 대한 침투와 복속이었다. 백면뢰로 촉국의 길을 가득 채우겠다는 그들의 야심은, 대무후로 화한 양무의가 야기했던 사파 혈사로 인하여, 계획 수정이 불가피해지게 된다.

제갈공명은 사파 무리를 공격할 때, 과감하고 잔인한 손속을 선보였다. 수뇌부를 참살하길 주저하지 않았을 뿐 아니라 사상자를 줄이는 것이 아닌, 늘리는 싸움을 했다.

애초에 제압하여 사역하겠다는 것이 아니라, 괴멸시켜 준동하지 못하도록 만든 것이다.

환성얼룡, 얼룡을 깨우고 도강언을 파괴하여 사천에 대재해를 일으키면 이미 땅에 떨어진 삼대세력의 명망은 회복 불가의 지경에 이를 것이다. 이때 신마맹이 지휘하는 사파 대세력이 이차 대란을 촉발하면, 사천 정파는 재난을 넘어 봉문에 이르는 타격을 입게 된다.

　　단운룡은, 얼룡 재난과 도강언 수해를 막았고, 그에 앞서 양무의는 사파의 이차 대란을 미연에 차단했다.

　　대무후는 스스로 적이 되어 출사표를 던지고, 도강언에 사천 정파 무인들을 불러 모았다.

　　그리하여 대(對) 무후다.

　　양무의는 변화하는 전황을 꿰뚫어 보며, 실질적으로 패배한 전쟁에 희망의 불씨를 남겼다.

　　그리하여 대(大) 무후다.

세인들은 신마대전을 두고, 사천혈사부터 대무후회전을 지나 신마의 천하대란에서 신화대전까지 그 모든 순간들을 일컬어 말하기도 했다.
　말 그대로 신마와 싸운 난세의 나날들을 이야기함이다.
　그 중심에 의협비룡회가 있었으니.
　그들은 천하 전장을 전전하며 기나긴 항쟁의 세월을 인고했다.
　사천에서 비상한 비룡이 의협의 이름을 증명한 시간이었다.

한백무림서
강호난세사 중에서

"좀 나아요?"
강설영이 물었다.
강설영의 손은 단운룡의 등 뒤에 닿아 있었다.
"훨씬."
협제신기는 놀라운 신공이라, 날뛰던 광극진기마저 빠르게 진정시켰다.
공력을 완전히 회복하려면, 삼 일 밤낮의 운공요상으로도 부족할 것 같았지만, 일어나 상황을 정리하기엔 이 정도로도 충분했다.
"고마워."

"뭘요."

전장의 싸움은 소강 국면으로 접어들고 있었다.

아직 산발적으로 국지적 교전이 벌어지고는 있었지만, 남아 있는 적의 잔당을 완전하게 제압해 가는 단계였다.

전력을 대거 투입해야 하거나 큰 피해를 입을 만한 상황은 더 이상 발생하지 않았다.

문제는 결국 자폭 요괴였다.

뭍으로 기어오르는 요괴들의 수도 현저히 줄었으나, 물 밑에 요괴들이 얼마나 있는지는 알 도리가 없었다.

도강언이라는 넓디넓은 전장에서, 언제 튀어나올지 모르는 자폭 요괴를 죽이기 위해 방어선을 유지하는 것은 결코 간단한 일이 아니었다.

상당 수준의 무력과 인력이 필요했다. 잠수하여 수색할 수 있는 것도 아니니, 하염없이 기다려야 한다는 최악의 조건까지 붙었다.

"잃어버린 화탄은 삼십육 기입니다."

사천 당문이 정확한 숫자를 알고 있어서 다행이었다.

"넷 남았군요."

양무의는 지금까지 터진 화탄의 수를 이미 다 파악하고 있었다.

콰아아아앙! 쏴아아아아!

멀리서 폭음이 은은하게 들려왔다.

"이제 셋."

군웅들의 얼굴이 조금 더 밝아졌다.

화탄이 세 개 남았다면, 그 위력과 범위로 볼 때, 설사 폭발을 막지 못해도 대파(大破) 수준의 피해는 입지 않을 터였다.

"가주께선?"

단운룡이 물었다.

당효기의 표정은 밝지 않았다.

녹풍대 무인들은 좌공운기하는 당천표를 세 겹의 원으로 둘러싸고 있었다.

강설영의 도움을 받아 운기하기 전, 단운룡은 당천표가 몸을 가누지 못할 정도로 휘청거리는 것을 보았다.

당천표는 녹풍대에게 자신을 향한 하독(下毒)을 명했다.

더불어 오보살을 직접 입에 들이붓고, 맹독의 독력으로 운기를 시작했다. 자칫 잘못하면 전신이 독수(毒水)로 녹아내릴 수 있는, 지극히 위험한 공부였다.

"…가주께서는 이번에도 일어나실 겁니다."

당효기의 대답은 느렸다.

재기가 쉽지 않을 것임을, 단운룡도 녹풍대도 알았다.

"가주께 무운을."

"회주께도, 양 군사께도 다시 한번 감사를 드립니다. 부디 무운이 함께하시길."

당효기가 포권을 취했다.

그러자, 뒤에 늘어선 녹풍대 전원이 절도 있게 포권을 취하며 말했다.

"의협비룡회에 무운을!"

"의협비룡회에 무운을!

그들의 진심이 진하게 흘렀다.

단운룡 휘하 의협비룡회 무인들 모두가 마주 포권을 취했다.

"덕분에 목숨을 구했어요."

청성파에서도 고마움을 표했다.

"저 밑에서 한참 싸우는데, 낯익은 도우(道友)들이 보이더군요."

그녀는 양무의를 보며 덧붙였다.

"동북청문에서 제자들이 왔어요. 몰살당했다고 소문이 났던 그들이요."

"강호의 소문이 항상 옳은 것은 아니지요."

양무의의 손엔 아직도 백익선이 들려 있었다.

동북청문 도량에서는 살아나온 이가 아무도 없다고 했다. 밖으로 나오는 대신 더 깊이 들어갔을 뿐이다.

거짓 공격으로 신마맹의 진격까지 막아주었다.

금벽낭랑이 고개를 숙였다.

"고맙습니다."

그녀의 한마디에는 진중한 가운데 오롯한 진심이 깃들어 있었다.

"의협비룡회에 감사를 표합니다."

청성파 도사들이 녹풍대처럼 포권하며, 다 함께 고개를 숙였다.

날이 밝아오고 있었다.

바람이 불었다.

칠대기수 황금비룡번 깃발이 절벽분지에서 나부꼈다.

어제부터 흐리기만 했던 하늘에서 기어코 빗방울이 하나씩 떨어져 내렸다. 전장의 열기를 식히듯 살살 내리는 비가 시원했다.

단운룡과 일행들은 보병구에서 내려와 백장제로 왔다.

"놓쳤다."

능선으로 보냈던 효마가 돌아와 말했다.

"라고들은?"

단운룡은 결과보다 라고족 무인들의 안위부터 물었다.

"두 명이 크게 다쳤으나, 다시 싸울 수 있다."

다행이었다.

죽은 사람이 나오지 않은 것만으로도 충분한 승리다.

"요화는 괜찮나?"

"물론."

그러고서야 마지막으로 물었다.

"적은 어찌 되었지?"

"어느 순간 스스로 물러났다. 싸우려고 온 것이 아니다. 놈은 귀엽(鬼獵)이다."

떠올리니 화가 나는 모양이다.

효마의 눈빛은 표범처럼 사나웠다.

귀엽(鬼獵)은 귀신 들린 사냥꾼을 뜻했다.

운남의 치열한 자연에서, 사냥이란 위협적인 짐승을 물리치고 살아갈 음식을 얻는, 아주 고귀한 행위였다.

그래서 사냥꾼은 사냥 그 자체를 존중해야 했다.

흔하지는 않지만, 간혹 나타나는 비천한 자가 있다.

피에 취해, 쾌락을 위해 사냥하는 자다.

먹으려고 잡는 것이 아니라, 즐기려고 잡는다. 이런 자는 결국 짐승이 아니라 사람을 죽인다.

단순하게 말해, 놀러 왔다는 뜻이다. 효마는 그런 것을 잘 감지했다. 단운룡은 효마가 지닌 본능적인 감을 온전히 믿었다.

"들었지?"

"네."

"관승과 장익이 죽을 뻔했어. 사병기의 고수, 강자였다."

"신마맹, 단심맹, 흑림. 셋이라 생각했습니다만. 아무래도 하나 더 고려해야 할 것 같습니다."

"짐작 가는 바가 있나 보군."

"어취에는 후개가 있었지요. 그와 다시 이야기해 봐야겠지만, 아마도 맞을 겁니다. 일단은 이 민강도 장강 줄기니까요."

"비검맹."

"도강언 범람 사태가 실제로 일어났다면 민강 하류와 장강 지류들에도 영향이 생깁니다. 선행된 합의가 없지 않았겠지요. 요괴들을 푼 것도 그렇고요."

"직접 상황을 확인하러 보낸 건가."

"아직 드러나지 않은 마존이 있습니다. 성명병기조차 알려지지 않았지요. 조건에는 부합합니다."

팔황의 준동이 피부로 느껴졌다.

사천대란에 직접적으로 개입한 것은 아니지만, 양무의가 비검맹의 존재를 말했다면, 그들도 연관이 있다는 것이다.

크게든 작게든, 어쩌면 모두가 연결되어 있을지 모른다.

"저희는 수습할 것이 참으로 많습니다. 훗날 다시 이야기를 나누시지요."

"아미타불."

"미산사에는 원래 무승(武僧)들이 많지 않았소이다. 보호해 주셔서 감사하외다."

동북부 미산사에서도 승려들이 와서 싸웠다.

아미파는 합장하며 감사를 말했다.

"물려 다친 이들의 요괴화에 대해서는 해결할 방법이 있을 것 같아요. 방책을 찾는 대로, 각파에 알리도록 할게요."

의현의 목소리는 곱고 단단했다.

그녀는 이제 한 명의 강호 여협이 되어 있었.

신마대전(神魔大戰) 一

"세존의 보살핌이 함께하시길."

그들은 서둘러 아미산으로 돌아갔다.

가장 큰 피해를 입은 것이 그들이었다. 그래도, 뒷모습은 초라하지 않았다.

"또 함께 싸웁시다."

점창파 호엄이 웅혼한 목소리로 말했다.

그는 창랑에 올라 사일검대를 이끌고 승전의 장수처럼 돌아갔다.

사천대란은 정파의 치욕으로 시작되었지만, 오늘만큼은 이겼다.

획득한 가면들을 봉인하고, 사로잡은 이빙을 호송했다.

도강언, 나뉘지는 물길을 보며, 단운룡과 강설영이 손을 잡았다.

강 건너 아주 먼 곳에서.

가면 벗은 이가, 담담한 눈으로 그들을 보았다.

도강언을 만든 것은 이빙, 이랑 두 신이다.

이빙은 잡혔다.

이랑은 기어코 나타나지 않았다.

남자의 오른손엔 바로 그 이랑진군의 가면이 들려 있었다. 왼손에 있는 것은 나타삼태자의 가면이었다.

그가 몸을 돌렸다.

그의 이름은 이군명이었다.

*   *   *

"결례를 무릅쓰고 감히 말씀드립니다. 장문인께서 입적하신 것을 강호에 알리지 않으심이 어떻겠습니까?"

개방 후개 장현걸은 대담한 제안을 했다.

그는 죽을 뻔했던 고봉산의 안정이 확인된 직후, 곧바로 귀산하던 아미파를 쫓아왔다.

"아미타불!"

만불신니의 불호는 세존을 향한 경배가 아니라 노화를 다스리기 위한 인내였다.

불심(佛心) 정진하여 심상을 명경지수처럼 닦는다는 아미산사 고수들의 평정심은 금정봉의 기암괴석들만큼이나 요철이 심해져 있었다.

"그게 무슨 말인지 제대로 된 설명이 필요할 걸세."

보국신승은 손마저 움찔했다.

계도 자루를 잡고 싶은 것이다.

보현신니는 훌륭한 법승이었다.

고래로 아미파 원로들의 다비식엔 온 강호의 명숙들이 찾아와 극락왕생을 빌었다. 하물며 현 장문방장이다. 향화객이 금정을 가득 채워도 부족하다. 그게 보국신승의 마음이었다.

신마대전(神魔大戰) — 247

개방 후개라는 신분이 아니었다면 이유조차 듣지 않고 내쳤을 이야기였다.

"귀 산사의 비보는 아직 알고 있는 이가 몇 없습니다. 함구가 가능한 시점입니다."

"자네가 지금 대체……."

보국신승은 마음을 다스리지 못하고 말을 끊었다.

용두방주와 돈독한 인연이 있음이, 이 순간엔 심마(心魔)가 되었다.

아미 산사의 가르침은 본디 온화하고 아름다웠다. 또한 불법처럼 평등했다.

무공 공부가 출중하면 마음 공부가 부족했고, 마음 공부가 부족하기에 무공 공부가 뛰어나졌다. 이는 비단 아미파뿐 아니라, 불문산사의 무공과 법공이 지닌 대체적인 특질이었다.

재능의 편중은 만인의 숙제이되, 겸비는 세존이 내린 은덕이었다.

보현신니조차도, 법보다는 무에 치우쳤던 이였다. 게다가 강호 무파 장문방장이라 함은 불법에 열심 정진해도 심마가 깊어지기 쉬운 자리였다.

보국신승과 만불신니는, 그 호전적인 성정으로 말미암아, 보현신니에게 많은 번뇌를 안겨줬던 업보가 있었다.

그렇기에 그들의 분노는 자책과 닿아 있었다.

보국신승은 눈을 감고, 마음으로 평소 잘 찾지도 않던 세존을 불렀다.

그 대신 보광호승이 입을 열었다.

"장 시주, 함구라 함은 개방 방도들을 두고 하는 말씀일 거요."

보광호승의 목소리는 담담했다.

그가 바로 세존의 은덕을 받은 이다.

그는 아미명명창의 고수로 창날에 피를 묻히면서도 마음을 잘 다스릴 줄 알았다.

장현걸이 고개를 끄덕이며 답했다.

"맞습니다. 개방은 아직 누구에게도 이 비극을 말하지 않았습니다."

보광호승과 장현걸은 평대가 가능한 배분이었다.

둘만 있었다면 장현걸의 말투도 더 가벼워졌을 것이다. 다만, 그는 보광호승에게만 답한 것이 아니었다. 보국과 만불 둘 모두가 수긍해야 이 일을 진행할 수 있다. 그는 아미파 모두에게 말하고 있었다.

"장 시주, 의협비룡회가 알아요. 그리고 적들이 알고 있소이다."

예리한 지적도 아니었다.

당연한 이야기였다.

아미파가, 개방이, 의협비룡회가 보현신니의 죽음을 말하지 않는다 해도, 그 죽음을 야기한 신마맹이 알고 있었다.

불공대천의 원한을 지고 싸움이 시작된 이상, 보현신니의 살해는 저들이 자랑할 수 있는 가장 큰 업적이었다. 비밀로 할 수 없는 이유였다.

"바로 그 점입니다. 저희가 도강언에서 파악한 정파무인 사상자만 현재 칠백 명이 넘어갑니다. 지금까지만 그 정도입니다. 수장된 사람, 어두운 곳에서 외로이 죽은 사람들까지 합치면 그 숫자가 얼마나 늘어날지는 하늘만이 압니다. 이미 귀사와 청성, 그리고 당문은 인명으로만 산출할 수 없는 수준의 손해를 입었고, 앞으로 상황은 더 나빠지겠지요."

"더 나빠질 것이 어디 있을까."

보국신승이 노화를 꺼뜨리지 못한 채로 끼어들었다.

장현걸이 말을 이었다.

"제가 이곳에 오기 직전, 저희 개방과 의협비룡회 수색대가 이랑묘 근역 남쪽 사면에서 삼청진인과 관명진인을 발견하여 청성파에 인도했습니다. 삼청진인은 단전이 망가지셨고, 관명진인은 다리 한쪽을 잃으셨습니다. 그리고, 삼도진인이 타계했습니다."

"뭐, 뭐라?"

"그게 사실이오?"

보국신승과 만불신니가 두 눈을 치떴다.

장현걸의 얼굴도 침중해졌다. 설득을 위해서 타 문파의 비극을 이용하듯 언급했으니, 마음이 썩 편치 않았다. 그래도 일단 시작한 것을 여기서 멈출 수는 없었다.

"청성 오선인은 이제 없습니다. 삼선인, 아니, 이선인만 남았습니다. 게다가, 당가주께서도 무리한 독공 운용으로 인해 생사가 불투명합니다. 저는 회복 가능성을 낮게 봅니다."

"낮아도, 이겨내실 거예요."

한쪽에서 듣고 있던 의현이 말했다.

강행군에 지친 목소리였다. 그래도 듣기 좋았다.

"저도 그러길 바라마지 않습니다."

"다시 본론으로 돌아가시지요. 적들이 다 알고 있는 사실을 굳이 감추자고 하는 이유가 그래서 무엇이오?"

"산에서 장문 방장의 열반을 공표하지 않으시면……."

"열반이 아니오."

"장문께서 돌아가셨으니……."

"열반은 진리를 각성하여 불생불멸의 법을 체득한 경지를 말하오. 무참히 살해당하셨으니, 스스로 깨달아 부처가 되신 것이 아니라오."

보광호승의 마음도 온전히 평온하지는 않았다. 그저 잘 다스리고 있을 뿐이었다. 장현걸은 입맛이 썼다. 이렇게 상처 입은 사람들을 상대로 계략을 말하는 것은 역시 쉽지 않았다. 모략에 능했던 그조차도, 이게 과연 옳은 일인지 의문이 들 정도였다.

"제 배움이 부족했소이다. 사죄 말씀 올립니다."

"아니오. 내가 하지 말아도 될 이야기를 했소. 계속하시오."

장현걸은 잠시 말을 멈춘 후, 숨을 깊이 들이 쉬었다.

보국신승이나, 만불신니나, 아주 강한 고수들이었다.

살계를 열고 싸운 투기(鬪氣)가 아직까지 식지 않았다. 그리고 그것은 고스란히 장현걸을 향한 압력이 되었다.

장현걸이 다시 입을 열었다.

"이 일을 널리 알리시지 않고 두면, 적들이 가만있지 않을 겁니다. 저들의 만행을 스스로 떠벌리기 시작하겠지요. 정파 무인들의 사상자는 삼천 사천, 두 배 세 배로 부풀려 말할 것이고, 사천 삼대 세력의 통탄을 만천하에 퍼뜨리려 할 것이 분명합니다."

이견의 여지가 없는 이야기였다.

"그리하여?"

보국신승이 재촉했다.

"저희 개방은 방도들을 최대한 동원하여 소문이 어디서 시작되었는지를 추적할 생각입니다. 다만, 정파 무인들 피해나, 청성, 당문의 손실은 이미 수많은 강호인들이 알고 있는 사실입니다. 따라서 이런 풍문은 꼭 적들이 획책하여 떠들지 않더라도 얼마든지 퍼져나갈 수가 있습니다. 그러나, 장문인에 대한 것은 다릅니다. 저희가 함구하면 이 일은 오로지 신마맹으로부터 나올 수밖에 없습니다."

"그게 무슨 의미가 있다는 것인가?"

"지금부터는 있는 그대로의 사실에 입각해서 말씀드리는 것이니, 표현이 다소 거슬릴 수도 있습니다. 부디 감안하여 들어주시길 부탁드립니다. 일단, 저희는 본디 신마맹이란 맹회가 정보전에 능하지 않은 것으로 파악하고 있었습니다. 여기 사천에서는 달랐지요. 오차 없는 위치 정보를 토대로 정교한 타격을 가했습니다. 적들의 공격은 항상 한발 앞서 있었고, 하산하는 청성, 아미 전력에 대해 제압 가능 이상의 과잉전력을 동원하지 않았습니다. 구파와 척을 지고 싸움까지 일으킨 무파들의 행태를 보면, 대부분 가용 가능한 최대 전력을 쏟아부었지, 이처럼 효율적인 공격을 가한 사례가 무림사에 드뭅니다. 딱 필요한 만큼의 고수만을 보냈다는 말입니다. 저희는 이것이 신마맹 단독의 전략 행동으로 보지 않습니다. 이는 필시 단심맹이라는 악도들과 연계한 결과라 여겨집니다."

장현걸이 미리 양해를 구했듯, 몇몇 어구에서 보국신승과 만불신니의 표정이 달라졌다. 그래도 중간에 말을 끊지는 않았다. 괜히 용두방주 후계자가 아님을 증명하듯 그의 이야기는 이치에 맞았고 사리가 분명했다.

"신마맹은 드러났지만 드러난 맹회가 아닙니다. 지금 우리는 저들과 생사를 가르는 격전을 치르고도, 총단이 어디인지, 지파나 지회가 어디에 있는지조차 파악하고 있지 못하고 있습니다. 저들은 그처럼 야만스러운 혈겁을 저지르고도 어딘가에서 멀쩡한 강호인 행세를 하거나, 무지한 백성인 것처럼 살고 있겠지요. 가면이라는 것이 주는 전략적 이점입니다. 우리는 이들의 체계를 알아야 합니다. 저들이 스스로 소문을 퍼뜨릴지, 단심맹이라는 음험한 무리들에게 정보전을 대리시킬지는 모르나, 어느 쪽이든 소문의 출처를 잡아 위로 올라가다 보면 그들의 명령 하달 구조를 가늠해 볼 수 있을 거라 생각했습니다."

어느새 장현걸은 저희가 아닌 우리라는 표현을 쓰고 있었다.

같은 배에 타고 있음을 은연중 강조하는 언어였다.

물론, 받아들이는 입장에서는 간단한 일이 아니었다.

"적의 실체를 알기 위해 장문 방장의 입멸을 활용하겠다?"

"도의에 맞지 않음을 알고 있습니다. 네, 부인하지 않겠습니다."

장현걸은 깨끗이 당당하게 인정했다.

보국신승이 그의 두 눈을 직시했다. 장현걸은 신승의 강렬한 눈빛을 정면으로 받아냈다.

"나는 불가(不可), 받아들일 수 없소이다."

만불신니가 먼저 말했다.

그녀의 대답 또한 장현걸만을 향한 것이 아니었다. 보국신승에게 하는 말이기도 했다.

보국신승은 이 당돌한 후개의 눈을 보고, 그 심중에 사바세상의 때가 억겁처럼 묻어 있음을 알았다.

불법은 참으로 오묘한 데가 있었다.

후개의 눈빛은 결코 공명정대하지 않았고, 온갖 업이 덕지덕지 기워져 누더기 같았다.

그런데 그게 또 괜찮았다.

보국신승은 속세의 화신과 같은 후개의 진면목이 도리어 마음에 들었다.

그러자, 세상이 달리 보였다.

모든 울화가 안개처럼 흩어졌다. 의미 없음을 깨달았다. 새까만 강호 후진에 화를 내는 것도, 이미 가 버린 사람에 슬퍼하는 것도, 그저 스쳐 가는 풍진의 오욕일 뿐이었다.

"혹시 술 좀 하나?"

대오(大悟)는 찰나처럼 찾아와, 뜬금없는 한마디로 새어 나왔다.

"저, 개방입니다."

"명주(名酒) 한번 들고 오게."

"비싼 술 몸에 안 받습니다."

"용두방주는 직접 빚어 마시지 않았던가?"

"토룡주요? 그거 훔치려다간 맞아 죽습니다."

"그럼 그게 좋겠군. 꼭 그거로 마셔야겠네."

"애먼 일에 목숨을 걸어야겠군요."

"보아하니 어차피 함부로 거는 목숨 같네만."

"신승께서 바로 보셨습니다."

둘의 대화가 갑작스레 청산유수로 흘렀다.

만불신니가 두 눈을 치떴다.

"지금 대체 무슨 말씀들을 하시는 겝니까?"

보국신승이 만불신니를 돌아보았다.

방금 엉뚱한 이야기를 나눈 사람답지 않게 눈빛은 처연하고, 깊었다.

"빈손으로 와서 빈손으로 가는 사바 세상, 성대한 다비식이 무슨 소용이겠소. 방장이 그걸 원할 사람도 아니요, 나는 장문께 그토록 번뇌를 안겼던 술 한 잔 흩뿌리며 그것으로 극락왕생 빌어보겠소.

"아니, 그러니까, 저 말을 듣겠다는 게요?"

"알리기에 좋은 소식도 아니지 않소?"

보국신승은 사람마저 달라 보였다.

거친 기상이 안으로 갈무리되고, 눈꼬리가 부드러워졌다.

"자네는 어찌 생각하는가?"

만불신니가 자기 편을 찾듯, 보광호승에게 물었다.

원래 마음을 잘 다스렸던 보광호승의 몸에서는 오히려 창끝처럼 날카로운 투지가 일어나고 있었다.

"척사멸마의 정의를 생각하면, 이치에 맞는 이야기라 사료됩니다."

보광호승이 대답했다.

결국은, 복수를 말함이었다.

"그럼, 제 이야기는 여기까지입니다. 부디 긍정적으로 고려

하시어, 빠른 회답 주십시오."

"회답까지 안 줘도, 자넨 알게 될 걸세."

보국신승의 말도 맞다.

장현걸의 말을 받아들이면 아미파 산사 내에서 그들로만 조용히 다비를 치를 것이요, 그렇지 않다면 강호 명숙들에게 부고가 갈 것이다.

장현걸이 포권했다.

보국신승과 보광호승이 합장했다. 만불신니는 아미타불 두 눈을 감고 불호만 외웠다.

"후개께는 특히 세존의 은혜가 함께해야겠어요. 마음 공부 하시길 바래요."

마지막으로 의현이 말했다.

"꼭 명심하리다."

장현걸이 답했다.

　　　　＊　　　　　＊　　　　　＊

"냐하하하. 내가 가라고? 지금 농담하는 거지?"

"농담일 리가."

"싫은데?"

"바꿔주마."

"뭘?"

"마음에 안 들어 했던 걸 알고 있다."
"아니, 그러니까 뭘?"
"오정, 팔계."
"냐하하하하! 역시 상제는 음흉하구나!"
"어울리는 자와 함께해야지."
"아주, 재밌어. 재밌고말고."
"그러니, 가서 가져와."
"생각해 볼게."
"오래는 못 기다려."
경망된 웃음소리가 재주를 넘었다.
옥황의 거처였다.

*   *   *

"비룡포에는 다들 반응하지만, 역시 첫 번째가 가장 뛰어나요."
"헌데 아버님의 침선을 덧대도 될까."
"그러라고 만들어주신 거잖아요."
"작품이야. 인혼력이 우러나올 만큼의."
"그래서요?"
"무슨 말인지 알잖아."
"다칠 생각부터 하면 안 되죠."

"천잠보의마저 찢을 수 있는 적들이 여럿 있어. 망가질 거야."

"그러니까 한 겹 더 댈 거예요."

"겹쳐 입는 건 안 되는 것으로 판명 났잖아?"

"그런 줄 알았죠."

강설영이 탁자 위에 두 벌의 천잠보의를 올려놓았다.

군략 회의를 위해 만든 탁자는 이십 명이 둘러앉아도 될 만큼 넓고 컸다. 옷 또한 몇 벌이고 펼쳐 놓을 수 있을 만큼 넉넉했다.

팔락! 펄럭!

두 벌 보의를 멀찍이 떼어서 펼쳤다.

하나는 붉은 기운이 감돌아 감촉이 따뜻했고, 하나는 검푸른 빛이 서려 기운이 서늘했다.

"연구를 많이 했어요. 본래 흡정잠요와 같은 괴(怪)는, 자연 기가 치우친 곳에 정착하여 그 기(氣)를 흡(吸)하여 힘을 얻는다 했어요. 이들은 기운만 성하면 십 년이고 백 년이고 한 자리에 붙어 있을 만큼 기동성이 떨어지나 탐(貪)의 성질만큼은 사냥하는 맹수들 못지않게 뚜렷하다고 해요. 한번 자리 잡으면 그 지역의 정기(精氣)를 독식(獨食)하려는 본능을 지닌다 했죠. 하지만 이들은 경쟁하지 않아요. 강성한 괴(怪)가 있으면 잡아먹힐 수 있기 때문에, 한 잠요가 성장한 지역에는 다른 잠요가 애초에 접근하지 않는다 해요. 그래서 이들은 자연 상태에서 가까이 있을 일이 발생하지 않는다는 거죠. 억지로 붙여놓으면 당연히 문제가 생겨요. 한쪽이 확실하게 강하다면 다른 쪽에 흡수될 수 있고, 엇비슷하면 격하게 밀어내죠. 이건 천잠의에 흡정광구로 생착이 되어도 마찬가지더라구요."

"그게 그런 이유였군."

단운룡은 서신으로 강설영과 소통해 왔다.

천잠보의를 두 벌, 세 벌 겹쳐서 입을 수 있느냐에 대해, 강설영은 불가(不可)라는 결론을 내렸다. 왜인지에 대해서는 소상히 쓰지 않았다. 전서구로 주고받는 서신에는 천잠보의라는 네 글자도 없었다. 비밀 유출 문제도 있거니와, 길게 쓸 만한 내용도 아니었다. 서로의 안부를 주고받고 마음을 확인하는 것만으로도 항상 지면이 부족했다.

"착복 실험을 위해 홍박 언니가 술법동인(術法銅人)을 만들었어요. 두 개를 겹쳐 입혔다가 술법동인도 박살이 나고, 어렵게 짠 천잠보의를 둘 다 잃을 뻔했죠. 만달 가가가 부적을 백 장 가까이 쓰고서야 겨우 두 보의를 떼어놓을 수 있었고, 진기 상충이 일어난 탓에 보의 하나는 심각한 기갈(氣渴)에 빠져 한참을 운공축기 해줘야 했어요."

"위험했던 거 아냐?"

"조금요?"

"그런 거 직접 하지 마."

"그럼 누가 해요? 시킬 사람도 없었어요."

"시킬 사람이 왜 없어."

"그럼 그걸 발도각주한테 시켜요? 일 망칠라고?"

단운룡은 잠시 말문이 막혔다.

그렇게 간단히 그의 입을 막을 수 있는 사람도 강설영밖에 없다.

"미안해. 앞으로는 내가 할게."

"미안할 건 아니고요. 낭군이 목숨 걸고 싸우는데, 그 정도는 해야죠."

강설영이 배시시 웃었다.

단운룡은 웃지 못했다. 생각해 보면, 참으로 평범하지 않다.

남편이 중원에 나가 악적들을 물리치는 사이에, 아내는 변방 심처에서 남편이 입을 옷을 만들었다. 얼핏 들으면 흔한 이야기 같다. 헌데, 그 옷이 병기로도 쓸 수 있는 천하의 기보(奇寶)다. 심지어 만들고 활용하는 과정에 위험한 상황까지 발생했단다. 단운룡이 다시 한 번 덧붙였다.

"조심해. 무리하지 말고."

"걱정 마요. 무리 안 해요."

강설영이 입을 삐죽 내밀며 말했다.

그녀가 말을 이었다.

"자, 여하튼 그래서요. 이게 그 잠요의 태생적 특질도 그렇지만, 심어 넣은 진기 구결도 문제예요. 두 진기가 같은 내공이면 서로 밀어내기보다는 빼앗아 흡수하려는 성질이 강해지죠. 그때도 마찬가지로, 두 보의에 협제신기를 채웠던 것이 사고 발생의 중요한 원인이 되었던 것 같아요. 내가 살아가는 데 필요한 것을 쟤가 또 잔뜩 갖고 있으니, 가져와 내 것으로 만들자. 아주 아주 단순한 이치죠."

"광극진기도 마찬가지겠지?"

"큰일 나요. 두 보의가 서로를 공격하면서 입혀 놓은 동철 인형까지 부숴 버렸어요. 엎치락뒤치락 가관이었죠. 관절이 비틀리고, 몸체가 구겨지고… 당신 몸이 쇠보다 단단해질 수 있다 할지언정, 싸우는 와중에 그런 일이 발생하면 어찌 되겠어요? 물론, 겹쳐 입지 않고 갈아입으면서 기력을 회복하는 것은, 가능할 거예요. 다만, 알다시피 보의는 고갈을 만전으로 채워줄 만큼의 진기를 담지 못해요. 게다가 그럴 틈이 없다는 것도 있죠. 염라나 위타라는 자가 결전 중에 옷 갈아입는 것을 기다려 주진 않을 것 같네요."

강설영은 농담처럼 말했지만, 농담으로 들리지 않았다.

적들은 강하다.

지금까지도 강했고, 앞으로는 더 강해질 것이다.

싸우는 와중에 보의를 교체하는 것이 아무리 허황된 발상일지라도, 필요하다면 해야 한다. 아주 작은 차이에서도 목숨이 날아갈 수 있다. 그 말인즉슨 그 차이로 사라질 목숨을 건질 수 있다는 뜻이기도 했다.

"두 벌의 진기가 달라도 불가능할까?"

단운룡이 다시 물었다.
"지금부터 해 보려는 게 그거예요."
강설영이 웃으며 답했다.
그녀가 널찍한 보갑을 가져왔다.
그 안에서 강건청이 침선한 비룡포가 나왔다.
비룡이 하늘로 승천하는 그 비천의 용포는 언제 봐도 찬탄이 절로 나왔다. 단운룡이 입고 있는 천잠보의에서 웅웅거리는 파동과 함께 밝은 빛이 솟아났다.
더불어, 적색 보의와 청색 보의가 동시에 빛을 냈다.
강건청의 비룡포는 그야말로 역작이었다.
괴(怪)들마저 사람처럼 감탄케 한다.
그녀가 펼쳐든 비룡포를 청색 보의 위에 겹쳐 댔다.
청색 보의에서 퍼져 나온 광망이 비룡포 밑에서 요동치며 강건청의 비룡침선을 더 아름답게 비추었다.
이내, 흥분했다가 가라앉는 것처럼 청색보의의 빛이 부드럽게 가라앉았다.
빛 무리가 은은하게 비룡포 밑을 누비며 작품에 색감을 더했다.
강설영이 이번에는 적색 보의를 들어올렸다.
그것을 비룡포 위에 겹쳐 내렸다.
단운룡의 눈이 번쩍이는 빛을 품었지만, 경동하여 제지하지 않았다.

그는 아내를 믿었다. 강설영이 아무 생각 없이 그러지는 않을 것이란 확신이 있었다.

펄럭! 우우우웅!

적의와 청의는 그녀가 직접 오원에서 성장시킨 천잠보의였다. 두 보의 흡정광구에는 당연하게도 협제신기가 깃들어 있었다.

강건청의 비룡포를 사이에 둔 청, 적 두 보의는 펼친 그대로 잠시 동안 겹쳐 있었다. 그러다가 이내, 두 보의에서 강렬한 빛 무리가 일어나기 시작했다.

꿈틀 꿈틀, 두 보의에서 비치는 광망이 어지럽게 섞였다.

보고 있던 강설영이 겹쳐 놓았던 적의를 들어올렸다.

펄럭!

마치 튕겨 나오듯, 적색 보의가 출렁이며 위쪽으로 날아올랐다.

그녀가 적색 보의를 휘어잡고, 다시 탁자 위에 내려놓았다.

그녀가 말했다.

"봤죠? 비룡포가 있으면, 서로를 공격하지 않아요. 그저 밀어낼 뿐이죠."

두 보의는 마치 비룡포를 망가뜨리지 않으려고 애쓰는 것 같았다.

신비로운 일이었다.

만개한 재능으로 남긴 유작이 다시 한 번 경외심을 일으켰다.

"그럼 이제 그 녀석으로 해 봐요."

단운룡이 벗겠다 생각만 했음에도 훌쩍 보의가 단운룡의 몸에서 튀어나왔다.

가장 오래 키운 만큼, 가장 사람 같았다.

백금의 첫 번째 보의가 탁자 위에 펼쳐졌다.

비룡포가 그 위에 올라갔다.

우우우우웅!

보의가 부르르 떨듯, 진동음을 냈다. 기뻐하는 것 같았다.

펄럭!

강설영이 적색 보의를 비룡포 위에 올렸다.

웅웅웅웅웅웅!

즉각적으로 빛의 파동이 일었다.

두 벌은 서로를 밀어내지도 공격하지 않았다.

일어나는 빛이 조화롭게 얽혀 들었다.

강설영이 고개를 들어 단운룡을 보았다. 그녀의 눈동자에도 기쁨이 깃들어 있었다.

두 사람은 두 보의가 빛과 기로 조화를 이루는 것을 목도했다.

광극과 협제다.

하나의 전설에서 비롯된 두 진기는 두 사람이 운우로 합일할 때처럼 힘을 주고받으며 온전히 따로 또 하나의 흐름을 만들었다.

반 다경, 일 다경이 지나도, 조화는 무너지지 않았다.

둘은 기꺼운 마음으로 보의를 보았다.

강설영이 입을 열었다.

"완성된 보의는 총 다섯 벌이에요. 앞으로도 여섯 벌 더 제작할 거구요. 아, 그리고 잠요를 이식하지 않은 천잠사로 깃발을 만들었어요. 천잠번(天蠶幡)에도 작은 잠요를 심을까 하는데, 일곱 개까지는 안 될 것 같아요."

그녀는 계속 말했다.

단운룡이 그녀를 안았다.

"수고했어."

"아니, 할 말 더 있는데."

애정이 아니 샘솟을 수 없다.

단운룡이 입을 맞춰 그녀의 말을 막았다.

강설영은 입 맞추며 미소 짓고, 단운룡도 웃으며 다시 그녀의 입술을 찾았다.

큰 싸움이 머지않았어도, 깊어진 정은 때를 가리지 않았다.

"여기선 안 되겠지?"

"안 되고말고요."

그래도 장소는 가려야 했다. 군략을 나누는 회의실이었다.

부부는 결국, 침소로 향했다. 손잡고 찾아가는 발길이 급했다.

　　　　　＊　　　　＊　　　　＊

　야심한 밤.
　그는 조용히 목갑 안에서 가면을 꺼냈다.
　어둑한 방의 전경이 서서히 변했다.
　뚜벅, 뚜벅.
　그는 아직 제대로 걷지 못했다. 한 번 몸을 일으켜 걸으면 극심한 통증과 진기고갈에 시달려야 했다.
　하지만 여기서는 달랐다.
　멀쩡한 사람처럼 걸을 수 있었다.
　깜깜한 공간에서 하늘이 열렸다.
　하나, 둘 하얀 것이 떨어졌다. 꽃비였다.
　"감히 내게 싸움을 걸고, 여기까지 찾아온 겐가?"
　그의 음성을 들었다.
　질책하는 말이었지만, 목소리는 마음까지 어루만지는 듯 맑고도 청량했다.
　옥황이 하늘에서 강림한 듯, 아니면 땅속에서 상승한 듯, 환상처럼 나타났다. 위와 아래가 분명하지 않았다. 꿈을 꾸듯 모호했다.
　"이미 나의 말을 받았음을 알겠다."
　백옥장식 옥관에 황금색 용포를 입었고, 송옥 반안에 견주는 옥면(玉面)을 지녔다.

옥황은 같은 모습으로 저번과 똑같은 말을 했다.

공간 감각이 불분명한 것처럼, 시간 감각도 흐트러져 있었다.

이것이 지금 듣는 목소리인지 아니면 기억이 다시 불려 나온 건지 알 수 없었다.

뒷걸음질 치지 않았다. 그것이 소용없는 일임은 저번에 경험했다.

"겁먹은 척하더니, 그게 본 모습이었구나."

옥황의 목소리가 선명해졌다.

그가 가까이 다가왔다.

"잊지 말아라."

옥황이 말했다.

무엇을 잊지 말라는 것인지, 이해했다.

그의 마음을 읽은 것처럼 옥황이 아름답게 웃었다.

옥황이 손을 뻗었다.

그의 손이 목덜미에 닿았다.

현실이 아님을 충분히 숙지했음에도, 뚜렷한 촉각에 등줄기가 서늘해졌다.

옥황이 그의 목줄기를 손아귀에 쥔 채, 얼굴을 귓가에 가까이 댔다.

황금용포 옥황의 몸체가 사라졌다.

몸도 머리도 없는 것 같은데, 귓전에 숨소리가 느껴졌다.

옥황이 비밀을 알려주듯, 속삭이는 음성으로 말했다.

"이유 없음은 없다. 결국 모든 것은 내 뜻대로 될 것이다."
예언이었다.

어둠이 남았다.

꽃비만 여전히 내렸다.

눈을 떴다.

다시 방 안의 전경이 눈앞에 드러났다.

백토진인의 부적 수십 장이 천잠사에 얽혀 수호진법을 이루고 있었다.

상제력의 위력을 다시금 실감했다. 현실과 미몽을 넘나들며 실제 감각 수준의 환상을 구현한다.

허락했기에 안으로 들인 것이다.

이번에도, 저번에도, 예외는 없었다.

저의를 알기 위해 만났다.

그리고 한 가지 사실을 알았다. 옥황은 사천대란에 깊이 개입하지 않았다.

이긴 것에도, 진 것에도, 항상 이유는 있다. 바꿀 수 없는 진리다. 이유 없는 결과는 존재치 않는다. 상제력으로 보여주는 얼굴에 얼마만큼의 진실이 있는지는 하늘만이 알겠으나, 양무의는 자신의 안목이 천의에 근접해 있음을 믿었다.

옥황은 도강언 격전의 결말에 연연하지 않았다. 그렇게 보였다. 예측했기 때문이 아니라, 어떻게 되든 상관없었다는 느낌이었다.

양무의는 고민했다.

그는 감만으로 모든 것을 판단하는 이가 아니었다.

느낌이라 하는 것은 결국 상단전의 조화였다. 안목이란 느낌만으로 완성되는 것이 아니었지만, 그 지분을 무시할 수 없다. 또한 이는 더 강력한 상단전을 지닌 자에게 미혹될 수 있는 능력이었다. 느낌마저 조작당할 수 있었다.

그래서 필요한 것이 객관적인 자료다.

어떤 정보를 모아야 하는지, 그 정보를 토대로 무엇을 해야 하는지, 그것이 안목을 기반으로 그가 해결해야 할 숙제다.

양무의는 그가 한 말 하나 하나를 천천히 곱씹으며 긴 사색에 잠겨 들었다.

백면촉로(白面蜀路), 환성얼룡(喚醒孼龍)은 제지했으되, 신민일체(神民一體), 건립국가(建立國家)는 해석마저 불분명했다.

궁극적인 해답을 찾기 위해 작은 답들을 찾아낸다.

깊은 밤, 해가 뜰 때까지, 양무의는 앉은 채로 그렇게 미동도 없이 생각을 거듭했다.

* * *

신마맹에 선전포고를 했으니, 전투를 위한 만반의 준비가 필요했다.

모두는 회복과 수련에 매진하며 가용 전력을 최대로 끌어

올렸다. 그러면서 양무의는 정도 문파들과 긴밀한 협조 체계를 구축해 나갔다.

신마맹의 사천발호와 그들이 일으킨 대전란은, 전 무림이 주목할 만한 대사건이 되었다. 청성, 아미, 당문이 입은 피해 규모가 속속 무림에 전해졌다.

들려오는 소문이 믿을 수 없을 만큼 엄청났기에 각파는 진위 확인부터 서둘렀다. 이어 삼대 문파들이 피해 사실 대부분을 인정하면서 전 무림이 충격에 빠졌다.

"저들이 우리 움직임을 읽고 있소."

장현걸이 직접 적벽에 찾아와 양무의와 만났다.

"어떻게 말입니까?"

양무의가 눈을 빛내며 물었다.

"말 그대로요. 이쪽에서 추적에 들어가면 알고 있다는 듯 빠져 나갔소. 미리 대비하고 문서를 소각하거나, 한발 먼저 도망치더이다. 도망치지 않으면 사지(死地)가 되어 있거나."

"예측하고 있었단 말이군요."

"그렇소. 뭔가가 달라졌소. 전에는 이러지 않았지. 우리가 어느 정도 접근할 여지가 있었다오. 목숨 걸고 침투하면 단심궤 문서도 빼올 수 있었단 말이오. 헌데, 이제는 아니요. 어디서나 우리가 쫓는 것을 알고 있었소. 이건 뚫지 못할 철벽과는 또 다르오. 적진에 높은 망루가 세워져 있는 느낌이오. 우리가 뭐 하는지 훤히 보고 있는 것 같단 말요. 기분이 아주 개 같았소."

양무의는 장현걸의 묘사를 아주 유심히 들었다.

그 정도 인재가 하는 말은, 단순한 비유라도 가볍게 들을 수 없는 법이었다.

"정보력 상승이란, 하루아침에 이루어지는 일이 아닐 텐데요."

"내 말이 그 말이오. 우리가 눈칫밥을 하루 이틀 먹었겠소? 누가 우리 근처에 와서 척후질을 해대면, 바로 냄새가 난단 말입니다. 먼저 알고 도망간다는 것은, 우리가 가까이 왔음을 알아챈 것이고, 그건 눈으로 확인이 되어야 하는 법이라오. 헌데 그게 없어. 단서가. 냄새도 없고, 뵈는 것도 없소. 마치 하늘에서 내려다보는 것처럼."

아미파는 장현걸의 제안을 받아들여, 아미장문 보현신니의 입적을 공표하지 않았다.

예상했던 대로, 스멀스멀 소문이 나돌았다.

보현신니가 신마맹과 일전을 치르다가 무참히 객사했고, 보현신니는 구파 장문인에 어울리지 않는 기량으로 신마맹 초고수의 공격에 제대로 반격조차 못 했으며, 더불어 그 일을 수치스럽게 생각한 아미파가 장문인의 사망을 은폐하려 했다는 이야기까지 덧붙여졌다.

민심을 선동하는 전형적인 책략이었다.

장현걸은 즉각 소문의 출처를 파고들었다. 또한 이 일에는 개방 후구당뿐 아니라, 아미와 청성의 정보전 인력까지 대대적으로 동원되었다.

결과는 좋지 못했다.

한 달에 걸친 정보 공작은 모조리 실패로 돌아갔다. 꼬리를 잡으면 끊어졌고 흔적을 포착했다 싶으면 함정이 기다리고 있었다.

장현걸이 양무의를 찾은 이유였다.

"하늘에서 내려다보는 것 같았다는 말, 그게 가장 큰 단서로 보입니다."

양무의가 읊조리듯, 나직한 어조로 말했다.

그는 본디 낭랑한 목소리로 자신 있게 결론짓는 이였다. 하지만, 신마맹을 상대로는 어떤 것도 완전히 확신할 수 없었다.

"그게 무슨 말이오?"

그래도 장현걸은 솔깃했다.

후구당이, 개방이 이렇게도 무능해졌던가.

신마맹과 단심맹은 한 줄기 냄새조차 남기지 않을 만큼 우수한 정보요원들을 그리도 많이 보유하고 있었던 것인가.

능력의 한계에 부딪쳤던 차였다.

그렇기에, 양무의의 말은 굶던 와중에 듣는 마을 잔치 소식과 같다. 돌파구가 따로 있는 것처럼 들렸다.

"후개께서 아주 중요한 일을 해주셨습니다. 우리도 비슷한 것을 느꼈으니까요. 그때 전달 드린 토지공에 대한 정보는 기억하시지요?"

"아아, 물론 기억하오."

장현걸은 신마맹과 단심맹을 쫓다가 이 한 달 사이에 두 번이나 죽을 뻔했다. 고봉산은 아직 데리고 다닐 상태가 아니었다. 그러니, 보고도 다 직접 받고, 중요 사안도 직접 머릿속에 쑤셔 넣어야 했다. 똑똑한 수하가 절실했다.

"우리는 토지공과 백면뢰 몇 명을 제압하여 구금하고 있었습니다. 물론 보안이 완벽한 안가(安家)에서였지요. 헌데, 적들은 이쪽 경계가 가장 취약할 때, 전격적으로 들이닥쳐 순식간에 억류 인력을 빼 갔습니다. 우리도 나름의 정보 요원들이 있습니다. 헌데, 사전 정찰, 습격 조짐, 하나도 감지하지 못했습니다. 그냥 알고 왔다는 느낌이었지요. 이는 사실 청성이나 아미에 가해진 대타격보다, 오히려 작전의 정교함이 더 필요한 일입니다. 이쪽 정보에 대해서도 훤해야 하고요."

"어째, 우리가 당한 거와 비슷하게 들리오만."
"그것이 적측 신화회 수좌의 능력으로 여겨집니다."
"신화회 수좌라면, 옥황의?"
"그렇습니다. 오늘 후개의 말을 듣고, 더 확신하게 되었지요."
"상제력이라는 것을 말하는 게요?"
"역시 후개는 많은 것을 알고 계시는군요."
"아니, 그건 미확인된, 전대 옥황도 완전히 연성하지 못했다고 알려진 능력이오. 애초에 어불성설의 개 같은 능력이기도 하고."

"가능성에 대해 생각 안 해보신 건 아닐 텐데요."

"좆같은 상황이야 그렇다 쳐도, 좆 개 같은 상황은 머릿속에서 가능한 배제하자는 주의라서."

"그런 상황 앞으로도 계속될 테니, 이젠 배제하지 마십시오."

"안 그래도 좆이 개고 개가 좆인데 최악만 생각하면 어찌 맨정신으로 살겠소?"

"그래야 이기지요."

양무의가 장현걸을 똑바로 바라보며 말했다.

장현걸이 피식 웃었다.

"상제력을 갖춘 옥황을 이기겠다? 당신네 문주도 그렇고, 참 대단들 하오."

뒤틀린 비꼼과 진심 어린 칭찬, 그 중간쯤 어딘가에서 장현걸은 감탄하고 탄식했다. 양무의는 어느 쪽도 개의치 않는다는 듯 태연한 어조로 물었다.

"개방 쪽에서 파악하고 있는 상제력은 어떤 것입니까?"

"우리도 잘 모르오. 그런 것이 있다, 정도지."

"강씨 금상 혈사에서 나름 조사하시지 않았습니까?"

"천룡 쪽은 철통이라."

"그래도 개방인데 말입니다."

"후우… 우리가 아는 건, 천룡 측에서 상제력이란 괴능(怪能)이 담긴 천공로라는 물건으로 극악의 역병에 시달리는 수많은 사람들을 구했다는 것뿐이오. 그 수가 일만 명을 훌쩍 넘는다고 하더이다. 즉, 상제력에 병마(病魔)를 물리치는 공능이 있다는 것 정도는 알고 있었소. 그것도, 상상 초월의."

"역시 천하제일방파의 정보력은 놀랍습니다."

"전혀 놀라울 것 없소. 인명이 만 단위인데, 냄새를 못 맡으면 죽어야지."

"그 외에 개방 문헌에 남아 있는 상제력 정보는 더 없습니까?"

"타 가면에 대한 지배력과 절대적인 통솔력에 대한 것이 있었소. 이거야 이능이라고 하기엔 애매할 능력일 거요. 강력한 무력이 있는 사도 문파의 수장이면 그 정도는 다 하니까. 다만, 말 한 마디로 사람을 죽일 수 있다는 허무맹랑한 보고가 있긴 했소."

"허무맹랑이 아닙니다. 금상에서 확인된 사안입니다."

"그건, 무슨 고약한 농담이오? 갑자기 그러기요? 그런 성격이셨소?"

"농담이겠습니까?"

양무의가 되물었다.

장현걸은 잠시 입을 다물었다.

"개 좆이네. 술법인 게요? 능력 범위는? 저주? 즉사?"

"잘 모른다면서도 많이 아시는군요. 우리가 파악한 것에 대해서는 따로 문건으로 드리지요. 그리고 거기에 덧붙여, 예지력을 상정하고 움직이십시오."

"예지력이라니······."

"추군마 진달이라고 아시지요?"

"참룡방의?"

"알고 계시겠지만, 이제는 우리 측 재원이시지요. 이 년 전 죽은 무명 병사의 야산 무덤을 찾아내시는 분이, 눈앞에서 추격하던 백면뢰를 놓쳤습니다. 어떠한 추종 능력도 하늘에서 내려다보고 차단하는 데에는 방도가 없어요. 후개께서도 느끼신 그대로입니다. 그것이 고확률의 예측 능력인지, 아니면 술법적인 예지 능력인지는 아직 확실하지 않습니다만."

"그럼 정말로 알고 끊은 거다? 저들의 정보력이 우리보다 우위라서가 아니다··· 그 말이오?"

"그것도 물론 정보력이라면 정보력이겠지요."

"아니, 그러니까, 내 말은······."

"무슨 말 하시는지 압니다."

양무의가 가볍게 일축했지만, 장현걸에겐 되짚고 또 되짚을 만큼 중요한 이야기였다.

군산대혈전 이래, 개방의 전력은 급감일로를 겪고 있었다. 후구당도 그렇다. 후구당은 유명한 무인이 아니라도 무공 익힌 무림인이라면 집에 수저가 몇 개인지, 즐겨 먹는 음식이 무엇인지까지 알고 있다는 강호 최고의 정보집단이었다. 지금은 아니다. 무명 무인은커녕, 유명한 명숙들조차 근황 파악이 제대로 안 되고 있다.

그런 와중에 이쪽 첩보 능력을 훨씬 상회하는 적들을 보았으니, 속이 탈 만도 했다. 적 정보부대의 인력 규모와 훈련 수준이 궁금하고 두려웠다. 헌데, 그게 상대방 수좌 개인의 이능력 때문이라면 이야기가 완전히 달라진다. 그렇다고 덜 두려워지는 것은 아니었지만. 개인 이능이냐, 집단 기량이냐에는 아주 큰 차이가 있었다.

"허… 그럼 그 예지력이란 게 있다 칩시다. 그 예지란 게 어느 정도까지 가능한 것이오?"

"그게 문제의 핵심입니다. 그래서 후개께도 여쭤본 것이지요. 개방에서 파악하고 있는 것이 어느 선인지요. 그 예지가 단편적으로 벌어질 일에 대해 대비가 가능한 정도인지, 동시다발적으로 여러 사건들을 예지할 수 있는지, 미리 볼 수 있는 것이 근미래에 국한되는지, 아니면 멀리 긴 시간을 두고 예상이 가능한지, 또한 그렇게 본 결과에는 어느 정도까지 개입할 수 있는지, 그런 것들이 중요한 요소가 될 겁니다. 우리의 대응도 그것에 따라 달라져야 하니까요."

"아니, 양 군사. 그러니까, 허허허, 생각할수록 개 같소. 사천당문을 정면 상대 해서 초토화시킬 수 있는 대규모 무력에, 아미파 장문인을 암살 가능한 책략에, 예지력까지 더해지면, 그걸 어떻게 대응하겠다는 거요?"

"장 대협, 후개께서는 이런 사실에 대해서 이미 어느 정도 인지하였기에 여기 오신 것 아닙니까?"

장현걸은 정곡을 찔린 것처럼, 입을 다물었다.

기실, 거기까지는 생각하지 못했다. 하지만 적들에겐 뭔가가 더 있다는 것은 알았다.

그게 예지력이라니.

돌파구인 줄 알았건만 듣고 보니 더 큰 벽이었다.

"허면, 적들에 너무 많이 다가갈 경우……."

"죽겠지요."

양무의가 가차 없이 대답했다.

"후구당을 철수시켜야 하는 게요? 청성과 아미는 경고해도 물러나지 않을 터인데."

"그 반대입니다."

"반대?"

"단서가 잡히면 전력을 모아 파고드는 것이 첩보전의 기본입니다. 언제나 선택과 집중이지요. 인력은 무한한 것이 아니니까요. 하지만, 이 경우엔 좁고 깊게가 아니라 넓고 얕게 가야 합니다. 상제력이 아무리 천제 옥황이라는 주신(主神)의 능력을 빌린 것이라 해도 분명 한계라는 것이 있을 겁니다. 두세 개는 몰라도 백 가지 일을 전부 예지할 수는 없겠지요. 신마맹의 세력이 몹시 크고 강대해 보여도, 수적인 우위는 사실 우리 쪽에 있습니다."

"허허, 그러니까, 길을 찾아서 나아갈 게 아니라, 어느 길인지부터 보자?"

"그렇습니다. 백 명이 백 개의 길을 걷게 하면, 그중에 막히는 길이 진짜 길일 겁니다. 놔둬도 되는 길은 굳이 제지하지 않을 것이오, 누군가 옳은 길로 가까이 다가온다 싶으면 일찍 차단하겠지요. 아마도 예지라는 것은 그런 것이 아닐까 합니다."

"그조차도 속임수를 써서 유인한다면?"

"그럼 우리는 무림사 역대 최악의 적을 앞에 둔 것이겠고요."

양무의의 담담한 말이 장현걸의 등줄기에 오싹함을 안겼다. 그가 허탈한 어조로 말했다.

"죽겠군."

"네, 후개께서 여러 번 죽다 살아나 주셔야 합니다. 그래야 적 능력을 정확히 파악할 수 있으니까요."

업보다.

장현걸은 그렇게 생각했다. 그도 화산의 질풍검을 그렇게 이용했던 적이 있다. 사지에 몰아넣고 살아나는 것을 보며 또 다른 계략을 꾸몄다.

양무의는 대놓고 그걸 자신에게 하겠단다.

"좋소. 기꺼이 그리해 드리지. 개같이 한번 굴러 보겠소."

장현걸이 말했다.

개방이 천하제일방파로 다시 재기하려면, 여기에 붙어야 한다. 살아오면서 오판을 여러 번 하긴 했어도 승부사의 기질은 자신한다.

개방 후개로서의 자존심이자, 스스로에게 하는 다짐이었다.

* * *

"관군의 움직임이 있습니다."

적습의 징후는 단운룡도, 양무의도 예상하지 못했던 곳에서부터 포착되었다.

이전과 이복은 작은 낌새도 놓치지 않았다. 적벽은 그들의 도시였다.

"천부장 셋. 최소 삼천입니다. 사천에서 시작된 장강 상류의 수귀(水鬼) 요란(妖亂)에 수군 대기를 명목으로 이동해 왔지만, 실제 병과는 기병과 보병 중심입니다."

"보급도 그렇습니다. 척후 병대가 역관에서 군마(軍馬)들을 구하고 있습니다. 수전(水戰)이 아니라 관도 육전(陸戰)에 해당하는 병장기들을 징발하고 있다는 정보입니다."

"기병 천기가 숭양현에서 북상 중입니다. 관문 병사의 말로는 칙서(勅書)를 들고 있다는데 진위가 확실치 않습니다."

병사들이 적벽으로 오고 있었다.

목표는 확실하지 않다.

확인한 바로는 칙서에 강호 도당의 토벌이란 어구가 없다고 하였다. 그래도 안심할 수 없다. 시기가 공교로웠다.

"명군(明軍)이라……."

공기가 변하고 있었다.

단운룡은 전장의 기(氣)를 피부로 느꼈다.

"전투 준비가 필요하겠지?"

단운룡이 물었다.

그것은 질문이 아니라, 확인이었다.

"네. 일단은 해야지요. 군산의 일도 있으니까요."

관군을 동원하여 강호인들을 친다.

팔황은 가능하다. 군산대혈전에서도 이미 보여줬다.

"도지휘사 접촉해. 안 되면 그 아래라도. 상황을 정확하게 아는 것이 먼저야. 관군과의 정면 대결은 피해야 해."

"알겠습니다."

이전이 먼저 달려 나갔다.

그는 사안이 급하다는 사실을 정확하게 알고 있었다.

"피해질까?"

단운룡이 물었다. 이번에도 질문이 아니었다.

"시도는 해봐야지요."

"명분부터 만들어야 해."

양무의는 바로 알아들었다.

관군과 일전을 벌이려면, 그에 합당한 이유가 있어야 했다.

"준비하겠습니다."

양무의가 대답했다.

준비할 것은 명분만이 아니었다.

적들은 선전포고에 답했다. 상제에게 예지력이 있다면, 필승의 싸움을 할 것이다. 그러니 이쪽에서도 맞대응을 해야 했다.

생각과 생각을 거듭하여, 이른 결론이, 맞아떨어져야 했다.

아니면.

전멸이다.

품에서 미리 써둔 서신을 꺼내 이복에게 주었다.

"그들에게 전달해."

항상 목숨을 건다.

양무의는 책략을 실행에 옮겼다.

* * *

사천에서 시작된 요괴들의 수해(水害)는 흐르는 강을 따라 이어졌다.

괴어(怪魚) 요괴들에게 물린 사람들은, 갈증에 시달리다가 물속으로 뛰어들어 요괴가 되었다. 멀쩡한 사람이 요괴가 된다는 무시무시한 사실이 알려지기 전까지, 진상을 알지 못한 어민(漁民)들은 엄청난 피해를 입었다. 습격당한 마을의 인명 피해에 더해, 살아남은 자들조차 어느 순간 요괴가 되어 물속으로 들어가 버렸다. 성도 하류 사천의 어촌들이 무서운 속도로 괴멸되었다. 그만큼 요괴들의 숫자도 폭증했다.

대저 나쁜 소문이란 가져오는 결과도 나쁜 경우가 허다했지만, 이번엔 달랐다. 발 없는 소문이 천 리 길을 달리고 수귀 대란을 앞지르면서 비로소 어촌들의 피해가 줄어들기 시작했다. 지역의 토착 무인들이 정, 사를 가리지 않고 앞장서 요괴들을 막았다. 그럴 만한 무력과 인력이 없는 마을 사람들은 발 빠르게 내륙으로 피난을 갔다.

요괴들과 싸우며 무인들은 그들이 지닌 여러 가지 특징을 알게 되었다.

첫째, 요괴들은 좀처럼 물길을 거슬러 올라가지 않았다.

처음 수귀 대란이 일어날 때는 민강의 상, 하류를 가리지 않고 동시 다발적으로 일어났으나, 훗날 대무후회전이라 불리게 되는 도강언의 격전을 기점으로, 확실하게 물길을 따라 내려가는 양상을 보였다.

대격전이 일어난 지 이레째가 되자, 백장제 얕은 물에서도 요괴들을 거의 볼 수 없게 되었다. 열다섯 날에는 하루에 한 놈 보기도 힘들어졌고, 한 달째엔 사람들의 통행까지 가능해졌다. 요괴들은 흐르는 장강과 함께 하류로 하류로 내려갔다.

그것이 요괴들의 본성인지, 아니면 흑림의 주술이 개입된 것인지는 분명치 않았다. 어느 쪽이든, 흐름은 분명했다.

둘째, 요괴들은 뭍에서 오래 머무르지 않았다.

싸움이 한창일 때야 잘 인식할 수 없었지만, 한번 육지에 올라온 요괴들은 일각 이상 횡행하는 경우가 드물었다.

최대가 반 시진, 인어대괴 같은 큰 괴물은 그 이상도 날뛰는 경우가 있었으나, 대체로 반 시진 이내에 반드시 물속으로 돌아갔다. 무인들은 요괴들이 움직이는 속도를 대체적으로 파악한 후, 물가에서 삼백 장 이상만 떨어져도 요괴들에게 습격당할 일이 거의 없다는 결론을 냈다.

사천 성도 장강 하류와 수많은 지류들의 어촌에 같은 이야기가 전해졌다. 삼백 장 밖으로 도망쳐서, 한 달만 참으면 된다. 물론, 그 한 달은 고됐다. 하루 물질하여 하루 살아가는 어민들에게는 너무나도 혹독한 기근의 시간이었다.

셋째, 요괴들은 사람 고기만 먹지 않았다.

괴물들의 습격을 피할 수 있는 대비책이 갖춰져 갔지만, 실상 가장 큰 문제는 요괴들의 식성이었다. 사람을 습격하여 뜯어먹는 광경들이 워낙 공포스러워서 식인 괴물로 알려졌지만, 실제로 몇몇 형태의 요괴들 외엔 식인 습성이 아주 두드러지지는 않았다. 요괴들은 대체로 물속에서 물고기들을 잡아먹었다.

처음엔 그게 무슨 문제냐 싶었지만, 차차 이것은 아주 심각한 사태를 불러왔다.

다름 아닌 어획량의 감소였다.

물길이 회복된 성도 주변에서, 어민들의 탄식이 끊이질 않았다.

하루 종일 그물을 쳐도 먹을 만한 어획이 나오질 않았다. 참담한 수준이었다. 괴물들이 닥치는 대로 잡아먹어 어종이 씨가 마른 것이다.

이는 단순히 식탁에 생선이 올라오지 않는 것만을 의미하지 않았다. 어업도 계절을 탈 때가 있었으나, 이는 그런 부침과 근본적으로 다른 사태였다.

중요한 생산의 한 축이 마비되며 연관된 업종들의 연쇄적 침체가 발생했다. 민심이 크게 요동쳤다. 여기에 도강언이 파괴되어 가을 수확에까지 차질이 생겼으면, 올 겨울엔 상상조차 할 수 없는 대기근과 재난이 닥쳤을 것이 뻔했다. 도강언 파괴를 획책한 공격의 진상을 아는 무림인들은 뒤늦게 아찔함을 느껴야 했다.

문제는 계속 이어졌다.

이 사태는 다시 어민들의 통제 불능을 야기했다.

소문에 소문이 덧붙여졌다. 피난이 답이 아니다. 그러다가 굶어 죽는다.

요괴도 무섭지만, 아사도 두렵기는 마찬가지였다. 어민들은 버틸 수 있을 때까지 버텼다. 그러다가 급습을 당하고, 사람들이 죽고, 몇몇은 요괴가 되어 강물에 몸을 던졌다.

삶과 죽음의 경계에서 민초들은 진퇴양난의 선택을 강요받았다.

무림인들은 근본적인 해결책이 필요함을 절감했다.

많은 도시들이 한가운데 강을 두고 번성했다. 말이 삼백 장이지, 피난으로 도시 중앙을 비우는 것은 결코 쉬운 일이 아니었다.

그나마 관아의 군사들과 무파의 무인들이 많은 도시에서는 그들이 요괴들을 제압하면서 민심을 진정시킬 수가 있었지만, 그럴 수 없는 도시들은 점진적인 피해를 입었다. 보현신니의 다비식을 끝낸 아미파가 서둘러 강하로 내려가며 큰 활약을 했다. 민강과 금사강이 만나는 의빈현에서, 보광은 요괴 백 마리를 홀로 물리쳤다. 신승 소리를 심심찮게 듣던 보광은 그 명성을 확실하게 굳혔다.

 죽여서 막으면 된다.

 아주 단순한 해결책이 있었다.

 강가를 무인들이 틀어막으면 한 달이 아니라 이레만 버텨도 제한적인 조업(操業)이 가능했다. 그러나, 아미파는 무한정 강하로 내려갈 수가 없었다. 본산과 멀어지면 멀어질수록 보광과 복호승들은 큰 부담을 지게 된 까닭이었다. 적들의 급습으로 무려 장문인을 잃은 기억이 있는 그들은 기약 없는 출정을 지속하기가 쉽지 않았다. 그들은 사천 경계에서 발길을 돌렸다.

 상류의 민강이 지류들과 합쳐지고 바다 같은 장강이 되어 중경으로 흘렀다.

 중경의 강하 도시들이 큰 피해를 입었다.

 죽여도 죽여도 줄지 않고 또다시 사람들을 물속에 빠뜨리며 장강을 탄 요괴들이 호광에 상륙했다.

 그리고, 비검맹의 태산전함, 괴암(怪巖)이 장강에 떴다.

괴암의 함주이자 비검맹 검존 태검존이 함신에서 날아 내렸다. 의창을 침범한 요괴들이 태검존의 검날에 무참히 터져나갔다.

이어 괴암에서 비검맹 검사들이 뛰어내렸다. 그들이 태검존과 함께 뭍에 오르는 요괴들을 도륙했다.

장강의 지배자 비검맹은 장강 어민들의 구세주로 떠올랐다.

과중한 헌납과 민심의 이반은 하루아침에 없던 일이 되었다. 목숨을 살려줬으니, 그 정도는 당연한 일이 된 것이다.

호광에 이르러 장강은 수많은 지류로 나뉘며 물길이 아주 복잡해졌다. 태검존이 의창의 수해를 막았어도, 요괴들은 계속 강을 따라 흘러갔다. 지류 곳곳에서 국지적인 요괴 재난이 일어났다.

괴함만으로 모든 물길을 틀어막을 수 없었다.

동정호에 영검존의 마령선이 떴다.

영검존의 검날이 요괴들을 토막 냈다.

비검맹 검존들은 장강의 영웅이 되었다. 잠행하던 수로맹 무인들도 배를 띄웠다. 물길에 번지는 요괴들의 악의를 두고 볼 수 없었기 때문이었다.

협(俠)에 의해 분연히 일어난 그들의 싸움은 결국 수로맹의 악재가 되었다. 수로맹 전선들의 위치가 노출되고 만 것이다.

양무의는 옥황의 전략이 사천대란에 그치지 않았음을 그때서야 알았다.

전 중원을 두고 펼친 대전략이다.

흑림과 신마맹이 일으킨 수귀들의 재해는, 수로맹을 장강으로 끌어내는 미끼가 되었다.

그리고, 관군 삼천이 적벽 경계에 이르렀을 때, 단운룡과 양무의는 비검맹의 전선 수십 척이 접근하고 있다는 보고를 들었다.

선두에는 혈검존의 기함, 혈해가 있다고 하였다.

  *   *   *

"저긴가요?"

남자는 키가 작은 편이었다. 붉은 비단 옷을 입었다. 옷감은 아주 고급스러웠다.

목과 양 손목, 그리고 발목에 빛나는 금테가 둘러져 있었다.

나이는 약관을 넘겼으나 이립에는 이르지 못한 것처럼 보였다.

표정이 아이 같았고, 말투도 그러했다.

나이와 어울리지 않았다.

"그렇단다."

옆에 선 여인도 말투와 외견이 어울리지 않기는 마찬가지였다. 그녀의 옷도, 남자의 그것처럼 값비싸 보였다. 하늘하늘한 비단 옷은 푸른빛이었고, 화려한 문양의 침선이 일품이었다.

얼굴은 앳되어 남자와 동년배로 보였지만, 말투는 아이를 타이르는 어미 같았다.

옷자락을 여미며 앞장서는데 걸음걸이에 귀족적인 품위가 있었다.

"삼국대전의 적벽이라 하여 기대했는데, 그다지 절경(絶景)은 아니로군요."

남자가 얼굴을 찌푸렸다.

소년이 짜증 내는 것 같은 표정이었다.

"불바다가 되면 달라지겠지. 곧 절경이 될 거야."

여인이 타이르듯 말했다.

"아버지는 무사하시겠지요?"

"옥황이 말하길, 그렇다더구나."

"아주 괘씸한 자들이에요. 하늘 무서운 줄 모르고."

"그러게 말이다."

"언제 들어가는 거죠?"

"아직은 안 돼. 대가를 구출하고 들어가야지. 금제를 당하고 계실 텐데, 화염에 휩쓸리시면 큰일이지 않겠니?"

"정말 화가 나네요."

남자의 얼굴이 붉어졌다.

그러자 주위의 공기가 확 뜨겁게 달아올랐다.

"걱정하지 마렴. 누구도 그를 막을 수 없단다. 빼 오는 데 오래 걸리지 않을 거야."

"나는 그가 마음에 들지 않아요."

"누군들 마음에 들겠니. 조금만 참아요. 알았지? 저기엔 화약고도 없으니까 마음껏 불 질러도 돼. 괘씸한 자들을 모조리 태워버릴 수 있단다."

그야말로 모자(母子)가 나누는 대화 같았다. 또한 어머니와 자식이 나누는 대화라기엔 지나치게 살벌했다.

한낮이었다.

무후사, 의협비룡회 적벽 총단이 보이는 그곳은 암무회전이 벌어지는 적벽의 대로였다.

* * *

"모자(母子)가 도착했군. 그는 아직인가?"

"씨발, 아직인가 보지. 어딨는지 누가 알겠어."

누렇게 흙 묻은 옷을 입은 자 옆에는 평범하여 무인 같지도 않은 남자가 서 있었다. 마른 체형에 얼굴에 살이 얼마 없었다.

"은(銀)은?"

"지 부대에 있겠지."

"사타는?"

"와 있을걸?"

"철통이군. 백면들이 자리를 잘못 잡고 있어."

"당연히 그러겠지."

"수신(水神)은 꼭 살려 와야 한다던데."

"그걸 왜 또 우리한테."

"그 혼자 다 구할 순 없으니까."

"지네가 좀 알아서 처리하라 하지. 아, 씨발, 난 이놈들 싫은데. 저번엔 몇 명 없어서 간단했지, 저긴 지금 괴물 소굴이잖아."

마른 남자는 허리춤에 호로병을 들고 있었다.

"그것도 오늘까지다. 저들은 아무도 살아남지 못할 테니까."

남자들은 적벽 다른 곳에서 무후사를 올려보았다.

그때였다.

으허허허허헝!

멀리 물가에서 사자후 소리가 들려왔다.

"뭐야?"

"왜 벌써?"

두 남자의 얼굴이 굳어졌다.

"야습 아니었어?"

계획이 틀어진 모양이다.

지금 저 사자후가 들리면 안 된다.

오후다. 밤이 되려면 한참이요, 노을이 지기까지도 시간이 남았다.

"들킨 건가?"

"멍청한 사자 놈이!"

두 남자가 땅을 박찼다.

소리가 들린 쪽을 향해서였다.

빠르게 달리는데, 백성들의 움직임이 이상했다.

저잣거리의 사람들이 빠르게 집안으로 들어가고 있었다. 민가들의 문과 창문이 닫히는 소리가 들렸다. 도시 전체가 즉각 반응한다.

"뭐지?"

"씨발, 뭔데?"

순식간에 인적이 없어졌다.

마치 이 상황을 미리 훈련 받은 것 같은 모습이었다.

문파가 아니라 도시 전체가 공격에 대비한다.

두 남자는 형언할 수 없는 기이한 두려움에 휩싸였다.

누런 옷을 입은 자가 먼저 품속에서 가면을 꺼내들었다.

코가 길쭉하게 튀어나온 가면을 얼굴에 붙였다. 기도가 달라졌다. 단숨에 전투태세다. 온몸에서 황색 기류가 풀려나왔다. 그의 이름은 황풍괴였다.

옆에 있던 남자도 지체하지 않았다.

손에 들고 있던 호리병을 입에 댔다.

기운이 꿀꺽 넘어가고, 공력이 채워졌다. 손에 금빛 수투를 꼈다. 뿔이 하나 돋은 가면은 금색이었다.

요마련 금각이 된 남자가 황급히 주위를 둘러보았다.

쒜애액!

골목길 어둠 속에서 칼 빛이 뿜어져 나왔다.

"엇! 이런 씨……!!"

채애앵!

욕도 끝까지 내뱉지 못했다.

흑색 무복, 무서운 속도로 뛰쳐 든다.

얼굴빛이 구릿빛이다.

중원인이 아니었다.

채챙!

그뿐 아니라, 황풍괴에게도 무인이 붙었다. 마찬가지로 피부가 검다. 이빨도 무슨 칠을 했는지 검은색이다. 얼굴에는 자문도 있다. 기세가 엄청나게 사나웠다.

채채채챙! 터엉!

완만하게 휘어진 철도를 튕겨내고, 담벼락 위로 뛰어 올랐다.

또 있다.

밑에서부터 올려쳐 온다.

칼집에서 뽑아 들며 단숨에 내쳐왔다.

이런 칼부림을 본 적이 있었다. 비슷한 느낌이다.

쩡!

금색 수투는 나름의 기보(奇寶)다. 칼날을 막는 장갑이 보통 물건일 리는 만무하다. 헌데, 손바닥에 전해지는 충격이 만만찮다. 칼을 제대로 쓴다는 뜻이다.

금각이 담벼락 밑으로 튕겨 내려왔다.

그 사이에 하나가 더 늘어났다.

이번엔 중원인이다.

얼굴 생김은 중원인이 맞는데 햇빛에 지독히도 그을렸다. 여기저기 다 섞였다. 금각이 욕지거리를 내뱉었다.

"씨발, 니네들 뭔데?"

"기다렸다."

가운데 있는 놈이 씨익 웃었다. 이빨에 검은 칠을 했다. 이상하게 위협적이다.

기다렸다니. 제대로 들은 건가 싶었다. 절로 한 글자가 뱉어졌다.

"뭐?"

"발도각이다."

쐐액! 콰아아아!

칼날 날아오는데 바람 소리까지 난다. 그 놈 도법이다.

쩌정!

거칠게 손을 휘둘러 칼날을 튕겨냈다.

"씨발, 뭐라는 거야?"

"우리 이름."

상대가 말했다.

"우리가 싸움을 연다. 너희는 이제 죽었어."

발도각에서 말한다.

그는 아창족이었지만, 결국 말하는 방식은 막야혼과 똑같왔다.

쩡!

"정신 차려!"

황풍괴가 소리쳤다.

휘류류류류!

그의 몸에서 누런 바람이 일어났다. 연막처럼 시야가 가려졌다.

발도각 무인들은 거침없이 그 안으로 들어갔다. 빽빽한 밀림에서도 뭐 하나 보이는 것 없기는 마찬가지다. 그들은 불분명한 시계(視界)에서 싸우는 게 익숙했다.

콰아아아아!

황색 운무 속에서 장쾌한 검풍이 일었다.

모래 바람 같은 운무가 이리저리 갈라지고 흩어졌다.

터엉!

황풍괴가 황색 바람을 흘리며 뒤쪽으로 빠져나왔다.

그가 다시 금각에게 소리쳤다.

"쳐들어오라 했으니, 당연히 대비하고 있었겠지! 하나하나는 안 세다! 당황하지 마!"

챙! 쩌저저저정!

각각의 기량은 그렇다 해도, 금각에게 붙은 것만 네 명이다.

금각이 욕지거리를 삼키며 황금수투 빛나는 두 손을 급하게 휘둘렀다. 칼날들이 마구 튕겨나갔다. 정신이 없을 만도

했다.

콰아아아! 쩌어엉!

마지막에 뛰어든 아창족은 몸놀림이 무척 날랬다.

금각의 몸이 덜컥 뒤로 밀렸다.

"안 세긴! 씨발!"

담벼락 밑으로 떨어져 내려와 버럭 욕을 내질렀다.

턱!

담장 위로 올라온 마지막 사내는 체구가 다부지고 머리카락이 엉망진창이었다. 그가 옆을 바라보며 말했다.

"좌 조장! 무시당하고 있는데?"

"시끄럽다, 흑망!"

초림 광산에 박혀 있던 흑망과, 무구고원을 지키던 좌둔까지 나왔다.

둘 다 발도각에 들어와 용음도를 연성했다.

황풍괴에게는 여섯 명이나 붙었다. 황풍괴가 바람을 뿌리며 지붕 위로 올라갔다.

여섯 명 선두의 좌 조장, 좌둔이 이를 갈았다.

"고수들이다. 방심하지 마라."

"꼭 초를 치시지."

흑망이 빙글 웃으며 내려왔다. 담장을 넘고 발도각 무인들이 금각 앞에 섰다. 골목에서도 두 명이 더 붙었다. 이제 금각에게도 여섯이다. 금각이 다시 욕을 했다.

"씨발것들. 개잡종들이 아주 기고만장했구나."

"어이, 그 정도 욕으로는 하나도 안 무서워."

흑망이 호철도를 겨눴다.

남방 이족의 한어(漢語)는 억양이 매우 이상했다.

그래도 금각은 충분히 알아들었다.

발도각 무인들의 칼은 완만하고 두터워 중원의 일반적인 도(刀)와 달랐다. 누구나 익숙하지 않은 것에는 두려움을 느낄 수 있었다. 이민족의 칼 여섯 자루가 금각을 향해 들렸다. 보는 것만으로도 확실히 위협적이었다.

"그럼 이제부터 무서워해라, 잡것들아!"

금각이 진기를 끌어올리며 달려들었다.

콰아! 콰아아아!

여섯 호철도가 휘엉청 짓쳐나가며 제각각의 용음성을 터뜨렸다.

쩌정! 쩌저저저정!

금각의 무공은 확실히 고강했다.

괜히 유명한 요괴가 아니다.

여섯 자루 칼날이 쏟아지는 가운데에서도 자신이 지닌 무공 공부를 유감없이 보여줬다.

째앵! 터엉!

발도각 무인 한 명이 뒤로 튕겨나가 담벼락에 처박혔다.

"씨발! 안 죽냐!"

등판을 호되게 돌담에 박은 무인은 잠시 동안 움직이지 못했다. 하지만 이내 불끈 칼을 쥐고 다시 협공에 끼어들었다.
쩌정! 채채채채챙!
금각은 화려하게 싸웠다.
텅! 꽈앙!
담벼락을 끼고 올라갔다 내려가며 권각을 무수히 내질렀다. 발도각 무인 하나가 담장 위에서 떨어져 내렸다. 땅을 굴렀다가 벌떡 일어나는데, 휘청 몸을 숙이며 카악 하고 피가래를 뱉어냈다. 내상을 입은 것이다.
쩌정! 퍼엉!
수투로 펼친 장법이 또 한 명의 가슴팍을 때렸다. 뒤로 날아가 땅을 짚는데 마찬가지로 피를 뱉으며 얼굴이 창백해졌다.
쩡! 스각!
금각도 어깨 어림에 일격을 허용했다.
흑망이었다. 그의 칼은 순간의 허점을 놓치지 않았다. 적지 않은 피가 뿌려졌다. 담장에 피 얼룩이 생겼다.
"썅!"
금각이 거칠게 일권을 내질렀다.
쩡!
흑망의 호철도가 부러질 듯 휘어졌다.
"죽인다!"
금각이 흑망의 앞으로 뛰어들었다. 흑망은 어릴 때부터 뜨겁고 습한 전장을 전전하며 수도 없이 많은 생사의 기로에 서 봤다.

지금도 그 느낌이다.

흑망은 반격하지 않고 땅바닥에 몸을 던졌다.

꽈앙! 콰르르륵!

두터운 돌담이 와르르 무너져 내렸다.

분노에 휩싸인 금각은 가면의 금빛도 더 번쩍이는 것 같았다. 주먹에서도 금빛 광영이 일었다.

그가 다시 흑망에게 뛰어들었다.

타다다다닥!

"내가 왔다!"

날쌘 발소리와 함께 한 남자가 달려왔다.

정확한 호광식 한어다. 휘두르는 칼날도 운남식 호철도가 아니라 중원의 쌍수 장도(長刀)였다.

콰아아아아!

바람을 가르는 용음이 묵직했다.

흑망에게 권격을 내지르던 금각은 사선으로 들어오는 호철도를 무시할 수 없었다. 금각이 허리를 틀며 주먹을 내질렀다.

금각의 황금수투 권격과 뛰어 든 남자의 마천용음도 참격이 화려하게 부딪쳤다.

쩡! 터엉!

두 사람이 동시에 후방으로 튕겨나갔다.

"애송이 새끼가!!"

이제 와서는 그렇게 애송이도 아니다.

"다들 괜찮은가?"

그는 소쾌협도 형욱이었다. 적벽에서 막야흔의 별호가 쾌협도였으니, 그에 대한 선망과 동경으로 칼을 배웠다.

수제자라면 수제자다. 재능도 충분하다. 그의 마천용음도는 막야흔의 그것과 가장 많이 닮아 있었다.

"잘난 척은. 안 와도 됐다."

흑망이 이를 갈며 자세를 바로 했다.

흑망과 형욱은 발도각 안에서의 막야흔과 엽단평 같았다. 시도 때도 없이 칼을 겨뤘다. 실력은 형욱이 위였고 승률도 압도적이었지만, 흑망이 승기를 잡을 때도 많았다. 형욱은 암무회전에서 큰 만큼 일대일 대결에 능했고, 흑망은 전쟁터의 살육전에 더 특화되어 있었다. 죽이자고 싸우는 것이라면 흑망의 승률이 더 높아졌을 터였다.

쩌정! 채애앵!

형욱은 흑망에게 전장의 난전을 배웠고, 흑망은 형욱에게 일대일 승부를 배웠다.

흑망은 고수와 겁없이 겨룰 수 있었고, 형욱은 이제 협공과 기습을 알았다.

흑망이 칼을 내쳐 금각의 응수를 유도하면 그 틈새를 형욱이 베었다. 다른 발도각 무인들도 마찬가지다. 이들은 절대적으로 전투에 특화된 선봉 부대였다.

쩌저저정! 채채채챙!

금각의 손속이 어지러워졌다.

형욱과 흑망은 철저했다.

자존심은 자존심이고, 상대를 죽이는 것은 다른 문제였다. 합공에 들어가자 수십 년 지기 의형제처럼 손발이 맞았다.

콰아아아! 쩌엉!

용음에 실린 충격량에 이만저만이 아니었다.

금각이 참지 못하고 회피보법을 휘대로 전개하여 거리를 만들었다.

"야잇 씨발! 뭐 이딴 것들이!!"

발도각 무인들은 멈출 생각이 전혀 없어 보였다. 게다가 언제 더 붙었는지, 숫자가 더 늘었다.

형욱과 흑망을 필두로 아홉 명이 달려들었다.

"발이 빠르다! 뒤 잡아!"

"왼쪽! 담장 위로 못 올라가게 해!"

그 와중에 나누는 대화가 더 가관이다.

그럴 만했다.

다 덤벼.

막야흔이 항상 하던 소리였다.

그들은 막야흔이란 고수를 상대로 실전에 준하는 합공을 수도 없이 펼쳐봤다.

사람 수가 늘어가는 데도 손발이 어지러워지기는커녕, 더 완벽하게 맞아 들어갔다.

쩡! 쩌정!

금각은 연신 뒤로 밀렸다.

가면 속에서 질린 얼굴을 했다.

무후사 전각만 괴물 소굴이 아니었다. 이 적벽 전체가 이런 놈들로 채워져 있다면 이 도시 자체가 지옥이다.

"씨발! 안 되겠다! 황풍!"

더 욕지기가 나왔다.

황풍괴 쪽도 마찬가지다. 그쪽은 어느새 열 명이다.

"걷어내고 들어가!"

"바람 불면 공격 온다! 칼 틀어서 사선으로 비껴!"

"앞서 가서 세 명! 못 도망가게 막아!"

이상한 억양으로 경고를 주고받으며 집요하게 뒤를 잡았다.

금각은 생각했다.

무섭다. 이것들은 진짜다. 하나 하나 일대일로 싸우면 쉽게 죽일 수 있는 것들이 도리어 도망치지 못하게 잡잔다. 그게 눈앞의 현실이었다.

"일단 물러나자! 금각!"

황풍괴가 누런 안개 속에서 소리쳤다.

"어딜!"

좌둔이 황색 운무에 호철도를 찔러 넣었다.

신마대전(神魔大戰) 一 303

쩡! 휘류류류류류류!

바람이 일어났다.

아주 거세다.

"좌 조장! 이건 안 돼요! 뒤로!"

"안다!"

좌둔이 급히 칼을 회수하고 후방으로 뛰었다.

파라라라라라락!

옷깃이 찢어질 듯 요동쳤다.

"보고서대로다! 후퇴해!"

발도각 무인들은 신속하게 움직였다.

푸스스스스스!

흙바닥이 부스러지며 모래 바람이 일어났다. 기왓장이 들리고 깨졌다. 돌조각들이 바람을 타고 올라오며 날카로운 흉기가 되었다. 회오리바람이 일었다. 범위가 빠르게 넓어졌다. 엇! 하는 사이에 반경 다섯 장에 육박할 정도였다.

"크읏!"

바람이 한발 늦게 물러나던 발도각 무인의 칼 든 팔을 휩쓸었다. 순간이었는데 옷소매가 찢기고 손마디와 팔뚝이 피투성이가 되었다.

쩌엉!

"두고 보자! 씨발놈들아!"

금각이 지겨울 정도로 흔한 말을 내뱉으며 반탄력을 이용해 뒤로 날았다.

그가 금테 홍호로를 들고 모래 바람 안으로 뛰어들었다. 홍호로에서 흘러나온 기이한 기운이 그의 몸을 덮었다. 살을 찢는 세찬 광풍도 그에게는 아무런 상처를 입히지 못했다.

형욱도 쫓을 생각이 없었다.

무리하게 따라 들어가는 대신 목소리에 내력을 실었다. 그의 음성이 바람을 뚫었다.

"모두 창과 문에서 물러나시오! 탁자 밑으로 들어가 머리와 몸을 보호하시오!"

집 안에 들어간 백성들이 그의 목소리를 들었다.

암무회전 싸움 구경이라면 사족을 못 쓰던 적벽 민초들은, 집안에 숨어들었어도 창문 틈새에 붙어 바깥을 보고 있었다.

형욱도, 민초들도 서로를 너무 잘 알았다.

백성들은 즉각 그의 말에 따라 창문을 틀어 잠그고 탁자 밑이며 침상 밑으로 몸을 던졌다.

그렇게 하라면 해야 했다. 전란의 시대가 왔음을 민초들도 알았다. 그리고 의협비룡회는 이웃 도시들의 어떤 문파보다도 백성들을 챙겨왔다. 백성들은 그동안 어떤 뜻밖의 재해에도 대응할 수 있는 지침을 지속적으로 배포 받았다. 실제 상황을 가정한 훈련도 시행했다. 이른바 전쟁 도시다. 금각과 황풍괴는 삼매진풍의 상승비기 속에서 주위 가옥 내의 기(氣)가 병사들처럼 일사불란하게 움직이는 것을 느꼈다. 발도각 무인들보다 백성들이 그들을 더 두렵게 했다.

"쓸어버릴 것들이……!"

"미련 두지 말고 그냥 가자! 씨발!"

금각은 욕을 멈출 수 없었다.

황포괴의 삼매진풍은 몹시 강력했다. 자금홍호로의 법술방어를 둘러쳤음에도 온몸이 얼얼했다. 따끔거리는 통증이 뒤따랐다.

금각의 재촉에 황포괴가 몸을 날렸다.

파각! 카가가가가각!

기왓장이 들려 하늘을 날았다. 바람을 따라 돌 긁는 소리가 요란했다.

"창문에 붙지 마시오!"

"문 걸어 잠그고 안전한 곳으로 피신하십시다!"

발도각 무인들은 삼매진풍 황풍괴를 뒤따르고 앞지르며 형욱처럼 민가에 큰 소리로 경고했다. 민간 피해를 생각하면 황풍괴만으로도 위험천만이다.

퍼버버벅! 꿰에엑!

마당에서 키우던 가축들이 피투성이가 되어 나뒹굴었다.

담벼락이 높아도 소용없었다. 몰아친 칼바람은 담장을 넘어서도 날카롭게 들이닥쳤다.

"그만!"

형욱이 소리쳤다.

산개했던 발도각 무인들이 날래게 모여들었다.

황풍괴와 금각을 빠르게 이동했다.

순식간에 도시 외곽이다. 이제 민가가 없다.

삼매진풍이 잦아들고 황풍괴의 모습이 드러났다. 금각과 황풍괴가 뒷산 언덕에 올라 발도각 무인들을 노려보았다. 전투를 알고 달려 온 발도각 무인들은 이제 삼십여 명에 이르고 있었다.

"이런 개 씨……."

금각은 욕을 이어가지조차 못했다.

송자방에서 죽은 척 누워 있었을 때보다 더 치욕스러웠다.

"이런……!"

황풍괴가 탄식 같은 경호성을 내뱉었다.

도시 저쪽에서도 다급하게 쫓겨나오는 가면들이 있었다.

백면뢰 적성자들에 급히 씌운 사자탈들이 후퇴하며 하나씩 쓰러지는 것이 보였다. 그 가장 앞에 사타왕이 있었다.

우허헝!

사타왕이 분노하여 사자후를 내뿜었다.

그들을 몰아치고 있는 것은 죽립을 쓴 검사(劍士)들이었다. 의협비룡회에서 내공 축기가 가장 정심한 이들이었다.

그들은 바로 청천각 검사들이었다.

청천각 검사들은 멈춰 서서 공력을 끌어올리는 것만으로 사자후의 내력 진탕을 거뜬히 방어했다.

"저게 무슨……!"

사타왕은 강자다.

태산에서 무슨 낭패를 본 이후에 폐관수련까지 했다고 들었다. 그런데도 밀려나왔다.

그뿐이 아니다.

반대편 숲에서도 쫓겨 나온다.

급습을 위해 배치했던 백면뢰들이었다. 청면과 적면까지 집어넣어 전투력을 극대화한 백면뢰 삼백 병력이 속수무책으로 후퇴하고 있었다.

콰직! 우지끈!

그 먼 거리에서 소리가 여기까지 들리는 것 같다.

숲을 부수고 거한 하나가 튀어나왔다.

창을 든 그는 관우나 장비처럼 생기지 않았다. 강한 놈이 있다고는 들었다. 삼국 전설의 허저 같은 놈이라 했다.

멀리서 보는데도 묵직했다.

거한이 이끄는 무인들은 모두 다 창을 들었다.

문파가 아니라 도시를 방어한다.

게다가 방어하는 쪽이 선제 공격이다.

금각이 황풍괴 쪽을 돌아보았다. 황풍괴가 고개를 끄덕였다. 말하지 않아도 알았다. 이럴 때는 일단 물러나서 재정비를 해야 했다. 요괴들은 모처럼 냉정해졌다.

*   *   *

 밤이 왔다.
 그는 가면을 썼다.
 밤보다 짙은 어둠이 하얀 종이 위에 부어진 먹물처럼 밀려들었다.
 의념을 집중했다. 꿈처럼 다가오는 까만 어둠은 그를 고통 없이 걸을 수 있게 했다. 그러면 다른 것도 가능한지 알아야 했다.
 입고 있는 옷을 내려다보았다.
 가면을 썼을 때의 백의였다.
 제갈무후로 입었던 학창의를 상상했다.
 사라락.
 옷자락 소리가 달라졌다.
 의관이 변했다. 손에는 학익선도 들렸다.
 앉으면서 철운거를 생각했다.
 그러자 정말 철운거가 생겨나 그의 몸을 안락하게 지탱해 줬다.
 철운거는 곧 그 자신의 정체성과 같았다.
 학창의가 다시 그가 입던 백의로 변화했다. 학익선도 사라졌다.
 분명하게 깨달았다.

이곳은 옥황만의 영역이 아니었다. 그의 공간이기도 했다. 꿈처럼이 아니라 꿈 그 자체다. 가면을 쓰고 옥황을 찾았으니, 그가 옥황을 찾은 것이 맞다. 동시에 옥황 또한 그를 찾아오는 것이다. 그의 꿈속으로, 그가 찾아서 불렀기에 옥황이 온다.

그가 다시 일어났다.

철운거가 연기처럼 흩어졌다.

앞으로 걸어갔다.

이번엔 더 많이, 오래 걸었다.

어쩌면 그것조차도 그의 생각이 빚어낸 착각일지 모른다. 시간의 흐름조차 명확하지 않았다. 한참이라 느껴지는 시간이 어둠으로 그를 맞이했다.

이내, 하늘에서 꽃비가 내렸다.

가지런히 흩날리던 꽃잎이 이번에는 바람이라도 부는 듯 흐드러져 어지럽게 떨어졌다.

마치 옥황의 감정을 꽃비가 대신 보여주는 것 같았다.

실제로도 옥황은 놀라움을 감추지 않았다.

"싸움이 시작된 바로 이때에 나를 만나러 오다니, 담대한 것은 인정해 주마."

뜻밖이긴 할 것이다.

옥황은 확실히 허를 찔렸다는 표정을 지었다.

그가 다가왔다.

저벅저벅 발소리가 위협적이었다.

턱.

옥황이 멈춰 섰다.

거리 감각이 분명치 않았으나, 일 장 정도 앞이었다.

"그런 조악한 결계로 내 힘을 막을 수 있을 줄 알았더냐."

우지끈. 무언가가 부서지는 소리가 나면서 휘청 시야가 흔들렸다. 멀리 바깥에서 들리는 소리 같았다.

입을 열어 말을 해보려 했다.

옥황이 손을 들었다.

입이 다물렸다. 목소리가 나오지 않았다.

옥황이 천천히 한 발 더 가까워졌다.

저기부터다.

옥황은 저 거리에서부터 직접적인 힘을 행사할 수 있다.

손짓만으로 입을 막았으면, 그 이상도 가능할 것이다.

하지만 더 하지 않는다.

옥황은 바로 앞에서 멈추었다.

"어디 한번 힘껏 맞서보라. 내가 원하는 것은 어차피 내 손에 다 들어온다."

이제 하늘 제왕의 얼굴에는 아무런 표정이 떠올라 있지 않았다.

옥황은, 마침내.

그렇게 실수했다.

꽃비가 멈췄다.

그리고 옥황이 멀어졌다.

옥황 스스로 멀어진 것인지, 그가 뒤로 도망친 것인지는 확실치 않았다. 감각이 그저 모호했다.

어둠이 다시 그를 덮쳤다. 깜깜한 공허가 빙글빙글 회전했다.

쉽사리 눈이 뜨이질 않았다. 영원히 이 어둠에 갇힐 수 있다는 공포가 엄습했다.

끔찍했다.

쫘자작!

천지가 개벽하는 듯한 소리를 들었다.

어둠이 갈라지고 빛이 새어 들었다. 하늘이 조각나는 것 같은 느낌이었다.

"헉!"

어느 순간 갑작스레 눈이 뜨였다.

쩌억.

얼굴에서 가면이 떨어져 내렸다.

도강언 보병구 절벽에서 획득한 종리권 가면이었다. 가면이 이마에서 눈까지 쪼개져 있었다. 몸은 철운거 손잡이에 걸쳐져 누가 집어 던져 처넣은 듯 자세가 엉망이었다.

몸을 세우고 주위를 둘러보았다. 세 겹으로 강화한 결계 도화봉들이 부러지고 쓰러져 엉망진창으로 변해 있었다. 천잠사는 끊어지지 않았지만, 아예 타 버리고 재만 남은 부적들도 보였다.

상제력의 위력을 실감했다.

다른 사람의 꿈속에서 신체에 실제적인 물리력을 행사할 수 있을 뿐 아니라, 가면으로 만난 상대의 외부에까지 영향을 미칠 수 있다.

이 정도면 일반 백성들을 홀리는 것쯤은 대단히 쉬운 일이겠다.

강씨금상의 혈사 이후, 들었던 소문들을 다시 떠올렸다.

포정사사 우참의의 침소에 얼굴이 금색인 요괴가 나타났더라.

백성들의 꿈속에 옥황상제가 나타나 집 밖으로 나가지 말 것을 명했다더라.

추관저에 있는 정용들이 간밤에 똑같은 꿈을 꾸어 바깥으로 나갈 수가 없었다더라.

헛소문이 아니다. 확실하게 확인했다.

가면까지 파손된 것은 강력한 결계가 깨지면서 생긴 부수적인 피해로 여겨졌지만 어디까지나 짐작일 뿐이었다. 술법 재주를 조금 배우긴 했어도, 무인으로 치차면 말학에 불과했다. 이 부분은 백토진인께 다시 여쭈어야 했다.

"이게 무슨 일이에요?"

달려와 다그치는 백가화를 진정시키고, 양무의는 단운룡을 찾았다.

백가화는 계속 걱정했다. 옥황은 지극히 위험한 자였다. 한 마디 한 마디 과한 우려가 아니라는 것을 충분히 이해했으므로, 양무의는 백가화에게 혼나면 혼나는 대로 진심을 담아 사과했다.

"다시는 안 돼요."

백가화는 못을 박으려 했지만, 양무의는 약속하지 않았다.

얻은 것이 있기 때문이었다.

단운룡은 전략 회의실에 있었다.

막야혼과 도요화가 보였다. 도요화는 개전과 동시에 뛰어나가려 했다. 사타왕의 사자후를 들은 직후였다. 단운룡은 단호히 기다리라 말했다.

"당장 대가리를 날려야 하는 거 아뇨?"

막야혼이 끼어들며, 사태는 더 악화되었다. 그는 도요화 편을 들었다.

"그러니까요."

도요화가 막야혼의 말에 모처럼 맞장구를 쳤다. 아주 둘이 손이라도 맞잡을 기세였다.

그 이야기를 여태 밤까지 하고 있었다.

말린 이유는 지당했다.

어떤 가면이 왔는가 완전하게 파악하지 못했기 때문이다.

그렇기에 지금 양무의가 가져온 말은, 불에 기름을 붓는 격이 되었다.

"염라와 옥황은 오지 않습니다."

양무의는 확신했다.

그리고 단운룡은 양무의의 말을 완전히 신뢰했다.

이유도 묻지 않았다.

"그래도 안 돼."

단운룡은 도요화를 보고 있었다.

"위험할까 봐인 것은 알겠어요. 하지만 염라나 옥황이 오지 않는다잖아요."

그녀도 마찬가지였다.

아무 질문 없이 양무의의 선언을 곧이곧대로 받아서 말했다.

"기다리면 다시 온다. 그때 죽여."

단운룡은 했던 이야기를 또 했다.

막야혼이 벌떡 일어나서 칼자루를 잡았다.

"아니, 그 사자 새끼 어딨는지 보고 올라오는 거 다 들었수다. 두목, 아니, 문주. 식구들 원한은 갚게 해줘야죠."

남들 앞에서는 두목이요, 그래도 면전에는 문주다.

정확히는 회주라 불러야 마땅했지만 의협문 시절부터 있었던 대부분이 그냥 문주라 불렀고, 단운룡 본인조차도 문주 회주를 혼용해서 썼다.

"난 갈 거예요. 가야겠어요."

도요화가 일어났다.

막야혼이 좋다고 목소리를 높였다.

"봐요, 문주. 지금 우리가 가면 허를 찌르는 겁니다. 그 얼굴 번쩍이는 씹새끼, 그 쌍것도 두 쪽을 내놔야 직성이 풀리

겼소."

"둘 다 앉아."

단운룡이 말했다.

도요화는 북채까지 챙겨들었다. 하지만 막야흔은 슬그머니 칼자루를 놓았다. 단운룡의 목소리에서 심상치 않은 기운을 느꼈기 때문이었다.

"앉으라고."

기파가 뿜어졌다.

단운룡은 강건청의 비룡포를 입고 있었다. 안감은 첫 번째 천잠보의다.

비로소 천잠비룡포가 된 용포를 걸친 그에게선 거역치 못할 제왕의 기도가 흘러나오고 있었다.

"후."

도요화가 한숨을 쉬면서 자리에 앉았다. 막야흔은 벌써 앉아 있었다.

"몇 번을 말해. 요화, 너는 우리 문파의 최중요 전력이라고."

"그게 참아야 하는 이유가 되진 않잖아요!"

"엉? 나 아니고?"

도요화와 막야흔은 동시에 딴소리를 했다.

단운룡은 막야흔의 말을 자연스럽게 무시했다.

"가장 먼저 모습을 드러낸 게 사타왕이야. 그것도 여기 턱밑에서. 그게 무슨 이유겠나?"

"그거야……."

"끌어내기 위함이야. 눈에 뻔히 보이는 도발이지. 저쪽에서도 경계하고 있다는 뜻이고."

"도발은 받아줘서 재빨리 죽여야……."

막야흔이 말을 하다가 입을 꾹 다물었다.

단운룡이 그를 노려본 까닭이다.

"적벽은 우리 도시야. 가면을 안 썼어도 낯선 무인이 나타나면 일 각 안에 보고가 올라와. 시가지에 당당히 들어왔어. 이쪽 반응을 본 거지. 각각 가면들이 전략적 맥락에 대해 얼마나 이해하고 있는지는 모르겠지만, 이제 놈들은 각기 따로 난장을 치는 요괴들이 아니야. 사천에서처럼 대국적인 쓰임새로 전투를 유발한다면 움직임 하나도 허투루 볼 수 없어."

단운룡의 말에 도요화는 비로소 침묵했다.

막야흔은 한 마디 하려다가 그녀의 눈치를 봤다.

양무의는 단운룡이 그가 하고 싶어 했던 말을 이미 다 했기에 더 덧붙이지 않았다. 또한 염라와 옥황이 왜 오지 않는다 판단했는지 근거를 말할 기회도 놓쳤다.

홀로 다시 생각했다.

가면의 어둠 속으로 들어간 모든 순간을 다시 되짚었다.

옥황은 그의 방문에 놀랐다.

그래서 하지 않을 실수를 했다.

다가오며 결계를 깨고, 손을 들어 그의 입을 막았다.

그동안 직접적으로 위해를 가할 수 있음에도 힘을 쓰지 않았고, 지금 바로 이번에도 그대로 두었다.

그가 멀쩡하게 있기를 바라는 것이다.

또한 옥황은 마지막에 한 번 더 실수했다.

힘껏 맞서보라 하였다.

염라가 온다면, 그런 말을 하지 않았을 것이다.

모두 죽을 거라는 절망적인 예언을 했어야 옳다.

양무의는 염라가 직접 온다 가정했을 때, 단운룡의 승률을 높게 보지 않았다. 사심 없이 계산하건대, 승률을 논하는 것 자체가 위험하다 생각했다.

염라가 오면 교전 없이 퇴각이다.

그렇기에, 퇴로 확보가 훨씬 더 중요하다. 하지만 이미 나타난 가면들과, 적벽으로 진격해 올 수 있는 관병들, 그리고 장강 따라 접근해 온 비검맹 전선들의 경로를 보자면, 그들의 뒤를 막는 것이 아니라, 전면전을 예고하고 있다. 상제력을 기반으로 둔 옥황의 지략이 미래를 예지할 수 있는 수준에 이르렀다면, 염라 강습과 동시에 퇴로 차단이 주 전략으로 쓰였을 것이다.

그리되면, 원하는 것을 얻을 것이라는 말조차 필요가 없다.

염라의 괴력과 대규모 병력의 합공이면, 의협비룡회는 전멸을 각오해야 했다.

그에 반에 옥황은 어차피라는 단어를 썼다.

맞서 싸워도 소용없을 것이라는 말은 그게 싸울 만한 상대라는 뜻이다. 또한 그 상대에 이겨도 져도, 옥황은 이득을 취할 거라는 어조였다. 즉, 그것은 이쪽에 이길 가능성이 있다는 말과 상통했다.

염라는 그렇게 제외다.

또한 양무의는 옥황의 상제력을 가늠하였을 때, 마찬가지로 옥황이 직접 오면 염라 강습과 비슷한 결과가 나올 거라 보았다. 손에 넣을 것이란 표현이 단서다. 옥황이 지금껏 구사한 언어들을 고려할 때, 본인이 온다면 직접 가지러 가겠다 말했을 것이 분명했다.

"게다가."

단운룡의 목소리가 양무의의 상념을 깼다.

"염라와 옥황이 오지 않더라도 적측에는 강력한 고수들이 있어. 위타천은 나도 승부를 장담 못 하고, 제천대성도 얼마나 강해졌을지 알 수 없지."

이 역시 양무의 자신이 하고 싶었던 말이었다.

도요화든 막야흔이든, 함부로 전선에 나서면 안 되는 때다.

사타왕의 사자후만큼 뻔한 책략에는, 일부러 걸려들어 역공을 취한다 한들 예상되는 이득이 많지 않다. 어떤 자들이 상대로 왔는지 확실치 않으니 더더욱 그랬다. 전황을 주도하는 것은 어디까지나 의협비룡회여야 했다.

"아마 위타천도 배제할 수 있을 겁니다."

신마대전(神魔大戰) 一 319

한참 말하지 못하고 있던 양무의가 비로소 입을 열었다.

시선이 집중되었다.

"사천당문의 혈사 직후, 염라의 행보는 전 무림의 전황에 있어 아주 중요한 정보였습니다. 염라는 일인으로 어지간한 대문파조차 괴멸적 타격을 입힐 수 있는 자입니다. 그의 발길이 어디를 향해도 문제였지요. 당연히 추적을 붙였습니다. 저희 외에 개방도 빠르게 반응했지요. 저희도, 개방도, 오래 따라붙지 못했습니다. 개방 쪽에서는 쫓는 것만으로도 여섯 명이 죽었습니다. 그러면서 개방이 먼저 떨어져 나가고, 저희도 철수를 할 수밖에 없었습니다. 그렇게 놓친 것이 섬서와 하남의 경계입니다."

"처음 듣는 이야긴데?"

"너야 그렇겠지."

도요화는 그래도 좀 진정이 된 것 같았다. 그녀가 막야흔에게 핀잔을 주었다.

그녀 입장에서 사타왕은 반드시 죽여야 할 불공대천의 원수이나, 결국 복수의 달성은 명령을 내린 신마맹을 꺼꾸러뜨리는 데 있었다.

단운룡도 양무의도 그것을 말한다. 지금 당장은 막고 있지만, 최종적인 목표는 그녀와 똑같았다. 그러니 참을 수 있다. 그녀가 당장 뛰어나가려고 하는 마음을 누구보다 이해해 주며, 그러면서도 그녀의 안위를 누구보다 걱정하는 한 식구들이었다.

"헌데, 소림이 하남 아닌가?"

양무의가 막야혼에 시선을 주었다.

막야혼은 좌충우돌 제멋대로면서도 은근히 빠르게 핵심을 찌르는 재주가 있었다. 물론 대답은 없었다. 하남 숭산에 소림이 있다는 당연한 사실을 맞다고 확인해 줄 만한 이가 이 자리엔 아무도 없었다.

"천룡에서 흥미로운 소식을 전해 왔습니다. 진즉에 알고 있었던 것을 이제 보내온 걸 보면, 저쪽도 상황이 썩 좋지 않거나, 이쪽을 어느 정도 경계하고 있는 것이겠지요."

"다른 속셈이 있거나."

"물론, 그럴 수 있습니다. 천룡에서 준 정보는 이렇습니다. 위타천의 북상 경로가 염라와 겹쳐요. 그리고 전투 흔적이 있었답니다."

"전투?"

"무인 둘이 싸운 거라 볼 수도 없었답니다. 대규모 폭발이 일어난 화구(火口)와 같았다지요."

"염라와 위타천이 일전을 벌였다?"

"그것도 가능성이 있습니다."

"다른 가능성은?"

"제삼자의 존재도 배제할 수는 없습니다."

"삼자라……."

"일단 신마맹이고, 염라마신과 위타천이 한편이라 한다면, 그 둘이 함께 다른 자와 싸웠을 수도 있으니까요."

"삼자가 아니라 사자, 그 이상도 가능하겠군."

"물론입니다. 격전지의 흔적이 터무니없어서, 정확히 어떤 일이 벌어졌는지도 확인 불가라 합니다."

단운룡은 복잡하게 생각하지 않았다.

어쩔 때는 가장 단순한 것이 답일 수 있다.

그는 위타천과 싸워보았다.

다른 가능성을 제쳐두고 가장 먼저 떠올랐듯, 위타천이 염라마신에게 도전하는 것도 단운룡에게는 이상한 그림이 아니었다.

"염라가 움직이지 않는 것도 그래서인가?"

"확실한 것은 아무것도 없습니다만."

단운룡은 이제 양무의를 너무나도 잘 알았다.

양무의가 그렇게 말할 때면, 그것이 어느 정도 진실에 근접했다 결론지었다는 뜻이 된다.

"당가주의 무공을 봤지. 그런 걸 상대했으면 염라라도 타격을 입었을 거야. 만전이 아닌 염라를 노린다……. 위타천이라면 그럴 수 있지. 가장 좋은 기회였을 수도 있고."

속단은 이르다.

단운룡은 위타천에게서 수단과 방법을 가리지 않고 승리를 쟁취하려는 승부욕의 화신과, 무공의 완성을 통해 하늘에 이르려는 구도자의 모습을 동시에 보았다.

그러므로, 온전치 않은 염라와는 싸우지 않으려 했을 가능성도 농후했다.

"그러면 위타도 제외할 수 있겠군."

단운룡이 눈을 빛냈다.

양무의가 무엇이라 말할지는 이미 안다.

확실한 것은 없다.

그래도 예감했다.

"남은 것은 하나."

엄밀히는 하나가 아니라 둘이다.

단운룡은, 그중 하나 달기의 이름을 머릿속에서 스쳐 보냈다.

그녀는 틀림없는 강자지만, 이곳에 오지는 않을 것이다.

단운룡은 그 경박한 웃음소리를 환청처럼 들었다.

'오너라.'

단운룡은 마음속으로 불렀다.

제천대성.

잊을 수 없는 이름이었다.

* * *

의협비룡회는 적벽 밖까지 쫓아 나오지 않았다.

이 이상 들어오면 죽인다.

의지를 분명히 했다.

"손실은 어떻게 되지?"

사타왕은 이를 갈았다.

"많이 죽진 않았어."

'많이' 라는 말의 기준은 사람마다 다르다.

백, 적, 청면이 스물다섯, 사자탈이 아홉 죽었다.

제대로 싸울 수 없는 부상을 입은 자가 열셋이다. 총피해가 오십에 가까웠다. 받아들이기에 따라서는 충분히 많은 숫자다. 적어도 적지 않다는 사실만큼은 요마들 모두가 똑같이 알았다.

"군사들은?"

사타왕의 질문이다. 대화를 그가 주도했다.

"준비는 끝났소."

대답은 은빛 가면의 남자가 했다. 가면에는 뿔이 났다.

은각이다.

그는 몸에 관병들의 갑옷을 걸치고 있었다.

"민초 무지렁이들의 장악이 지나치게 잘되어 있다. 군사들이 그냥 들이닥치면 안 될 텐데?"

"구실이야 짓밟고 만들면 그만이오."

처음 계획은 벌써 틀어졌다.

사타왕을 비롯한 사자들이 모습을 드러내면 의협비룡회가 즉각 반응할 가능성이 높다고 하였다. 적, 청, 백, 대기하고 있던 가면들이 사자 가면들과 합류하여 대규모 시가전을 벌인다. 그러면 강호 도당들의 백주 전투를 빌미로 병사들이 진격해 올 것이다.

관군과 의협비룡회가 부딪치면, 그때 퇴각하여 고위 가면들이 본진을 치기로 했다.

이번 공격의 대략적인 골자였다.

헌데, 오히려 선제공격을 당했다.

무인들은 이미 적벽에 내려와 있었고, 그들의 무력은 이 자리에 있는 가면들이 생각했던 것보다 훨씬 더 강했다.

당연히 화가 날 수밖에 없다.

불만의 상대도 제각각이다. 허를 찌른 의협비룡회인 이도 있고, 엉성한 계책을 준 신화회인 이도 있었다. 무슨 생각을 하든 함부로 입 밖에는 내지 않았다. 싸움은 이미 시작되었다. 누가 마음에 안 들든 지금은 뭉쳐야 할 때였다.

"다만……."

"다만?"

"문제가 있소."

모두가 은각을 돌아보았다.

요괴 가면들이 모여서 대책 회의랍시고 버려진 토지묘에 둘러앉았다. 그들 스스로도 생경한 광경이었다. 지나가던 과객이 보았다간 기겁을 했을 것이다.

"천부장 중 하나가 야습을 반대하고 있소."

"그건 또 왜 그러는데?"

금각이 짜증에 목소리를 높여 반문했다.

"부담이 되겠지. 무인들 상대로 야습이면."

사타왕이 말이었다.

그나마 그는 화가 난 와중에도 제대로 생각을 할 줄 알았다. 금각은 아니었다.

"씨발, 죽일까?"

"나중에. 어차피 죽여야겠지만 지금은 아직이오."

요마는 요마다.

은각은 관병 복장으로 관군 천부장을 죽이겠다는 이야기를 서슴없이 했다. 그가 말을 이었다.

"딱히 틀린 말도 아니오. 병사들 사이에도 무공을 익힌 이들이 더러 있지만, 일반 병사들은 시야가 안 나올 거요. 열 명에 하나는 횃불을 들어야 하니 그것만으로 일할의 전력 손실이 생기오. 우리 같은 무인들 입장에서야 병사들 구할이든 십할이든 그거나 그거나지만, 관군 생각은 다를 거란 말이오."

"그럼 오늘 밤은 그냥 넘기는 건가?"

사타왕이 물었다.

"씨발 것들. 그럴 수야 없지."

금각이 자리에서 벌떡 일어났다.

"나는 혼자라도 난장을 부려야 직성이 풀리겠다!"

"그러다 죽는다."

침묵을 지키고 있던 황풍괴가 대뜸 목소리를 내 그를 말렸다.
"난 갈 거다. 이대로는 못 참겠다."
금각이 성큼성큼 걸었다.
요마들은 그를 바라만 보았다. 누구도 진정 그를 만류하지 않았다.
"나 이 친구 마음에 드는데요!"
금각이 문턱을 넘을 때였다. 앳됨과 성숙함이 혼재된 남자 목소리가 들려왔다.
다 부서진 토지묘 문 앞에 두 사람의 인영이 홀연 나타났다. 비단옷을 걸치고 멀쩡히 잘생겼던 그는 아이 얼굴의 가면을 쓰고 있었다. 옆에 선 여인은 화사한 옷에 눈매가 찢어진 가면을 썼고, 커다란 부채를 들고 있었다.
"왜 이제 오는 거요?"
사타왕이 일어나 물었다.
모두에게 공대하지 않던 그조차도 파초선을 든 철선녀에겐 함부로 대할 수 없었다. 사타왕은 곱게 차려입은 그녀가 얼마나 흉악해질 수 있는지 잘 알았다.
"구경 좀 하느라고요."
철선녀가 나긋나긋한 목소리로 말했다.
"우리가 쫓겨 나오는 동안, 지켜만 봤단 말이오?"
"그러니까 기척들을 잘 좀 감추셨어야죠. 그렇게들 티를 내셔서야 기습이 무슨 의미가 있겠어요?"

신마대전(神魔大戰) 一 327

철선녀는 여유로웠다. 요염한 가운데 살기가 숨 막혔다. 반박하여 대답하는 자가 없었다. 가면 쓴 철선녀는 가면이 없을 때와 많이 달랐다.

그런 그녀를 옆에 두고, 아이 얼굴 가면이 금각을 이리저리 훑어보았다.

당승전설, 극악의 요괴다.

홍해아가 금각에게 물었다.

"네 생각에 동의해. 난장판 좋아. 같이 갈래?"

목소리는 분명 성인의 음성이었으나, 말투는 천진난만했다. 금각은 즉각 고개를 끄덕였다.

철선녀가 엄하게 나무랐다.

"어딜 가려 그러느냐?"

"같이 놀러 가려고요. 안 돼요?"

"가서 뭘 하려고!"

철선녀가 혼을 내듯 짐짓 목소리를 높였다.

"불 좀 지르고 올게요. 다들 너무 골탕 먹었잖아요."

"집을 몇 개나 태우려고?"

"많이요! 아주 많이!"

"그건 안 돼."

"왜요? 여긴 반강도 아니니까 마음껏 불 질러도 된다고 했잖아요!"

"집 태워서 뭐 해! 사람을 태워야지."

"사람도 안에서 타겠죠."

"밑에 집 말고, 윗집!!"

철선녀가 짜증이 치민 듯 손가락을 치켜 올리며 소리를 질렀다.

홍해아가 움찔했다.

"저 위에 처박힌 놈들을 잿더미로 만들란 말야! 엉뚱한 데 삼매진화 낭비하지 말고!"

홍해아가 한 발 물러섰다. 그가 땅바닥을 내려다보며 기어 들어가는 목소리로 말했다.

"그럼 그냥 조금만… 한 다섯 개만?"

"세 개."

"아, 너무 적잖아요."

홍해아가 애원하듯 말했다.

"세 개. 큰 집으로 태워. 그럼 옮겨 붙어서 몇 개 더 탈 거야. 그리고 말했지? 삼매진화 쓰면 안 돼. 뭐라고? 알아들었어?"

"네."

"알아들었냐고?"

"삼매진화 안 돼. 세 개만. 알아들었어요."

홍해아가 고개를 끄덕였다.

소름 끼칠 만큼 기괴한 광경이었다. 다음 질문은 더 그랬다.

"엄마는 안 가요?"

틀림없는 동년배의 성인 남녀였다.

이들은 가면이 아니라 요마 그 자체다. 그는 전설 속 홍해아처럼 말하고 행동했다.

"엄마는 안 가. 이 꾀 없는 멍청이들이랑 할 이야기가 좀 있거든."

철선녀도 마찬가지다.

홍해아가 낄낄 웃으며 앞장섰다.

"얼른 가자, 금각."

"아, 알았소."

금각은 욕을 삼켰다. 씨발놈보다 미친놈이 더 무서운 법이었다.

홍해아와 금각이 바람처럼 적벽으로 향했다.

도시의 밤은 평소처럼 밝지 않았다.

오늘은 적벽의 모두가 조용히 숨죽인 날이었다.

제천대성만 위험한 자가 아니었다.

단운룡도 전능자는 멀었다.

무릇 괴이(怪異)란 그런 것이다.

무공만으로 위험도를 단정 지어서는 안 된다.

불 지르러 가는 홍해아는, 몹시도 즐거워 보였다.

　　　　＊　　　　＊　　　　＊

"여기서 뭐 하시는 겁니까?"

"뭐 하긴?"

그는 주점에서 술잔을 채우고 있었다. 딱히 취해 보이진 않았다.

칼을 찬 남자가 다가와 그의 맞은편 의자를 거칠게 뽑고 그 위에 털썩 걸터앉았다.

"이 시국에 형님도 참 대단합니다."

"내가 무슨. 이들이 더 대단하지. 지금 그 난리가 났는데도 주점에서 버젓이 술판들이야. 이 도시는 정말 재밌어."

"재미 하나도 없어요."

도시 전체에 비상이 걸렸다.

관병들이 도시 관문 바로 앞에서 수천 명 진을 쳤고, 성문은 활짝 열려 있어 언제든 들이닥칠 준비가 갖춰져 있었다.

나루터에도 난리가 났다. 해질 무렵부터 무기가 달린 전선(戰船)들이 열 척이나 들어왔다. 깃발에는 비검맹(比劍盟)의 검 두 자루 문양이 새겨져 있다. 비검맹 무인들은 하선하지 않고 닻만 내렸다. 아무도 내려오지 않는 전선은 조용한 것이 더 불길하고 흉흉해 보였다.

앞으로 큰일 터질 것이 자명한 데다가, 낮에는 저잣거리와 도시 외곽에서 큰 싸움까지 있었다. 횡액을 피해 사라졌던 사람들이 밤이 되자 하나둘씩 기어 나와 밖에선 문 닫은 것처럼 보여도 안에서는 술을 파는 주점들을 귀신같이 찾아내 들어왔다. 이 도시 남자들이 그렇다. 술 좋아하고 도박 좋아하는 이들이 하나 가득이다. 오늘의 싸움은 그들이 암무회전에서 일찍이 보지 못한 광경들이었다. 운 좋게 본 사람들이나, 보지 못해 궁금해 죽는 사람이나 그만큼 맛난 안주가 없었다.

"그런데 대협, 진짜 청천각주는 안 오시는 게지요?"

대머리에 꿈틀거리는 흉터가 머리부터 눈까지 이어진 남자가 은근슬쩍 다가와 물었다.

술집 점주였다.

암무회전 도박판 적벽 뒷골목에서 술을 판다는 것은 애초에 목숨을 반쯤 내놓고 하는 장사라 할 수 있다. 주인장은 전란이 적벽을 휩쓸 수도 있다는 사실에 무감각했다. 무슨 일이 터져도 죽을 놈은 죽고 살 놈은 산다. 주인장은 신마맹이나 비검맹보다 청천각주를 더 무서워했다.

"안 온다니까. 걱정 마오."

"어휴, 젊은 분이 어찌나 대쪽 같던지. 돈 찔러줘도 안 받아, 애원해도 끄덕없어, 칼 든 저승사자가 차라리 낫겠더이다."

"그거야 주인장이 잘못했으니까. 사람 파는 일엔 관여치 말랬잖소."

"아니, 내가 직접 한 거도 아니고, 그냥 찾는 사람 있어서 소개 좀 한 걸 가지고."

"주인장, 그건 나도 싫소."

그가 점주의 말을 딱 잘랐다. 나무라는 목소리가 아니었지만, 무게가 남달랐다. 점주의 얼굴이 사색이 되었다.

"어이쿠, 죄송합니다. 생각도 않겠습니다."

"그런 거 안 하고도 돈 잘 벌잖소."

"네네. 맞습니다. 지당한 말씀입니다."

"나도 가게 문 연 거 말 안 할 테니, 주인장도 나와 있는 거 비밀 지키시오. 그 친구는 나도 어쩔 땐 좀 불편해."

"여부가 있겠습니까."

주인장도 어디 가서 무시당하지 않을 인상임에도, 술잔 한 잔 올린 후 허리를 연신 굽신거리며 물러났다. 아무도 그 광경을 이상하게 생각하지 않았다. 이 술집에 있는 모두가, 술잔 받은 이가 누구인지 알았다.

"거참, 아주 암흑가의 거두(巨頭)시오, 그냥."

"네 녀석까지 잔소리야."

"잔소리 들을 만하니까요. 혼자 나와서 이렇게 청승이라니. 이러면 아우들은 불안합니다."

"다 이유가 있는 게야. 내 깊은 뜻을 어찌 알리."

"아무 일도 안 시켜서 심심한 거 아니고요?"

"누가 심심해!"

그가 눈썹을 치켜올리며 들어 올리던 술잔을 멈췄다.

위엄 있던 기도가 단숨에 흐트러졌다.

"할 일 없는 거 맞잖아요."

"그러는 너는! 너한테도 아무 일 안 시켰잖아!"

"시켜서 왔는데요?"

신마대전(神魔大戰) 一

"뭐가!"

"형님 찾아오라고요."

"그게 일이냐!"

"일이죠. 어디 보통 일인가요? 분명히 자리 지키고 계시라 했는데 뛰쳐나가셨으니, 어디 비검맹 전선에라도 때려 박았나 걱정들을 하더랍니다."

"아니, 그럼 언제까지 뒷방 늙은이처럼 그 안에만 틀어박혀 있으라고? 사천에서 그 재미진 일을 벌였으면서!"

"형님은 참룡방주였잖아요. 사천삼파가 가만히 있었겠습니까? 구룡보에 싸움 걸어서 애초에 잘 유지되던 사천판도를 난장으로 만든 장본인인데요."

"야! 그렇게 따지자면 관승은! 개는 왜 데리고 갔는데!"

"두목이랑 방도랑 같습니까? 그리고 관 대형은 원래 평판이 좋았습니다. 파촉 땅에서 관제 닮았으면 그것만으로도 반쯤 먹고 들어가요. 참룡방 시절에도 주군 잘못 만난 영웅 소리 들었습디다."

"뭐? 주군을 잘못 만나? 아주 막 나가자는 거지? 아우란 것들이 떼로 미쳐서는."

"틀린 말도 아니죠."

"틀렸지! 사천 삼파가 내 덕분에 구룡보 음험한 수작질을 물리쳤으니 감사 인사를 해도 부족한 것을!"

"딱히 그렇게 안 보였다는 게 문제입니다. 차라리 형님이 구룡보를 틀어쥐고 정문(正門)으로 다시 일으켰으면……."

"그럼 뭐! 삼파 협공에 개박살을 당했겠지!"

"그러니까요. 형님이 거기서 활개 치고 다녔으면 삼파 협조 제대로 못 받았어요."

"네가 언제부터 머리를 썼다고 모사 흉내에 분석질이야?"

"형님, 머리 많이 안 써도 그 정도는 알아요."

탕!

그가 술잔을 거칠게 내리 찍었다. 잔에 담긴 술이 방울져 사방으로 튀었다.

"술 아깝게요."

"지금 술이 문제야? 말은 제대로 해야지! 너나 나나, 이게 뭐냐. 불만 없어?"

"불만이 왜 있어요!"

"있어야지! 호저 놈이나 너나 싸움에도 안 끼워주는데!"

"우리 수아는 애 낳았고, 호저 형님은 어머님께서 아프셨 잖아요. 원한이 뼈에 사무치도록 깊어도, 가족은 챙기자고 누가 그랬습니까."

"나."

"형님이 참룡방 시절에 해준 거, 그 이상으로 받고 있어요. 목숨 걸라면 걸겠지만, 딱히 걸라고도 안 하더군요. 협이 죽은 거 생각하면 저 가면 쓴 새끼들 이야기만 들어도 피가 끓어요. 그래도 성급히 괴물들 싸움에 끼어들어 우리 애, 애비

없는 아들 만들지는 않을 겁니다. 어차피 이 싸움은 오래 가요. 조금 늦게 복수한다고 협이가 귀신으로 나와서 형을 괴롭히지도 않을 거고요. 저는 문주나 형님처럼 강해질 그릇이 못 됩니다. 협이는 염라대왕에게 죽었어요. 제가 어떻게 직접 원수를 갚습니까? 신마맹이란 괴물집단과의 싸움에서, 저에겐 저만의 몫이 있겠지요. 저는 함부로 죽지 않고 착실히 무공을 쌓아서 천천히 제가 할 수 있을 만큼 원한을 갚겠습니다. 그리고 회는 저에게 그럴 기회를 줄 겁니다. 불만 없습니다. 있을 리가요."

백번 옳다.

의분중도, 도강은 그 사이에 한 아이의 아버지가 되었다.

의형제 한참 큰 형으로 참룡방주 되어 촉국 대지를 누볐던 불패신룡 오기륭은 어린 동생의 다짐을 술 한 잔으로 가득 채워 입 안에 들이부었다.

"그래. 네가 나보다 어른이다."

그는 깨끗이 인정했다.

사천에서 무림을 위진시킨 대격전이 벌어지는 동안, 그는 도시에서 한 발짝도 나가지 않은 채, 적벽을 지켰다.

물론 중요한 일이다.

적들이 본진을 대차게 쳐들어 왔었으면, 인생이 조금은 더 극적이었을 것이다.

헌데, 또 뛰쳐나갈까, 왕호저와 도강의 감시를 받으며 이제나 저제나 시간만 흘렀다. 그리고 이제 본격적으로 싸움이 시작된다더니, 단운룡이 떡하니 와서 또다시 자리만 지키란다.

근질거릴 만도 하다.

관승이며 장익이며, 하나둘씩 사천으로 불려갔을 때마다 얼마나 부러웠는지 모른다.

"너도 한 잔 받아라."

오기륭이 도강에게 잔을 권했다.

도강은 사양치 않았다.

둘이 같이 막 한 잔 들이켜려는데, 주점 밖 멀리서부터 우당탕 다급한 소리가 들려왔다. 문이 벌컥 열렸다.

"막 대협! 계십니까?"

한 남자가 문을 열어젖혔다.

"걔는 여기 잘 안 와."

오기륭이 대뜸 답했다.

"오 대인! 앗! 도 대협까지!"

헐레벌떡 들어온 남자가 반색을 했다.

"큰일 났습니다!"

오기륭이 씨익 웃었다.

그의 전신에서 화악! 하고 주독(酒毒)이 기화되어 뿜어졌다. 주향(酒香)이 짙었다.

"얼마나 마신 겁니까."

도강이 고개를 설레설레 흔들었.

오기룡은 거들떠도 보지 않고 물었다. 두 눈이 기대로 번쩍번쩍 빛났다.

"무슨 일인데?"

"부, 불이 났습니다!"

오기룡의 얼굴에 실망이 스쳤다.

"불?"

"남쪽 나대인 대가에 큰 불이 났는데 제압이 어려워 애를 먹고 있습니다! 벌써 옆집에 옮겨 붙었고, 이대로 두면 계속 불이 번질 수도 있습니다!"

"큰일은 큰일이군. 얼른 가야지! 그럼!"

실망감은 순간일 뿐이다.

듣자 하니 보통일이 아니다. 오기룡이 벌떡 일어났다.

"다들 이야기 들으셨지?"

협심 가득한 그의 목소리가 주점을 꽉 채웠다. 술 마시던 남자들은 너 나 할 것 없이 일어나며 대답했다.

"물론 들었소이다!"

"오 대인! 이 임 모도 가겠습니다!"

"우리도 당장 갑세!"

남자들이 우르르 몰려나왔다. 도강이 주인장을 보며 말했다.

"이들 술값은 의협비룡회에서 낼 거요."

"술값은 무슨. 나도 가겠소이다."

험상궂은 주인장도 자리를 박차고 나왔다.

적벽은 그런 곳이다.

중원 한복판, 가장 강호다운 도시였다.

"헌데 각주는 왜 찾은 거요?"

도강이 이번에는 화재 소식을 전하며 들이닥친 남자에게 물었다.

"그게, 불 지른 자가 있습니다."

"방화라고?"

"미친 아이처럼 말하는 가면 괴인이 남로(南路)에 들어왔습니다. 횃불도 없이 불을 지르고 있습니다."

"거봐라. 내 이럴 줄 알았다. 다 깊은 뜻이 있다고 하지 않았더냐!"

오기륭이 의기양양하게 큰 소리를 쳤다.

어찌나 세게 진각을 밟고 뛰쳐나갔는지, 의자가 꽝 하고 박살이 났다. 그 뒷모습이 산을 내려가던 홍해아처럼 즐거워 보였다.

"웃기고 있습니다, 정말."

도강은 오기륭을 따라가지 않았다.

그보다 중요한 일이 있다. 그는 이 소식을 총단에 전해야 했다.

*   *   *

화르르르르륵!

화마(火魔)가 넘실댔다.

홍해아는 신이 났다.

"키힉힉힉힉!"

보통의 나직한 성인 남성의 목소리를 지녔으면서, 웃음소리는 음색이 아주 높았다.

"이얍!"

홍해아가 양 손바닥을 한 번 앞으로 내밀었다.

담벼락에서 확 하고 불이 치솟았다.

담벼락만 몇 개째다.

넘실거리는 화광이 해사한 그의 가면을 붉게 비췄다.

"이래도 되는 거요?"

금각이 물었다. 그의 가면도 더 화려하게 빛났다. 이리저리 흔들리는 불빛이 요괴들의 모습을 더욱 더 요사롭게 만들었다.

"왜?"

"세 채가 아니오만."

"그럼! 이제 한 채인걸?"

"벌써 아홉, 아니, 열 채째 아니오?"

"담벼락에만 불 질렀는데? 어떻게 열이야?"

홍해아의 화술은 아주 강력했다.

달군 숯에 불을 불이듯, 돌담에도 단숨에 불이 붙었다. 강바람을 탄 불이 건물까지 옮겨 붙은 것은 순식간이었다. 뒤를 돌아보니 이미 집 다섯 채가 송두리째 불타고 있었다. 급히 사람들이 몰려들고 있었지만, 충천한 불을 끄기엔 역부족으로 보였다.

금각은 홍해아와 같이 내려 온 것이 실수임을 깨달았다.

대저 신마맹 요괴라고 함은 그 자신을 포함하여 기행(奇行)이 자연스러운 존재들이었지만, 이 홍해아는 눈빛부터가 완연히 비정상이었다. 함께 다니다가는 그에게도 불똥이 튈 것 같았다. 그리고 홍해아가 튀긴 불똥은 앗 뜨거 하는 정도로 그치지 않을 것임을 알았다.

"그럼, 재미있게 노시오."

"같이 안 놀고?"

"보는 사람이 없어야 마음껏 불 지를 것 아니오?"

"아, 세 채 넘으면 엄마한테 일러바칠 생각이었어? 그래서 따라온 거야? 엄마가 시켰어?"

"그런 것은 아니오만! 그래도 내가 같이 있으면 불편하지 않겠소."

"안 불편해!"

"나는 얼마나 불 질렀는지 모르는 게 낫소. 철선녀가 물어보면 대답할 수밖에 없단 말이오."

"정말로? 말할 거야?"

"철선녀가 어떤지 알지 않소?"

"말하면 죽일 건데?"

가면 속 홍해아의 눈은 웃음기를 머금고 있었다.

웃고 있어도 농담이 아님을 안다.

"날 곤란케 하지 마시오."

"곤란해? 그냥 지금 죽일까?"

화르르륵.

홍해아의 가슴 앞에서 불길이 일었다. 꼬리가 긴 불길 세 가닥이 넘실넘실 회전하며 불덩이와 같은 형상을 만들었다.

사방에 화광이 충천이라 더운 열기가 가득함에도 금각은 다시 한 번 등줄기가 오싹해짐을 느꼈다.

"난 아까 날 골탕 먹인 놈을 찾아야 하오."

"아, 그래? 내가 혼내줘?"

"남자가 자기 일은 자기가 해야 하는 거요! 누가 대신 혼내주는 건 남아(男兒)의 자존심이 상하는 일이라오! 그러니 우리 따로 놉시다!"

금각은 목숨을 걸고, 당당하게 말했다.

그러자, 홍해아가 고개를 이리저리 갸웃거리더니 앓는 소리를 냈다.

"끄으응."

화르르르륵!

가슴 앞에서 돌아가던 불꽃이 거세졌다.

금각은 이렇게 죽을 수도 있겠구나 생각하며, 자금홍호로를 준비했다. 홍호로가 홍해아의 화술을 빨아들일 수 있을지 확신이 서지 않았다. 한두 번이야 가능하겠지. 그 다음엔 필사적인 경공이 필요할 것이다.

"에잇! 알았어! 지금 저기서 누가 오고 있거든! 심심하지 않을 거 같으니 가봐!"

"알겠소! 그럼 가보겠소."

"그래! 이따 봐!"

홍해아가 천진난만하게 손을 흔들었다.

불꽃이 뱀처럼 그의 손목을 휘감으며 그림자를 춤추게 했다.

금각은 마지막 순간까지 경계를 늦추지 않았다. 그가 금빛 잔영을 남기고 바람처럼 담벼락을 넘어 사라졌다.

"왜 이렇게 안 와!"

홍해아가 아직 불길이 닿지 않은 대로를 보았다. 멀리서부터 한 남자의 신형이 보였다.

"왔구나!"

홍해아의 목소리엔 즐거움이 가득했다.

달려오는 남자의 얼굴은 그렇지 않았다. 처음 뗄 때는 신나게 달려왔지만, 하늘 높이 치솟은 불길과 검은 연기를 보고서는 마음이 바뀌었다.

"놀자!"

홍해아가 마주 달렸다.

양손을 휘감고 불줄기가 요동쳤다.

오기륭이 땅을 박찼다.

퀴잉!

발도, 의협비룡회 선봉의 무인집단이 그의 각법으로부터 이름을 얻었다.

발도각 일격과 불줄기가 부딪쳤다.

화르륵! 콰아아아앙!

불줄기가 쪼개졌다.

오기륭이 폭발을 뚫고 나왔다.

"어?"

"비켜."

오기륭은 홍해아와 놀아주지 않았다. 그가 홍해아의 몸을 훌쩍 뛰어넘었다.

"어디 가!"

오기륭의 전신엔 폭발의 불길을 뚫고 나왔음에도 그으을린 자욱 하나 없었다. 그가 불타오르는 담벼락을 뛰어 넘었다. 홍해아가 번쩍 몸을 날려 타오르는 담벼락 위에 섰다.

"어디 가냐고!!"

앳된 목소리 대신 분노한 남성의 목소리가 터져 나왔다.

오기륭은 홍해아의 고함 소리에 반응하지 않았다. 불길에 휩싸인 집을 일별하고는 그대로 몸을 던졌다.

꽝!

사람을 구하는 것이 먼저였다.

그는, 피 섞이지 않은 가족들을 누구보다 아꼈던 참룡방주,

오기륭이었다.

화르르르륵!
불 속으로 들어간 오기륭은 만만치 않은 열기를 느꼈다.
티팅! 키리릭! 티티티팅!
의족에서 무언가가 작동하는 소리가 끊임없이 들려왔다. 다리를 내려다보자 주문처럼 기이하게 새겨진 문양이 어지럽게 붉은 빛을 내고 있었다.
의족이 화기(火氣)를 흡수하고 있음을 알았다.
그가 앞으로 나아갈 때마다 주위의 불길이 조금씩 기세를 잃었다. 하지만, 타오르는 불이 완전히 꺼지지는 않았다.
'화술의 술력은 흡수할 수 있지만, 이미 붙은 불은 어쩌지 못하는 것이렷다.'
술법에는 항상 오묘하고 기이한 이치가 함께한다.
불을 지를 때는 술법이지만, 탈 것에 옮겨 붙은 불은 그냥 불이다.
얼릴 때는 술법이지만, 이미 얼어붙은 얼음은 그저 얼음일 뿐이다.
지금도 그렇다.
그의 다리는 불을 막을 수 있지만, 이미 붙은 불을 끄지는 못한다. 그런 엄청난 기보가 세상 어딘가에 있을 수도 있겠지만, 오기륭의 의족은 아니었다.

오기륭은 이제 많은 것을 배웠다.

술사 백토진인은 대란의 막바지에 이르러서야 사천으로 건너갔다. 그 전에 상주했던 곳이 적벽이다.

무료했던 오기륭은 백토진인의 거처를 수시로 들락거렸다. 기웃거리며 주워들은 것이 많다. 그의 의족이 만들어지는 데에 법력기계술이란 외도공학이 쓰였다는 이야기도 백토진인에게 들었다. 더불어 백토진인은 그가 철신갑을 따라서 똑같이 이름 붙인 그 철신각(鐵神脚) 의족에 강화의 술(術)을 입혀주기도 했다.

그것이 그가 지금 철신갑을 입지 않고도 불길을 누빌 수 있는 이유다.

완벽은 아니었지만 상당 수준의 피화(避火)가 가능했다. 다리에서 멀수록 뜨거웠지만 고강한 내공으로 그 정도 열기는 충분히 방어할 수 있었다.

콰직! 우지끈!

타오르는 문짝을 부수고 방 안으로 들어갔다.

화염은 아직이었지만 매캐한 화독(火毒)이 온 방 안에 가득했다. 정신 잃은 일가족 세 명이 보였다.

오기륭은 침대 위 큰 이불을 잡아당겨 남녀와 아이를 짐짝처럼 한꺼번에 들쳐 업었다. 문 쪽은 이미 불과 함께 무너지고 있었다. 타닥거리는 소리와 격하게 몰아치는 열기가 오기륭을 향해 밀려들었다.

오기륭은 입구를 찾지 않았다.

콰아아앙!

발바닥으로 벽을 찼다. 벽이 터지듯 부서져 나갔다.

신선한 공기가 훅 밀려들었다. 방안으로 막 들어온 불길이 더 거세게 기세를 탔다.

"거기야?"

오기륭은 밖으로 나오자마자, 약이 오른 것 같은 한 남자의 목소리를 들었다.

오기륭은 이런 어조를 잘 알았다.

따뜻하고 한가했던 오원의 한낮, 술래잡기며 숨바꼭질하던 아이들이 쓰던 말투다.

"찾았다!"

제정신이 아니다.

물론 이곳은 뛰노는 공터가 아니요, 목소리의 주인도 아이가 아니다.

성인 남성이 불타는 지붕 위에서 저리 말한다.

"얍! 죽어랏!"

후욱! 쐐액!

기합성이 이상했다.

어린아이와 큰 남자의 음성이 기묘하게 섞여 있었다.

사람들을 들쳐 업고 있는 것을 아랑곳하지 않고, 뛰어 내리며 발을 내리찍었다. 각법이 매섭고 강맹했다.

온유한 내공을 실어 일가족을 다치지 않게 땅으로 내던지고 몸을 돌렸다.

꽈앙!

홍해아의 발이 땅을 부쉈다. 각법공부가 아주 강력했다.

후웅!!

각법뿐이 아니다. 몸을 휘돌려 권격을 내뿜는데, 권격경파의 위력이 대단했다. 오기륭이 몸을 숙여 피했다. 홍해아의 경파가 오기륭이 부수고 나온 벽을 때렸다.

꽈아아앙!

벽이 와르르 무너졌다. 불꽃이 화려하게 흩날렸다.

"어때? 나 강하지?"

홍해아가 해맑게 말했다.

오기륭은 상대를 경시할 수 없었다.

술법사인 줄 알았더니, 무공도 놀라웠다.

기괴하게 미쳤으면서, 상승 경지의 권각술을 구사한다.

무공과 술법은 다르다.

술사는 타고난 난신괴력의 이능적 재능만으로도 상승의 술법을 구현하는 것이 가능하다. 그러나 무공은 타고난 오성만으로 완성되지 않는다. 이 정도 위력의 각법과 권법을 연성하려면 일심으로 수련하는 고행의 시간이 있어야 했다. 반드시라 해도 과언이 아니었다.

그렇기에 더 괴이했다.

진심으로 연마하는 모습을 그릴 수가 없다. 처음 보는 유형이었다.

꽈앙! 꽈앙! 꽈아앙!

홍해아가 연달아 주먹을 내질렀다.

오기륭은 측면으로 이동하며 홍해아의 연환권을 피해냈다.

집 벽이 퍽퍽 뚫리더니 급기야 건물 한쪽이 그대로 무너져 내렸다. 건물의 골자가 불에 타 약해졌다 해도 엄청난 파괴력이었다.

꽈아앙! 콰르르르륵!

굉음이 땅을 울렸다.

오기륭은 지붕이 내려앉을 때, 홍해아가 아닌 집 안에서 구해낸 사람들 쪽을 보았다. 다행히 괜찮다. 깔리지 않을 곳에 잘 던져 놓았다.

"우와아아! 무너져 버렸잖아!!"

미친놈이 뭐라고 떠들든 상대해 줄 생각 없었다.

오기륭은 다시 땅을 박찼다.

꽈아앙!

"뭐야!!"

탁! 탁! 파라락!

오기륭은 순식간에 담벼락을 뛰어넘었다.

홍해아가 다시 소리쳤다.

"왜 도망쳐!!"

홍해아가 오기륭을 따라서 담장 위로 뛰어 올랐다.

오기륭은 불타는 건물 하나를 지나쳐 다음 건물로 뛰고 있었다. 집 안에 인기척이 없었다. 불이 다 번지기 전에 밖으로 도망 나온 것이다.

"야! 거기 안 서?"

홍해아가 고함을 내질렀다.

오기륭은 다음 건물도 그냥 넘겼다.

세 번째는 규모가 큰 장원이었다. 담장이 높고 전각도 컸다.

오기륭은 담벼락을 뛰어 넘자마자 두 팔로 얼굴 쪽을 막은 채, 타오르는 전각 창문을 부수며 안으로 뛰쳐 들어갔다.

홍해아가 씩씩 대며 무서운 속도로 몸을 달렸다. 화가 난 아해(兒孩) 요괴의 양쪽 어깨에서 불꽃이 일어났다.

화르르륵! 쐐애액!

홍해아가 오기륭처럼 화염이 가득한 건물로 돌진했다.

쾅!

홍해아가 벽을 뚫고 들어갔다.

콰콰콰광!

안에서 폭음이 이어졌다. 홍해아가 들어가자마자 오기륭을 찾으며 난동을 부린 것이다.

건물 안에서 바깥으로, 건물 지붕이 터져 나왔다. 폭발과 함께 한쪽 벽이 무너졌다.

쫘앙!

오기륭이 문을 부수고 나왔다.

양 어깨에 두 사람을 걸쳤는데 한 명은 불꽃에 휩싸여 전신이 새까맸고, 다른 한 사람의 옷에도 불이 붙어 있었다.

오기륭은 두 사람을 지체 없이 정원 연못에 집어 던졌다.

첨벙! 치이이익!

불이 꺼지자마자 팔을 뻗어 건져냈는데, 이미 한 사람은 숨이 끊어져 있었다.

오기륭의 얼굴은 돌처럼 굳어져 있었다.

"아! 이제 알았다! 사람 구하려는 거였구나!!"

불길 속에서 뛰쳐나온 홍해아가 손뼉을 짝 치면서 해맑게 목소리를 높였다.

오기륭이 몸을 일으켰다

그가 홍해아를 돌아보았다.

"와핫! 내가 막 쏴댄 불에 맞았나 봐! 하나는 죽었네! 킥킥킥킥!"

홍해아는 박장대소를 했다.

그러더니, 갑작스레 어깨를 한 번 튕기고는 손을 휘두르며 소리쳤다.

"그럼 마저 하나 죽여야지!!"

화르르르륵!

불덩이가 꼬리를 달고 아직 숨이 붙은 사람을 향해 날아들었다.

파앙! 화륵! 키이잉!

오기륭이 무서운 속도로 발끝을 내찼다.

날아오던 불덩이가 터지고 흩어졌다. 검은 연기가 치솟았다. 철신각 의족에 붉은 문양이 떠올랐다.

"화났어?"

홍해아가 꺄르륵 웃으며 다시 불덩이를 내던졌다.

이번에도 겨우 살린 사람을 향해서였다.

퍼엉!

오기륭이 철신각으로 불덩이를 터뜨렸다. 홍해아는 말을 멈추지 않았다.

"재밌잖아! 계속 막을 수 있어? 이것도? 이것도?"

홍해아가 신이 난 듯 재주를 넘으며 두 손을 번갈아 휘둘렀다. 불덩이가 연이어서 날아들었다.

퍼엉! 쫘아앙!

오기륭은 한 발 한 발 차내며 전진했다.

"오!! 이제 진심으로 놀아 줄 거야?"

"시끄럽다!!"

쫘앙!

오기륭의 입에서 무시무시한 호통이 터져 나왔다.

그의 신형이 순간으로 공간을 꿰뚫고, 홍해아의 정면에 나타났다.

콰직!

진각에 땅이 갈라졌다.

부릅뜬 두 눈에는 어른의 분노가 담겨 있었다.

훅!

앞차기였다.

그저 직선으로 뻗어 차는 단순한 앞차기엔 천변만화 각법 재주를 압도하는 명료한 대협혼의 공부가 실려 있었다.

홍해아는 피하지 못했다.

깜짝 놀라 두 팔꿈치를 내리고 무릎을 들며 막았지만, 일격의 묵직함은 그 가벼운 귀혼(鬼魂)으로 버틸 수 있는 힘이 아니었다.

콰아아앙!

폭음과 함께 홍해아의 몸이 뒤쪽으로 튕겨나갔다.

화포에서 화탄을 쏜 듯, 무서운 속도로 날아가 불길 가득 까만 벽을 뚫고 들어갔다.

텅!

오기륭은 즉각 땅을 박찼다.

홍해아가 뚫고 들어간 벽을 더 부수고 돌진했다. 타오르는 불 속에서 홍해아가 막 몸을 일으키고 있었다.

오기륭이 다시 발을 내질렀다.

그의 발길질은 단순하고 거칠기 짝이 없어, 투로도 초식도 없어 보였다. 그럼에도 홍해아는 피할 수가 없었다.

홍해아가 팔을 들어 막았다.

꽈아앙!

홍해아가 튕겨나가 기둥을 박살 내고 불길 속에 처박혔다.

화륵! 우직! 우지끈! 콰르르르륵!

기둥이 분질러지자 천장을 버티던 목재들이 연쇄적으로 부러지며 홍해아의 머리 위로 쏟아져 내렸다.

우직! 와지지지직!

천장 목재에 이어 지붕에 금이 갔다. 건물이 주저앉을 기세였다.

땅을 차고 뒤로 물러났다.

오기륭의 몸이 건물 밖으로 빠져나왔다. 굉음과 함께 전각이 통째로 무너졌다.

오기륭은 뒤로 돌아보지 않고, 몸을 날려 담장 위로 올라갔다.

주점에서 따라온 장한들이 막 현장에 당도하고 있었다.

"방화병(防火兵)은?"

오기륭이 큰 소리로 물었다.

"관아에 변고가 있는 것 같습니다! 아무도 나오질 못하고 있어요!"

도시 성문 앞에 병사들이 진을 쳤다고 들었다.

관아가 제 기능을 상실한 것도 그럴 수 있겠다.

오기륭은 생각을 오래하는 이가 아니었다. 방화병과 정용들이 없으면 없는 대로 불과 싸워야 했다.

"주위 건물들 비우고 담장부터 부순다! 사람들 다 빠져나오면 건물도 무너뜨려!"

이럴 때 필요한 것이 삶의 경험이다.

젊은 무인들은 이런 대처에 능하지 않았다.

"이쪽! 이쪽 건물부터다!"

오기륭이 몰려든 사람들을 독려했다. 적을 물리치던 족도참격의 비기가 이번엔 담장을 쪼개는 데 쓰였다.

쫘앙! 콰르르르륵!

도끼로 내려친 듯 무너진 담장에 기운 센 남자들이 달라붙었다.

주점에서 술을 먹던 이들 중엔 무인들도 여럿 있었다. 무인들이 도시 백성들과 합심하여 돌담을 부쉈다.

방화 병사들은 기본적으로 공병에 속했다.

모래와 물로 번지는 화재를 진압하는 데에는 한계가 있었다. 화재 진원지 주변의 건물을 무너뜨리는 것이 번지는 불을 막는 데 중요한 방책이 되었다.

오기륭은 다른 건물로 뛰어들었다.

산 사람의 기운이 느껴져서 들어갔지만, 너무 늦었다. 오기륭은 검게 타서 살아도 산 게 아닌 여인네를 들고 나왔다.

화기가 침범하지 못했던 오기륭의 얼굴에도 이제 그을음이 묻었다.

"여기요! 이러다 다 탑니다! 이쪽 창고는 부숴야 해요!"

"모두 대피하시오! 이 집에는 어차피 옮겨 붙을 거요!"

주위의 건물에서 사람들이 쏟아져 나와 화재 진압에 나섰다.

백주에 싸움이 벌어지자 순식간에 거리를 비웠던 것처럼 백성들의 움직임은 관군의 지시가 없음에도 일사불란했다. 기운 센 남자들이 방화사(防火砂) 모래주머니를 꺼내와 불 난 집에 내던졌다. 강물에서부터 이어지는 수방(水方:물동이) 행렬도 세 줄이나 생겨났다.

쿠구구구구구.

사람들을 이끌던 오기륭은 기(氣)의 진동을 느꼈다.

땅이 울리는 것 같았다.

이번에도 마찬가지였다. 그는 생각하여 행동하는 자가 아니라 감에 따라 움직이는 본능형 무인이었다.

"멈춰! 불 끄는 것 그만하고 모두 피해!!"

내공을 한껏 실어 내지른 소리가 수백 민가 숨어 있는 이들의 귓전에까지 울려 퍼졌다.

"모두 집에서 나와! 산 쪽으로 도망쳐!"

많은 백성들이 오기륭의 목소리를 알았다. 산이 어딘지도 잘 알았다.

정신없이 물을 길어오고 건물들을 부수던 사람들은 순간 어리둥절해했지만, 오기륭의 목소리에 담긴 급박함은 누구나 알아들 수 있었다. 사람들이 하나둘 손을 놓고 불 없는 길을 향해 달리기 시작했다. 화재 현장과 떨어져 있던 민가에서도 사람들이 뛰쳐나왔다. 자고 있는 이웃을 깨워가며 피신했다.
쿠구구구구!
오기륭이 왔던 길을 되돌아가 걸었다.
역시 그 정도로는 안 죽었을 줄 알았다. 숨을 고르고 전신에 공력을 퍼뜨렸다.
몹시 불길하고 위협적인 기운이 땅울림과 함께 전해져 왔다.
꽈아아아아앙!
폭발이 일어났다. 화광이 번쩍하고 사위를 밝혔다.
"으아아아아아! 날 무시했어!!"
그것은 완연한 소년의 목소리였다.
"말 안 들어! 모조리 태워버릴 거야!"
홍해아의 음성이 동굴에서 울리는 것처럼 몇 번이고 땅을 흔들었다.
홍해아의 전신에서 불길이 치솟았다.
쩍 하고 홍해아 가면의 입이 열렸다.
화르륵! 콰아아아아아아아아!
홍해아의 입에서 불이 뿜어졌다.
그 불길은 전설만큼 거대했다. 압도적이었다.
오기륭의 철신각은 그 불을 막지 못했다.
그날 밤.
홍해아는 적벽 도시의 오분지 일을 잿더미로 만들었다.
최악의 술법.

삼매진화였다.

*   *   *

홍해아의 삼매진화가 터뜨린 화광(火光)은 적산의 의협비룡회 총단에서도 훤히 보였다.
단운룡은 천잠비룡포를 입고, 그 위에 적색보의를 걸쳤다.
그러나, 그는 섣불리 밑으로 내려갈 수가 없었다.
"왔군."
홍해아보다 더 강력한 적의 존재를 감지했기 때문이었다.
상대는 불빛이 번쩍이듯, 갑작스러운 기파의 전개로 그 존재를 드러내더니, 약 올리듯 기척을 감춰 버렸다.
단운룡은 갈등했다.
도약으로 불 속에 뛰어들까 하면 적의 시선이 쏘아지듯 느껴졌다.
총단을 비우는 즉각 놈이 들이닥칠 것이다.
놈은 존재감만으로 단운룡의 발을 묶었다.
"마음에 안 들어."
"참으십시오."
"밑에서 불러내는 건?"
"아마도 응하지 않을 겁니다. 이쪽으로 들이닥치면 막을 자가 없고, 행여 도발이 성공하더라도 시가에서 싸울 경우엔 백성들 피해가 커집니다."

단운룡도 안다.

지금은 경동할 수 없었다. 신마맹은 일반적인 병법을 쓰지 않았다. 이치에 맞는 전략이 아니라 즉흥적인 변주다.

양무의는 신중하게 생각했다.

적들은 요마답게 선공했다.

이쪽에서 이만큼 준비했으니, 저쪽에서는 이만큼을 동원한다. 그런 방식이 아니었다. 계산 없는 난장은 그 자체로 위협적이었다.

철저한 계산으로 작전을 수립하는 모사들이 가장 난감해하는 상황이었다.

어디로 튈지 모르는 괴물이 있다는 것은 대병력을 운용해야 하는 전투에서 아주 큰 부담이 된다.

그동안 적들에게 있어 단운룡의 존재가 그러했을 것이다.

이번엔 입장이 바뀌었다.

상대편엔 책략을 거스르는 괴이(怪異)들이 있다.

홍해아는 양무의도 예상하지 못한 시점에 민가 한가운데서 대화재를 일으켰다. 다른 하나는 모습도 드러내지 않고 단운룡을 견제한다.

허를 찌르겠다는 의도가 아니요, 미리 약속된 연환계도 아니었다.

그럼에도 양무의는 그 안에서 옥황의 심계를 읽었다.

던져놓으면 알아서 움직일 것이다.

마치 양무의가 단운룡이란 패를 꺼낼 때와 같다. 전략 없음이 곧 전략이었다.

홍해아와 요마들은 머리를 쓰지 않는다. 일으키는 재난 또한 예측할 수 없다. 그들이 일단 혼란을 일으키면, 변화하는 상황에 따라서 통제 가능한 전력이 다음 패로 나올 것이다.

"사상자는 최대한 줄여야 해. 그러지 못하면 기다리는 것도 의미 없어."

"걱정 마십시오."

양무의는 태연히 대답했다. 허나 마음은 편치 못했다.

이 상황에선 정답이 없었다.

단운룡이 내려간들 불길을 자유자재로 뚫고 다닐 수는 있어도 이미 번진 불을 쉽게 끄지는 못한다. 단운룡이 없는 틈을 타 적들의 최고위 전력이 총단에 들이닥치면 단운룡이 다시 오기까지 짧은 시간에도 적지 않은 피해를 입을 수 있었다.

여기서부턴 계산을 해야 한다.

양무의는 단운룡의 무공한계를 분명하게 알고 있었다.

단운룡이 전력을 다한다는 전제만 깔면, 화광이 저보다 두 배 더 충천한다 한들 문제될 것이 없다. 화재 진원지 주변을 한발 먼저 초토화시키면 된다. 그렇게만 해도 불은 잡힌다.

다만, 단운룡의 무력은 그렇게 소진할 수 없는 전력이었다. 회복에 시간이 걸리는 무기이니만큼, 쓰는 데 신중을 기해야 했다. 게다가 건물을 부수고 불을 막는 것은 단운룡의 마신이 아니라도 가능한 일이었다. 시간이 훨씬 더 걸리고 피해도 늘어나겠지만, 일단 단운룡의 힘을 온존하는 것이 맞다. 그것이 전투에 대응하는 양무의의 판단이었다.

그러면서도 마음 한 구석에서는 단운룡과 똑같은 갈등을 했다.

단운룡이 내려가면, 어쨌든 당장 한 명이라도 더 구할 수 있을 것이다. 홍해아라는 강적을 죽일 수 있는 가능성도 높아진다. 그러나 옥황이, 옥황이 보낸 가면들이 홍해아의 죽음을 두고 볼 것인가. 저 맹렬한 불 속에서 단운룡이 집중 공격을 당하면 대처가 쉽지 않았다.

결과를 미리 알 수 있는 방법은 없다.

양무의에겐 없는 능력이었다.

모든 것은 가정일 뿐이었다. 지금 당장 백성들을 구하기 위해 단운룡의 힘을 낭비했다가, 추후 이어지는 후속 공격에 만전으로 대응하지 못하면, 그 다음엔 더 많은 사상자가 나올 수 있었다. 적벽 백성들이 되었든, 의협비룡회가 되었든, 목숨값은 누구 하나 가릴 것 없이 비쌌다. 양무의는 그렇게 생각했다. 그나마 다행인 것은, 단운룡이 양무의의 결론에 동의했다는 사실이었다.

불은 동이 틀 무렵에야 꺼졌다.

화재를 진압한 것이 아니라, 탈 만큼 다 타서 꺼졌다는 것이 옳았다.

도시 남부가 초토화되었다. 장강 지류 하천과 바위지대로 구획이 나뉘지 않았으면 피해는 더 컸을 것이다.

오기륭은 홍해아와 권각을 나눠 볼 수조차 없었다.

화룡(火龍)처럼 꿈틀거리는 불길은 살아 있는 듯 움직이며 태울 수 있는 모든 것을 잡아먹었다. 철신각만으로 방어할 수 있는 화기(火氣)가 아니었다.

홍해아 또한 천외(天外)의 술법을 전개한 것만으로도 부담이었는지, 발작적으로 화를 내고 탈진한 아이처럼 더 이상 날뛰지 못했다.

오기륭은 화염의 장벽을 뚫는 대신 물러나서 백성들의 대피를 지휘했다. 의협비룡회 무인들이 적산에서 대거 내려와 불길의 확산을 막기 위해 분투했다.

목조 건물들은 불을 키우는 기름이었고, 길가에 선 나무와 수풀은 불을 잇는 도화선 같았다. 관승과 장익이 이끄는 창술무인들이 도시 동남쪽으로 이어지는 작은 숲을 반 시진 만에 벌목했다.

도시 서부로 이어지는 하천 나무다리는 막야혼과 발도각 무인들이 끊었다.

셀 수 없이 많은 민가와 저자의 건물들이 재로 변했지만, 무인들의 발 빠른 대처에 인명 피해는 생각보다 크지 않았다.

물론 그래도 두 자리 수는 넘었다. 불에 덴 화상보다 화독(火毒) 가득한 연기가 문제였다. 불길보다 더 큰 검은 구름이 집 안과 길거리를 순식간에 휩쓸었다. 한 줌이라도 내공이 있는 무인들은 버틸 수 있었지만, 무공과 거리가 먼 민초들은 헐떡대며 들이키는 들숨만으로도 치명적이었다. 콜록 대다 넘어지면 황천길이 보였다. 운 좋게 발견된 이들만 목숨을 건졌다.

홍해아는 연기가 옅어지기 전에 모습을 감추었다.

그리고 금각은 그 대화재의 혼란을 틈타, 남문의 성벽의 병사들을 죽였다. 양무의는 만일의 상황에 대비하여 성문 쪽에도 의협비룡회 무인들을 배치해 놓았었지만, 바람을 타고 무섭게 번지는 불이 무인들의 이탈이란 결과를 초래했다. 그들에겐 백성들의 안위가 우선이었다. 화상과 그을음을 달고 뛰는 사람들을 있는 힘껏 구해내고 위치로 돌아오니, 성문과 성벽에는 병사들의 시신만 하나 가득이었다.

금각은 충분히 잔인해질 수 있는 요마였다.

살육의 현장은 참혹했다. 성벽 계단에서 피가 내처럼 흘렀다.

그리고, 이어 말발굽 소리가 지축을 울렸다.

두두두두두두두두두!

밤에 일어난 대화재와, 성문 병사들의 죽음은 기병들이 진격하는 데 있어 더할 나위 없는 구실이 되었다.

일천 기마병과 이천의 보병들이 성문으로 쏟아져 들어왔다.

이게 겨우 진화된 땅에는 아직도 열기가 남아 있었지만, 타

버린 도시는 기병이 달릴 수 있는 평지와도 같았다.

"도시를 겁란에 빠뜨린 강호 도당을 토벌키 위해 명군이 나섰다! 저항하지 말고 무장 없이 항복하라!"

홍황삼각 대명제국 깃발을 휘날리며 지휘관이 소리쳤다. 내공을 익힌 듯, 목소리가 멀리멀리 뻗어 나갔다.

"항복하라! 항복하라!"

"와아아아아아!"

삼천 군사가 한 목소리로 항복을 종용했다.

군사들의 함성이 적벽도시를 쩌렁쩌렁 울렸다.

"다리를 다시 잇고, 도로를 확보하라!"

군사들의 기세가 하늘을 찔렀다.

잿더미 사이로 연기가 피어오르는 그곳은 이미 전쟁터와 같았다. 기병들은 적벽의 시가 공략을 미리 훈련이라도 한 것처럼, 지체 없이 기마를 내달렸다.

"나루터로 병력 진입로를 구축한다! 본군에 협조하는 강호의 맹회가 검병(劍兵)들을 지원키로 하였다! 진(津)을 열라!"

촤악! 촤아악! 촤아아악!

물살 가르는 소리가 강물 위를 가득 채웠다.

전선(戰船)들에서 소선들이 내려와 물살을 갈랐다.

검을 든 무인들이 배마다 열 명씩이다. 소선만 이십여 척이었다. 비검맹 무인들이었다.

척! 척! 척! 척!

짙은 남색 옷을 입은 비검맹 무인들이 열을 지어 나루터로 올라왔다.

그야말로 전격적이었다.

마치 홍해아의 화공(火攻)이 사전에 예고라도 되어 있었던 것처럼, 군사들과 비검맹 무인들이 적벽 시가지로 들이닥쳤다.

쏴아아아아아아아!

그뿐이 아니었다.

외강으로부터 납작한 전선들이 수십 척 밀려들었다.

마치 적벽대전의 선단 연환계를 재현하듯, 빽빽하게 항행하며 강물 위를 채웠다. 새로이 나타난 전선들에는 무인들이 몇 명 타고 있지 않았다. 배 위에서 말을 달렸다는 삼국적벽 조조군의 믿지 못할 전설마냥, 장강 강물 위에 평지를 만들려는 것 같았고, 실제로도 그렇게 했다.

압권이었던 것은 그 위에 드리워진 대전함의 위용이었다.

태양이 막 떠오르고 있음에도, 전함의 그림자는 구름 가득한 밤처럼 불길하게 느껴졌다.

비검맹 영검존의 기함, 마령선이었다.

우-우-우-우-우-우-우-웅!

마령선 선수에서 기이한 울림이 흩뿌려졌다.

피리 소리라고 하기엔 대단히 깊고 음울했다. 유부에서 울려나오는 귀곡성처럼 듣기에 편치 않았다. 햇살마저 물러가게 할 것 같았다.

선수 위에 한 검사가 모습을 드러냈다.

마치 온몸에 안개를 드리운 것처럼 모습이 흐릿해 보였다.

영검존(靈劍尊)이었다.

그가 선수에서 몸을 날렸다.

뚝 떨어지는 것이 아니라, 안개를 타고 내려오듯 낙하가 부자연스럽게 느릿했다.

바로 앞에서 물살을 가르던 전선 위에 그가 내려섰다.

대전함의 선수에서 뛰어내렸음에도, 발을 딛는 소리가 들리지 않았다.

그는 영검(靈劍)이라는 호칭처럼 유령 같은 움직임으로 강물을 뛰어넘었다. 그가 차곡차곡 평지를 만드는 전선들 앞에 섰다. 눈에서는 사람 같지 않은 귀기가 줄기줄기 뻗어 나왔다.

그가 고개를 들고 나루를 보았다.

쉬류류류륙!

강둑에서 기이한 바람이 일어나더니, 새까만 옷을 입은 도사 하나가 땅에서 솟은 듯 모습을 드러냈다.

"오셨습니까? 검존이시어."

"흑림의 사자로군."

영검존은 목소리마저 끔찍하게 들렸다.

사검존 회의사신의 사기(邪氣)가 무시무시하다 했지만, 영검존의 귀기(鬼氣)도 요사스럽기는 매한가지였다.

흑림의 도사가 고개를 조아리며 답했다.

"대공의 연성을 감축 드립니다."
"함부로 아는 척하지 말라."
흑의도사가 더 몸을 숙였다. 비굴해 보이진 않았다. 그만큼 영검존의 기도가 압도적이었다.
"그쪽 준비는?"
"요수(妖獸)들은 해가 질 때에 이르러서야 당도할 것으로 보입니다."
"늦다."
"서두르겠습니다."
"용형인(龍形人)은?"
"얼룡은 거부했습니다."
"통제가 안 되나?"
"세상에 누가 있어 그런 악룡을 뜻대로 부릴 수 있겠습니까?"
"나는 너의 말을 믿지 않는다."
"믿지 않으셔도 그것이 사실입니다."
"허면? 설마하니 빈손으로 내 앞에 나타난 것은 아니겠지."
살기가 더 드러난 것도 아니다. 그래도 무섭다. 온갖 괴사의 한가운데서 살아 온 흑림의 도사조차도 등골이 오싹해지는 것을 느꼈다.
"얼룡은 이번에야말로 천도를 거스르기로 결심한 것 같습니다. 상류에서 홍룡을 깨웠습니다."

"홍룡? 왕모가 봉인한?"

"네. 그렇습니다."

"그 봉인이 깨지는 봉인이었나?"

"그래서 불완전한 반신(半身)으로 환성(喚醒)했다 압니다. 반신이라도 용은 용입니다."

"그건 통제되고?"

"안 됩니다."

도사는 꾸밈없이 답했다.

영검존은 표정 없이 이야기를 들었다.

"요력(妖力) 수급을 못 하면, 내가 너의 영혼을 거두겠다."

"그것은 걱정하지 마십시오."

자신 있게 말했지만, 목소리는 떨려 나왔다.

"영검대(靈劍隊) 귀검사(鬼劍士)의 기동을 맡기겠다. 성공해야 할 것이야."

"물론입니다."

영검존이 손짓했다.

도사가 바람과 함께 자취를 감추었다.

영검존이 돌아섰다. 그는 물에 오르지 않았다. 음울이 점철된 눈으로 마령선을 보았다.

이제 시작이다. 파검존은 허무에 잠식되었고, 사검존은 집착에 눈이 멀었다.

다음 대 비검맹주는 그다.

맹주에게 도전하는 첫걸음이 눈앞으로 다가오고 있었다.

　　　　　＊　　　　　＊　　　　　＊

두두두두! 척! 척! 척!
도시로 들어온 병사들은 거칠 것이 없었다.
적벽은 밤보다 낮에 더 숨을 죽였다. 화재를 피하고 불을 막기 위해 뛰던 간밤에는 불안해도 거리에 활기라는 것이 있었다.
지금은 아니다.
백성들을 지켜야 할 관군이라는 자들이 보보마다 위험스럽기 짝이 없는 기운을 뿜어내고 있었다.
"나오지 않을 셈인가!!"
지휘관의 목소리가 쩌렁쩌렁하게 사위를 울렸다.
의협비룡회 무인들은 반응하지 않았다.
아직이다.
문주의 지시였다. 거리와 집집 곳곳 보이지 않은 곳에 자리 잡은 무인들은 군병들의 진격을 지켜만 보았다.
"요 장군, 강호의 도적 무리들이 겁을 먹었나 봅니다."
"그럴 리가 없다! 이놈들은 몹시 간특한 악적들이다! 모두 긴장의 끈을 놓치지 말라!"
요 장군이라 불린 지휘관이 단호하게 말했다.

문사처럼 섬세한 생김새에 정광이 어린 두 눈을 지녔다. 자신이 하는 일이 옳다고 믿는 자의 얼굴을 하고 있었다.

"일부러 숨어 있는 것이라면, 그것을 방조하는 백성들이 있을 겁니다."

옆에서 기마를 모는 부관이 말했다.

그 역시도 목소리엔 정기가 가득했다. 몸가짐에 절도가 있었다. 타락하여 사리 분간 못 하는 관리로는 보이지 않았다.

"옳은 말이다. 기습에 대비하고 정면의 민가에서 백성들을 끌어내라!"

요 장군이 명령했다. 병사들이 민가의 문을 두드렸다. 열지 않는 문은 철퇴로 내리쳐 부쉈다. 열 가구 오십여 명 백성들이 줄줄이 끌려 나왔다. 겁먹어 애원하는 자들, 점잖게 묻는 자들, 무슨 횡포냐며 대드는 자들, 민초들은 각양각색이었다.

"모두 닥치거라!"

요 장군이 호통으로 백성들의 목소리를 막았다.

그가 물었다.

"비룡회라는 무리가 어디에 있느냐!!"

백성들이 손을 들어 적산 쪽을 가리켰다. 강단 있는 남자 하나가 소리쳤다.

"의협비룡회가 어디에 있는지는 이미 알고 오셨지 않습니까? 간밤에 큰 불이 났을 때, 군사들은 성문 밖에서 수수방관하고 있었습니다. 밤새도록 사람들을 구한 것은 저들 의협의 무인들이었습니다. 그런데 이제 와 병사들을 끌고 와서 이렇게 아무 관련 없는 민초들을 핍박하는 이유가 무엇입니까?"

구구절절 옳은 말이다.

하지만 요 장군의 대답은 짤막했다.

"쳐라."

퍼억! 퍽!

"어억! 으악!"

군사들이 즉각 창봉을 휘둘러 남자를 때려 눕혔다. 순식간에 벌어진 일이었다.

"흉악한 도적 무리가 그럴듯한 행색으로 나라의 질서에 혼란을 초래하니 무지한 백성들은 옳은 도리를 모르고 이반에 휩쓸린다. 네놈들이 그 꼴이다! 그것이 이유다. 그러하므로 이는 핍박이 아니라 징치이니라!"

요 장군이 준엄한 목소리로 말했다.

신념으로 도리를 말하는 자들은 얼마든지 무서워질 수 있다. 그 신념이 옳든 그르든 그것은 중요하지 않았다.

퍼억! 퍼어억!

매질이 이어졌다. 넘어진 남자는 금세 피투성이가 되었다.

요 장군의 말이 이어졌다.

"대저 비룡이라 함은 군기(軍旗)에도 함부로 쓰지 않는 하늘의 상징이다. 일개 도적 무리가 용을 칭하다니 참으로 무도하다! 누구든, 저 위 적산의 도적 무리에 협조하는 자들은 이 자보다 더한 형벌을 받을 것이다!"

목소리가 쩌렁 사위를 울렸다. 음성에 담긴 내공이 고강했다. 기운이 허한 백성들 몇몇은 귀까지 틀어막고 땅을 굴렀을 정도였다.

퍼억!

피투성이가 된 남자는 이미 의식을 잃었다.

"아이고, 나으리! 제 아들은 아무 잘못이 없사옵니다!"

늙은 아비가 병사들의 바짓가랑이를 잡았다.

요 장군이 말했다.

"늙은이가 잘못이 무엇인지도 모르는구나! 함께 쳐라!"

병사들이 아비마저 짓밟았다.

"이게 무슨 행패……!"

"아이고, 아서시오!"

몇몇 남자들이 나서려 했지만, 옆에 선 이들이 말렸다.

"방금 말한 자 누구냐!"

"……!"

서로서로 입을 막고 하고 싶은 말을 삼켰다.

병사들의 기세가 지극히 흉험했다. 미처 손쓸 도리도 없이 부자(父子)가 죽을 지경으로 얻어맞았다.

본디 적벽 백성들에게 관아란 지극히 친밀한 이웃이었다. 심판관 나으리도 술 취한 여름밤이면 저잣거리 파락호와 나란히 앉아서 암무회전 싸움판을 구경했다. 이는 백성들이 일찍이 겪지 못한 강압이었다.

뒷줄에 엉거주춤 서 있던 한 명이 은근슬쩍 골목길로 숨어 들었다. 의협비룡회에 알리려 함이었다.

"도망친다!"

"잡아라!"

불행히도, 요 장군을 비롯하여 무공을 익힌 병사들이 많았다. 병사 세 명이 몸을 날려 남자를 잡아왔다.

"죽여."

요 장군의 명령은 이번에도 한마디에 불과했다.

백성들의 얼굴이 사색이 되었다. 그리고 명령이 떨어지기 무섭게, 병사의 창날이 남자의 배를 꿰뚫었다.

목을 벤 것도 아니고, 배를 뚫었다. 사형으로 치자면 엄청나게 잔혹하고 고통스러운 형벌이었다.

"으어어어어!"

남자가 몸을 부들부들 떨었다.

우직! 쏴아아아!

병사가 창을 뽑았다. 피가 쏟아졌다. 뚫린 구멍으로 내장까지 딸려 나왔다. 넘어져 꿈틀거리는데 헐떡거리는 숨은 쉽게 끊어지지도 않았다. 백성들이 공포에 질렸다.

"똑똑히 들어라. 위정자의 통치가 그릇되었으니, 백성이 군을 업신여기고 허튼짓을 하려 드는 것이다. 질문하지 말고 의심하지 말라. 따르지 않으면 죽는다."

요 장군의 한 마디 한 마디엔 힘이 넘쳤다. 모두가 숨을 죽였다. 요 장군은 백성들의 두려움이 흡족하기라도 한 듯, 여유롭게 기마를 앞으로 끌고 나갔다.

"이제 시작일 뿐이다! 숨어 듣는 도적 무리는 당장 투항하되, 먼저 항복하는 자 백 명에 한하여 사형을 면해 주겠다! 또한 강호 도당이 억류하고 있는 숭녕공주의 부마시형 우항을 끌고 오는 자에겐 공로를 인정하여 처벌을 면케 할 뿐 아니라 포상을 내리겠다!"

이것은 백성들에게 하는 말이 아니었다.

어딘가에서 듣고 있을 의협비룡회의 무인들에게 한 말이다.

선포가 이어졌다.

"시한은 신시 말까지다! 넘기면 면책은 없다! 기다려도 나타나지 않는다면 백성들이 대신 죽을 것이다!"

적벽의 강바람을 타고 그의 목소리가 적산까지 전해졌다.

"전군, 전진!"

군사들이 적벽 중심으로 진격했다.

적벽 관아가 군사들의 손에 떨어진 것은 정오가 채 되기 전이었다. 백성들과 즐거이 어울릴 만큼만 타락했던 관리들은 압도적인 군사력 앞에 저항조차 제대로 하지 못했다. 무고한 이들이 여럿 죽었다.

미시에 이르자, 군사들은 적벽 시가를 통째로 장악하기에 이르렀다.

신시가 되었다. 얼마 남지 않았다.

요 장군이 말한 기한이 가까워 와도, 의협비룡회는 침묵으로 일관했다. 이유는 지극히도 명백하고 단순했다. 관군과 죽고 죽이는 싸움을 벌일 수는 없다.

이를 악물고 버티는 시간만 속절없이 흘렀다.

　　　　　＊　　　　＊　　　　＊

신시가 다 지났다. 유시가 코앞이다.

적벽의 상황이 시시각각 전해졌다.

장군은 신시를 말했고, 신시 타종이 울린 지 얼마 되지 않았을 때부터 적산에서 훤히 내려다보이는 도시 공터에 백성들을 끌어내기 시작했다. 그 수만 수백에 이르렀다. 병사들의 창날이 그들에게 겨눠졌다.

"나는 가야겠다."

오기륭이 벌떡 일어나며 말했다.

그는 적벽에서 오랜 시간을 보냈다. 군사들이 도시에 들이닥칠 때부터 이미 마음은 적벽 백성들과 함께 있었다. 분노가 머리끝까지 치밀어 오른 상태였다.

"형님, 우리 모두 같은 생각입니다."

왕호저가 오기륭에게 말했다. 관승이 우람한 팔로 팔짱을 낀 채 일어난 오기륭을 올려보았다.

"일단 앉으십시다. 관군과 살육전을 벌일 생각입니까? 나는 양 군사의 말을 믿소이다."

"양 군사는 지금 자리에 없지 않느냐! 지금 당장 백성들이 죽을 판이다!"

오기륭이 버럭 소리쳤다. 왕호저의 말마따나, 모두의 마음이 똑같다. 화탄이 터지기 직전과 같았다.

엽단평마저도 검자루를 쥔 상태다. 손마디가 하얗게 변해 있을 정도였다. 그도 그러한데 막야흔은 더 심했다. 그는 단운룡의 옆에 앉아 몇 시진째 이만 갈았다. 두 눈은 부릅뜨다 못해 시뻘건 핏발이 서 있었다.

"아, 씨팔!"

기어코 막야흔이 욕지거리를 내뱉었다.

그가 벌떡 일어나려다가 슬그머니 움직임을 멈췄다.

바로 옆에서 단운룡이 몸을 일으켰기 때문이었다. 일어난 단운룡을 본 오기륭이 눈썹을 씰룩이며 나직한 목소리로 말했다.

"말리지 마라."

그는 이제 철신갑을 입고 있었다.

못 가게 막으면 당장 발도각이라도 날릴 기세였다.

저벅.

단운룡이 오기륭의 앞으로 왔다.

이젠 단운룡의 키가 더 컸다. 오기륭은 단운룡을 올려다보지 않았다. 오기룡은 참을 수 없었다. 의협비룡회나 참룡방을 떠나, 백성들이 저리 죽는 것은 용납할 수 없는 일이었다.

오기룡은 발끝을 가볍게 하고 땅을 박찰 준비를 했다.

저벅.

단운룡은 아무 말 없이 그의 옆을 지나쳤다.

오기룡이 어리둥절, 단운룡의 등을 보았다.

단운룡은 멈추지 않고 걸어가 전략회의실의 문을 열었다. 그가 오기룡을 돌아보며 물었다.

"뭐 해?"

오기룡이 두 눈을 치떴다. 단운룡이 다시 물었다.

"간다며?"

세월이 지나도 똑같다. 오기룡은 훌쩍 큰 단운룡에게서, 오래전 함께 목숨을 걸었던 어린 친우의 모습을 겹쳐 보았다.

가자는 것이다.

단운룡이 선두에 섰다. 백성들을 구하기 위해서.

"그래, 가자."

오기룡이 성큼 단운룡의 뒤를 따라 발을 옮겼다.

우르르, 회의실의 의자들이 뒤로 밀렸다.

막야흔과 엽단평이 가장 먼저 일어났다. 일어났다 싶은 순간, 벌써 오기룡과 발을 나란히 했다. 관승과 왕호저도 벽에 기대 세워놓은 창봉을 들었다.

단운룡이 문을 넘었다.

그러나, 그는 나아가지 못했다.

큰 그림자가 단운룡의 앞을 막았기 때문이었다.

"문주는 안 된다 했습니다."

텁석부리 수염에 부리부리한 눈으로 양무의의 말을 전했다. 장익이었다.

"백성들이 먼저다."

"압니다."

"관군들을 죽이면 곤란해져. 그러니 가야 한다. 죽이지 않고 제압하려면 고수들이 나서야 해."

"그것도 압니다."

장익이 대답했다.

오기륭이 성큼 앞으로 나갔다.

"비켜."

장익은 관승과 짝처럼 보였지만, 본래 참룡방 일원이 아니었다. 그는 양무의와의 인연으로 의협비룡회에 들어왔다. 오기륭은 장익 앞에서도 발끝을 세웠다.

"네."

헌데 장익이 순순히 옆으로 물러났다. 오기륭은 다시 한번 어리둥절해했다.

"뭐야?"

"가십시오."

장익이 손짓으로 오기륭의 길을 터줬다.

오기륭은 발끝에서 힘을 거두고, 장익의 옆을 지나쳤다. 장익이 덧붙여 말했다.

"생각 같아서는 제가 사모를 들고 싶습니다."

"헌데?"

"제가 들은 이야기는 문주를 못 가게 하라는 거였습니다. 다른 이들은 해당되지 않습니다."

장익은 단운룡 앞에서만 물러나지 않았다.

오기륭은 장익의 말에 세 번째로 어리둥절해했으나, 이내 퍼뜩 정신을 차리고는 회랑을 따라 뛰었다.

막야흔이 행여 붙잡힐까 바람처럼 오기륭의 뒤를 따랐다.

단운룡이 말했다.

"야흔, 함부로 죽이면 안 돼."

막야흔은 대답도 하지 않았다. 바랄 것을 바라야 한다. 그래서 엽단평에게 덧붙였다.

"단평. 야흔 챙겨."

"자신 없습니다."

엽단평은 솔직히 답했다. 그도 똑같이 위험했다. 엽단평의 전신에선 막야흔 못지않은 살기가 끓고 있었다.

백성들을 볼모로 위협했으니, 당연한 일이다.

당장 단운룡부터 참지 못했다.

"무슨 생각 하시는지 압니다."

장익이 말했다.

단운룡은 잘 알고 있었다. 장익은 외모만 장비익덕이지, 사고는 영리하기 짝이 없다. 양무의가 괜히 그를 중용한 게 아니었다.

"그래서 안 된다고 하셨습니다."

단운룡은 양무의가 그 자신을 읽었음을 안다.

그는 거짓말을 했다. 관군들을 죽이면 곤란해진다. 죽이지 않고 제압하기 위해 고수들이 간다고 했다.

아니다. 단운룡은 충분히 분노했다. 막야흔에게 함부로 죽이지 말라고까지 했지만, 마음은 전혀 그렇지 않았다. 관병이든 뭐든, 모조리 몰살시키고, 명분은 그 다음에 만들면 된다.

그것이 단운룡이 생각한 바였다.

양무의는 장익으로 하여금 단운룡을 막아서게 함으로써, 문주로 하여금 냉정을 되찾게 하였다.

양무의가 사라진 것은, 적 지휘관의 입에서 숭녕공주라는 이름이 나온 직후였다.

숭녕공주는 무려 명태조 홍무제 주원장의 삼녀다.

공주의 부마는 우성(牛成)이란 호족이었으며, 우항은 그 형이었다.

그 우항이 우마군신의 가면을 썼던 자다.

양무의는 우마군신의 신변을 구속한 직후부터 그의 신분을 철저히 파헤쳤다.

부마사위의 형제라면 주씨 혈족은 아니어도 황실 귀족이

맞다. 물론, 실질적인 황족으로의 힘은 크지 않았다. 홍무제에 겐 황자로 인정받은 아들만 스물여섯이요, 공주(公主) 칭호를 받은 여식도 열여섯 명이나 있었다.

황족이 많다는 것은 혈연동맹을 통한 권력 확장이 용이함과 동시에, 권력의 승계 측면에서는 골육상잔의 위험성이 상존하는 일이었다.

천자의 황권은 하늘이 내려준다 하였지만, 실제로는 선대인 황제가 부여하는 자격이었다.

황가의 피를 이은 이들은 누구든 황권에 위협이 될 가능성을 지니고 있었다. 이는 역사가 증명하는 진리와도 같았다.

영락제가 그러한 역사의 장본인이었다.

주원장의 사남이었던 그는 조카였던 건문제를 폐하고 황위를 차지했다. 황족 각각은 철혈황제 영락제로부터 강력한 통제를 받았다. 당연한 수순이었다.

황족은 군왕으로 영락제에게 충성을 증명하여 반란의 가능성이 전무하지 않은 이상, 사병을 소유할 수 없었으며, 권력을 부여받아 지역 통치를 맡았다고 하더라도 이중 삼중의 감시가 상시 붙어 있었다. 공주는 그에 비하여 제약이 심하지 않았으나 견제를 받기는 매한가지였다. 영락제는 가능성만으로도 혈연 구족에 더하여 그 지인까지 십족을 멸한다 할 정도로 역모에 민감한 황제였으므로 황실 혈족의 연관자들은 모든 처신이 살얼음판과 같았다.

부마라는 신분은 그렇기에 묘한 위치에 있었다.

부마 본인도 아니고 그 형제라면 더 취급이 애매했다.

신분 자체는 높은 데 비해 직무는 한직인 경우가 많았다. 무엇보다 주원장은 부마의 출신 자체를 고위 귀족이 아닌 한미한 가문으로부터 간택하려 하였다. 황자만도 충분히 많았다. 공주들 혈족에게까지 핵심 권력을 쥐어주지 않기 위함이었다. 그렇다 해도 권세는 상당했다. 황실에 연줄을 대려는 자들이 주위에 들끓었기 때문이다. 공주와 부마는 실제로 제국 정세에 대한 영향력은 미비한 수준이었으나, 아첨하여 호가호위하려는 자들이 황제가 의도한 권력분산의 의도를 정확하게 간파할 리 만무했다.

어쨌든 황실 부마 가문의 일원이니 이름과 얼굴은 알려져 있다. 장현걸과 고봉산이 알아볼 수 있었던 이유다.

태조 주원장부터가 강호 출신이라 했고, 숭녕공주의 생년이 그가 명왕(明王)을 칭하기 전인 데다가 황후나 귀비 소생이 아님을 고려하면, 숭녕공주의 친모 또한 강호인일 가능성이 농후했다.

이 대목에서 우마군신 우항의 무공 연원을 짐작해 볼 수 있다. 우마군신은 청성과 오선인이라는 금벽낭랑 이상의 무력을 지녔다. 구파일방 개방 방주 후계자라는 장현걸도 정면 상대를 못 하고 도주를 거듭했다.

가면만으로는 얻을 수 없는 힘이다. 언제 가면과 접촉했든,

그 정도 무인이 되려면 탄탄한 기초의 무공 연성이 전제되어야만 한다.

즉, 숭녕공주가 주원장의 피를 잇고, 친모가 강호인이었으며 그 영향까지 받았다면, 부마인 우성도 강호인이었을 가능성이 있었다.

가정에 또 가정, 가능성에 또 가능성이다. 그래도 양무의가 개방의 정보를 기반으로 추측한 바라면 상당히 진실에 가까울 것이다. 부마사위 우씨가문이 강호 무가(武家)로 이름나지 않았다는 사실은 오히려 추측에 진실을 더하는 단서가 되었다고 하였다. 명태조 주원장은 스스로 강호인이었던 사실을 수치스럽게 여긴다고 알려져 있었기 때문이다. 딸의 혼처를 강호의 가문으로 허한 것은 의외이나, 동시에 우씨가문은 무가(武家)로의 정체성을 숨겨야 했을 것이다. 홍무제는 영락제의 친부(親父)다. 주원장은 숙청과 몰살의 경지에 있어 영락제 이상이라면 이상이었지 그보다 못하지 않았다.

여기까지가 우마군신 우항에 대하여 그들이 미리 파악했던 사실이다.

헌데 오늘, 적 지휘관 요 장군, 요원문(姚元文)이 숭녕공주를 언급했다. 양무의는 보고를 들고 온 여의각 요원에게 세 번을 다시 묻고도, 다른 요원들까지 불러 그가 한 말이 정확하게 그러했는지 거듭 확인했다.

공주 저하의 부마대공을 말할 때, 숭녕공주며 부마시형이며 평칭을 썼을 뿐 아니라, 구출 내지는 모셔오는 말이 아닌 '끌고 오는 자에게' 라는 표현을 사용했다.

지극히 이례적인 말이다. 황실에 충성하는 황군이라면 절대로 쓸 수 없는 어구였다. 단운룡과 양무의는 즉각 이상함을 느꼈고, 양무의는 직접 움직이겠다며 나가더니 여태 돌아오지 않았다. 심지어 양무의는 백가화만 데려간 것이 아니었다. 도요화까지 끌고 나갔다.

예지적 육감과, 실제적 확인의 경계에서 단운룡은 항상 감각을 따르길 선호했다.

근거 없는 감은 아니었다.

단운룡이 그들을 적이라 간주하고 몰살을 생각한 것도 적측 지휘관의 언행이라는 작은 사실에 입각해서였다.

양무의가 단운룡의 움직임을 막은 것은, 지난밤의 연장선이되, 최대한 시간을 끌어 기다린 것은, 충분한 명분의 증거를 확실케 하기 위함이다. 백성을 볼모로 잡은 것은 기정사실이었고 민초들의 희생을 목전에 둔 이상, 의협비룡회는 방관자가 될 수 없었다. 그것이 전략적 계산에 의해서든, 진정 우러나오는 협심에 의해서든 양무의 역시도 협의지도를 지키는 것에 최우선 가치를 두었다.

그래서 단운룡은 다시 전략실로 들어가 회주석에 앉았다.

그는 이곳을 지켜야 한다.

그 역할에 충실하기로 했다.

'어서 오너라.'

상대를 부르며, 기다렸다.

다만 그조차도 예상치 못한 것은, 협심과 혈기를 오랫동안 숨기고 살았던 그의 반려가 지금 이 순간 오기륭과 함께 적벽 시내로 내려가고 있다는 사실이었다.

　　　　　＊　　　　　＊　　　　　＊

"가급적 죽이면 안 된다고 했어요!"

강설영의 목소리가 가파른 적산 산길을 울렸다.

그들도 다 들었다.

헌데 그녀는 누구에게 언질을 받았을까. 그녀는 회의실에 없었다. 그럼에도 가장 유념해야 할 핵심을 먼저 말했다.

누구와 싸우러 가는지도, 이렇게 싸우게 될 것이라는 사실도 미리 알고 있는 것만 같았다.

"누구에게 들으셨습니까?"

엽단평이 물었다. 아무 생각 없이 달리는 이들 중, 유일하게 의아함을 느낀 그였다.

"누구긴 누구에요. 양 군사죠."

양무의는 전략실에 없었다.

돌아왔다는 이야기도 듣지 못했다. 즉, 이 싸움을 예견하고 강설영에게 제어를 부탁했다는 말이 된다.

"두 명, 들었어요?"

둘이라 함은, 오기륭과 막야흔이었다.

이 상황에서 가장 경계해야 할 것은 병사들의 창이 아니라, 그 두 명의 폭주였다. 관승과 왕호저는 그나마 낫다. 강설영은 그 사실을 아주 잘 알고 있었다.

"물론 들었다."

"여부가 있겠습니까."

막야흔은 대답이 이상했다. 강설영은 그냥 넘어가지 않았다.

"뭐라 했지요?"

"글쎄요."

"제대로 답하세요!"

강설영의 목소리가 쩌렁 막야흔의 귓전을 울렸다. 그는 오기를 부렸다. 막야흔이 칼자루를 휘어잡으며 말했다.

"지금은 내가 더 셀 수도 있습니다."

쫘아아아앙!

적벽 산야에서 난데없는 폭음이 터졌다.

큰 바위가 무너져 내렸다.

작은 체구 강설영이 치솟는 먼지 속에서 걸어 나왔다. 품이 맞지 않아 양팔을 끈으로 묶은 천잠보의 적포가 붉은색 빛무리를 일으키고 있었다.

"확인해 볼래?"

단숨에 평대다. 그녀가 막야흔에게 물었다.

모두가 놀랐다. 그들은 무공을 잃고 상심했던 그녀를 기억했다. 어느 정도 무공을 회복했다는 것은 알았지만, 이 정도인 줄은 몰랐다. 단운룡과 재회한 후 그녀의 변화는 가일층 가속화되었다. 도강언 때와 하루하루가 달랐다.
 "무작정 죽이지 말고, 잘 해요. 알았죠?"
 "노력하겠습니다."
 "그래요. 그러세요."
 강설영이 선두로 나섰다.
 병사들의 횡포에 대한 분노는 여전했지만, 그녀 덕분에 조금씩은 냉정을 찾을 수 있었다. 그저 죽이는 것이 능사는 아니다. 잘잘못을 떠나서, 관병과 살육전을 벌이면 뒷감당이 쉽지 않다. 협의라는 것은 들끓은 의기를 분노로 표출하는 것이 아니다. 항상 그 안에 천의와 도리가 함께 있어야 했다.
 인의의 먼저 된 선은 대의요, 대의는 언제나 나라에 대한 충심을 우선시했다. 관아의 병사가 통제되지 않는 백성을 징벌하는 것은 충의에 입각한 법도에 해당한다. 그러니 함부로 판단하여 살기를 내세울 수 없다.
 이치는 안다. 그러나 강호무림의 협심에는 종종 대의보다 중요시하는 도의가 존재했다. 그들은 백성들을 살리고 싶었고, 무도하게 사람을 죽인 병사들을 징벌하고 싶었다.
 어려운 선택이었다.
 그래서 그들은 절충안을 냈을 뿐이다. 백성을 구하는 것과 병사를 해치지 않는 것을 동시에 달성하는 것이 중요했다.

　물론 상황은 그녀 마음대로도, 그들 마음대로도 흘러가지 않았다. 협의 이름으로 돌진한 병사들 사이엔, 신마맹 요마들과 비검맹 검사들이 있었기 때문이었다.

　"이대로 간다!"
　의협비룡회 최고수 여섯이다.
　그들의 기세는 엄청났다.
　적산에서 날듯이 내려와 군사들의 한가운데를 뚫었다. 화탄이라도 터진 듯, 병사들의 대열이 움푹 들어갔다.
　퍼억! 퍼어엉!
　엽단평은 발검하지 않고 사보검을 휘둘렀다. 칼을 뽑으려다가 멈칫한 막야흔도 도갑째로 칼을 내쳤다.
　보병들이 펑펑 뒤로 날아갔다. 무공을 익힌 병사들이 섞여 있었지만, 그들의 무공을 당해낼 리 만무했다.
　강설영와 오기륭이 권각을 몰아치고, 관승과 왕호저가 창봉으로 병사들을 찍어 눌렀다.
　병사들이 산만하게 사방으로 흩어졌다.
　순간에 불과했다. 넘어진 병사들이 수십에 달했다.
　당연한 결과였다.
　그때였다.
　휘류류류류류류!

병사들의 뒤쪽에서 거센 바람이 불어왔다.

"물러나라!!"

바람과 함께 목소리가 밀려들었다. 놀랍게도 병사들은 군령이 떨어진 것처럼 일제히 움직였다. 공간이 생겨났다.

"술법이에요."

강설영이 말했다.

그녀의 적색 천잠보의가 웅웅거리는 파동음을 내고 있었다. 불어닥친 바람은 그녀의 주위에서만 잠잠했다. 거세진 바람에 색깔이 생겨났다. 짙은 황색이었다.

황풍의 요괴, 황풍대왕 황풍괴가 나타난 것이다.

적산의 붉은 흙이 거센 바람을 타고 휘몰아쳤다. 황색 바람에 붉은빛이 섞여들었다.

휘이이이이이이이이!

황풍의 바람 소리가 피리 소리처럼 날카로워졌다.

넘어져 의식을 잃은 병사들까지 바람에 들썩이며 밀려났다. 제아무리 강풍이라도 엎드려 누운 사람을 밀어내는 것은 좀처럼 보기 힘든 일이었다. 더구나 병사들은 갑옷까지 장비한 상태였다. 그런 무게가 공중에 떠오르려 하고 있었다.

"전진할게요."

강설영은 거칠 것이 없었다.

불과 물처럼 바람도 그녀를 침범하지 못했다.

오기룡도 마찬가지였다. 철신갑도 천잠보의처럼 바람을 막았다. 그가 그녀와 나란히 앞으로 발을 옮겼다.

옆단평과 막야혼, 관승과 왕호저는 내공을 끌어올려 두 사람의 뒤를 따랐다.

황적토의 바람이 점점 더 짙어졌다.

그 많던 병사들이 제대로 보이지도 않게 되었다. 그들 모두가 눈으로 보지 않아도 기(氣)를 감지할 수 있는 경지에 이르러 있었지만, 술력을 머금고 휘몰아치는 바람은 기감(氣感)마저 교란시켰다.

후웅! 퀴이이이이잉!

거세지는 바람 사이로 기이한 소리가 울려 퍼졌다.

그동안 황풍괴의 풍술에 대해 들어왔던 보고와 달랐다. 파도에 파도를 더하는 것 같다. 바람이 급격하게 방향을 틀었다. 기세가 심상치 않았다.

"피해요!"

"피합시다!"

강설영과 엽단평이 거의 동시에 소리쳤다.

모두의 감각이 경종을 일으켰다. 각자의 본능에 따라 몸을 날렸다. 그들이 여섯 방향으로 흩어졌다.

하늘이 무너진다. 그렇게 느꼈다.

콰아아아아아아아아아아!

황풍의 바람이 거대한 해일이 되어 그들이 있었던 땅을 내리쳤었다.

우르르르르릉!

산사태가 난 것처럼 대지가 흔들렸다. 바람 일부는 철퇴가 되고, 바람 일부는 칼날이 되었다. 나뒹굴던 병사들이 그걸 맞았다. 몸체가 짓이겨지고 팔다리가 뒤틀려 찢겼다. 그들 대부분이 순간에 목숨을 잃었다.

휘류류류류!

몰아치던 바람 폭풍이 한꺼번에 뭉쳐 대지를 내려친 셈이었다. 흙바람이 무겁게 땅에 깔리고 일순간 시야가 트였다.

저 멀리, 두 층짜리 전각 지붕 위에 두 남녀가 나란히 서 있었다.

하나는 익히 알고 있는 황풍괴였다. 다른 하나는 호리호리한 여인의 모습으로 빛이 나는 파초선을 들었다. 금장 보석 장식에 번쩍이는 손잡이가 실로 범상치 않았다.

우마왕과 홍해아를 안다. 이 여인의 정체 또한 짐작이 쉽다.

"철선녀……!"

풍술에 풍술 중첩이다.

전설 두 개가 합쳐지자 이런 위력이 나온 것이다.

휘이이이이잉!

바람이 다시 흙먼지를 품었다. 시야가 순식간에 황적색 흙빛으로 채워졌다.

"강호의 도적들이 마구 사람들을 죽인다!"

"병사들이 죽고 있다!"

병사들 사이에서 소요가 일었다. 실제로 병사들이 잔뜩 죽었다. 그들 정도의 상승 고수들을 상대로 시야를 가린다는 것은 사실상 전략적인 이점을 취하기가 어려웠다.
　이번엔 달랐다. 교묘한 계책이었다.
　황풍괴의 풍술과 철선녀의 파초선이 죽인 것이었지만, 병사들은 무슨 일이 어떻게 벌어졌는지도 제대로 모를 것이다. 싸움의 와중에 이 짙은 흙바람 속에서는 해명 자체가 불가능했다.
　그들은 그렇게 관병들을 무참히 찢어 죽인 악도들이 되었다.
　"저들이 뭐라 생각하든."
　강설영이 땅을 박찼다.
　"우린 백성들을 구합니다."
　한 치 앞이 보이지 않는 흙바람 속으로, 그들이 몸을 날렸다.

　　　　　＊　　　　＊　　　　＊

　"저것 봐. 저것들은 병사들을 죽이지 못해."
　"그러게 말입니다."
　철선녀는 하대했고, 황풍괴는 공손했다.
　"협의지도 운운하는 것들이 항상 그렇지. 개죽음 당하면서도 후회 따윈 안 한다고 말해. 그게 뭐람? 제대로 싸우지도 못하면서."
　"미련한 것들이지요."

"미련하기 짝이 없어. 지금처럼."

철선녀가 황금파초선을 하늘 위로 올렸다. 가면 속 그녀의 두 눈이 요사하게 빛났다.

후우웅!

콰아아아아아아!

부채를 부치는 것이 아니라, 도끼를 내리찍는 것 같았다.

무시무시한 칼바람이 일어나 황적색 흙바람과 합쳐졌다. 철선녀가 다시 황금파초선을 위로 올리고 횡으로 휘둘렀다가 아래로 내리쳤다.

그것은 그 자체로 선이 굵은 초식 같았다.

황풍괴는 감탄과 동시에 위축되었다. 광범위 풍술로는 그녀보다 우위에 있다고 자부했지만, 그에게는 이러한 조화는 부릴 능력이 없었다. 철선녀는 전혀 다른 성질의 풍술 두 가지를 융합하여 믿을 수 없이 괴랄한 위력을 선보였다.

황풍괴는 자신의 풍술로 이런 힘을 낼 수 있다는 사실을 처음 알았다.

황금파초선이라는 법보가 풍술법보의 수위를 다툰다는 이야기는 익히 들어왔지만, 저와 같은 운용은 보물의 신통력만으로 가능한 일이 아니었다. 같은 풍술 계열이라도 운용하는 기량 자체가 아예 다른 경지에 있었다.

쫘앙! 콰가가가가각!

바람이 병사들의 몸을 부쉈다.

병사들은 영문도 모르고 죽어갔다. 건물 지붕 위에서 보지 않는 이상, 기병 높이의 시야로도 흙먼지 안에서 무슨 일이 벌어지는지는 알아볼 방도가 없었다.

 폭음과 함께 담벼락 두 줄이 한꺼번에 무너져 내렸다. 부서진 기왓장과 나무 파편이 무섭게 날아다녔다. 자연재해가 따로 없었다. 용권풍(龍卷風)이 시가지를 덮친 것 같았다.

 "좋아. 완전히 흩어졌어."

 철선녀가 득의하여 요사하게 웃었다.

 그 파괴력은 어떤 상승고수라도 정면으로 받아내기가 어려운 수준이었다. 의협비룡회 고수들이 세 방향으로 분산되었다.

 그 셋 중에 폭풍을 정면으로 뚫고 오는 남녀가 보였다.

 방향은 정확히 철선녀와 황풍괴가 있는 쪽이었다. 흙먼지가 걷힌 짧은 시간 동안 그들을 포착하여 목표로 잡은 것이다.

 "헌데, 저들이 조잡한 법구를 지녔구나!"

 철선녀의 말에 황풍괴가 퍼뜩 놀라서 다시 그 둘을 보았다.

 흙먼지가 다시 일어나고 있었다.

 시야가 가려지기 직전, 황풍괴는 똑똑히 보았다.

 중년의 남자가 호쾌하게 연환각을 펼치고 있었다. 남자의 몸에서는 묘한 빛이 감도는 철사옷이 눈에 띄었다.

 그게 문제가 아니었다.

 피부가 그을려 건강해 보이는 미녀가 병사들을 쓰러뜨리고 있었다. 미모보다 옷이다. 움직일 때마다 붉은색 빛의 잔영이 남았다.

"이럴 수가! 저게 또 있었다니! 저건 보통 법구가 아닙니다!"

황풍괴의 목소리에서 경악이 묻어났다.

남자의 철사갑(鐵絲鉀)은 그가 처음 보는 것이었지만, 그녀의 옷은 그렇지 않았다. 빛의 색깔이 달라서 바로 알아보지 못했다. 확신했다. 수신 이빙이 크게 경계하여 모두에게 경고하라 일렀던 바로 그 물건이 틀림없었다. 황풍괴가 다급하게 말을 이었다.

"술법을 흡수하고 무효화하는 신물(神物)입니다! 저 물건을 지닌 자에겐 술법이 통하지 않는다고 하였습니다!"

"흥! 그래 봐야 달라질 건 없다."

철선녀는 자신만만했다. 그럴 만한 이유도 있었다.

병사들 뒤편에서, 남색 무복을 입은 검사(劍士)들이 몸을 날려 흙바람 속으로 몸을 날렸다.

날카로운 검기(劍氣)가 사위를 휩쓸었다.

영검존 휘하 비검맹 정예 검사들이었다.

"와아아아아!"

병사들은 용기백배하여 함성까지 질러댔다.

이미 연합하여 함께 싸우기로 약조가 되어 있음을 그것만으로도 충분히 알 수 있었다.

"그럼, 여긴 처리되었고. 난 우리 아들을 깨우러 가 볼까? 아, 아직 못 일어날려나?"

철선녀는 나들이라도 나온 것처럼 여유로웠다.

황풍괴는 그런 그녀의 언행이 달갑지 않았으나, 그녀를 제지할 수 없었다. 철선녀는 눈치도 빨랐다.

"왜? 어째서 표정을 구기는 거지?"

가면 때문에 얼굴이 보이지도 않으면서 철선녀는 황풍괴의 표정 변화를 정확하게 알았다. 황풍괴가 억눌린 목소리로 답했다.

"선녀께서 이리 가시면 제 풍술로는 저들을 막을 수 없습니다."

"그러니까 삼매신풍을 제대로 연성했어야지! 고작 이게 뭐야! 본디 황풍대왕의 풍술은 대성들도 법보 없이 막을 수 없는 비기였는데!"

"제 오성(悟性)이 이것밖에 안 되는 것을 어쩝니까? 저들은 몹시 강합니다. 저 관우처럼 생긴 자는 오정수마를 죽인 잡니다. 나는 여기 있다가 죽고 싶지 않습니다."

"어젯밤에 내가 말했을 때는 뭘 들은 거야? 이렇게 될 거라 했잖아! 옥황이 언제 우리에게 넉넉한 병력을 준 적 있어? 상제의 업이니 조화니 개소리하면서 련주가 북망에 잠든 이때에 이런 싸움이나 시키는걸! 그럼 우리가 알아서 살아나야지! 생각을 하고 싸우란 말야, 좀! 센 놈들이 저 위에 처박혀서 옹기종기 모여 있으면 그걸 무슨 수로 뚫어! 은각이 여태 뭐 한 건데? 도발을 해서 몇 놈이라도 끌어내야 저 위가 헐거워질 거

아냐? 누가 쟤네들 다 죽이랬어? 옥황의 개가 이제야 당도했어. 그러니 붙잡아만 놓으라고! 겨우 여기 잡아놨으면 제 몫은 해 줘야지! 안 그래?"

철선녀가 거의 알아듣기도 힘들 정도로 빠르게 말하며 황풍괴를 몰아붙였다. 여유롭다가 급했다가 변화가 무쌍했다. 진정으로 가면과 하나 된 요녀였다.

"버텨 보겠습니다."

"잘해요. 어제 한 말 명심해. 그러다가 다 죽어."

철선녀는 그렇게 말하고서는, 하늘하늘 비단옷을 휘날리며 지붕 위로 날아가 버렸다.

뿌연 흙먼지 속에서, 날카로운 검음(劍音)이 들려오기 시작했다.

황풍괴는 주문을 새로이 외우며 흙바람을 키웠다. 철선녀는 미친 요괴지만, 틀린 말을 하진 않았다. 그들은 요마였다. 결국은 모두가 그들의 죽음을 바랄 것이다. 그들이 세상에 전설요마의 괴력을 뽐내며 마음껏 날뛰기 위해서는, 세상이 당연한 이치에서 벗어나 혼란으로 가득해야만 했다.

그렇기에 살아남는 것이 먼저였다. 천신이 왔다지만 어차피 그들의 안위에는 관심도 없을 것이다.

영리해야 했다. 완성에 다다른 요마는 그녀처럼 광기의 화신일 터이기에, 미치는 방식도 지혜로워야 옳았다.

'어차피 이들에겐 제대로 통하지도 못할 것을.'

신마대전(神魔大戰) ― 397

황풍괴는 악독해졌다.

흙바람 안으로부터 붉은 빛 광영이 이리저리 새어 나오는 것을 보았다.

그는 저 빛이 두려웠다. 그래서 황풍괴는 요마답게, 악독해졌다. 그의 눈이 저 뒤쪽 병사들에게 포위당한 백성들로 향했다.

'수틀리면 다 죽는 거다. 눈을 멀게 하고 숨을 못 쉬게 만들어주마.'

법보의 주인들이나 고강한 내공고수들에겐 위협적이지 않더라도, 일반 백성들에겐 얼마든지 위해를 가할 수 있다.

황풍괴의 눈에서 요기가 짙어졌다. 악(惡)이 그 안에서 꿈틀거렸다.

"죽여도 되는 건가요?"

강설영이 물었다.

"아마도!"

오기륭이 소리쳤다.

눈으로 적을 보는 것은 포기했다.

오로지 기감(氣感)으로 싸워야 했다.

병사들 사이에서 검사들이 튀어나왔다. 검력이 보통 사나운 것이 아니었다. 변칙적인 검격이 곧바로 사혈(死血)을 노려왔다.

살검(殺劍)이자, 사검(死劍)이다.

일격 일격이 치명적인 검술이었다.

쩡!

오기륭이 발을 휘둘러 검날을 깨뜨렸다.

짐작하건대, 이들이 바로 비검맹의 검사들일 것이다.

비검맹은 팔황이라 했다. 신마맹과 함께, 천하대란을 일으키는 집단이다. 죽이겠다 마구 살초를 전개해 온다.

이럴 때 보면 양무의도 참 고약하다. 죽여야 하나 말아야 하나 언질을 주지 않았다.

원래 그런 놈이다.

뒷수습은 해줄 테니 판단은 각자가 해라.

쐐액!

좌측에서 비검맹의 검날이 심장을 노려왔다.

오기륭은 마음의 결정을 내렸다.

터엉!

진각을 밟았다. 허리를 회전하여 검날을 비껴냈다. 그대로 발뒤축이 반월을 그리며 상대의 뒷머리에 박혀들었다.

빠악!

제대로 들어갔다.

즉사다.

비검맹 검사의 몸이 땅으로 처박혔다. 시원하게 죽인 것은 좋았다. 헌데 마음이 앞서서 너무 깊이 쳐들어갔다.

쐐액! 쐐애애액!

마음이 앞서서 너무 깊이 들어갔다. 두 개의 검날이 무서운 속도로 쏘아져 왔다. 그리고 그 중간에서 힘없는 창날 하나가 등줄기를 찔러 왔다.

검 두 자루는 비검맹 검사다. 창 하나는 병사다.

이게 어렵다. 검을 비껴내고, 단파각을 끊어 찼다. 검사 하나가 뒤쪽으로 튕겨나갔다. 병사에겐 힘을 빼야 한다. 투로가 엉켰다.

치이잉!

검날이 어깨 어림을 스치고 금속성을 냈다.

철신갑이 아니었으면, 얕게나마 검상을 입었을 것이다. 다시 진각을 밟고 승천각을 올려 찼다. 비검맹 검사가 아슬아슬하게 턱끝을 피했다.

병사 두 명이 양옆으로 뛰어들었다.

그 사이로 또 검날 하나가 쏘아져온다.

다 죽이려면 죽이겠다.

헌데 누구는 죽이지 않고, 누구는 죽이려니, 이게 또 만만치 않은 도전이 되었다.

파앙! 빠각!

그의 발차기에 병사 하나가 날아가 담벼락에 머리를 찍었다. 투구 밑으로 피가 튀는 것이 보였다. 죽었을 수도 있겠다. 순간적으로 멈칫했다.

쐐액! 스각!

검날이 머리 위를 스쳤다. 머리카락 몇 가닥이 잘려서 흩어지는 것을 보았다.

이번엔 위험했다. 오기륭은, 진정한 무도(無道)에 이르려면 아직도 갈 길이 멀었음을 깨달았다.

뜻과 함께 의지가 일어나고, 의지와 함께 자유로운 공방이 이뤄져야 했다. 천 자루 검날 사이에서도 죽이지 않을 자를 완벽하게 걸러내는 것이 무애의 경지일 것이다.

쫘앙! 쩌엉!

진각을 세게 밟고, 발도각을 횡으로 휘둘러 공간을 만들었다. 옆을 보았다. 강설영도 고전 중이었다. 시계가 지독히 나쁜 데다가 적들의 공격도 들쑥날쑥하다. 찰나 간에 죽여야 할 자와 죽이지 말아야 할 자를 구분해야 했다.

지극히 까다로운 조합이었다. 적들이 의도한 바라면, 대단한 용병술이다 인정해 주지 않을 도리가 없었다.

쫘앙!

강설영이 고법으로 검사 하나를 무너뜨리고는 뒤로 물러나며 소리쳤다.

"멀어지고 있어요! 잡아야 하는데!"

오기륭은 그녀가 무슨 말을 하는지 알았다.

지붕 위에 있던 가면들을 의미함이다.

이 위치에서 잘 보이진 않지만 기운 하나가 아주 희미해졌다. 다른 하나도 그들이 다가가는 만큼 물러나고 있음을 느낄 수 있었다.

시계를 흐리는 이 흙바람은 큰 해가 되지 않아도 확실히 성가셨다. 호흡시에 탁기가 계속 들어오는 것도 문제였다. 이 흙먼지는 독(毒)과 같았다. 이 안에 오래 있으면 있을수록 공력도 탁해질 것이 분명했다.

"일단 위로 올라가자!"

터엉!

오기륭이 땅을 박차고 공중으로 몸을 날렸다.

그가 담벼락 위에 섰다. 시야는 여전히 좋지 않았다.

쐐애액! 쐐액!

밑에서부터 검날이 마구 솟구쳐 올랐다. 올라오면 올라온 대로 표적이다. 담벼락 위에서 크게 철신각을 휘둘렀다.

쩌저저정!

검날 하나가 깨져나가고, 다른 두 자루가 튕겨나갔다.

마음먹고 찼는데도 한 자루밖에 못 꺾었다. 이들은 강하다. 보통 검사들이 아니었다.

"많군요!"

강설영의 목소리가 옆쪽 담벼락 위에서 들려왔다.

그녀의 말대로였다.

병사들의 기와 뒤섞여 정확한 숫자를 알 수 없었지만, 이 거리에만도 수십은 되는 것 같았다. 오래전 구룡보와 싸우며 후퇴와 후퇴를 거듭하던 시절의 기억이 불현듯 머리를 스쳤다. 최악이었다.

쩌엉!

밑에서 올라오는 검날 하나를 차내고, 예전처럼 관승이 어디 있는지를 가늠했다.

관승의 위치는 멀다.

괴랄한 바람술법이 그들을 분산시켰고, 밀려 든 적들이 그 틈새를 수십 장으로 벌렸다. 머리를 쓰지 않아도 안다. 이것은 절묘하게 계획된 공격이다. 가면을 쓴 놈들의 전략이든, 비검맹 쪽의 전술이든, 소수 정예를 다수로 제압하는 아주 효과적인 대응이었다.

"고수가 있다. 물러나야겠어."

오기륭은 재정비를 생각했다.

멀리서부터 아주 강력한 기운을 느꼈다.

적산에 있을 때부터 감지했다. 충천하는 검기(劍氣)는, 음산한 마기(魔氣)를 담고 있었다. 적벽은 장강 지류를 내려다본다. 비검맹 검존(劍尊)의 명성은 오기륭도 알았다.

"아니에요."

강설영이 말했다.

그녀가 담벼락에서 뛰어내렸다.

치켜 올라오는 검날에 그녀의 주먹이 내리꽂혔다.

쩌어엉!

검날이 유리처럼 깨져나갔다.

"우리가 앞으로 가야 해요."

웅웅거리는 파동력을 둘러치고, 그녀가 말했다.

마치 그것이 신호라도 된 것처럼, 멀리서 북소리가 들려오기 시작했다.

둥! 둥! 둥! 둥!

그것은 진격의 전고음(戰鼓音)이었다.

와아아아아!

함성 소리가 들렸다. 삼천 병사들의 그것처럼 우렁찼다.

백성들이 포위된 저편에서 깃발들이 올라왔다. 비룡의 깃발이 당당하게 펄럭였다.

북소리가 들려오는 그곳은 남병산, 제갈량의 전설이 깃든 봉우리였다. 동남풍을 부르던 제단은 이제 없지만 제갈량의 형상을 한 이가 그 위에 있었다. 가면을 쓴 그가 학창의를 휘날리며 백우선을 높이 들었다.

그것을 본 강설영이 말했다.

"병사들은 황군이 아니어요. 마음껏 싸우세요!"

오기륭은 그녀의 말에서, 확신을 얻었다.

마음껏 싸우라는 것은 죽여도 된다는 뜻이다.

그리고 그녀는 먼저 그 의지를 한마디 음성으로 보여줬다.

그녀의 보의에서 붉은 기운이 가슴 중심으로 응축되었다.

그녀가 말했다.

"뇌신."

파지지지지지직!

뇌기(雷氣)가 그녀의 전신에서 터져 나왔다.

콰아아앙!

뇌전과 함께 폭음이 그녀의 앞을 휩쓸었다.

뇌신파황고였다.

강설영은 무서운 속도로 병사들을 돌파했다.

뇌신의 전격을 둘러친 그녀의 무위는 대단했다. 병사들과 비검맹 검사들이 마구 튕겨나갔다. 오기륭도 거침없이 각법을 전개했다. 발도각과 단파각이 시원하게 들어갔다. 병사의 목이 꺾이고 검사들의 검날이 깨져 나갔다.

꽈아앙! 꽈앙!

폭음이 이어졌다. 강설영과 오기륭이 좁은 길로 들어섰다. 그들은 폭발을 일으키는 것처럼 전진했다. 앞뒤로 적들이 몰려들었지만, 누구도 그들을 멈춰 세울 수 없었다.

웅웅웅! 파지지지직!

적황토 흙바람 속에서 빛 무리가 움직였다.

본신 실력을 온전히 뽐내는 그들은 손속을 자제할 때와 아예 다른 이들 같았다.

적들은 그들을 상대할 수 없음을 민감하게 알아챘다. 병사들이 주춤주춤 뒤로 물러났다. 비검맹 검사들도 더 이상 사납게 달려들지 않았다.

휘이이이잉!

먼지바람이 걷혀 갔다. 높은 지붕 위 어디에서도 황풍괴의 모습이 보이지 않았다. 바람이 멀어지고 있었다.

사납던 공격이 잠잠해졌다.

"끄으으으."

"으어어."

병사들의 신음 소리가 길거리를 가득 채웠다. 좁은 골목길들은 쓰러진 병사들로 발 디딜 틈조차 없어 보였다.

막야흔과 엽단평이 진입한 길목은 더 심했다. 담벼락이며 땅 바닥에 핏물이 넘쳐흘렀다. 강설영의 말이 떨어지자마자 펼친 살수에만 수십 명이 죽었다.

땅에서 일어나지 못하는 적들의 숫자만 수백이었다.

"위치로 가자!"

북쪽 길 저편에서 관승의 목소리가 들려왔다.

이제는 가능하다.

적벽은 그들의 도시였다.

이미 염라마신의 습격을 받은 적 있는 그들은, 언제든 적벽이 신마맹 또는 그에 준하는 적들의 침공에 노출될 수 있음을 잘 알고 있었다.

때문에 양무의는 도시가 공격당할 때 민간 피해를 최소화하면서 효과적으로 방어할 수 있는 도시 방어진의 구축에 긴 시간 심혈을 기울여 왔다. 다만 적들이 살상 반격 불가의 관병들을 앞세워 대규모 진격을 해올 것이라고는 예상치 못했을 뿐이다.

강호 문파 대결의 무인 전투에 대응한 방어 작전이나, 사실상의 살해 허가가 떨어진 이상, 관군 병사와 강호 무인은 그다지 다를 바가 없었다.

관승과 왕호저가 먼저 앞으로 달려 나갔다.

병사들이 간간히 그들 앞을 막았다. 물론, 저지는 불가능했다. 기병이든 보병이든 마찬가지였다. 청룡굉화창과 포효호심창 앞에서 병사들은 촌각도 버틸 수가 없었다.

엽단평과 막야흔도 이동을 서둘렀다. 담벼락에 올라 위치를 확인하고는 빠르게 방향을 틀어 몸을 날렸다.

홍해아의 화공으로 남쪽 시가가 초토화되었으니, 방어의 핵심은 북쪽 시가가 되어야 했다. 그들은 혈기만으로 적을 죽이는 살귀들이 아니었다.

남병산 꼭대기에 대무후가 섰고, 공명의 북소리가 그들의 할 일을 알려줬다.

전황의 변화에 따라, 약속된 움직임을 가져간다. 그들은 이제 와 오롯이 의협비룡회의 이름하에 하나로 묶인, 문파의 문도들이었던 것이다

"적들이 이쪽으로 접근하고 있습니다!"
"위치는?"

"동쪽입니다. 숫자는 삼백여 명으로 창을 들고 있습니다!"
"부마시형 우항은?"
"확인되지 않았습니다. 데려오지 않는 것으로 보입니다."
"도시 쪽 피해는 어느 정도냐."
"흙바람 때문에 확실치 않습니다만, 죽은 병사가 많다는 보고입니다."
"도적 놈들이!!"
쾅!

요 장군이 지휘 탁자를 내리쳤다. 탁자가 우지끈 반 토막으로 쪼개졌다. 병사들을 지휘하던 요 장군은 병사의 보고를 듣고 누대 위로 뛰어 올라갔다.

동쪽부터 살폈다.

건방지게도 비룡기를 올렸다. 녹색 깃발에 황금 비룡이 꿈틀댔다. 깃발 높이 세운 삼백의 창술 무인들이 다가오고 있었다. 실제 전장에서 전쟁을 겪어 본 정병들처럼 군기(軍氣)가 대단했다.

"이 무슨……!"
요 장군은 당황했다.

대인 살상 능력이 뛰어난 무인들이라도 막상 모아 놓으면 오합지졸인 경우가 허다했다. 저렇게 정련된 군기(軍氣)는 국경 지역에서도 좀처럼 보기 힘들다. 정보가 지극히 잘못되어 있었음을 깨달았다.

이번엔 눈을 돌려 시가지 쪽을 살폈다. 단숨에 전황을 파악한 그가 버럭 아래쪽을 향해 고함을 질렀다.

"검맹의 검사들은 뭐 하는 겐가!!"

호통을 칠 만했다.

비검맹 검사들이 썰물처럼 빠지고 있었다.

전투가 벌어지고 있는 일대는 골목길이 좁고 구불구불한 지역이었다.

비좁은 공간에서의 상승 고수들은 본디 만부부당의 장수와 같았다. 높은 담을 단숨에 타넘는 경공까지 지녔으니 기병 돌진도 저들에겐 큰 의미가 없었다.

저런 시가지에서 더욱더 중요한 것이 비검맹 검사들의 기량이었다. 헌데, 그들마저 뒤로 물러서는 중이다. 요 장군은 분노에 휩싸였다.

이래서 강호 도당의 무뢰배들은 믿을 수가 없다 하는 것이다. 무공이 강한 검사들 없이는 병사들만으로 저들을 막을 방도가 있을 리 만무했다.

"감히 이것들이……!"

무언가 잘못되고 있음을 알았다.

요 장군이 백성들을 포위한 기병들을 둘러보았다.

백성들 쪽으로 기울어진 보병들의 창날에서 오후의 햇살이 번쩍이고 있었다.

요 장군의 두 눈이 험악한 빛을 뿜었다.

"악적들은 들어라!!"

그의 목소리가 내공을 품고 사방으로 뻗어나갔다.

"모두 그 자리에 서라! 전진을 멈추고 항복하지 않으면, 백성들이 죽어나갈 것이다!!"

제정신이 아니다.

온당치 못한 처사였다. 애초에 갑주병사들이 백주에 도시를 침공하여 백성들을 끌어내고 죽인 것부터가 심상치 않은 일이었다.

중원 천하 누천년 역사에 있어, 폭주하는 군벌들이 학살을 벌인 일이야 드문 일이 아니다만, 제국의 군법이 강력하게 확립된 작금에는 있을 수 없는 일이 되어 있었다.

더 놀라운 일은, 그토록 무도한 명령에 병사들이 즉각 복종한다는 사실이었다.

병사들이 창을 곧추세웠다. 기병들이 군도(軍刀)와 창날을 앞으로 뻗고, 백성들을 향해 돌진할 준비를 했다. 일촉즉발의 살기가 큰 공터 광장을 가득 채웠다.

그럼에도, 의협비룡회의 진격은 멈추지 않았다.

요 장군의 얼굴이 분노로 일그러졌다.

"전열! 앞쪽의 백성들을 본보기로……!"

둥! 둥! 둥! 둥! 둥!

북소리가 다시 울려 퍼진 것은 막 요 장군이 살인 명령을 내리던 때였다.

웅장한 북소리가 요 장군의 말을 끊었다.

그렇다 해도, 병사들의 창을 막을 수 있는 이는 아무도 없어 보였다.

의협비룡회 고수들은 시가지 중간에 있었고, 비룡회 창술 무인들은 도시 동쪽 외곽으로 막 진입하는 중이었다.

"죽여라!!"

기어코, 요 장군의 명령이 병사들의 창을 움직였다.

기병과 병사들이 백성들에게 달려들었다.

채앵! 콰직! 우지끈!

사방에서 요란한 충격음이 터져 나왔다.

그러나 그것은 살육의 소리가 아니었다.

칼날과 창봉이 막히고 부러지는 소리였다.

병사들을 막은 것은, 어디선가 뚝 떨어진 구원자들이 아니었다. 반격은 가한 것은 백성들 그 자신이었다.

정확히는 그들 사이에 섞여 있던 의협비룡회 무인들이었다. 의협비룡회의 무인들은 모두가 총단에 거하지 않았다. 거의 절반에 가까운 무인들이 적벽에 살았다. 적벽에 있는 민가들이 곧 그들의 집이며, 그곳이 곧 그들의 터전이었다.

그들도 적벽 백성들이었다.

많은 무인들이 적벽에서 부모를 모시고 자식을 낳았다. 의협비룡회는 암무회전을 통해 무인 자질이 있는 젊은이들을 문도로 받았다. 적벽 출신인 이들이 수두룩했다.

요 장군과 그의 병사들은 난데없는 몰살 협박에도 백성들이 벌벌 떨지 않았음을 경계해야 했다.

집에 있는 칼을 들고 나오면 발도각 무인이오, 벽에 기대 둔 창을 들고 나오면 비룡각 무인이다.

끌어내 포위한 백성들 중에서도 의협 비룡회 무인들은 수십 명에 달했다. 그들이 앞으로 튀어나와 내리찍는 창과 군용철도(鐵刀)를 빼앗아 들었다.

"여인들과 아이들을 가운데로!!"

"내 뒤로 오시오!"

의협비룡회 무인들이 제각각 소리쳤다.

그들과 백성들은 이 상황까지도 훈련이 되어 있었다. 식구들이 적습에 볼모로 잡힐 때, 대규모 공세가 덮쳤을 때, 상황마다 대응하는 방법을 숙지했다.

다섯 번 북소리가 곧, 반격 신호다.

수십 명 단단하게 뭉친 의협비룡회 무인들이 포위하여 달려드는 병사들을 물리치며, 힘없는 백성들을 지켰다.

"와아아아아아!"

동시에 도시 동쪽에서 달려오는 비룡각 창술무인들이 함성을 내질렀다.

그 함성 소리가 도시를 깨웠다.

둥! 둥! 둥! 둥! 둥! 둥! 둥!

일곱 번 북소리, 모두가 무기를 들고 나오라.

적벽 민가 곳곳에서, 담벼락을 넘고, 무인들이 튀어나왔다. 온전히 의협비룡회 무인인 이들도 있었고, 암무회전 출전자들도 있었다.

병사들의 대오가 술렁 흔들렸다.

요 장군의 병사들은 시가지 중심의 관아를 장악했으나, 그것으로 도리어 도시에 포위된 형국이 되었다.

쏟아져 나온 무인들이 병사들을 몰아쳤다.

안쪽과 바깥쪽에서 호응하여 싸움이 일어나니, 병사들의 포위망이 순식간에 와해되기 시작했다.

"아이들부터!"

"들쳐 업고 뛰시오!"

"저쪽입니다!"

백성들을 안전하게 피신시키는 것이 그 어떤 것보다 최우선이었다.

도시 전체가 전쟁터로 변했다.

퇴각하던 비검맹 검사들이 싸움에 휘말렸다. 그것은 좋지 않았다. 비검맹 검사들은 의협비룡회 주축 고수들에 견주었을 때, 다수로도 상대가 안 되는 약자처럼 보였지만, 절대로 그렇지 않았다. 그들의 기량은 정예란 표현이 부족하지 않을 만큼 높았다.

"크윽!"

"지원이 더 필요해! 이놈들 강하다!"

의협비룡회 무인들 사이에서도 사상자들이 나왔다.

비룡각 무인들 중에도 실전 정예와 입문 무인들이 있었다. 창을 휘어잡고 집에서 뛰쳐나온 이들 중에는 무공을 제대로 연성치 못한 무인들도 많았다. 그들이 가장 먼저 죽어나갔다.

타다닥!

후우우우웅!

비검맹 검사들이 군데군데 뭉쳐 검진처럼 길을 뚫었다. 사방에서 피가 튀었다.

"막을 수 없다!"

"안 돼! 물러나지 마라!

"여기는 무슨 수를 써서라도 지켜야 해! 백성들 도주로가 그쪽이다!"

도심 북로 곳곳에서 격렬한 교전이 일어났다.

의협비룡회 무인들이 열 명 넘게 검상을 입고 쓰러져갔다. 삼천에 이르던 병사들도 숫자가 지닌 힘이 있었다.

길목 중 한 곳에서 특히 피해가 심했다. 이쪽에서 힘겹게 막는 만큼 저쪽에서 들어오는 공격도 집요해졌다.

길이 뚫린다.

그 뒤로 노인과 아이를 업은 여자들이 뛰고 있었다.

살기에 찬 비검맹 검사들과 병사들이 길목으로 뛰어들었다.

후우우우우웅!

순간, 거센 파공음과 함께 강대한 참격이 적들의 허리를 갈랐다.

푸화하아아아악!

피가 튀고, 검사와 병사들을 가리지 않고 다섯 명의 몸뚱어리가 하체와 분리되어 땅바닥을 굴렀다.

청천신검 대령횡격이었다.

위력이 또 달라졌다. 검집에서 나온 사보검이 검도천신마의 검기(劍技)를 품었다.

"청천각 검사들은 북삼로에 집결하라!"

엽단평의 목소리는 푸른 하늘처럼 맑고 선명했다.

죽립의 검사들이 하나둘, 담벼락을 뛰어 넘으며 엽단평에게로 날아들었다.

"아무도 이곳을 넘어가지 못한다!"

막야흔만 그를 샌님이라 부른다.

소리치는 엽단평에게서 영웅검사의 기파가 파도처럼 풀려나왔다. 북삼로에 청천각 검사들이 속속 당도하여 검기(劍氣)의 숲을 만들었다. 비검맹 검사들은 감히 그 숲으로 들어올 수 없었다.

그곳이 청천각 담당이다.

의협비룡회 무인들이 도시의 길목을 채워갔다.

관승과 왕호저 곁으로 비룡각 창술 무인들이 달려갔다.

다시 말하건대, 적벽은, 그들의 도시였다.

"이 지독한 놈들!"

기병들 사이에서, 천부장 갑옷을 입은 지휘관이 이를 갈았다.

이제 보니 도시 전체가 대문파의 총본산 같았다.

군부 공작에 심혈을 기울인 시간들이 주마등처럼 그의 눈앞을 스쳤다. 아까운 병사들을 모조리 다 잃게 생겼다.

"이군 기병들은 대로 쪽을 밀어라! 비검맹 검사들이 함께 뚫어줄 것이다!"

힘껏 지시를 내리면서도, 속이 썼다.

가볍게 즈려밟고 들어온 도시가 지옥이 될 것이라고는 상상도 하지 못했다.

쐐액! 스각! 스가각!

길을 열 수 있었던 것은 땅을 울리는 기병들보다 땅을 뛰는 비검맹 검사들 덕분이었다. 길이 좁기 때문이었다.

"측면을 조심해라! 창을 세우고 담장 위에서 찍어오는 공격에 대비해!"

민가 하나하나까지 적들 소굴이다.

특히나 북쪽 시가지엔 새로 지은 것 같은 건물들이 많이 보인다. 그 위치가 절묘하다. 요새화가 이루어진 것처럼 보였다.

저길 부수려면 대로부터 확보해야 한다.

북로로 이어지는 큰 길은 기병 열기가 횡으로 함께 달려도 넉넉할 만큼 길 폭이 충분했다.

그가 이끄는 이군 삼백의 기병들과 칠백 보병들은 군관 무예라도 일반 병사 수준을 훌쩍 넘어 있었다. 기병이 거리를 두고 제대로 돌격을 감행하면, 어지간한 고수들이라도 충분히 짓밟을 수 있을 만큼 강했다.

그 장점을 살려야 했다.

스각! 콰직!

"됐다!"

비검맹 검사들과의 합공으로 진입로를 뚫었다.

"기병! 돌격 준비!!"

기병들이 종대로 차곡차곡 대형을 만들어갔다. 비검맹 검사들 삼십여 명이 창 든 무인들을 견제하며 기병이 대오를 갖출 시간을 벌어주었다.

"돌격하라!"

그가 우렁차게 소리쳤다.

두두두두두두두!

기병들이 힘차게 말을 달렸다.

그들은 틀림없는 정규군이었으되, 어떠한 황군 병력보다 더 진정한 제국군이라 자부하는 정병들이었다.

연왕 주체의 잔학한 폭정과 재정 낭비를 성토하며 제국쇄신의 기치를 올린 진명군이 지축을 울리며 대로를 돌파했다.

의협비룡회 무인들이 황급히 길옆으로 몸을 날렸다. 피하지 못한 이들은 튕겨나고 짓밟혀 피투성이가 되었다.

기병타격의 위력은 자부하는 것 이상이었다.

삼십 장에 이르는 대로 진격 동안 그들은 그 무엇이라도 부술 수 있을 것 같았다.

콰아아아아아아!

거센 파공음이 들려온 것은 그들이 북로 남가에 이르렀을 때였다.

콰직! 우지끈!

비룡이 하늘을 날며 포효하는 용음성과 함께, 마천의 칼날이 기병의 목을 날렸다.

콰드드득!

선두의 기마병들이 땅을 굴렀다. 훈련된 기병들은 넘어진 기마들을 뛰어넘으며 돌격을 이어갔으나, 그 앞에는 용음을 토하는 폭풍의 칼이 있었다.

콰아아아! 푸화학!

피가 분수처럼 치솟았다.

"여기서부터는."

기병들 사이에서 흔한 강철도(鋼鐵刀)를 지닌 남자가 말했다.

그의 칼은 사보검과 같은 신검(神劍)이 아님에도, 기병 돌격을 멈춰 세울 만큼 강력했다.

모처럼의 전투인데 두목 부인에게 치여, 같잖은 것들을 함부로 죽이지도 못해, 몇 번이나 울화를 삼켰는지 모른다.

그 분노를 분노와 함께 내뱉었다.

"못 가. 씨발 것들아."

막야혼이 칼을 치켜들었다. 그 뒤로 건물과 건물 사이에서 칼을 든 무인들이 튀어나왔다.
여기가 발도각의 방어 영역이었다. 그들이 각주처럼 욕을 하고 죽이겠다 소리치며 기병들에게 달려들었다. 천부장은 눈앞의 광경을 보고도 믿을 수가 없었다. 기병들이 허물어지고 있었다. 기세가 실로 무시무시했다.
"후퇴! 후퇴하라!"
천부장이 다급히 명령하며 말머리를 돌렸다.
저기 뛰어드는 것은 자살 행위다.
그에겐 청산유수의 설득적 언변과 경지에 오른 심리 조작 능력이 있었지만, 무공은 그에 비해 일천한 수준이었다.
통찰력은 전자 쪽이었다. 그게 그를 살렸다.
그가 말머리를 돌리며 옆에 있는 부관에게 물었다
"이제 어찌해야 하는 거요?"
말투가 이례적이었다.
옆에서 말을 모는 이는 틀림없는 부장(副將)이었다. 천부장을 보좌하는 하급 직책이란 말이다. 그런데도 하대하지 않고 격식을 갖춰 물었다. 부관은 당연하지 않은 일이 당연하다는 듯, 고개를 꼿꼿이 들고 평대하여 답했다.
"이미 명령을 내리지 않았소? 후퇴가 답이외다."
부관은 마른 얼굴에 날카로운 눈으로 인상이 과히 좋지 않았다. 더불어 이마에는 눈썹까지 이어진 검상(劍傷) 흉터까지 있었다.

"안 나서시오?"

"나서지 않을 게요."

"아까운 병사들이 죽고 있소!"

"내게 불평하지 마시오! 보아하니 저 괴물은 금각을 사지로 몰았던 자가 틀림없소! 금각이 못 이기는 것을 나보고 어쩌란 말이오!"

부관이 버럭 목소리를 높이다가 병사들의 시선을 의식했는지 끝에 가서는 소리를 낮추었다. 천부장이 눈살을 찌푸리며 말했다.

"그럼 이대로 전장에서 이탈하라는 거요?"

"모략을 꾸미는 것은 당신들 특기 아니었소?"

천부장은 부관에게서 얻을 것이 없다는 사실을 깨달았다. 상종하기 힘든 무리라는 것은 익히 알았으나, 강적 앞에서 몸 사리는 것을 보니 작전 수행 자체가 어렵겠다. 일단 물러나서 전력을 정비하는 것이 옳았다.

"일단 남쪽으로 피해라!"

그가 막 지시를 내렸을 때였다.

뒤쪽 어딘가에서 으허허헝! 하는 강렬한 사자후가 들려왔다. 멀지 않은 곳에서 터진 듯, 내공의 충격파가 그의 귓전에까지 전해졌다.

욕을 내뱉으며 그들을 막은, 막 되어 먹은 도객이 있는 쪽이었다.

"사타왕이? 어째서?"

부관은 같은 족속이면서도 의아하다는 목소리를 냈다. 그러면서도 뒤돌아가 싸울 생각은 하지 않는 것 같았다. 가면을 꺼내지 않은 채, 계속 말을 달렸다.

으허허허헝!

한 번 더 담벼락과 기왓장이 흔들렸다. 연속적인 사자후에 이어, 천부장은 이내 또 다른 변화를 감지했다.

둥둥, 남방산에서 들려오던 북소리가 뚝 끊긴 것이다.

그리고 그것이 신호라도 된 듯, 비검맹 검사들의 움직임이 갑작스레 빨라졌다. 주위에 있던 비검맹 검사들이 돌연 속도를 내더니, 담벼락을 타고 오르며 기병들을 앞질러 갔다. 그들의 움직임은 새 떼가 날아가듯, 급작스럽고 빨랐다. 가는 방향은 동쪽이었다.

모두의 목적이 다르듯, 어느 것 하나 계획대로 되지 않았다. 이렇게 정돈되지 않은 전장은 처음이었다.

급변하는 상황을 확인해야 했다. 기병을 달리던 천부장이 상체를 한껏 세워 먼 방향을 보았다.

동쪽으로부터는 비룡기를 높이 세운 창술무인들이 빠르게 시가지로 진입하는 중이었다. 이곳보다 지대가 낮아, 달려오는 경로가 훤히 보였다.

헌데, 묘한 것이 보였다.

시가 경계의 공터에 한 남자가 서 있었다.
창술무인들을 마주한 채로, 홀로 서서 검을 비껴들었다.
'아……!'
천부장의 얼굴에 경탄의 빛이 떠올랐다.
창술무인들의 군기(軍氣)는 진명군의 그것을 훨씬 상회하고 있었다. 역전의 용사들이라는 표현이 과하지 않았다.
그 앞을 단신으로 막았다.
검신(劍身)에는 아지랑이 같은 기운이 서려 있었다.
화아아악!
체격이 커진 줄 알았다.
검에서 뿜어지던 기운이 전신을 덮었다 싶더니, 몸 전체에 희뿌연 그림자가 겹쳐졌다. 그 그림자는 거인처럼 크고 괴수처럼 흉맹한 기세를 품고 있었다.
"저것이……."
검사가 땅을 박찼다.
콰아아아아! 쩌저저저정!
창술무인들의 창대가 마구 부러져 나갔다.
직선으로 나아간다.
선두의 창술무인들이 그대로 조각나 땅 위에 더운 피를 뿌렸다.
일검에 목숨이 날아가고, 이검에 영혼을 벤다.
"영검존……!"

등골이 오싹했다.

콰아앙!

창술무인들 중앙에 피로 된 길이 생겼다.

비검맹 검존의 무위가 이리도 강했던가 싶었다. 저 정도라면 진명군 군단장과도 자웅을 겨룰 수 있을 것 같았다.

콰아아아아!

검기(劍技)가 내는 파열음이 여기까지 들렸다.

달리는 말 위에서도 눈을 떼지 못했다. 건물과 담벼락이 간간히 그의 시야를 가렸으나, 두 눈만큼은 난데없는 일인 돌파의 전장에 고정되어 있었다.

"이럴 수가……!"

경탄은 경악이 되었다.

비룡각 창술무인들이 반으로 쪼개졌다. 사람만 반으로 벤 것이 아니라, 저들 병대 전체가 반으로 갈라지고 있었다.

반투명한 그림자를 등에 지고, 영검존이 대지를 달렸다.

무시무시한 검공이었다.

영검존은 비룡각 대오의 끝까지 꿰뚫었다. 그야말로 순식간이었다. 그러더니, 영검존은 그대로 땅을 박차 비탈길로 오르기 시작했다.

천부장의 눈이 번쩍 뜨였다.

영검존이 의도하는 바를 알아챈 것이다.

적벽 남방산은 온전히 남쪽에 있는 것이 아니었다. 동쪽에서 다소 남쪽에 치우쳐 있는 봉우리였다.

영검존이 남방산을 오르고 있었다.

사천 대계를 망친 자.

그리하여 그들과 신마, 흑림 모두의 공분을 산 자가 그 위에서 도도하게 아래를 내려다보고 있다. 제갈공명을 칭하며 가증스러운 음모를 꾸민 자였다.

'그 여유로움도 이제 끝이다.'

천부장은 생각했다.

콰직! 퍼어억!

그의 기마가 머리를 잃고 넘어질 때까지, 그는 아주 잠깐 동안 의기양양함을 만끽했다.

기우뚱 하늘이 돌아가는 것을 느끼고 다급하게 고삐를 휘어잡으며 몸을 일으켰다. 커다란 그림자가 머리 위에 드리워졌다. 거구였다.

콰앙!

아슬아슬하게 말안장을 박차고 목숨을 건졌다.

비대해 보일 정도로 큰 몸통이 보였다.

"들어왔다, 나갔다……."

거구가 말을 끊으며 창을 휘돌렸다.

진짜 죽는다.

은빛 광영이 눈앞을 어지럽혔다. 목덜미 옷깃이 덜컥 잡아당겨졌다.

쾅!

허벅지 어림에서 불에 데는 듯한 통증을 느꼈다. 직감적으로 알았다. 조금만 늦었어도 다리가 날아갔다. 그보다 더 늦었으면 목숨이 날아갔을 것이다.

"마음대로 휘젓고 다닐 수 있는 곳이 아니다."

땅을 구르고서야 얼굴을 제대로 보았다.

의협비룡회 요주의 인물 중 하나다.

한때 참룡방 소속이되, 구주창왕의 비전을 이은 것으로 짐작된다 하였다.

이름은 왕호저다. 호쾌한 창술로 기마의 머리를 박살 냈다. 그를 죽음의 문턱에 몰아넣었다.

"안 싸우고 싶었건만."

목덜미를 잡아채 문턱에서 끌어내 준 그의 부장은 은빛으로 빛나는 가면을 쓰고 있었다. 두 손에서는 금속 수투가 차가운 은빛을 발했다.

"혼자 할 수 있겠어?"

담벼락 위쪽에서 또 다른 목소리가 들려왔다.

평범한 인상에 마른 체구의 남자가 담장을 박차고 땅 위에 내려섰다.

"혼자는 못 하지. 이런 괴물 호랑이를."

"아무래도 그럴 거야."

남자가 품속에서 금빛 가면을 꺼내들었다. 아무것도 없던 두 손에 마술처럼 금빛 수투가 씌워졌다.

금각과 은각은 전혀 다르게 생긴 자였지만, 가면을 쓰자 정말 형제처럼 보였다.

왕호저는 유명한 요마 가면 둘을 앞에 두고도 표정 변화가 없었다. 굵은 눈썹을 한 번 치켜 올렸을 뿐이다.

"죽이자."

"그래, 죽이자, 씨발 호로새끼."

은각의 말에 금각의 욕이 이어졌다. 왕호저가 말했다.

"한꺼번에 오라. 망할 요괴들아."

이곳 남동로는 왕호저가 맡았다.

포효호심창 묵직한 창격이 사위를 휩쓸었다. 금색과 은색의 공격이 현란하게 창끝을 어지럽혔다.

의협비룡회가 반격하면 비검맹이 일어나고 단심맹이 후퇴하면 신마맹이 나타났다. 반격과 반격이 꼬리를 물고 이어진다.

천하 난세의 축소판이다. 전장은 점차 절정을 향해 치닫고 있었다.

      *   *   *

쐐애애액! 사사사삭!

영검존이 무서운 속도로 남방산 산길을 올랐다.

파공음이 거셌다.

등에 진 거대한 그림자에 실체라도 있는 양, 주파로의 나무들이 거세게 흔들렸다.

푸스스스.

스치는 것만으로 나뭇잎들이 생기를 잃고 부스러져 떨어졌다. 진한 마기(魔氣)가 숲길을 채웠다. 해가 있는데도 그 주위만 어두워지는 것 같았다.

남방산은 높지 않았다.

적벽전설의 제단은 천년을 넘는 세월에 풍화되어 흔적조차 희미했지만, 그 위에 선 이는 틀림없는 대무후의 형상을 재현하고 있었다.

가장 먼저 죽여주시오.

장강을 장악하기 전, 비검맹은 검을 팔았다.

비검(比劍)은 숭무(崇武)와 비슷하면서도 달랐다. 그들은 명예만큼 실리도 챙겼다.

이번에도 마찬가지다.

팔황에 맞서려는 잠재적 세력이 장강 줄기에 자리 잡은 것은 대전략에 입각해서라도 삭주굴근해야 할 화근이었지만, 결국 그가 이곳에 온 것은 협조로 협조를 얻는 매검(賣劍)이나 다를 바가 없었다.

받기로 한 대가(代價)가 작지 않다.

그러니 부탁을 가장한 의뢰는 완수해 줘야 함이 옳았다.

그처럼 그는 공히 명철하게 사고하여 실익을 가져올 수 있는 자이기에, 검(劍)에만 몰두하여 맹회를 돌보지 않고 무적의 미몽(迷夢)에 취한, 맹주를 대체할 적임자라 자평했다.
 "거기 있느냐."
 반드시 먼저 죽여 달라던 목표가 저 앞에 있었다.
 제갈공명. 가면 쓴 자.
 신마맹도 아닌 것이, 신화로 얼굴을 감쌌다.
 영검존이 앞으로 나아갔다.
 느릿하면서도 빨랐다. 등에는 여전히 반투명한 그림자를 지고 있었다.
 그것은 일그러진 얼굴에 치뜬 눈을 지녔다. 기운 센 노인처럼 보이기도 했고, 지친 장년처럼 보이기도 했다.
 악귀(惡鬼)같은 형상이었지만, 다시 보면 보통 사람 같았다. 고된 수련에 삭아 간 검객이 그런 얼굴을 하겠다 싶었다.
 제갈공명 가면의 옆에서 일곱 명의 무인들이 나타났다.
 그들은 일곱이었지만 문사 차림도 아니었고, 가면도 쓰지 않았다.
 깃발도 없었다. 그들은, 칠대기수가 아니었다.
 "참으로 미천한 무공들을 지녔구나."
 영검존이 말했다.
 무인들이 비장하게 칼을 뽑아 들었다. 완만하게 휘어 있는 그 칼은 남방의 호철도였다.
 제갈공명이 제단 위에서 몸을 일으켰다.

그가 당당하게 허리를 펴고 섰다.

영검존이 제갈공명을 올려보았다.

그의 기파가 남방산 꼭대기를 가득 채웠다. 충천하는 검기가 어찌나 강렬한지, 검존이 등에 진 영혼이 산처럼 거대해지는 느낌이었다.

"누구 하나는 오겠지 했더니만, 하필 이자라니."

제갈공명이 말했다.

계산이랄 것도 없다.

적측 입장에서 보자면, 제갈공명이란 척살 일 순위가 된다.

무후의 가면을 쓰고 여기 섰으면, 각오를 함이 옳다.

영검존이 검을 겨누었다.

호철도 무인들이 한 발 물러나며 칼을 올렸다.

"고작 이런 것들로 이 나를 막겠다는 것인가?"

그저 나직한 목소리로 말했을 뿐이다.

가장 앞에 서 있던 세 명의 무인이 쿨럭! 하고 피가 섞인 기침을 했다. 피가래를 토하고 코피를 흘렸다.

검조차 휘두르지 않았는데, 무인들의 몸이 휘청거렸다.

"물러나."

제갈공명이 말했다.

무인들은 창백해져도 하얗게 보이지 않을 만큼 피부색이 검었다.

칼을 든 무인들은 뜻대로 뒤로 물러서지조차 못했다. 영검존의 기(氣)는 무시무시했다. 피를 쏟던 세 명이 그대로 땅에 꼬꾸라졌다. 뒤에 선 네 명의 코에서도 선혈이 쏟아져 내렸다. 모조리 내상을 입은 것이다.

저벅.

영검존이 땅을 밟았다. 네 명이 차례로 쓰러졌다.

가면에 가려진 제갈공명의 표정은 보이지 않았다.

쉭.

영검존의 검이 슬쩍 움직였다. 비룡각 창술무인들을 돌파할 때와 또 다른 검이었다. 너무나도 얇고 가벼웠다.

파라라락!

찰나에 목숨이 날아간다. 제갈공명은 학창의를 펄럭거리며 무서운 속도로 뒤로 물러났다.

쫘악!

가면이 쪼개지고 피가 튀었다. 흑발이 휘날려 흩어졌.

"피해?"

양무의라는 책사에 대하여 들은 적이 있다.

신마(神魔)들의 요사한 장난감을 역으로 이용하여 맹이 주도한 사천대계를 엉망으로 만들었다고 하였다.

발칙하되, 재미있는 놈이라 생각했다.

하반신을 쓰지 못한다고 들었으나 멀쩡하게 서 있으니, 무공이나 가늠해 보자는 의미에서 일검을 그어봤다.

헌데, 그걸 피해냈다. 제법이다.

대충 휘두른 것은 어디까지나 검존 무공 기준이다. 어지간한 비검맹 정에 검사라도 머리가 반쪽 났을 검초였다.

게다가 피한 것이 다가 아니다. 반격까지 있었다.

쩌엉!

제갈량이란 놈이 그새 백익선을 팽개치고 느닷없는 방편산을 들었다.

방편산 산도로 검날을 튕겨내며 뒤로 물러나는데, 회피 능력이 아주 쓸 만하다. 허를 찌른 병기 수급도 괜찮았거니와, 전면을 방어하는 투로가 아주 절묘했다.

가끔 이런 놈을 본다. 지는 싸움에 익숙한 놈. 그러면서 기어코 살아나는 놈. 전투 경험이 아주 많은 애송이였다.

"양무의란 놈이 아니로군."

이목구비부터가 중원인이 아니었다.

가면을 쪼개고 이마에서 머리까지 이어진 검상은 얕았지만 길었다.

두피는 본디 창상출혈이 심한 부위였다. 검은 얼굴에 피칠갑까지 했다. 머리 묶은 마미건사(馬尾巾絲)가 끊어져 부분적으로 산발이 되었다. 삐뚤게 올려진 와룡관이 그렇게도 안 어울릴 수가 없다. 책사는커녕 백정이라 해도 믿을 형상이었다.

"우리 총군사님은 이런 곳에서 드잡이질 할 위인이 아니셔서."

그는 다름 아닌 우목이었다.

흑색 방편산을 비껴들고 당당히 말했다.

이렇게 일선에서 검을 휘두르는 자가 어디서 감히 양무의를 찾냐는 식이다.

그 도발적인 언사에 영검존은 분노를 숨기지 않았다. 잠깐이나마 인정해 주려 했던 것이 더 큰 노화를 불렀다.

"천한 오랑캐 주제에 감히."

우목은 머리카락과 함께 얼굴을 쓸어 올렸다.

손바닥 전체에 잔뜩 피가 묻었다.

"피 엄청 나네."

그 또한 도발이다.

영검존이 검을 들었다. 뒤에 진 거대한 형상마저 음산한 마기를 쏟아냈다.

텅!

"도망치자!!"

검이 움직이기 전에 우목은 먼저 땅을 박찼다.

전심전력이다. 그는 영검존 같은 고수와 싸울 생각이 전혀 없었다. 분노한 검존 역시 우목을 놓아줄 생각이 전무했다.

쉬이이익!

두웅!

파공음 사이로 짧고 단단한 소리가 끼어들었다.

쩌엉!

충돌음은 그 다음이다. 우목의 신형이 화살처럼 뒤로 튕겨

나갔다. 방편산 삽처럼 두터운 산도(鏟刀)가 부러질 듯 흔들렸다. 산대를 쥔 우목의 손아귀가 피투성이가 되었다.

'운룡아. 중원 고수는 다 이런 거냐.'

우목은 진심으로 놀랐다.

그는 까마득한 오원 시절부터 도주와 생존의 달인이었고, 그렇기에 유인책으로 미끼를 자처했다.

더 빨리 물러났어야 했다. 적벽 전장이 훤한 남방산 꼭대기에서, 제일 위험해 보이는 자로 영검존을 찍었다.

저 자만 오지 마라.

헌데, 제갈공명 가면이 예상했던 것보다 더 경계 대상이었던 모양이다.

좋지 못한 예감이 적중률도 높다고, 딱 영검존이 그가 있는 곳으로 올라왔다.

산기슭에서부터 도망쳤어야 했다. 이미 등줄기엔 식은땀이 한 가득이다. 첫 일격은 상대가 얕봐서 살았고, 이번 일격은 제때 도와줘서 살았다. 벌써 두 번 죽은 셈이었다.

"내려갔던 것 아니었나?"

다행이라 해야 할지 모르겠지만, 영검존의 두 눈은 이제 우목에게로 박혀 있지 않았다.

질문하는 영검존의 시선은 바로 아래쪽 바위 비탈에 닿아 있었다.

"당신이 너무 강해 보여서요."

다급히 펼친 타고공진격으로 영검존의 검로를 방해했다.

"당신?"

"그럼 뭐라 부를까요? 이미 당신이 우리 식구를 베었는데."

도요화가 비탈길을 올라오며 말했다.

우목이 제갈량의 가면으로 전장의 고수 하나를 끌어들였 듯, 사타왕의 사자후는 도요화를 도발하여 끌어내기 위한 술책이었을 것이다.

타고는 멈췄으나, 그녀는 이성을 잃지 않았다.

한 번 참은 것은 두 번도 참을 수 있다.

아니, 중원 천하를 주유하고, 오원탈환과 참룡대회전에 참가했던 모든 시간들이 원수를 갚기 위한 인내와 인고로 점철되어 있었다.

조금 더 참는 것은 쉬운 일이 아니었지만, 어려운 일도 아니었다. 이미 잃은 가족들만큼, 새로운 가족들도 소중했다.

그녀는 무엇이 더 중요한지 잘 알았다.

"목숨 아까운 줄 모르는 것들이 하나 가득이다."

도요화가 영검존의 시선을 똑바로 받아냈다.

그녀의 두 눈에서 절로 보랏빛 광망이 일어났다. 영검존이 검을 비껴들며 덧붙였다.

"네가 바로 탄존이 말한 도강언의 음공 계집이로구나."

"제남 도고악당의 도요화예요. 저승길에 이름 정도는 제대로 알고 가세요."

"핫핫핫핫! 기백 하나는 일품이다!"

웃음과 함께 영검존의 살기가 극점을 찍었다. 오히려 숨 막히는 느낌이 사라졌다.

영검존의 검이 움직였다.

쫘아아앙! 쩌억!

아무것도 없는 허공에서 폭음이 터졌다. 화탄이 날아가다 쪼개진 것 같았다.

화아아악!

우목이 방편산으로 정면을 가렸다.

충격파에 머리카락이 핏방울과 함께 흩날렸다.

"어서 가요!"

도요화의 목소리는 입으로 낸 것이 아니라 머릿속을 파고 들어 들려왔다.

우목 또한 재빠른 이탈만이 살길임을 알았다. 하지만 그는 홀로 도망칠 수 없었다.

그가 쓰러진 경포와 아창의 무인들을 잡아끌었다. 세 명은 일어나 뛸 수 있었다. 그들이 서로서로를 부축했다.

쫘앙!

또다시 폭음이 들렸다. 산비탈 위에 있던 도요화는 어느새 그들 앞에 나타나 있었다. 아주 빠르고, 또한 강했다. 우목은 고맙다는 말까지 아끼고 후퇴를 서둘렀다.

쉬이익! 쩌억! 콰드드드득!

"어딜."

하지만 영검존은 우목을 놔주지 않았다.

우목의 바로 측면 위쪽에서 커다란 바위가 반쪽으로 쪼개져 내리며 머리 위를 덮쳤다.

시선이 도요화에게 잠시 옮겨 갔을 뿐, 모욕에 대한 분노까지 사라진 것은 아니었을 따름이었다.

쫘앙! 쩌엉!

영검존의 검공이 이어졌다.

도요화의 음공타격을 베어내고, 뒤이어 연환검을 펼쳤다.

등에 진 거대한 검객의 형상이 더 짙어졌다.

쫘릉! 하고 우목의 발치에서 돌바닥이 갈라졌다. 무서운 자였다. 적이 된 자, 도발을 후회하는 것은 아니었으나, 역시 감당 못 할 고수에겐 함부로 덤비지 않는 것이 옳음을 연이은 위기로 체감했다.

둥둥둥둥! 쫘과광!

도요화의 북채가 빠르게 움직였다.

연환격이 쉴 새 없이 들어가는데, 그 공진격 하나하나를 어김없이 갈라냈다. 사술을 쓰는 사검(邪劍) 같은데, 막상 내리긋고 올려치는 검로에선, 공수 일체의 정종검결이 엿보인다. 사(邪)와 정(正)의 공존이 검도천신마의 도검술 같았다.

쾅!

충격파와 함께 도요화의 신형이 훅 밀려났다.

그녀의 눈은 이제 완연한 자색(紫色)으로 변해 있었다. 무극진기의 안력으로 상대를 보았다. 등에 진 검령(劍靈)은 영검존의 지닌 괴력의 원천처럼 보였으나, 또한 그저 그렇게 보일 뿐인 허상(虛想) 같기도 했다.

상대를 명징하게 보지 못함은, 아직 그녀의 경지가 상대에 미치지 못함을 의미했다. 음공으로 검귀(劍鬼)의 형상에 간섭을 시도했으나, 영력의 방벽을 둘러친 듯 전혀 통하지 않았다.

콰과과광!

뒤로 물러나며 북을 치는데, 영검존이 번쩍 앞으로 쇄도해 왔다.

영검존은 오연한 만큼의 강자였다. 원거리 공진 무공의 해법을 순식간에 찾아내고 있었다. 처음 보는 이능 기예조차도 단시간 교전에 파훼가 가능한 자다. 순식간에 좁혀지는 거리가 검의 깊이를 증명했다.

스각!

"크윽! 먼저 가라!"

더 놀라운 것은 그 와중에 우목까지 노린다는 사실이었다. 우목은 마지막 한 명까지 챙겼다.

우목의 팔뚝에서 피가 튀었다. 먼 거리에서 참격으로 베는 것이 마치 도요화의 공진파를 검초로 재현한 듯했다.

"내가 막을게요! 우 군사도 빨리!"

우목이라도.

그렇게 생각한 순간, 그녀는 심적으로 패했음을 인정해야 했다. 열세를 느꼈기에 우목부터 보내려 했고, 죽을 수 있음을 알았기에 희생으로 막으려 했다.

"거기까지인 거다."

영검존은 그런 그녀의 마음을 훤히 읽고 있었다.

검이 뿜는 기세가 가일층 강해졌다.

일격을 막는데, 두 번 세 번 북을 다급히 두드려야 했다.

꽈앙!

검의 예기는 막았으나, 묵직한 경파까지는 걷어낼 수 없었다.

흙먼지와 함께 그녀의 몸이 튕겨나갔다.

그 직후, 영검존의 일검이 우목의 등 뒤로 집요한 이빨을 드러냈다.

쩌어어엉!

이것으로 우목은 세 번 목숨을 건졌다.

몸이 뚫리는 파공음 대신, 강렬한 금속성이 폭발했다.

휩쓸어 밀어내는 충격파에 우목의 몸까지 앞으로 날아갔다.

"아아. 강하구나."

영검존의 검날 밑을 다리 하나가 받치고 있었다.

부딪친 소리처럼, 살과 뼈가 아니라 금속으로 된 다리였다.

끼기기긱!

영검존이 검을 내리눌렀다. 그는 한쪽 다리만으로 버텨냈다.

영검존의 눈매가 꿈틀 움직였다. 금석이라도 베어 내는 영검(靈劍)이 쇠붙이라고 하나 의족 하나를 못 쪼갰다.

더구나 내력으로 찍어 압박하는데도, 한 다리 든 자세임에 금동철인처럼 미동이 없었다. 고강한 내공 없이는 불가능한 일이었다.

카각! 채앵!

검날을 비틀자 불꽃이 튀었다.

손목을 휘어 쳐 심장을 노렸지만, 똑같이 반원 그린 정강이에 검날이 튕겨나갔다.

"살벌하군. 난 아무래도 검 쓰는 놈과 합이 안 좋은갑다."

영검존을 두고 그토록 편히 말할 수 있는 이는 장강 줄기에 몇 없을 것이다.

장강 출신이 아니어서라기엔, 저 넓은 남쪽 바다 신검(神劍) 앞에서도 패기를 잃지 않았던 그다.

오기륭이 두 다리로 영검존 앞에 섰다.

"너는 또 누구냐."

상대방의 이름을 알기 위함이라기보다는 끓어오른 노화를 내뱉기 위함이었을 것이다.

해소되지 않고 중첩되는 분노가 영검존의 목소리에 고스란히 드러났다. 이어지는 오기륭의 말은 불길에 끼얹는 기름과 같았다.

"불패신룡이라고 들어봤나?"

"무명소졸 밑으로 들어간 참룡방주였군. 나는 장강의……."

"안 궁금해."

쩌어엉!

오기룡의 발은 영검존의 바로 귀 옆에서 멈췄다.

검날을 제때 올려 막지 않았더라면 머리가 통째로 날아갔을 각법이었다.

"이 놈이."

쩌엉! 쩌저저저정!

철신각 의족과 영검존의 검날이 화려하게 부딪쳤다.

쩡!

위력은 영검존의 검격이 좀 더 위다.

오기룡의 몸이 뒤쪽으로 튕겨나왔다.

두웅! 터엉!

도요화는 합공을 가하는 데 아무런 거리낌이 없었다.

막 짓쳐들던 영검존이 미간을 확 좁히며 검을 휘둘러 공진격을 방어했다.

"여태 안 가고 뭐 하냐?"

오기룡이 투로를 보정하듯, 발끝을 땅바닥에 툭툭 찍으며 물었다.

대상은 물론 우목이었다.

"지부장, 여기까진 어떻게."

때에 맞진 않지만, 이상한 질문은 아니었다.

마지막으로 내려다보았을 때, 오기룡은 적벽 시가지 한가운데 있었다.

그랬던 오기륭이 이곳에 나타났다. 적벽 다른 산처럼 남방산 붉은 흙먼지를 온몸에 덮어쓰고서.

전속력으로 달려왔다는 뜻이다.

"뭘 어떻게 와. 동생 제자가 위험한데."

오기륭이 우목의 방편산을 흘끗 눈짓하며 말했다.

그래. 이런 사람이었지.

우목은 생각했다.

그는 흑산군사의 정식 제자도 아니었다. 물론 오기륭에겐 그런 것 따위 중요치 않을 것이다. 오기륭이 땅을 박차고 고전하는 도요화 앞으로 뛰어들었다.

"그리고 난 그 지부장 호칭 별로야."

잡담까지 하면서.

"그럼 뭐라 합니까."

"삼촌이라 부르든가."

쩌엉!

삼촌이 웬 말이냐. 장강의 검존과 싸우며, 말도 안 되는 농담을 한다. 심지어 일대일로는 밀리는 마당에.

꽈아아앙!

폭음을 뒤로하고, 우목은 비로소 몸을 날렸다.

일곱 명 다 살려 간다.

검존 급습에 더할 나위 없는 결과다.

뒤에 남은 둘은 걱정하지 않았다.

도요화는 만부부당의 음공여제다.

그리고, 오기룡은 절대로 지지 않는 사나이. 불패신룡 삼촌이었다.

     ＊   ＊   ＊

꽈앙!

청룡굉화창이 병사들과 비검맹 검사들을 박살 냈다.

관승이 달려드는 기병들을 무너뜨리고 군마(軍馬)를 빼앗아 탔다.

눈에 보이는 것의 효과는 종종 지닌바 힘을 능가할 때가 있다. 거대한 군마를 타고 청룡언월도를 휘두르는 관승의 모습은 실로 강렬했다.

적벽은 신화가 잠든 곳이다.

삼국전설의 무대에서 펼쳐진 관성대제의 위용은 적벽의 무인들과 백성들 모두에게 비할 데 없는 시각적 쾌감을 선사했다. 의협비룡회가 적벽을 쉽게 휘어잡을 수 있었던 이유 중 하나다. 주축 고수들의 외모와 별호를 간과할 수 없었다.

양무의는 그런 것을 전면에 내세우길 주저하지 않았다. 심지어 스스로 제갈공명으로 분해, 사천대란을 제압했다. 실상 양무의가 그리한 것은 아니었지만, 적어도 적벽에서만큼은 그렇게 소문이 났다.

"적들을 몰아내라!!"

관승이 내뿜는 웅혼한 영웅기가 도시 곳곳으로 퍼져나갔다.

와아아아아아아아!

그 광경을 보는 자들이 함성으로 화답했다. 전투에 참여하지 않는 일반 백성들까지도 소리를 내지르게 된다. 그야말로 사기충천이다. 도시 전체가 적들의 침범을 허용하지 않겠다고 호통 치는 것 같았다.

"관 대공!!"

담벼락 위에서 부르는 이가 있어 고개를 들었다. 근래 들어 더 자주 얼굴이 보이는 여의각 요원이 그를 따라 담장 위를 달리고 있었다. 여의각의 젊은 인재 이복이었다.

"말하라."

전투 무인들이 곳곳에서 분투하는 동안, 여의각 정보요원들도 그들이 지닌 최대 역량을 발휘하고 있었다. 도시 전체를 훑으며 요주의 대적들을 확인하고 무인들의 방어 위치를 조정해 주었다. 지극히 중요한 역할이다. 그들은 숨어서 공을 세웠고, 눈에 보이지 않는 곳에서 피를 흘렸다.

"사자후를 쓰는 자가 동쪽 저자로 갔습니다! 저쪽입니다!"

"알았다!"

재빨리 말고삐를 잡아 방향을 바꿨다.

박차를 가하고 시가를 질주하며 적들을 베어 넘겼다.

관승은 여의각의 보고들을 가벼이 여긴 적이 없었다. 참룡방 시절보다 확실히 나아진 것이 바로 그거다. 구룡보 대문파와 싸우며 느꼈던 정보력의 열세를 아직까지 기억한다. 흑산군사 선찬만 죽어라고 고생을 했다.

의협비룡회는 달랐다.

정보전의 중요성을 알고 있는 만큼, 요원들의 처우 또한 좋았다. 요원들의 선발, 양성, 운용, 지원 어느 하나 나무랄 데가 없었다.

물론, 오기륭 또한 그와 함께하는 모든 이에게 잘했다. 과할 만큼 잘했다. 하지만, 마음과 의리로 잘해 주는 것과 실제 자금과 인력을 퍼주는 것은 같으면서도 또한 크게 다른 문제였다.

"관 대공, 저 앞에서 좌측으로 꺾으십시오!"

담장 모서리에서 무복도 입지 않은 남자 하나가 소리쳤다. 민초 복장을 했지만 얼굴은 익숙했다. 마찬가지로 여의각 요원이었다.

요원들은 표정을 감추는 훈련을 받았을 텐데도, 진심으로 다급해했다. 목소리에서 충분히 느껴졌다.

그러니 관승도 서둘러줘야 했다.

이유를 잘 알기 때문이다.

꽈아앙! 으허허허헝!

저 멀리서 폭음과 괴성이 들려왔다. 사자의 울음소리를 흉내 낸 음공이라지만, 불문 정통의 사자후와 달리 그리 듣기 좋지는 않았다. 울리는 기파가 제법 묵직했다. 달리던 기마가 투레질을 했다.

텅!

말안장에서 뛰어 올라, 담벼락을 넘었다.

"거리의 백성들을 대피시켜라!! 이 일대에 사람이 있어선 안 돼!"

백의를 입은 이가 보였다.

비구를 차고 비도를 날리면서, 비룡각 무인들과 여의각 무인들을 한꺼번에 이끌고 있었다. 크고 작은 활약이 돋보이는 이전이었다.

"관 대공이 오셨다! 여기부터 동쪽 외곽까지 모조리 비워!"

이전도 관승을 보았다.

눈을 마주쳤지만 목례조차 없었다. 이전은 다급하게 지붕 위로 뛰어 올라 자기 할 일을 했다. 지시가 힘껏 이어졌다.

"좌측 객점! 사람들 남아 있다! 어서 가서 도와라!"

이전의 목소리에 화답하듯, 비룡각 무인들의 목소리가 뒤따랐다.

"창수들! 공간 주지 마!"

"공력 모은다! 아직 터지면 안 돼! 계속 몰아쳐!"

관승도 빠르게 땅을 박찼다.

이전이 맞다.

격식보다 사람 구하는 게 먼저였다.

사타왕은 위험한 자다. 그가 지닌 권각 박투술보다, 그의 상징인 사자후가 그러했다.

그와 같은 폭발형 음공은 내공 없는 백성들에겐 대량 살상용 폭약이나 다름없었다. 그들이 이렇게까지나 다급하게 대응하는 이유였다.

쩌정! 쩌엉!

"으앗!"

"적습이다! 뒤쪽!"

교차로를 도는데, 무서운 기파의 쇄도를 느꼈다.

사타왕이 아니다.

갑자기 나타난 느낌이다.

이 정도 힘이라면 진즉에 감지했어야 옳다. 그 정도로 강했다. 비룡각 무인들이 무너지는 소리가 똑똑히 들려왔다.

"창술무인들은 물러나라!"

관승이 소리쳤다.

그는 당황하지 않았다. 신마맹의 요사함은 처음 겪어보는 일도 아니다. 벗고 있던 가면을 썼든, 술법으로 기척을 지웠든, 기이한 술수를 부렸을 것이다.

어떤 기묘함을 앞세워도, 결국 승부를 결정짓는 것은 지닌 바 오롯한 무(武)다.

터엉!

땅을 박차 담장과 지붕을 찍은 후, 청룡언월도화 함께 땅에 내려섰다. 그야말로 전설장수의 강림이다.

"네놈이었군."

관승이 묵직한 목소리로 말했다. 미염이 바람에 꿈틀댔다.

우지끈!

창술무인의 창대를 분지르며, 상대가 다가왔다.

화려한 갑옷투구에, 발밑에는 불 바퀴가 휘돌고, 손에는 삼첨양인도를 들었다.

신화장수의 출현이다.

"문답무용!"

쩌엉!

말 그대로다.

청룡굉화창과 삼첨양인도가 부딪쳤다.

그의 이름은 관운장이 아닌 관승이며, 이랑진군 또한 신이 아닌 이군명이다.

그러나 그것은 또한 전설과 신화의 대결이니, 첫 충돌부터 웅장하고 장쾌했다.

장수들의 창병이 호화롭게 어우러졌다.

무대는 점입가경으로 치닫고 있었다.

*   *   *

'이건 뭐지?'

우목은 당황했다. 최악의 상황이라면 수도 없이 겪어봤다. 헌데 이와 같은 상대는 그 또한 처음이었다.

지잉! 웅웅웅!

그들은 붉은색으로 도금이 된 기이한 장봉에 황금색 방울을 단 기형적인 철장을 들고 나타났다. 방울을 어지럽게 흔드는데도 요란한 소리가 나지 않았다. 동굴 속을 울리는 듯한 기이한 떨림만이 기분 나쁘게 귓전을 파고들었다.

"옆길로 돌아내려가. 여긴 내가 막겠다."

우목의 지시에 오원 무인들이 비탈길로 몸을 날렸다.

적들은 세 명이었다.

검은색 도사복 곳곳에 붉고 흰 무늬가 점점이 박혀 있었다.

그들은 오원 무인들을 신경 쓰지 않았다. 오로지 우목만을 노려보고 있었다.

'그건 다행이다만.'

웅웅웅웅!

선두에 선 자가 황금 방울, 붉은 장봉을 치켜 올렸다.

타다다다닥! 사사사삭!

위쪽 수풀에서 무언가가 빠르게 다가오는 소리가 들려왔다.

"키아아악!"

그것들은 괴성과 함께 모습을 드러냈다. 온몸이 누런 짐승인데 털이 없어 징그러웠고, 이빨이 아주 날카로웠다.

남만 밀림의 어떤 오지에서도 본 적 없는 괴물이었다.

큰 개 정도의 크기였지만, 움직임이 표범보다도 빨랐다. 우목이 재빠르게 몸을 돌리며 허벅지에 박아오는 이빨을 피해내고 방편산으로 등줄기를 후려쳤다.

빠악!

제법 무겁게 들어갔다고 생각했다. 헌데, 뼈와 살을 부수지 못했다. 괴물은 키악 소리를 내는 것만으로 한 번 흙바닥을 뒹굴고는 곧바로 달려들어 이빨을 들이밀었다. 또한 풀숲에서 나온 괴물 두 마리가 더 그의 정면을 노려왔다.

파락! 빠박!

우목은 냉정을 유지했다.

괴물들의 쇄도를 막고, 몸을 튕겨 거리를 벌렸다.

"이 놈이 아닌 것 같소만?"

비탈길 바위 위에 착지했을 때, 우목은 흑의도사 한 명의 목소리를 들었다. 바위에 돌을 긁는 듯 목소리가 아주 이상했다.

"제갈량 가면은 발견 즉시 죽이라 하였소."

대답하는 흑의도사는 억양이 또 달랐다.

어투에서 짐작했다.

서로 가깝지 않고 오래 알지 않은 사이다. 같은 조직에 속해 있되, 활동 영역이 다르다. 이들에 대한 정보는 파고들어도 충분치 않았다. 이런 작은 사실 또한 새로운 단서가 될 수 있었다.

'이들이 흑림인가……!'

제갈량은 신마맹의 음모만 망친 것이 아니다.

모두의 표적이다.

사천 대란 중 급히 적벽으로 소환된 이래, 밤낮으로 문서를 읽었다.

시시각각 올라오는 정보량이 엄청났다. 남만 호 일족과의 싸움에서 받아 들었던 보고들과 비교할 수조차 없었다.

방울 달린 은빛철장에 무늬 없이 까만 도사복을 입은 자들이 있다. 요괴들을 부린다.

흑림 흑도사들에 대한 묘사다. 이들의 행색은 미묘하게 달랐다. 그래도 같은 부류임이 분명했다. 중원인들이 요괴 또는 귀물이라 부르는, 처음 보는 괴짐승과 전장의 전사들과 확연히 구분되는 언행이 그러했다.

빠아악! 콰직!

'이래도 안 죽어?'

괴물의 머리에서 피가 튀었다. 머리뼈를 깨뜨린 손맛을 확실히 느꼈다.

그런데도 이 괴물은 쭉 찢어진 눈을 희번덕거리더니 멀쩡하게 입을 벌리고 달려들었다.

파락! 타다닥!

우목은 빠르게 판단했다. 앞으로 치받아 나가는 척하고는 급격히 방향을 꺾어 비탈길 아래쪽으로 몸을 날렸다.

운남 오원과는 전혀 다른 강호에 왔음을 실감했다.

타가도 맹획도 감히 중원을 도모하지 못했다.

그 이유가 여기에 있다.

검존이란 자는 일검에 그의 목숨을 앗아갈 수 있었고, 그는 짐승 하나 쉽사리 죽일 수 없었다.

흑의도사들은 여유롭게 우목을 지켜봤다.

직접 손을 쓰지 않고도 죽이거나 제압할 수 있다고 생각한 것이다.

그가 약하거나. 요괴들이 강하거나.

아니면, 흑의도사들에게 특별한 한 수가 있거나.

얕보았음엔 합당한 근거가 있을 것이요, 그 사실에 분노해선 안 된다. 우목은 중원에 위축되기보다 자기 자신의 예리한 직관을 믿기로 했다.

"키아아악!"

괴성 지르며 달려드는 괴물들을 피해내고 품속에서 작은 자기병을 꺼내 손목을 튕겼다. 자기병이 암기처럼 위로 솟구쳐 흑의도사들의 발치에 떨어졌다.

파삭!

흑의도사들은 즉각 반응했다.

"하등한 족속들이란!"

그중의 한 명이 금령적장을 밀어내듯 부드럽게 내밀었다.

그러자 방울을 따라 한 줄기 바람이 일어나며 촉와향 독을 비탈로 밀어냈다.

다른 한 흑의도사가 금령을 휘두르자, 무색무취 퍼져나가던 촉와향 독향에서 푸른 불길이 일어났다.

살포된 사충독이 공중에서 불붙고 사라져갔다.

역시 이들은 피와 살을 가르는 기예가 아닌 괴상한 비기를 지녔다.

백토진인이라는 기인(奇人)과 같다. 신통력을 확신할 수 없었던 포랑족 무당의 웅얼거림과 달리, 진짜 마술을 보여줬던 진인마냥 술법이란 것을 펼친다.

길보다 흉이다. 그것도 대흉이다.

포랑족 무당이 이 앞에 있었다면 큰일이 났다 호들갑을 떨며 나뭇잎 줄기를 마구 집어 던지고 눈알을 까뒤집었을 것이다.

파삭!

우목은 다시 촉와향을 땅바닥에 뿌렸다. 이번엔 괴물들을 향해서다. 헌데 괴물들은 아무 영향이 없었다. 똑같이 괴성을 지르며 이빨을 세웠다.

빠박! 타다다닥!

도망치려 했지만, 흑의도사들이 직접 나섰다.

흑의도사 하나가 훌쩍 날아들더니 적장을 그에게로 겨누었다.

두 발이 늪에 빠진 것처럼 무거워졌다.

'참으로 고약하구나.'

아무래도 친구를 잘못 둔 모양이다.

너무 험한 일을 맡았다.

새로운 세상, 중원 질타를 호언장담 하더니만 수난의 연속뿐이다.

아까 남방산 산봉우리에서 백익선을 올렸을 때는, 잠깐이나마 피가 끓긴 했다. 하지만, 고작 그거 하려고 중원까지 온 것이 아니었다. 우목의 눈이 투지로 불타올랐다.

파삭! 파삭!

자기병이 연이어 깨졌다.

"멍청한! 상괴(緗怪)에게 독술이 통할 것 같으냐!"

흑의도사가 돌 긁는 음성으로 소리치며 금령적장을 내리쩍었다.

우목은 땅을 굴렀다.

실제로 땅이 흔들리는 느낌을 받았기 때문이다. 순간적으로 균형을 잃었지만 억지로 몸을 세우려 하지 않았다. 땅을 구른 관성을 그대로 이용하여 비탈길을 미끄러졌다.

흑의도사들이 땅을 박차고 쫓아왔다.

괴물들도 경사로를 따라 뛰며 흙먼지를 일으켰다.

"키아아!"

"키야아아악!"

괴물들의 괴성이 거칠게 따라붙었다.

신마대전(神魔大戰) ― 453

거의 추락하다시피 산비탈을 내려간 우목은 뒤도 돌아보지 않고 뛰었다. 날듯이 내려오던 흑의도사 하나가 어색한 중원어로 말했다.

"중독? 상괴가?"

괴물들이 눈이 충혈되고 있었다.

"키아아아아아!"

마구 달려오던 괴물 하나가 몸을 비틀더니, 옆에 달리던 괴물을 들이받았다. 급기야 다른 요괴는 흑의도사에게 이빨을 들이밀기까지 했다.

'그냥 독이 아니거든.'

깨진 자기병 중에 색깔이 다른 것이 있었다.

아주 붉은 꽃잎의 색이다.

백토진인은 요괴들의 괴이(怪異)가 인세를 침범하는 것에 깊은 우려를 표했었다. 그는 직접 싸움에 참가하길 원치 않았으나, 요괴들을 제어하는 방법을 찾는 데에는 스스로 나서서 보탬이 되길 주저하지 않았다.

얼마 남지 않은 귀비산(貴妃散)에 요력 교란의 단약술을 첨가하여 향독으로 만들었다.

이른바 대(對) 요괴 특화 독술이다.

뜻하지 않게 목숨을 걸고, 실전에 활용할 수 있음을 확인했다.

그러나 우목은 득의하지 않고 발끝에 힘을 더했다.

그는 맞서 싸우지 말아야 할 때를 누구보다 잘 알았다.

그가 빠르게 산을 탔다. 그러면서도, 먼저 내려간 전사들과 동선이 겹치지 말아야 함을 잊지 않았다.

꽈아아앙!

우목이 달리는 산길 위에선 대격전이 이어지고 있었다.

남방산 봉우리가 폭음으로 흔들렸다.

"내려가! 우목을 도와줘!"

오기륭이 소리쳤다.

도요화는 쉽게 전권을 벗어나지 못했다. 영검존의 검은 엄청나게 강했다. 약점이 없다. 바위를 가르고, 땅을 쪼갰다.

깊고 굵은 검 자국이 사방에 가득했다.

그런데도.

오기륭이 덧붙였다.

"괜찮아."

그렇게 싸우면서, 아래쪽에서 우목이 위기에 처한 것까지 감지했다. 방주로서 사람을 이끌었던 자는 그래서 다르다.

도요화가 이를 악물었다.

"그럼, 갈게요."

그녀가 산비탈로 몸을 날렸다.

저벅.

영검존이 땅을 밟았다. 그의 분노는 이미 한계치를 넘어 있었다. 오기룡의 말은 도리어 그에게 평정심을 가져다주었다.
"인정하마. 그 배포."
위압감이 엄청났다.
검존과의 일대일.
"그래. 이제 제대로 해보자구."
오기룡이 씨익 웃으며 말했다.

『천잠비룡포』 19권 끝.